Das Geheimnis der Flösserin

Historischer Roman
von Yngra Wieland

Burgenwelt Verlag

Über die Autorin

Yngra Wieland, geboren 1961, ist im *echten* Leben Heilpraktikerin für Psychotherapie und Dozentin und hat bereits einige Fachartikel veröffentlicht. Bevor sie vor vielen Jahren ihre Praxis eröffnete, war sie als Tänzerin, Galeristin, Sekretärin und Managerin bei einem Fernsehsender tätig. In ihrer Freizeit tanzt sie Tango Argentino, liebt das Westernreiten und verschlingt Bücher. Sie lebt mit ihrer Familie und ihren Katzen in der Nähe von München. Mit ihren historischen Romanen um die Schäfflerstochter Jakoba hauchte sie auf packende, beeindruckende Weise dem München des 17. Jahrhunderts Leben ein. Mit »Das Geheimnis der Flößerin« nimmt sie ihre Leserinnen und Leser nun auf eine weitere atemberaubende Zeitreise.

1. Auflage | November 2017
ISBN 978-3-943531-76-3

Hastedter Osterdeich 241 | 28207 Bremen

Lektorat: Juliane Stadler
Umschlaggestaltung | Illustration: Detlef Klewer
Satz | E-Book-Realisierung: Eridanus IT-Dienstleistungen
Druck: edition winterwork
www.burgenweltverlag.de | www.facebook.de/burgenweltverlag

Kapitel 1

Rautgundis' Geschichte

Gegeben zu Frauenwörth, X Martius MCDLV anno domini. Ehrwürdiger Bischof Tulbeck, erlauchte Eminenz,

ich, Rautgundis zu Engelshofen, wende mich in allerhöchster Not und tiefster Reue an Euch. Ich habe eine schwere Sünde begangen, trotzdem erhoffe ich Eure Vergebung und flehe Euch um Hilfe an. Ich habe mich zu einer unseligen Leidenschaft mit dem Domprobst Hartwig von Redern hinreißen lassen. Aus dieser Verbindung ist ein Kind hervorgegangen, daraufhin sagte sich Hartwig von Redern von mir los. Als meine Tochter das Licht der Welt erblickte, war sie unstrittig als sein Kind zu erkennen. Seit ihm dies zu Ohren gekommen ist, hat er bereits zwei Anschläge auf mein Leben und das meines Kindes unternehmen lassen. Gnädige Eminenz, ich bitte Euch inständig, bringt Hartwig von Redern zur Besinnung, haltet Eure schützende Hand über das unschuldige Leben meines Kindes. Falls mir etwas zustoßen sollte, ist für meine Tochter gesorgt. Mein Sohn aus der Ehe mit Graf Martin zu Engelshofen, meinem verstorbenen Gatten, befindet sich in Vorbereitung seiner geistlichen Laufbahn im Kloster zu Freysing. Für ihn wird gesorgt sein. Eminenz, erbarmt Euch Eurer unwürdigen Dienerin.

In Demut und voll Scham werfe ich mich vor Euch in den Staub und hoffe inständig auf Eure Hilfe.

Eure untertänigste Dienerin Gräfin Rautgundis zu Engelshofen.«

Zögerlich setzte Rautgundis ihre Unterschrift unter das Schreiben. Ihre Hand begann zu zittern, der Federkiel entglitt ihren eiskalten Fingern. Tinte kleckste auf das Schreibpult, rann über das blankgescheuerte Holz. Im Kerzenschein glich das Rinnsal einer dünnen Blutspur. Mit fahrigen Bewegungen streute sie Sand auf die nassen Schriftzüge, erhitzte Wachs und versiegelte das Schreiben. War sie verfolgt worden? Ob sie einem Boten vertrauen konnte? Würde dieser ihr Schreiben an Bischof Johannes Tulbeck überbringen, oder würde auch er sich kaufen lassen und das Dokument unverzüglich ihrem Peiniger übergeben? Sie begann in der engen Klosterzelle auf und ab zu gehen. Der Säugling greinte leise. Sie beugte sich über das Bettchen, musterte kummervoll das Gesicht des Kindes.

»Schschsch«, machte sie geistesabwesend und nahm ihren ruhelosen Gang wieder auf. Tränen der Verzweiflung rannen über ihre Wangen. Wie konnte der Mann, der einst behauptete in Liebe zu ihr entbrannt zu sein, derart grausam handeln? Rautgundis war hingerissen gewesen von den Aufmerksamkeiten, die er ihr zu Teil hatte werden lassen, und von seiner stolzen Erscheinung. Sein Äußeres und seine Haltung ließen auf den ersten Blick den hohen katholischen Würdenträger erkennen und er hatte eine unwiderstehliche Anziehungskraft auf sie ausgeübt. Es war nicht ungewöhnlich, dass Kirchenmänner Mätressen hatten, und es geschah ebenso oft, dass aus diesen Liebschaften Kinder hervorgingen. Niemals würde sie sein Mienenspiel vergessen, als sie ihm bebend vor Aufregung mitgeteilt hatte, dass sie sein Kind unter dem Herzen trug. Für den Bruchteil eines Augenblicks hatte sich sein Gesicht in unbändigem Zorn verzerrt, bevor sich eine glatte Maske darüber legte und er ihr die unglaublichen Worte ins Gesicht schleuderte.

»Ich habe mir nicht umsonst meine Stelle als protegierter Kleriker erkämpft. Ich wünsche Euch und Eurer zukünftigen Familie viel Glück. Dem Vater meine Empfehlung. Geht jetzt, ich habe zu tun.«

Wie betäubt hatte sie sein Gemach verlassen, war einer Schlafwandlerin gleich in eine Mietsänfte gestiegen und hatte sich nach Hause bringen lassen. Das herrschaftliche Haus, das ihr Vater vor Kurzem als Stadtsitz für die Familie erworben hatte, war nicht weit entfernt, aber ihre Füße hätten sie nicht bis dorthin getragen. Im Halbdunkel der Sänfte dröhnte Hartwigs Stimme unablässig in ihrem Kopf. Ihre heimlichen Träume waren mit wenigen Worten zerschmettert worden, sie stand vor dem Nichts.

Die Kirchenglocken riefen die Nonnen zur Vesper und holten sie in die Wirklichkeit der kalten Zelle zurück. Vor dem schmucklosen, hölzernen Kreuz hielt sie an und kniete nieder. Stumm betete sie um eine Eingebung, und Gott gewährte ihr die Gnade. Nach dem Gebet war Rautgundis ruhig. Sie wusste, was sie zu tun hatte.

Beim ersten Tageslicht brach Rautgundis auf. Wehmütig blickte sie zurück auf das Klostergebäude, dessen Umrisse mit jedem

Ruderschlag unkenntlicher wurden. Sie war dankbar für die Sicherheit, die ihr dieser Ort gewährt hatte, für die Ruhe, die sie gefunden hatte, wenigstens für einige Tage. Der Fährmann, der die wenigen Besucher des Benediktinerinnenklosters auf der Insel im Chiemsee übersetzte, ruderte stumm durch die Nebelschwaden, die über dem Wasser waberten. Das gleichmäßige Geräusch der eintauchenden Ruder, die Schreie der Möwen, das Klatschen der Flügel eines Wasservogels drangen gedämpft an Rautgundis' Ohren. Ihre Lider waren schwer von den Anstrengungen in der Nacht. Sie blickte auf Frederica hinab, sah ihr in die Augen, die Hartwig von Rederns glichen, als wären es die seinen. Sie hatte sich versündigt und die Strafe erhalten, trotzdem glomm in ihr ein letzter verzweifelter Funke Hoffnung auf Rettung für sich und das Kind. Sie hatte ihr Möglichstes getan, jetzt musste sie ihr beider Los der höchsten Macht anvertrauen. Ihre Hände schmerzten bei jeder Bewegung. Die Handinnenflächen waren mit Blasen bedeckt, an manchen Stellen war das rohe Fleisch zu sehen. Sie biss die Zähne zusammen. Eine der Nonnen hatte die Wunden mit Heilsalbe und Verbänden versorgt, um die Schmerzen zu lindern.

An der Anlegestelle in Stadt zog der Fährmann das Boot an Land und half ihr ans Ufer. Sie bezahlte ihn großzügig und schickte einen am Ufer herumstreunenden Jungen nach ihrem Wagen. Der Fuhrmann und Barbera, ihre Kammerfrau und Vertraute, waren in einem Wirtshaus im Dorf untergebracht. Der Nebel löste sich in zarte Schleier auf, die ersten Sonnenstrahlen warfen blassgelbes Licht auf die Uferböschung. Bangen Herzens ging Rautgundis auf und ab, blind für die Schönheit des im Morgenlicht glitzernden Sees. Abseits der Klostermauern fühlte sie sich schutzlos und ausgeliefert. Sie atmete auf, als endlich der Wagen mit dem Wappen derer zu Engelshofen vor ihr hielt. Barbera sprang heraus und beeilte sich, ihr das Kind abzunehmen. Sie warf Rautgundis besorgte Blicke zu.

»Herrin, Ihr seid entsetzlich blass! Seid Ihr unwohl?«

Rautgundis blickte unruhig umher. Sie wusste nicht, ob das Gefühl, sie würden beobachtet, richtig oder ihrer Müdigkeit zuzuschreiben war.

»Ich habe schlecht geschlafen. Lasst uns aufbrechen, ich will bei Zeiten in München ankommen.«

Als sie den Wagen bestiegen, erspähte Barbera Rautgundis' verbundene Hände und stöhnte mitleidig auf.

»Herrin, was ist Euch zugestoßen?«

Rautgundis schüttelte matt den Kopf.

»Eine Unachtsamkeit, nichts weiter.«

Kaum setzte der Wagen sich in Bewegung, fiel Rautgundis in einen unruhigen Schlaf. Jedes Mal, wenn das Gefährt durch ein Schlagloch rumpelte oder anhalten musste, um Gegenverkehr vorbei zu lassen, schreckte sie hoch. Ihr schmerzender Körper erinnerte sie an die schrecklichen Stunden der Geburt. Sie war ohnmächtig geworden, als die heimlich in der Nacht herbeigerufene Hebamme mit groben Händen das Kind aus ihr herausgezogen hatte. Die schleichende Angst, die Besitz von ihr ergriffen hatte, als sie Frederica das erste Mal ins Gesicht sah. Einer der Bediensteten musste geredet haben, wie sonst hätte Hartwig davon erfahren? Hatte er die Hebamme bestochen, jemand ihrer Dienerschaft gekauft? Die Bilder des Überfalls stiegen in ihr auf, die Rettung durch einen beherzten Passanten im letzten Augenblick. Zuerst hatte sie geglaubt, es handele sich um Strauchdiebe, die es auf Geld und Geschmeide abgesehen hatten. Als sie den Kerl mit dem verschlagenen, pockennarbigen Gesicht aber einige Tage später erneut in der Nähe ihres Hauses herumlungern sah, hatte sie gewusst, dass es kein gewöhnlicher Überfall gewesen war. Schlagartig hatte sie sich daran erinnert, dem Mann schon einmal begegnet zu sein. Er stand im Dienste Hartwigs. Vor Angst bebend, hatte sie sich im Haus verschanzt, traute sich nicht, ihrem Vater eine Botschaft zu schicken, ihn um Hilfe zu bitten, er war ahnungslos über ihren Sündenfall. Nach ein paar Tagen hielt sie es nicht mehr aus. Sie ließ Barbera das Notwendigste für sich und das Kind zusammenpacken und floh beim Morgengrauen zu den Benediktinerinnen nach Frauenwörth, an den Ort, an dem die geliebte Mutter ihre letzten Jahre verbracht hatte. Die Abgeschiedenheit der Insel hatte Rautgundis Klarheit geschenkt. Sie wusste jetzt, an wen sie sich wenden konnte – Fürstbischof Johannes Tulbeck, einst Beichtvater ihrer Mutter. Sie hatte von dem Sohn eines Münchner Goldschmieds stets als weisem und gerechtem Diener Gottes gesprochen, schon, als er noch Pfarrer an der Marienkirche gewesen war. Johannes Tulbeck würde ihr helfen, sie war sich sicher. Er galt als frommer Mann. Den Plan, einen Boten mit der Übergabe des Schreibens zu beauftragen, hatte sie fallen gelassen. Sie würde selbst zum Bischofsitz gehen und dafür sorgen, dass Tulbeck das Schreiben bekam. Alles andere war zu riskant. Sie trug den Brief bei sich, niemand außer dem Fürstbischof durfte ihn zu sehen bekommen. Kurz vor Torschluss erreichten sie München. In der Herberge am Thaltor fanden sie Unterkunft. Sie konnte die Schönheit des Raumes mit seinen getäfelten Wänden und Decken, schachbrettgemusterten Mosaikböden, Butzenscheibenfenstern und selbst das Himmelbett mit seinen weichen Federbetten nicht genießen, die Unruhe war zu groß. Am nächsten Tag würden sie weiterfahren nach Freysing.

Rautgundis schlief traumlos in dieser Nacht. Als sie erwachte, fühlte sie das dringende Bedürfnis, um Beistand zu beten. Sie wies Barbera an, zu packen und den Wirt zu bezahlen, nahm Frederica und ging die wenigen Schritte von der Herberge zur Marienkirche. Als sie auf die Kirche zusteuerte, meinte sie, aus dem Augenwinkel einen Schatten wahrzunehmen, der hastig in einem Bogengang verschwand. Ihr Herz begann, hart zu klopfen. War es möglich, dass die Widersacher ihr bereits die ganze Zeit auf den Fersen waren, oder sah sie Gespenster? Sie ging schneller. Eine Gestalt löste sich aus dem Dunkel eines Torbogens, bewegte sich auf sie zu. Rautgundis' Kehle schnürte sich zusammen. Sie beschleunigte ihren Schritt. Gehetzt sah sie über ihre Schulter. Erkannte den Pockennarbigen. Sie wollte schreien, um Hilfe bitten, aber die Leute schoben sich achtlos an ihr vorbei. Nur noch wenige Schritte, dann würde sie den Schutz der Kirche erreichen. Sie huschte durch das Portal, tauchte ihre Finger in das Weihwassergefäß, beugte das Knie und bekreuzigte sich. Ihr Atem flog. Man durfte das Schreiben nicht bei ihr finden, auf keinen Fall. Ihr Blick glitt durch das Halbdunkel der Kirche. Rautgundis hörte, wie das Portal geöffnet wurde und den dumpfen Laut, mit dem es sich wieder schloss. Mit zitternden Händen nestelte sie den Brief hervor, faltete ihn kleiner und schob ihn in einen Mauerspalt am Sockel des Nothelferaltars. Ganz in ihrer Nähe befand sich der Seiteneingang. Rautgundis nahm all ihren Mut zusammen und lief hin, Frederica an sich gepresst. Gnädige Mutter, lass das Tor nicht verschlossen sein. Sie drückte die Klinke herunter, floh ins Freie. Ein leichter Regen hatte eingesetzt. In nackter Angst eilte sie die Straße entlang, nur fort von ihren skrupellosen Verfolgern. Unter ihrem Umhang bewegte sich das Kind, wimmerte kläglich. Sie hatte sich verlaufen, wo war der Marktplatz, wo das Gasthaus, in dem Barbera wartete? Keuchend rannte sie die breite Straße entlang. Da vorn war das Stadttor. Sie drängte sich rücksichtslos zwischen den Leuten hindurch, wollte Abstand zwischen sich und ihre Verfolger bringen. Rautgundis konnte keinen klaren Gedanken mehr fassen, es gab nur noch blanke Angst. Hatte sie die Schurken abgeschüttelt? Sie fand sich draußen vor den Stadtmauern wieder. Der Regen rauschte gleichmäßig herab. An einem Stapel aus rohen Baumstämmen musste sie sich ausruhen, ihre Seite schmerzte, ihr Atem holperte. Nasse Strähnen lösten sich aus ihrer Frisur und klebten an ihrer Wange. »Da drüben ist die Schlampe!«

Sie ahnte die Bewegung mehr, als dass sie sie sah, sprang auf und floh. Sie strauchelte, fing sich wieder. Vor ihr war der Fluss, hinter sich hörte sie raue Männerstimmen. Sie kamen näher, immer näher.

»Gnädiger Gott, vergib mir!«

Rautgundis lief geradewegs auf den Fluss zu, verlor einen Schuh. Sie spürte die Kälte kaum, watete weiter. Das Wasser zog an ihren Röcken. Sie ließ sich fallen, das Kind fest umklammert.

Kapitel 2

Die Floßlände

München, im März 1471

Halt fest! In Gottes Namen, lass die Oblast nicht aus!«

Der Floßmeister brüllte gegen den Donner, verbissen gegen das vordere Ruder gestemmt. Gischt sprühte um seinen Kopf und vermischte sich in der Luft mit dem herabprasselnden Regen. Der Himmel war ebenso dunkel wie die Fluten, auf denen sie um ihr Leben und um ihre Ladung kämpften. Lambert drückte sich mit letzter Kraft gegen die Wand aus Fässern, die bedrohlich ins Wanken geraten war. Seine Arme zitterten vor Kälte und Schmerz. Seit Tagesanbruch waren sie unterwegs, hatten gehofft, noch vor Ausbruch des seit dem Mittag am Himmel dräuenden Wetters die Lände in München zu erreichen, aber die Natur war unbarmherzig.

»Heiliger Nikolaus steh uns bei!«, ächzte Lambert.

Mit einer Hand klammerte er sich an den Stützbalken der Abdeckung, die die kostbare Fracht zusammenhielt. Die Knöchel seiner Hand traten bläulich weiß hervor. Fässer mit schneeweißem Kalk aus dem Oberen Isartal hatten sie geladen. Baumeister Joerg von Halspach stellte höchste Ansprüche an das Material, das er an den beiden größten Baustellen in München verwenden ließ. Lambert hatte gehört, wie der berühmte Baumeister den Handel mit Floßmeister Resch abgeschlossen hatte. Halspach hatte derart schwärmerisch von dem Kalk gesprochen, als würde er die Haut einer schönen Frau beschreiben. Lambert drückte die Stirn gegen das raue Holz, seine Nackenmuskeln waren zum Zerreißen gespannt. Er hörte Alois, den Steurer, schreien, aber das Heulen des Windes und der Donner, der den Himmel zerriss, übertönte alles Menschliche. Durchhalten, Lambert, du musst durchhalten, beschwor er sich selbst und suchte verzweifelt nach einem Gedanken, der ihm die nötige Kraft dazu verleihen würde. Fronica. Fronicas Lächeln, das manchmal wie ein Sonnenstrahl zwischen den dunklen Wolken des Alltags hervorbrach und sein ganzes Sein innerhalb eines Augenblickes erhellte.

»Für dich, Fronica, und unsere Zukunft«, knirschte er und stemmte sich mit aller Macht gegen die Fässer. Das Floß tat einen gewaltigen

Ruck durch die Wasserstrudel und schoss um die Biegung, haarscharf an einem hervorstehenden Felseneck vorbei. Sie glitten unter dem peitschenden Regen dahin, am Horizont zackten Blitze über das Schwarzblau des Himmels. Lambert schloss kurz die Augen und atmete auf. Sie hatten es wieder einmal geschafft. Durch die Regenschleier sah er von Zeit zu Zeit schemenhaft Marterln vorbeigleiten, Erinnerungen an das Schicksal der weniger Glücklichen, die ihren letzten Atem in den Armen der Wassernymphen ausgehaucht hatten. Lambert schauderte. Von Frühjahr bis Winter, so die Witterung es zuließ, riskierten sie Tag für Tag ihr Leben auf den Wassern der Isar. Bald war das Jahr als Floßknecht vorbei und er kam seinem Ziel ein Stück näher. Lambert hatte Glück, sein Floßmeister ließ ihn über den Winter in der Dachkammer des Flößerhauses wohnen und er konnte sein Auskommen in der kalten Zeit mit Holzhacken und Schreinerarbeiten verdienen. Sein Münzvorrat, den er in einem Kästchen unter einem Dielenbrett aufbewahrte, vermehrte sich stetig. Lambert liebte nichts mehr, als nach der Heimkehr abends in seiner Kammer am Boden zu hocken, die Münzen durch die Finger gleiten zu lassen und von seiner Zukunft zu träumen. Ein reicher Mann würde er sein, mit einem Haus aus Stein und einem Pferd. Dienerschaft würde er haben und eine schöne Frau, die ihm Söhne schenken würde. An dieser Stelle seines Tagtraumes überkam ihn oft die brennende Sehnsucht nach Fronica, der Tochter seines Meisters. Ihre elfenhafte Gestalt, das feingeschnittene Gesicht, Haar wie aus Mondlicht gesponnen. Meist übersah sie ihn, aber wenn sie ihn manchmal mit einem Ausdruck anblickte, als wäre sie nicht von dieser Welt, wollte ihm der Atem vergehen. Trotz ihres Makels erschien sie ihm als das begehrenswerteste Wesen auf Erden, als die einzige Frau, die ihn aus seiner harten, feindseligen Welt befreien konnte. Vor ihnen lag die Münchner Lände. Der Ländhüter und seine Knechte standen am Ufer bereit. Lambert warf einem das Seil zu. Er warf ungeschickt, der Mann erwischte es und zog unvermittelt. Das Floß stieß an die Uferbefestigung und Lambert, noch immer mit den Gedanken bei Fronicas Lippen, verlor das Gleichgewicht. Rücklings stürzte er ins Wasser, versuchte Halt an dem Seil zu finden, riss es dem

Ländknecht dabei aus der Hand. Hart schlug Lambert mit dem Kopf an eine Ländsäule.

»Ihr beide geht zur Lände und schaut, ob das Floß vom Resch angekommen ist. Überwacht das Abladen! Ich traue dem Flößerpack nicht über den Weg.«

Gabriel, der gerade die Schablone an den Stein anlegte, sah unwillig auf.

»Meister, ich bin noch nicht fertig mit …«

»Geh zur Lände, sage ich. Den Stein kannst du später fertighauen.«

Gabriel tauschte einen missmutigen Blick mit Albin, der am Platz neben ihm arbeitete. Es goss und er verspürte wenig Lust, sich aus dem Schutz der Bauhütte in die feuchte Kälte hinauszubewegen. Trotz der warnenden Geste des Werkmeisters verzog Albin das Gesicht zu einer Grimasse, legte Hammer und Meißel beiseite und ging hinaus. Gabriel folgte ihm. Die Stimmung Meister Sebolds war in den letzten Tage granitgrau wie die Wolken am Himmel, besser man folgte seinen Anweisungen widerspruchslos und ging ihm aus dem Weg. In der Regel war Gabriel zufrieden mit seiner Arbeitsstelle. Ab Petri Stuhlfeier begann die Arbeit in der Bauhütte um fünf Uhr morgens und endete mit dem Sechsuhrläuten am Abend. Eine halbe Stunde Pause für die Suppe, eine Stunde für die Mahlzeit am Mittag. Dafür erhielt er sechsundzwanzig Pfennige am Tag, er kam gut damit aus. In letzter Zeit aber war eine Sehnsucht in ihm erwacht, die er nicht bezwingen konnte. Gabriel beeilte sich, Albin einzuholen, im Gehen schlug er seine Kapuze über den Kopf und übersah dabei die Lade eines Mörtelmischers, die dieser hinter sich her schleifte. Er stolperte darüber und fiel der Länge nach auf den aufgeweichten Boden. Albin lachte laut heraus, als er Gabriel im Dreck liegen sah. Als er dessen Gesichtsausdruck bemerkte, kam er versöhnlich auf ihn zu und streckte ihm die Hand entgegen.

»Los steh auf, dein Mittagsschläfchen kannst du anderswo halten!«

Gabriel wischte sich verärgert die Hände an seiner Hose ab und schickte dem Mörtelmischer einen Fluch hinterher. Albin sah ihn kopfschüttelnd an.

»Welche Laus ist dir bloß über die Leber gelaufen? Seit Tagen grantelst du vor dich hin, nichts ist mit dir anzufangen!«

Gabriel sah ihn stirnrunzelnd an und überlegte einen Moment lang, ob er Albin den Grund für seine schlechte Laune verraten wollte.

»Ich bin es leid, immer nur die eintönigen Steine für den Fries zu hauen. Wasserspeier will ich meißeln, Kapitelle, Schlusssteine, die Verzierungen an den Portalen! Vor allem die Figuren für das Hauptportal! Meister Joerg will die alten Figuren nehmen, habe ich ihn sagen gehört, aber ich will eine neue Mutter Gottes schaffen, wie es ihresgleichen nicht gibt!«

In seiner Vorstellung sah er die perfekte Marienstatue vor sich, ein Lächeln huschte über sein Gesicht, verschwand aber sofort wieder.

»Diese stumpfsinnige Steinklopferei treibt mich in den Wahnsinn«, knurrte er schließlich, »wenn ich nur wüsste, wie ich den Baumeister von meiner Figur überzeugen könnte.«

Albin bedachte ihn mit einem Blick, den Gabriel nicht deuten konnte, erwiderte aber nichts. Gabriel winkte gereizt ab.

»Ach, lass gut sein. Komm wir gehen! Trockener wird es nicht.«

Die beiden Steinmetzgesellen bahnten sich ihren Weg durch das geschäftige Treiben der Baustelle, die auf engstem Raum der inneren Stadt zwischen den Häusern lag. Die neue Kirche wurde um die alte, viel zu klein gewordene herumgebaut. Zwei Jahre, bevor Gabriel mit seiner Steinmetzbruderschaft aus Regensburg hierhergekommen war, hatte man die Fundamente im Osten und Norden ausgehoben. Joerg von Halspach war vom Rat als Stadtmaurer eingestellt worden und ließ zunächst den alten Kirchturm abtragen. Danach begann man im Osten mit dem Mauerwerk und arbeitete sich über den Norden nach Süden voran. Sobald die Kirche fertiggestellt wäre, würde sie die letzte Ruhestätte des verstorbenen deutschen Kaisers, Ludwig den Bayern, aufnehmen. Gabriels Blick blieb an den Männern im großen Laufrad hängen und seine Unzufriedenheit wurde etwas milder. Das waren wirklich arme Teufel! Den ganzen Tag rackerten sie in dem hölzernen Rad, um Holzbalken, Steine und Mörtel zu den Arbeitern hoch oben auf den Gerüsten hinaufzubefördern. Wenn sie vor Erschöpfung oder aus Unachtsamkeit ausrutschten und im Gestänge hängenblieben, kostete es sie ihre Knochen oder schlimmstenfalls das Leben. Mehr als einmal hatte er einen Sterbenden seinen letzten Hauch unter dem Rad verröcheln sehen, mit zerquetschtem Brustkorb, die Gedärme aus dem Leib geplatzt. Sie gingen in Richtung Thal und Gabriel war gerade dabei, den Ausflug als eine angenehme Abwechslung zu empfinden, als ein Schwein auf ihn zulief und grunzend an seinen Schuhen schnüffelte. Verärgert gab er dem Tier einen Tritt in das speckige Hinterteil, das Schwein rannte quiekend davon.

»Dieser Mistviecher werden immer dreister! Irgendwann gibt es mehr Schweine als Menschen in der Stadt!«

Gabriel sah finster auf ein Rudel Schweine, das im Unrat neben einer Wirtsstube wühlte und wich einem Kothaufen aus, den eines der Tiere hinterlassen hatte.

»Ist es dir nicht fad, tagaus tagein die gleichen langweiligen Muster zu meißeln?«, forschte er.

Albin sah selbstvergessen einer Magd nach, die ihm mit einem koketten Hüftschwung ausgewichen war.

»Ach was soll's, für einen Fries werde ich ebenso bezahlt wie für einen Schlussstein und den Ruhm heimst am Ende ohnehin der Baumeister ein«, wiegelte Albin ab und steuerte auf einen Bäckerstand zu.

»Warte, ich will mir krumme Krapfen kaufen.«

Als Gabriel der warmwürzige Duft des Schmalzgebackenen in die Nase kroch, knurrte unwillkürlich sein Magen. Er griff nach seinem Beutel und lugte hinein.

»Auch für mich drei, guter Mann!«

»Da sind das feinste Mehl, die frischesten Eier, köstlicher Käse und edelste Gewürze drin!«, pries der Standbesitzer seine Ware vollmundig an und reichte Gabriel die Krapfen.

Herzhaft biss der in die hufeisenförmige Köstlichkeit.

»Au! Verdammt, ist das heiß!«

Er spuckte wütend den glutheißen Batzen aus. Das Brennen auf seiner Zunge trieb ihm Tränen in die Augen. Er riss den Mund auf und fächelte Luft hinein. Heute ging ihm wahrlich alles daneben!

Sie passierten den Zimmerplatz, dort wurden die angelieferten Stämme behauen, die dem Bau von Gerüsten und dem Dachstuhl der Kirche dienen würden. Als sie die Floßlände erreichten, fiel der Regen nur noch spärlich. An der Stelle, an der die schweren Flöße ankamen, zogen Männer mit langen Haken Triftholz an Land, Befehle und raue Flüche schollen durch die Luft. Fuhrwerke standen bereit, um die Güter in die Stadt zu bringen. Der Ländaufseher trieb seine Gehilfen an, die beim Abladen der Flöße zur Hand gingen, kassierte die Hänggebühr, achtete darauf, dass an der Weinlände niemand unerlaubt aus den Weinfässern trank.

»Tölzer Prügel!«, schrie ein Floßmann, unverkennbar ein derber Tölzer, von einem anländenden Floß und warf Kleinholz in die Isar, worauf einige herumlungernde Gestalten ins Wasser rannten und sich darum balgten. Mehrere Flöße schaukelten an den Uferwänden, die Fracht wurde über Bretterstiegen abgeladen. Albin stieß Gabriel mit dem Ellenbogen an.

»Da, wir haben Glück, das Reschfloß kommt gerade an.«

Gabriel schaute in die Richtung, in die Albin zeigte. Gerade rechtzeitig, um zu sehen, wie Lambert ins Wasser stürzte und nicht wieder auftauchte, das Floß vom Fluss weggezogen wurde. Unaufhaltsam näherte es sich einem Brückenpfeiler. Die beiden Männer auf dem Floß stemmten sich mit Stangen dagegen, vergeblich. Gabriel handelte, ohne es zu wollen. Er ließ seinen letzten Krapfen fallen, sprang mit ein paar mächtigen Sätzen in den Fluss. Das eiskalte Wasser raubte ihm beinahe die Sinne, er sah wie durch einen Nebel. Gabriel schnappte nach Luft, griff in die grauen Wasserstrudel und bekam den Jungen am Arm zu fassen. Gabriel versuchte verzweifelt, ihn nach oben zu ziehen, aber das Tau hatte sich um den Flößer gewickelt. Das schwere Floß trieb unaufhaltsam in die Flussmitte. Vergeblich zog und zerrte er an dem Körper, der bleischwer tiefer sank. Schließlich sah Gabriel nur einen Ausweg. Er holte Luft, tauchte ins eisige Wasser und befreite den immer noch Bewusstlosen von dem Seil. Keuchend kam er an die Oberfläche, wickelte sich das Tau um den Arm, im anderen Arm den Jungen, stemmte sich verbissen gegen den Sog, spürte endlich wieder Boden unter den Füßen. Inzwischen war es den Flößern gelungen, mit Stangen und Haken Halt zu finden. Sie leisteten nach besten Kräften Beistand, um das Floß ans Ufer zu staken und es zu verankern. Andere Männer waren aufmerksam geworden, kamen ihm entgegen und halfen, den Floßknecht an Land zu bringen. Gabriel ließ sich zu Boden fallen, er rang nach Luft, fassungslos über sich selbst. Als er wieder bei Atem war und die Augen öffnete, stand Albin kopfschüttelnd vor ihm.

»Was hast du dir dabei gedacht? Bist du deines Lebens derart überdrüssig?«

»Hätte ich den armen Teufel ersaufen lassen sollen? Wo warst du eigentlich?«, hustete Gabriel und spie aus.

Albins Miene verfinsterte sich, Röte breitete sich auf seinem Gesicht aus.

»Ich kann nicht schwimmen«, gestand er schließlich kleinlaut.

Gabriel rappelte sich auf und schaute sich nach dem Verunglückten um.

»Lebt der Floßmann?«

Ein graubärtiger Riese in den hohen Stiefeln eines Flößers kreuzte neben ihm auf. Gabriel sah in das wetterzerklüftete Gesicht des Floßmeisters Resch.

»Ich stehe in deiner Schuld«, der Flößermeister kratzte sich verlegen am Kopf, »die Isar ist manchmal eine recht ungestüme Braut! Einen Augenblick Unachtsamkeit meines Knechts hätte ich beinahe teuer bezahlen müssen. Wenigstens ein Pfund Pfennige und die Stadthaft hast du mir erspart, zwei Pfund Schillinge für das Floß und obendrein das Leben meines Floßknechts gerettet! Wie kann ich's dir vergelten?«

Gabriel versuchte, seine nasse Kleidung auszuwringen, so gut es ging. Der Stoff klebte wie eine eisige Haut an seinem Körper.

»Ein heißer Würzwein und eine Schale Suppe wären nicht schlecht, wenn du so fragst. Ansonsten war es um der Liebe Christi Willen«, versetzte er und versuchte, nicht zu zittern.

»Werkmeister Sebold hat uns hergeschickt, um nach deinem Floß Ausschau zu halten.«

Den schmählichen Ausspruch des Steinmetzmeisters über die Vertrauenswürdigkeit der Flößer behielt er wohlweislich für sich.

»Sobald die Ladung verschafft ist, lade ich dich auf eine anständige Mahlzeit dort drüben ein.«

Resch wies auf das Wirtshaus unweit der Lände. Das Zunftschild, das im Wind vor dem Gasthaus baumelte, zeigte den Heiligen Nikolaus, den Schutzpatron der Flößer. Gabriel dankte dem Mann mit einem Nicken. Die Kälte, die sich seiner bemächtigt hatte, war inzwischen schier unerträglich. Schlotternd ging er zu dem Verunglückten hinüber, der wieder zu sich gekommen war. An der Schläfe des Burschen begann sich eine gewaltige Beule zu wölben. Er sah zu Gabriel hoch. Der Blick aus dunklen Augen wirkte müde und hart zugleich.

»Ich verdanke dir mein Leben. Ohne dich wäre ich jetzt bei den Wassernixen. Ich habe ihre langen Haare schon an meinem Hals gespürt. Sie winkten, haben ihre weißen Arme nach mir ausgestreckt.«

Er schauderte, kam mühsam auf die Beine.

»Ich heiße Lambert. Du hast etwas gut bei mir.«

Mit einem schiefen Grinsen setzte er hinzu:

»Die Floßmeister wollen lieber Knechte, die nicht schwimmen können, die kämpfen mehr um das Floß. Hat nicht geklappt bei mir.«

Gabriel war überrascht von der Gefasstheit des Flößerknechts, der um Haaresbreite dem Tod entgangen war. Lambert strahlte eine Ernsthaftigkeit aus, die nicht zu seiner Jugend passte. Er schlug in die ihm entgegengestreckte Hand ein.

»Ich bin Gabriel Neuhauser, Steinmetzgeselle.«

Kapitel 3

Die Seherin

Fronica sah der Frau des Müllers nach, die gemächlich davon stapfte. Sie war zufrieden gewesen mit dem, was Fronica für sie im Wasser gesehen hatte. Die Mutter würde das Mehl gut gebrauchen können, selbst wenn sie es nicht mochte, dass Fronica für die Leute das Schicksal weissagte. Sie beugte sich erneut über die Schale, rührte das Wasser mit dem Haselzweig. Ihr Blick suchte die Mitte, dort, wo der kleine Strudel kreiselte. Wie jedes Mal, wenn sie das Wasser schaute, wurde ihr schwindelig, ein Gefühl, als würde sie unter die Wasseroberfläche gezogen. Sie rang nach Luft. Einen Augenblick lang schwankte ihr Oberkörper, fing sich wieder. Sie wurde still, neigte sich tiefer über die Schale, ließ ihren Blick ins Wasser hineinziehen. Langsam formte sich ein Gesicht, die Augen in blankem Entsetzen aufgerissen, als würden sie den Tod erblicken. Sie fuhr zurück, das Haselstäbchen fiel zu Boden. Im Nu war sie auf den Füßen, die Schale kippte um, das Wasser versickerte im Boden. Fronica rannte auf das Haus zu, warf sich in die Arme der Mutter, so wie sie es als Kind getan hatte.

»Der Vater, bestimmt ist ihm etwas zugestoßen. Ich habe es im Wasser gesehen!«

Fronica spürte die Hand der Mutter auf ihrem Scheitel.

»Fronica, dein Vater ist der beste Flößer auf der Isar. Lass halt die dumme Wasserleserei sein! Dabei kann nichts Gutes herauskommen!«

»Sein Gesicht, die Augen, als wäre er …«, sie weinte still. Zum Kummer ihres Vaters fürchtete Fronica nichts mehr als die wilden Wasser der Isar. Sie vermied es, wann immer es möglich war, dem Fluss nahe zu kommen. Allein das Rauschen des Wassers konnte sie in Angst und Schrecken versetzen. Sie richtete sich auf und schob die Augenklappe zurecht.

In solchen Momenten hasste sie ihre Gabe. Für die Menschen, die ihren Rat suchten, konnte sie die Bilder klar deuten, fragte sie jedoch für sich selbst, blieben die Botschaften meist rätselhaft, warfen mehr Fragen und Ängste auf, als sie Antwort und Zuversicht gaben. Die letzten Tage hatte sie eine seltsame Unruhe erfasst, als würde bald etwas Bedeutsames geschehen, das ihr Leben von Grund auf änderte. Jedes Mal, wenn sie versuchte, das Gefühl zu ergründen, entzog es sich ihr, als würde es sich im Nebel auflösen. Die Mutter reichte ihr ein Schaff.

»Es ist Zeit, die Ziegen zu melken.«

Als Fronica zum Ziegenstall hinüberging, nahm sie sich wieder einmal vor, dem Wasser keine Fragen mehr zu stellen, die sie selbst betrafen. Der scharfe Tiergeruch klärte ihre Sinne. Fronica kraulte die Schwarz-Weiße hinter den Hörnern und legte ihr einen Strick um die Vorderfüße, die Ziege ließ es willig geschehen. Das gleichmäßige Zischen der Milch beruhigte Fronica zusehends. Sie gähnte herzhaft. Die letzten Nächte hatte sie schlecht geschlafen, dunkle Träume waren durch ihren Schlaf gewandert und hatten ein Gefühl unbestimmter Bedrohung zurückgelassen. Ins Melken versunken schaute sie über den Rücken der Ziege zum Waldrand. Nebelschwaden zogen in der Dämmerung auf, legten einen sanften Schleier auf Büsche und Bäume. Hinter ihr raschelte es, aber als sie herumfuhr, bewegten sich nur die Weiden träge im Wind. Jemand beobachtet mich, dachte sie. Seit Tagen hatte sie das Gefühl, von Blicken verfolgt zu werden, aber wenn sie sich umsah, war niemand da. Sie löste den Strick und gab der Schwarz-Weißen einen freundlichen Klaps. Das Tier sprang meckernd davon und Fronica nahm sich gerade die nächste Ziege vor, als sie Männerstimmen hörte. Hastig stellte sie den Eimer zur Seite und rannte den Weg hinauf.

»Vater, endlich! Ich habe mir solche Sorgen gemacht!«

»Ich war es nicht, den die Isar heute beinahe verschlungen hätte! Um ihn hättest du dich sorgen können.«

Ihr Vater wies mit dem Daumen hinter sich auf Lambert, der sich vergeblich bemühte, unbeteiligt zu erscheinen. Fronica sah die Blässe seiner Haut unter schwarzem, strubbeligem Haar, die Starre in seinen Augen. Trotzdem, sie hatte keinen weiteren Blick für den Flößerknecht. Für sie zählte einzig und allein, dass ihr Vater heil und gesund nach Hause gekommen war. Sie schmiegte sich an seine Brust, genoss seine Wärme und Stärke, alle Gefahr war gebannt. Drüben im Wald schrie ein Kauz.

Der Wind pfiff ihm eisig um die Ohren. Gabriel schauderte und zog seinen Umhang enger. Zwei Tage hatte er fiebernd in seiner Kammer gelegen, an diesem Morgen hatte er sich gezwungen, aufzustehen und zur Baustelle zu gehen. Er wich einem hoch mit Ziegeln beladenen Ochsenkarren aus und machte sich im Inneren der Kirche auf die Suche nach dem Meister, um dessen Anweisungen entgegenzunehmen. In stiller Andacht ging er an den Altären an der Nordseite vorbei, die noch aus der alten Kirche stammten und nun weiter ausgebaut wurden. Ein Duftgemisch aus feuchtem Mörtel, Steinstaub und einer Ahnung von Weihrauch lag in der Luft. Er legte den Kopf in den Nacken und schaute nach oben, wo eine grob gezimmerte Bretterdecke die Heiligtümer so lange vor Wind und Wetter abschirmte, bis die Decke eingewölbt sein würde. Gestützt auf kraftvolle Achteckpfeiler würden sich zart ockerfarbene Sterngewölbe wie ein Schutzmantel über die Betenden spannen, so hatte es der Baumeister mit weitausholenden Gesten beschrieben. Hoch über ihm würden irgendwann die Schlusssteine und die Kreuzstücke, die er und die anderen Steinmetze schufen, das Dachgewölbe zieren. Wenn man die Kirche durch das Westportal betrat, stünde man vor elf Paaren glänzendweiß gekalkter Backsteinpfeiler, die im Mittelschiff auf Figurenkonsolen ruhten. Die Steinmetze hatten begonnen, Abbilder der Handwerker, die an der Kirche arbeiteten, an den Konsolen zu verewigen. Es wirkte, als würden die Handwerker die Pfeiler tragen.

Gabriel fiel es schwer, sich das vollendete Bauwerk vorzustellen. Er kannte keine Kirche, die in diesem Stil erbaut war. Dieser Bau sollte die Kirchen anderer Fürsten übertreffen, die Landshuter, die Ingolstädter, die Regensburger, das war das Ziel Herzog Sigismunds und damit das von Meister Joerg und jedem, der an dieser Baustelle arbeitete. Die Zunft der Goldschmiede hatte sich bereits das Recht gesichert, den Altar mit Zierrat und Ornat auszustatten. Wenn Gabriel nur endlich am Brautportal arbeiten könnte! Es kribbelte ihn in den Fingern, wenn er nur daran dachte. Er würde alles dafür geben, diese Arbeit tun zu dürfen. Gabriel bemühte sich, die aufkommende Ungeduld zu unterdrücken. Man hatte die Arbeit an der Nordseite der Kirche aufgenommen.

Einige Steinsetzer arbeiteten bereits an der südlichen Außenfassade, geduldig setzten sie Ziegel für Ziegel aufeinander, immer wieder wurde die Richtschnur angesetzt und überprüft, ob die Wand gerade hochgezogen wurde. Gabriel nickte ihnen zu und ging weiter. Er hörte die Stimmen, bevor er jemanden sah und blieb, einer plötzlichen Regung folgend, hinter einer halbfertigen Säule stehen.

»Gute Arbeit, Albin, wirklich gute Arbeit!«

Gabriel wunderte sich. Steinmetzmeister Sebold war im Allgemeinen mit Lob sparsamer, als es Äpfel im Frühling gab. Etwas in Gabriel zwang ihn, hinter der Säule zu verharren und zu lauschen. Ein unbehaglicher Druck machte sich in seiner Magengegend breit.

»Schaut Meister, so stelle ich mir die Figur der Mutter Gottes vor. Ich habe einen Entwurf gezeichnet.«

Gabriel überlief es heiß und kalt zugleich. Er glaubte seinen Ohren nicht zu trauen. Litt er an Fieberphantasien? Was in aller Heiligen Namen machte Albin da?

Mit aller Macht unterdrückte er den aufsteigenden Hustenreiz und lugte hinter der Säule hervor. Auf einem Steinblock hatte Albin eine Skizze ausgebreitet.

»Hmm.«

Der Meister schob das Kinn vor und rieb sich den Bart, während er den Entwurf betrachtete. Er deutete auf die Zeichnung.

»Den Blickwinkel müsste man ändern. Sie soll auf das Kind schauen, aber gleichzeitig den Betrachter anblicken.«

Albin nickte eifrig und kratzte sich am Ohr.

»Das ist eine großartige Idee. So mache ich es!«

In Gabriel stieg unbändiger Zorn auf. Plötzlich wusste er Albins merkwürdigen Blick während ihres Gesprächs auf dem Weg zur Lände zu deuten. Dieser gemeine Verräter! Gabriel hatte ihm seine geheimsten Wünsche anvertraut, und kaum lag er krank in seiner Kammer, ging Albin hinter seinem Rücken zum Meister, schmeichelte sich ein und stahl ihm seinen Traum!

»Aber zuerst machst du mir noch einige vollendete Schlusssteine, hörst du!«

Blick und Tonfall des Steinmetzmeisters wurden streng.

»Beweise mir, dass du es kannst, dann gehe ich zu Meister Joerg und sage ihm, dass du die Figur machen willst.«

Er zögerte, wiegte den Kopf, als sei ihm noch etwas eingefallen.

»Vorausgesetzt, er will sie nicht selbst hauen ...«

Gabriel erinnerte sich, dass der Baumeister, von dem man munkelte, er stehe mit dem Teufel im Bunde, dafür bekannt war, dass er gerne selbst Meißel und Klöpfel zur Hand nahm und bei fast jedem seiner Bauwerke einige Figuren selbst schuf. Gabriel beobachtete aus seinem Versteck, wie Meister Sebold Albin gutmütig auf die Schulter schlug und davon ging. Gabriel glaubte ohnmächtig zu werden, derart heftig tobten die Gefühle in ihm. Am liebsten wäre er hinter seiner Säule hervorgestürmt und hätte Albin die Fäuste ins Gesicht gedroschen. Er presste seine Hände vor den Mund, damit sein Keuchen ihn nicht verriet.

Was war das? Gabriel bekam seinen Atem unter Kontrolle, lauschte nach dem Geräusch. Kratzen, Metall auf Stein. Was machte Albin? Gabriel schob sich hinter der Säule hervor. Der Steinmetzgeselle kauerte am Boden und machte sich mit dem Messer an einem der unteren Steine eines Seitenaltars zu schaffen, tastete, drückte und klopfte dagegen. Die Kapelle des Heiligen Blasius und der unschuldigen Kindlein, stellte Gabriel voll Grimm fest. Wie passend! Er beobachtete, wie Albin auf die andere Seite des Steines kroch und in der Mauerritze stocherte. Offensichtlich suchte er etwas. Ein schleifendes Geräusch kündigte einen Mörtelmischer an. Gabriel zog sich in eine Seitennische zurück.

Am nächsten Morgen war Gabriel lange vor Albin in der Bauhütte. Voll Unmut hieb er auf seinen Stein ein, als Albin die Werkstatt betrat.

»Gabriel, bist du wieder gesund?«

Arglos kam Albin herbei.

»Warum willst du das wissen?«

Gabriel hielt sich nicht mit Feinschliff auf. Er blickte hoch, musterte Albin mit finsterer Miene.

»Hast die Zeit gut genutzt, in der ich krank war, nicht wahr?«, versetzte er.

Albin blickte verständnislos drein.

»Um dich beim Meister lieb Kind zu machen, meine ich.«

Gabriel meißelte erneut auf den Stein ein, Splitter, Steinstaub und Zorn umgaben ihn. Seine hölzerne Schablone verrutschte, er knurrte einen Fluch. Er konnte Albin nicht ansehen, ohne ihn schlagen zu wollen.

»Du willst hoch hinaus, koste es, was es wolle, habe ich Recht?«, stichelte er weiter.

Albin hatte genug. Er verschränkte die Arme und baute sich breitbeinig vor Gabriel auf.

»Was soll das? Hat dir das Fieber dein Hirn weggebrannt?«

Gabriel ließ den Meißel fallen und sprang auf.

»Du hast es nötig, mich zu beleidigen! Du Verräter, ich schlag dir den Schädel ein!«, brüllte er, außer sich vor Zorn. Er konnte sich nicht länger zurückhalten, mit beiden Fäusten stieß er Albin vor die Brust, der taumelte, fiel ins Freie. Gleich war Gabriel hinter ihm her, warf sich auf ihn, schlug wutblind auf den Steinmetz ein, dass ihm die Knöchel knackten. Albin wehrte sich, drängte ihn zurück, hieb ihm hart in die Seite. Bei dem Versuch auszuweichen, stieß Gabriel sich schmerzhaft den Kopf an einem Totenbernhard, einem missglückten Werkstück, das nicht ordentlich vergraben worden war. Er schrie auf. Verbissen rollten sie am Boden zwischen Steinblöcken, Sand und Werkzeug, knurrten und heulten wie kämpfende Wölfe, bis Albin die Oberhand bekam und es ihm gelang, Gabriels Arme auf den Boden zu drücken. Von dem Gebrüll angelockt, ließen die Windeknechte und Steintreiber ihre Werkzeuge im Stich, kamen herbeigelaufen und bildeten einen Kreis um die Kämpfenden. Einige Mönche eilten ebenfalls herbei, manche bekreuzigten sich.

»Seid ihr komplett narrisch? Aufhören sag ich, hört sofort auf!«

Gabriel dachte nicht daran aufzuhören. Durch einen roten Nebel sah er die Vision von Albin, selbstgefällig neben der Statue der Maria stehend, das Lob und die Anerkennung dafür einheimsend, spürte keinen Schmerz, nur Betrug und Verrat, lodernden Hass, der seine Brust sprengen wollte.

»Ich bring dich um, bei der Heiligen Mutter Gottes«, knirschte er, bäumte sich auf und warf Albin mit einem gewaltigen Ruck herum. Er ballte die Rechte, holte aus zu einem mächtigen Schlag – dann waren sie hinter ihm, er wurde hochgerissen, ein eiskalter Guss machte seine Sinne mit einem Mal klar. Er keuchte, schüttelte sich und taumelte zurück. Albin saß vor ihm am Boden, schmutzig, hielt sich den Arm. Aus seiner Nase rann Blut, der Kittel war über der Brust aufgerissen.

»Geht wieder an die Arbeit!«

Meister Sebold, der den Wasserkübel über den Kampfhähnen ausgegossen hatte, löste mit einer herrischen Geste die Meute von gaffenden Handwerkern auf.

»Ihr beide verlasst den Bauplatz. Auf der Stelle! Umsichtiges Verhalten ist hier lebenswichtig! Ich melde euch dem Baumeister. Er wird entscheiden, ob ihr weiter hier arbeiten könnt. Geht mir aus den Augen!«

Gabriel wandte sich wortlos ab, hörte, wie Albin aufbegehrte, wollte nur noch weg.

»Das ist ungerecht, Meister! Er hat mich angegriffen!«

Ziellos lief Gabriel durch die Gassen, bis er außerhalb der Stadtmauer vor dem Thaltor stand. Er ging an der Lände vorbei, die Fäuste noch immer geballt, sein Schädel brummte. Einmal war ihm, als rufe jemand seinen Namen, aber er wollte niemandem sehen und mit keinem reden. Er lief und lief, die Kälte kümmerte ihn nicht mehr. Vor seinen Augen fügten sich Bilder zusammen wie die leuchtend farbigen Glasfenster der Kirche. Seine Marienfigur, Albin mit dem Meister in der Kirche, der Flößerjunge im Wasser. Wo soll ich hin, wenn ich nicht mehr an der Frauenkirche bauen darf, dachte er, und sein Herz wurde hart wie eine geballte Faust. Seit Jahren hatte er seine ganze Kraft darauf ausgerichtet, ein guter Steinmetz zu werden, so wie es sein Vater, sein Großvater und sein Urgroßvater vor ihm gewesen waren. Aber er, Gabriel, er wollte mehr! Er wollte Kunstwerke schaffen, ein Steinbildhauer wollte er sein, so herausragend, dass die Leute über ihn sprachen und ihn zu den herrlichsten Bauwerken riefen, damit er dort seine Kunst ausübte und die Kirchen, Paläste, Kathedralen damit einzigartig machte. Eines Tages würde er nach Frankreich reisen, um die Kathedrale von Chartres zu sehen. Seit er einige Mönche, die von einer Pilgerfahrt dorthin zurückgekehrt waren, darüber hatte sprechen hören, ließ ihm die Vorstellung, dieses Bauwerk zu sehen, keine Ruhe. Er stolperte und geriet ins Straucheln, bemerkte, wie schwach er auf den Beinen war. Gabriel lehnte sich gegen die raue Borke einer Ulme, ließ sich herunterrutschen, bis er auf seinen Fersen hockte. Elend fühlte er sich, der kalte Schweiß stand ihm auf der Stirn. Rasselnder Husten schüttelte ihn, der Schmerz zerriss seine Brust, er spie aus.

Inzwischen war ein schneidender Wind aufgekommen. Er blickte sich um, nach einer Hütte, nach Schutz, nach Wasser und Nahrung. Der Wald schaute ihm dunkel entgegen, dann, mit einem Mal rauschten die Zweige laut, als wollten sie die Angst übertönen, die in ihm emporkroch. Zwischen den Bäumen zeigten sich geisterhafte Fratzen und starrten ihn an, wurden größer, verschwammen vor seinen Augen. Er versuchte, die Klauen abzuwehren, die nach ihm griffen, langte ins Leere. Sie nahmen ihn mit.

Jemand rüttelte an seiner Schulter. Er drehte sich weg, wollte zurück dorthin, wo er eine Mutter Gottes geschaffen hatte, die derart lebensecht war, dass man vor ihr niederknien und den Saum ihres Gewandes küssen wollte. Er stand neben ihr, blickte in die bewundernden Gesichter der Menschen, von Halspach war unter ihnen, Meister Sebold, sogar sein Großvater zollte ihm, Gabriel, Respekt. Er fuhr hoch und blickte in ein uraltes, zerklüftetes Gesicht. Er war sich nicht sicher, ob er einen Mann oder eine Frau vor sich hatte.

»Keine Angst«, murmelte das Wesen in eigenartigem Singsang,»keine Angst, er ist dem Tod noch einmal ausgekommen, seine Zeit ist noch nicht da.«

Er versuchte zu sprechen, es gelang ihm nicht, seine Zunge lag wie ein trockener Klumpen in seiner Mundhöhle. Ein Becher näherte sich, zähe Flüssigkeit tropfte auf seine aufgesprungenen Lippen. Er schluckte widerwillig, stöhnte. Bitter schmeckte es in seinem Mund. Bevor er dankbar ins Dunkel zurücksank, meinte er, einen Engel hinter dem faltigen Wesen zu sehen.

Als er das nächste Mal zu sich kam, fühlte er sich kräftig und hungrig genug, um einen Ochsen zu verspeisen. Er öffnete langsam die Augen. Der Schein des Feuers im Herd war die einzige Lichtquelle in der Hütte. Er war allein. Gabriel stellte fest, dass er auf ein Lager aus mehreren Strohsäcken gebettet war, darüber ein geflicktes, aber reines Tuch. Beschämt bemerkte er, dass er unter der Decke nackt war. Er setzte sich auf. Am Fußende lag seine Kleidung, sauber und trocken. Hastig kleidete er sich an, war gerade dabei, in seine Stiefel zu schlüpfen, als sich die Tür knarzend öffnete. Gabriel hob den Kopf und erstarrte. Seine Mutter Gottes stand vor ihm! Das feingeschnittene Gesicht, der weiche Bogen der Braue, es war das Gesicht der Marienfigur in seinen Träumen! Nur die Binde, die das rechte Auge verbarg, verlieh ihr etwas Fremdartiges und der trotzige Schwung der Lippen war etwas zu kühn für eine Marienfigur.

»Es geht dir besser.«

Ihre rauchdunkle Stimme berührte sein Innerstes und ließ einen Schauer auf seiner Haut zurück.

»Hast du mich … meine Kleider …?«

Ein schneller Blick streifte ihn. Wortlos stellte sie einen Korb auf den Tisch, packte Brot, zwei Eier und einen weichen, weißen Käse aus, legte ihren Umhang auf der Bank ab. Aus einem Eimer goss sie Wasser in den Kessel über dem Feuer und gab verschiedene Kräuter hinein. Ihre Bewegungen waren weich und fließend, wie ein schmaler Bach, gesäumt mit Wildblumen, mit blanken Kieseln darin, vom ewigen Fließen rund geschliffen, dachte Gabriel, der nicht aufhören konnte, sie anzusehen.

Jetzt warf sie einen Blick in den Kessel, nickte zufrieden und schöpfte einen Becher voll.

»Trink das.«

Gabriel erinnerte sich an den gallig bitteren Geschmack und verzog das Gesicht.

»Trink.«

Widerstrebend nahm er ihr den Becher ab.

»Wie lange bin ich schon hier?«

Unter ihrem fordernden Blick setzte er den Becher an die Lippen, ließ die Flüssigkeit in seinen Mund laufen, stöhnte.

»Drei Tage hast du hier gelegen. In einem gottserbärmlichen Zustand warst du. Ohne die Heilkünste der alten Anna hättest du es nicht geschafft.«

Sie schnitt einige Scheiben Brot, schob sie ihm hin. Gabriel war entsetzt. Drei Tage! Er erinnerte sich an die Schlägerei mit Albin und sein Kopf wurde heiß. Er musste zurück, sich bei Albin entschuldigen und den Meister bitten, ihn wieder auf der Baustelle arbeiten zu lassen. Sein Magen knurrte. Zuerst musste er essen, dann würde er sich aufmachen und tun, was zu tun war. Er musste seine Marienfigur erschaffen, jetzt, wo er sie deutlicher denn je vor Augen hatte! Gierig biss er in das Brot, kaute, stopfte etwas von dem Käse hinterher. Als sein Hunger gestillt war, fiel ihm ein, dass er dem Mädchen nicht einmal seinen Namen genannt hatte.

»Ich heiße Gabriel. Ich bin Steinmetzgeselle.«

»Was hattest du bei diesem Wetter im Wald zu schaffen?«

Gabriel wusste nicht, was er antworten sollte. Er setzte mehrmals zu einer Erklärung an, schaute auf seine Hände, als sähe er sie das erste Mal. Er entschied sich für die Wahrheit.

»Ich hatte Streit mit einem anderen Gesellen. Wir prügelten uns und wurden von der Baustelle verwiesen. Ich bin einfach weggelaufen, ohne Ziel.«

Er stand auf, wischte sich die Hände an der Hose ab.

»Deshalb muss ich schleunigst zurück. Ich muss das in Ordnung bringen.«

Was sie jetzt wohl von ihm dachte? Sobald er die Sache mit Albin ins Reine gebracht hatte, würde er sie zeichnen, damit seinem Gedächtnis nicht die winzigste Einzelheit dieses Gesichtes verloren ging.

»Wo ist Anna? Ich will ihr danken und meine Schuld begleichen.«

Er tastete nach seinem Beutel, zog ein paar Kreutzer heraus.

»Anna ist bei der Gerberin. Das Kind kommt.«

Er stand unsicher da, drehte die Münzen in den Fingern. Unvermittelt streckte er den Arm aus, nahm ihre Hand und legte die Münzen hinein. Ihre zierliche Hand verschwand in seiner Pranke.

»Was ist …«, er zögerte, aber schließlich siegte die Neugier, »… mit deinem Auge?«

Ein schnelles, kaum wahrnehmbares Kopfschütteln war die Antwort. Gabriel hielt noch immer ihre Hand in seiner.

»Danke.«

Er stieß die Tür auf und trat hinaus in den kalten Nebel. Es musste die letzten Tage ununterbrochen geschneit haben, eine dichte Schneedecke hatte den Wald in glitzernde Stille gehüllt, obwohl der Frühling vor der Tür stand. Sie lehnte in der Türöffnung, zeigte auf eine schwach sichtbare Fußspur, die sich zwischen Büschen verlor.

»Folge meinen Spuren, sie führen zum Fluss.«

Er nickte und stapfte durch den Schnee davon. Nach ein paar Schritten fiel ihm etwas ein. Er drehte um, wollte fragen.

»Fronica. Mein Name ist Fronica.«

Ihre Stimme klang ihm den ganzen Weg über im Ohr. Der zurückgekehrte Winter hatte die Äste von Bäumen und Büschen am Flussufer mit filigranen Eiskristallen überzogen und Skulpturen daraus gezaubert. Aus den grauen Wolken begannen beständig große weiche Flocken zu sinken. Obwohl er ganz und gar keinen Grund zum Frohlocken hatte, fühlte er sich seltsam leicht. Er schritt kräftig aus, wollte schnell die Stadt erreichen, um diese dumme Geschichte aus der Welt zu schaffen. Welcher Teufel hatte ihn nur geritten?

Fronica sah ihm nach, bis seine Gestalt sich zwischen den Bäumen verlor. Am liebsten wäre sie ihm nachgelaufen. Der merkwürdige Blick, mit dem er sie angesehen hatte. Fast ehrfürchtig. Oder grauste es ihm vor ihr? Sie berührte ihre Augenklappe. Wie sie es hasste, sie tragen zu müssen! Seine Augen waren schön, graublau und tief. In ihr keimte das Verlangen auf, sich an seine Brust zu lehnen, sich ihm anzuvertrauen. Er war groß, seine Schultern breit, seine kräftigen Arme luden dazu ein, sich halten zu lassen. Ein ganz normales Leben führen, ohne

Visionen, ohne Geheimnisse. Ihre Finger spielten mit dem Ring, den sie an einer Kette um den Hals trug. Zu ihren Füßen hatte der hereingewehte Schnee eine Pfütze gebildet. Missmutig stampfte sie mit dem Fuß hinein. Was nutzte es schon? Das Leben, das sie sich wünschte, war nicht für sie bestimmt, so war es nun einmal. In gedrückter Stimmung räumte sie Annas Hütte auf. Sie verriegelte die Tür und folgte der Spur in den Wald. Fronica machte große Schritte, setzte ihre Füße in die Fußstapfen des Steinmetzes.

Daheim fand sie ihre Mutter in großer Aufregung. Ein in die Farben des Herzogs gekleideter Bote saß am Tisch und schlürfte Suppe. Die Mutter nahm Fronica beiseite.

»Eine hohe Dame aus der Hofburg schickt nach dir, Gräfin Sidonie von Riedenburg. Sie hat von deinen Fähigkeiten gehört und will, dass du für sie das Wasser schaust.«

Fronica sah überrascht auf.

»Du musst mitgehen. Aber sage ihr nichts. Erzähle ihr nur Belanglosigkeiten oder, noch besser sage ihr, dass du nichts sehen kannst.«

Das Gesicht ihrer Mutter verzog sich angstvoll.

»Es ist nicht gut, sich mit den Hoheiten einzulassen, glaube mir, Kind!«, warnte sie Fronica.

Fronica wandte sich ab, holte ihren Beutel und trat auf den Lakaien zu.

»Wir können gehen.«

Auf der Schwelle drehte sie sich zur Mutter um, die mit vor der Brust gefalteten Händen dastand, Sorgenfalten ins Gesicht gegraben.

»Sorge dich nicht, Mutter. Ich bin bald zurück.«

Fronica versuchte, Festigkeit in ihre Stimme zu legen. Während sie die Kapuze tief in die Stirn zog, fing sie den argwöhnischen Blick des Bediensteten auf und Fronica bemühte sich, möglichst finster dreinzuschauen. Schweigend folgte sie dem Mann den Treidelpfad entlang. Oben auf der Salzbrücke standen mehrere Fuhrwerke an, um dem Zolleintreiber den geforderten Preis zu bezahlen. Fronica sah sich scheu um. Der Trubel, der trotz der Kälte auf der Brücke herrschte, stand ganz im Gegensatz zu dem einsamen Leben, das sie im Flößerhaus führte. Sie sah mit Salzscheiben beladene Ochsenkarren, die unter dem Gewicht knarzend über die Holzbrücke rumpelten, einen Jungen, der eine Schar Gänse durch den Schneematsch trieb, Bäuerinnen mit Kiepen voll Eiern und getrockneten Kräutern, einen zweirädrigen Wagen, der mit Schaffellen beladen war. Sie konnte den Blick nicht von den Weichheit und Wärme versprechenden Fellen abwenden und prallte auf den Boten, der unvermittelt stehengeblieben war. Vor dem Thaltor hatte sich eine lange Schlange gebildet.

»Pass auf, wo du hintrittst, Weib!«, raunzte der Mann. Er musterte sie mit wachsamem Blick, als fürchtete er, sie würde ihn ob seiner Grobheit im nächsten Augenblick mit einem Bannspruch belegen. Fronica kämpfte die Aufregung nieder, die mit jedem Schritt, den sie auf die Hofburg zugingen, größer wurde. Wie hatte die hohe Dame von ihr erfahren? Was erwartete sie von ihr? Fronica war selten in der Stadt unterwegs. Ihr fiel auf, wie sauber die Straßen waren. Laut Verordnung musste Unrat in der inneren Stadt innerhalb eines Tages weggeschafft werden. Alle übelriechenden oder lärmenden Gewerbe wie Gerber und Schäffler befanden sich in der äußeren Stadt, im Schatten der Stadtmauern. Vor der Hofburg kreuzten grimmig aussehende Wachen ihre Hellebarden vor dem Tor. Als sie des Lakaien ansichtig wurden, traten sie zur Seite und ließen sie passieren. Fronicas Herz klopfte in der Kehle. Staunend sah sie sich um. Die Burg war in einem Viereck angelegt. Die eine Seite war von einer Kirche begrenzt, davor wölbte sich ein Bogengang. Der Innenhof war voller Menschen, edlen Pferden und Wagen. Ein riesiger blauer Vogel mit einem Krönchen auf dem Kopf schleppte ein unsagbar schönes Federkleid hinter sich durch den Schnee. Er hob den Kopf und stieß einen klagenden Schrei aus. Fronica schreckte zusammen und erinnerte sich daran, wo sie sich befand. Vor ihr lag ein Brunnen, um den sich Edelknaben und Mädchen ihres Alters scharten, dahinter wuchsen Linden. Ein Höfling zog einen Zweig herunter und ließ den Schnee auf ein Mädchen in einem scharlachroten Umhang rieseln, sie kreischte auf und schlug spielerisch nach ihm. Mägde huschten geschäftig umher, Diener trugen Behälter mit dampfenden

Speisen vorüber. Eine Hofdame stolzierte an ihr vorbei und Fronica sah bewundernd auf den pelzverbrämten Mantel und die kunstvoll geflochtene Frisur. Sie hätte gerne alles genauer betrachtet, aber der Lakai zog sie ungeduldig zu einer Seitenpforte. Sie folgte ihm über Treppen und Gänge, bis sie vor einer prachtvoll verzierten Tür Halt machten.

»Warte hier, bis die Gräfin dich holen lässt.«

Sie nickte hastig und senkte den Kopf. Der Lakai warf ihr einen letzten, mürrischen Blick zu und stampfte grußlos davon. Einige Zofen rauschten kichernd an ihr vorbei. Eine von ihnen, eine hübsche Brünette, warf ihr einen hochmütigen Blick zu und zog mit übertriebener Geste ihr Gewand an sich, damit es Fronicas Umhang nicht berührte. Fronicas Wangen begannen zu brennen. Die Tür öffnete sich, eine Frau winkte sie mit einer knappen Handbewegung herein.

»Komm.«

Fronica fühlte sich beklommen. Sie war noch nie einer hohen Dame von Angesicht zu Angesicht begegnet, hatte keine Ahnung, wie sie sich verhalten sollte. Als sie Sidonie von Riedenburg gegenübertrat, wusste sie, dass sie diesen Anblick in ihrem Leben nicht mehr vergessen würde. Die Gräfin erschien Fronica so überirdisch schön, dass sie vor Staunen vergaß zu atmen. Die junge Gräfin zu Riedenburg war noch nicht frisiert, ihre honigfarbenen Locken fielen weich bis zu ihrer Taille. Die Haare über der Stirn waren nicht ausgezupft, wie Fronica es ab und zu bei vornehmen Damen gesehen hatte. Ihre Haut schimmerte wie milchfarbene Seide, ihre Augen waren blauer als der Himmel über der Isar an einem Maitag. Das Gewand der Gräfin, die kaum älter als Fronica sein konnte, strahlte schneeweiß, die weiten Ärmel waren mit glänzend blauem Stoff unterfüttert, dasselbe Blau schmiegte sich um ihre Schultern und betonte ihre Augenfarbe. Den Rock, unter dem mit glitzerndem Stoff bezogene Schuhe hervorblitzten, zierten goldene Sterne, in deren Mitte winzige Steine funkelten, um die Taille trug Sidonie einen Gürtel aus goldener Spitze. Das Mieder ließ einen großzügigen Blick auf den Brustansatz der Gräfin zu. Fronica ertappte sich dabei, dass sie Sidonie mit offenem Mund anstarrte und senkte rasch den Blick. Sidonie schickte die Frauen, die im Hintergrund mit

Kleidungsstücken hantierten, mit einer knappen Handbewegung aus dem Zimmer.

»Du bist jünger, als ich angenommen habe!«

Sidonie von Riedenburg ging um Fronica herum und musterte sie eingehend, als begutachte sie ein Pferd, das sie zu kaufen gedachte.

»Was ist mit deinem Auge geschehen?«

Die Stimme war kräftig und klar und ihr Klang ließ keinen Zweifel daran, dass die Herzogin gewohnt war, zu bekommen, was sie wollte.

Fronica errötete erneut.

»Eine Entstellung, Ihro Gnaden, ich …«, sie geriet ins Stocken, rang nach Worten, »ich habe sie schon seit meiner Geburt.«

Die Gräfin stand dicht vor ihr. Sie war ein deutliches Stück größer als Fronica. Der Duft von Lilien und etwas unsagbar Köstlichem, etwas, das Fronica noch nie gerochen hatte, hüllte sie ein. Sie legte zwei Finger unter Fronicas Kinn und hob es leicht an.

»Schade um so ein hübsches Gesicht.«

Sie beendete die Musterung und ließ sich anmutig auf einen Stuhl neben dem Kamin sinken. Sidonie griff in eine silberne Schale, in der sich rotbackige Äpfel türmten und wählte eine Frucht. Sie biss hinein und blickte nachdenklich in die Flammen, als hätte sie Fronicas Anwesenheit von einem Augenblick zum anderen vergessen. Fronica ließ ihren Blick umherschweifen. Die weinroten Samtvorhänge erzeugten eine heimelige Stimmung. Nahe beim Fenster hing ein Käfig mit einem kleinen, grünen Vogel, wie sie noch nie einen zu Gesicht bekommen hatte. Sie drehte sich unauffällig ein wenig, damit sie die andere Seite des Raumes sehen konnte, als sie entsetzt feststellte, dass Schneereste von ihren Schuhen abgeschmolzen waren und eine Pfütze auf den honigfarbenen Holzdielen bildeten. Unruhig trat sie von einem Fuß auf den anderen.

»Steh nicht herum wie auf dem Jahrmarkt, komm her und setz dich zu mir!«

Die Gräfin wies auf den Stuhl ihr gegenüber. Fronica nahm ihren Umhang ab und legte ihn sorgfältig über die Stuhllehne. Sidonie betrachtete sie belustigt.

»Wenn du mir Gutes weissagst, kannst du dir bald ein schöneres Gewand leisten und musst nicht mehr in Lumpen daherkommen.«

»Das sind keine Lumpen«, fuhr Fronica auf, »meine Mutter hat mir den Umhang gewebt!«

Erschrocken sah sie der Gräfin ins Gesicht. So durfte sie nicht mit einer Dame von Stand reden! Sicher würde die Gräfin sie gleich hinauswerfen lassen. Sidonie tat nichts dergleichen. Sie hob lediglich eine Braue und nagte gelassen weiter an ihrem Apfel.

»Also, beginne. Was wird mir die Zukunft bringen?«

Fronica ließ sich auf der Stuhlkante nieder.

»Ich brauche eine Schale Wasser, Hoheit.«

»Mein Wohl oder Wehe liegt in einer Schüssel mit Wasser?« Die Gräfin lachte belustigt auf.

Sie rief nach der Kammerfrau und trug ihr auf, das Gewünschte zu holen. Fronica zog derweil das Haselstäbchen aus ihrem Beutel und versuchte, die Aufregung niederzukämpfen. Heilige Mutter Gottes stehe mir bei und zeige mir etwas Schönes für die hohe Frau, betete sie stumm. Schon kehrte die Kammerfrau zurück. Sie brachte ein Tischchen herbei, platzierte es auf Sidonies Anweisung zwischen der Gräfin und Fronica und stellte eine Silberschale darauf. Aus einer funkelnden Glaskaraffe goss sie Wasser hinein und zog sich geräuschlos zurück. Fronica nahm ihr Stäbchen zur Hand und begann langsam umzurühren. Als das Wasser im richtigen Rhythmus zu kreiseln begann, legte sie das Stäbchen beiseite. Sie ließ den Blick in den Strudel ziehen, versenkte sich mehr und mehr in sich selbst. Nachdem sie das Gefühl des Ertrinkens überwunden hatte, begannen die Bilder aufzusteigen, erst gemächlich, dann schnell und klar. Sie sah die Gräfin in einem prachtvollen, weinroten Gewand an der Seite eines stämmigen, kostbar gekleideten jungen Mannes an einer Festtafel sitzen, beide erhoben die Gläser. Das Bild veränderte sich und sie tanzte mit demselben Mann zum Klang einer Laute, während er Sidonie voll Verlangen anblickte. Ein neuer Wechsel und Fronica sah Sidonie neben ihm reiten, vor sich auf dem Pferd einen Jagdfalken. Jetzt sah sie ein hohes Bett mit geschnitzten Säulen und verziertem Himmel, die Füße waren wie

Löwentatzen gearbeitet, kostbare Einlegearbeiten machten das Möbelstück zu einem Kleinod. Die fein drapierten, gefältelten Vorhänge waren offen und man konnte den goldenen Schein des Feuers auf nackten Leibern erkennen. Sie spürte ein unbekanntes Gefühl der Lust in ihrem Schoß, sah den Mann sein Gesicht im goldenen Haar der Gräfin verbergen, während seine Hand ihre Brüste suchte. Die Hand wanderte über den Bauch der Gräfin, Fronica rang nach Atem, ihre Konzentration ließ nach und der Bilderfluss war unterbrochen.

»Was ist?«

Die Stimme der Gräfin klang scharf.

»Antworte, was hast du gesehen?«

Fronica kam langsam zu sich, hob den Blick. Sidonie hielt beide Armlehnen des Stuhls umklammert, ihr Oberkörper war nach vorne gebeugt, die Augen starr auf Fronicas Gesicht geheftet.

»Ein stattlicher Mann, Hoheit. Ihr tafelt mit ihm, tanzt, reitet eine Jagd und …«

»Und was?«

Fronica war nicht fähig, auszusprechen, was sie gesehen hatte. Mit heißen Wangen deutete sie hinüber zum Bett, das dem glich, das sie soeben in ihrer Vision gesehen hatte. Die Gräfin warf den Kopf in den Nacken und lachte hell auf.

»Der Herzog ist unersättlich, was das betrifft. Aber das weiß ich bereits. Was ist mit einer Heirat?«

Fronica schüttelte den Kopf.

»Ich habe nichts dergleichen gesehen.«

Die Gräfin ließ sich in den Stuhl zurückfallen. Ihr Gesicht wirkte plötzlich kummervoll wie das eines kleinen Mädchens, dem man sein Lieblingsspielzeug weggenommen hatte. Fronica hätte ihr gerne geholfen.

»Hoheit, ich kann es noch einmal versuchen, wenn Ihr wollt.«

Sie begann erneut, dass Wasser in Bewegung zu bringen. Schon während sie rührte, begannen Bilder aufzusteigen. Der Herzog schritt in seinem Kabinett auf und ab. Ein vornehm gekleideter Mann stand vor ihm, überreichte ihm mit einer Verbeugung das Bildnis einer dunkelhaarigen Frau. Sie schien um einiges älter zu sein als der Herzog. Jetzt stand er an einem Pult und blätterte in einem dicken Buch. Dann lag er wieder bei Sidonie, vor dem Feuer, genau dort, wo sie gerade mit der Gräfin saß. Sein Gesicht war vor Wollust verzerrt, als er sie mit langsamen Stößen in Besitz nahm. Ein schneller Wechsel, ein Tiegel wurde ihr selbst, Fronica, in die Hand gedrückt, sie reichte ihn weiter an die Herzogin. Der Herzog blickte auf das Bildnis der dunkelhaarigen Frau, gab es mit einer höflichen Geste des Bedauerns zurück. Sidonie, in guter Hoffnung, unter Apfelbäumen an einem See, sie ging dem Herzog entgegen. Fronicas Kopf begann zu schmerzen, die Bilder verschwammen und lösten sich auf. Aufatmend sank sie in sich zusammen. Sidonie betrachtete sie erschrocken.

»Ist es etwas Schlimmes? Lässt er mich fallen?«

Fronica schüttelte den Kopf, zwang sich zu sprechen.

»Es gibt eine ältere, dunkelhaarige Frau, jemand reichte dem Herzog ein Bildnis von ihr, aber er hat es zurückgegeben. Eure Hoheit wird ihm ein Kind gebären, nächsten Herbst schon, vielleicht …«

Sidonie sprang auf und begann im Raum auf und ab zu gehen.

»Ein Kind?«

Ein triumphierendes Lächeln breitete sich auf ihrem Gesicht aus.

»Wird es ein Thronfolger? Dann wird er mich heiraten, ganz bestimmt! Hast du es sehen können?«

Fronica verneinte.

»Hast du gesehen, was ich tun kann, um seine Leidenschaft zu erhalten?«

»Ein Liebestrank vielleicht, oder einer, der Eure Fruchtbarkeit begünstigt. Achtet gut auf die Pflege Eures Haares, der Herzog ist bezaubert davon. Aber er scheint ein gelehrter Mann zu sein, der geistreiche Gespräche schätzt.«

Sidonie warf ihr einen anerkennenden Blick zu.

»Du sprichst Wahres. Aber ich habe noch keinen Mann gesehen, der eine Frau um ihres Geistes Willen liebt. Beschaffe mir diesen Trank. Und etwas für mein Haar. Geh sofort und bringe mir diese Mixturen. Hier nimm, das dürfte ausreichen.«

Sie zog ein ledernes Beutelchen hervor und warf ihn auf den Tisch. Ein sattes Klimpern ertönte. Fronica nahm mit zittrigen Händen die Schale und kippte das Wasser ins Feuer. Es zischte und qualmte. Sie griff nach dem Beutel, steckte ihn ins Mieder und hüllte sich in ihren Umhang, nachdem sie sorgfältig das Stäbchen verstaut hatte. Sie war benommen, wollte nach Hause.

»Kein Wort zu einer anderen Person. Wenn du herkommst, frage nach meiner Kammerfrau Magdalena. Sie wird dich zu mir bringen.«

Fronica zog die Kapuze tief ins Gesicht, knickste und verließ den Raum. Mit Mühe fand sie den Weg nach draußen, atmete auf, als sie ins Freie trat. Sie mischte sich unter die Leute im Hof und huschte inmitten einer Schar Mägde durch das Tor hinaus auf die Straße. Das Gefühl, dass ihr Schicksal einen neuen Verlauf nahm, drängte sich ihr ein weiteres Mal mit aller Macht auf.

Kapitel 4

Das Geheimnis

Gabriel bahnte sich seinen Weg durch die zahlreichen Marktbesucher, dabei legte er sorgsam die Hand auf seinen Beutel. Trotz der anhaltenden Kälte waren viele Leute auf den Straßen Münchens unterwegs, darunter jede Menge dreiste Beutelschneider auf der Suche nach Opfern. Ihm war unbehaglich zumute bei dem Gedanken, bei Albin und dem Meister zu Kreuze kriechen zu müssen. Kurz dachte er darüber nach, alles auf sich beruhen zu lassen. Die Stadt schien eine einzige große Baustelle zu sein. Überall wurde gearbeitet, überall lag Baumaterial herum und er würde mit Leichtigkeit eine andere Arbeitsstelle finden. Im Vorbeigehen warf er einen Blick auf den schon weit fortgeschrittenen Bau des Rathauses, das Joerg von Halspach nach dem Vorbild des Augsburger Tanzhauses errichten ließ. Außerdem wurde eine große Röhrenwasserleitung gebaut und die Befestigungsarbeiten an Graben und Wall benötigten ebenfalls unzählige Hände. Beim Gedanken, möglicherweise auf Jahre hinaus grobe Steinblöcke zu hauen, stach es ihm ins Herz. Nein, nicht das. Er wollte mehr sein als ein Steinhauer, er wollte Kunstwerke erschaffen. Gabriel bog in die Weite Gasse ein, in der Albin eine Kammer in einem Hinterhof bewohnte. Er ging durch den Torbogen. In einer Ecke des Hofes spielten ein paar Kinder in einem Dreckhaufen. Gabriel hämmerte entschlossen gegen die Tür.

»Albin, mach auf! Ich bin's, Gabriel. Ich habe etwas mit dir zu bereden!«

Nichts rührte sich. Er bummerte noch einmal mit der Faust gegen das Holz.

»Albin, jetzt komm schon. Mach auf!«

Von drinnen vernahm er Scharren, dann öffnete sich die Tür einen spaltbreit. Albin lugte mürrisch heraus. Seine Wange war blauschwarz verfärbt, das Auge verschwollen.

»Ich aber nicht mir dir. Verschwinde. Wegen dir hab ich meine Arbeit verloren und mehr, als du dir in deinem beschränkten Kopf vorstellen kannst.«

Mit hasserfülltem Blick wollte er die Tür zuschmettern, aber Gabriel stemmte sich dagegen.

»Jetzt hör doch! Es tut mir leid. Ich will mich bei dir entschuldigen!«

Außer sich vor Zorn versuchte Albin erneut, die Tür zuzudrücken. Die Bretter knackten bedrohlich.

»Hau ab, sag ich! Was nutzt mir denn deine vermaledeite Entschuldigung? Die bringt mir meine Arbeit nicht wieder!«

»Nimm meine Entschuldigung an und lass uns gemeinsam zum Meister gehen.«

Wieder warf sich Albin von innen gegen die Tür, eines der Bretter splitterte. Die Kinder rannten kreischend auf die Gasse hinaus. Nur ein Kind mit einem missgestalteten Kopf war übrig geblieben und torkelte über den Hof. Aus dem Augenwinkel sah Gabriel, wie es ihn sabbernd anglotzte. Jetzt packte ihn der Zorn.

»Du sturer Esel, soll ich deine Tür einschlagen und dich an den Ohren zum Meister schleifen?«

»Das wirst du schön bleiben lassen, du Grindkopf!«

Gabriel spürte einen heftigen Stoß in den Rücken. Gereizt fuhr er herum. Eine magere Frau stand vor ihm, offenbar die Mutter des entstellten Kindes, das sich greinend an ihren Rock klammerte.

»Und du Taugenichts da drin, kannst gleich dein Säckel packen und dir eine andere Bleibe suchen, die Miete diese Woche bist mir ohnehin noch schuldig«, keifte die Frau, an Albin gerichtet.

Die Tür flog auf und Albin kam herausgestürmt, blass vor Wut. Mit geballten Fäusten stand er vor Gabriel.

»Jetzt siehst du, was du angerichtet hast, du Hurensohn«, brüllte er. »Wann hast du endlich genug davon, mein Leben zu zerhauen?«

Die Hauswirtin hatte die Arme in die knochigen Hüften gestemmt und sah gespannt von einem zum anderen. Gabriel trat einen Schritt zurück und hob beschwichtigend die Hände.

»Es ist nichts geschehen, Gevatterin, nur ein Missverständnis, nichts weiter. Hier«, er nestelte ein paar Münzen aus seinem Beutel, »nimm das für die Miete und lass uns in Ruhe.«

Die Frau riss ihm das Geld aus der Hand und verschwand schimpfend vom Hof, das Kind hinter sich herzerrend.

Albin verfolgte die Szene mit feindseligem Blick, die Arme vor der Brust verschränkt. Gabriel versuchte es noch einmal.

»Ich nehme alles auf mich und notfalls bitte ich den Meister, wenigstens dich wieder einzustellen. Gute Steinmetze sind rar.«

Albins Miene wurde eine Spur zugänglicher.

»Na gut«, stieß er rau hervor, »versuchen wir's halt.«

Den ganzen Weg zur Baustelle marschierte er verstockt hinter Gabriel her. Wenn ich es bloß schon hinter mir hätte, dachte Gabriel. Albin zu überzeugen war eine Sache, dem grimmigen Meister unter die Augen zu treten, eine andere.

Im Vorbeigehen warf er einen wehmütigen Blick auf seinen Platz in der Bauhütte und das angefangene Fries. Ob er wirklich sein Werkzeug einpacken und auf immer von hier verschwinden müsste? Ohne wenigstens einen Kragstein hinterlassen zu haben, ohne seine Marienfigur? Meister Sebold war einfach zu finden. Lautstark wies er einen Mörtelkocher zurecht. Er unterbrach sein Gebrüll, als er Gabriel und Albin auf sich zukommen sah. Seine rotgeäderte Nase, die wie ein Wasserspeier aus seinem Gesicht ragte, zuckte. Kein gutes Zeichen, dachte Gabriel. Bevor der Meister für ein neues Donnerwetter Luft holen konnte, war er bei ihm. Er nahm seine Kappe ab und senkte demütig den Kopf.

»Meister Sebold, ich bitte dich, hör mich an! Ich weiß, dass es unrecht war, mich mit Albin zu schlagen. Bitte, lass uns beide weiter hier arbeiten. Wir haben Frieden geschlossen. Du wirst keine fleißigeren Steinmetze finden als uns. Und«, er schluckte, »wenn du mich nicht mehr nehmen willst, dann lass wenigstens Albin weiterarbeiten. Er kann nichts dafür, ich habe den Streit angefangen.«

Er linste nach oben, ins Gesicht des Meisters. Die Nase zuckte etwas weniger.

»Bitte, im Namen der Mutter Gottes«, setzte er leise hinzu.

Der Steinmetzmeister sagte noch immer nichts, ließ seinen Blick grimmig zwischen ihm und Albin hin und her wandern.

»Hrmpf.«

Meister Sebold schmiss den Mörtelbatzen auf den Boden, der kurz zuvor Anlass für seinen Zornesausbruch gewesen war.

»Sei's drum. Ihr könnt beide weiterarbeiten. Aber nur, weil ihr euer Handwerk gut beherrscht. Zum Winterlohn bis Mai.«

Er wandte sich ab und stampfte davon.

»Kein einziges Vergehen, nicht das geringste«, grantelte er über die Schulter, »sonst …«

Gabriel atmete auf und schickte einen stillen Dank an die Jungfrau Maria. Gewiss, der Winterlohn war um einiges niedriger als der Sommerlohn, der in der Regel ab März bezahlt wurde, es war bitter, aber seine Freude über die Wiedereinstellung überwog. Er streckte Albin seine Hand entgegen.

»Das will gefeiert werden. Ich lade dich auf einen Humpen ein.«

Zögernd schlug Albin ein.

»In Ordnung«, brummte er. Sein Gesichtsausdruck wurde milder.

»Danke«, fügte er hinzu, eine Last schien von ihm abzufallen und er ließ sich dazu hinreißen, Gabriel auf die Schulter zu schlagen.

Nach der Arbeit gingen sie zu einer Weinschänke unter den Bögen am Marktplatz und ließen sich in der Nähe des Feuers nieder. Gabriel rieb sich die Hände. Er musterte Albin aufmerksam. »Warum hast du mir nicht gesagt, dass du die Marienfigur machen willst?«

Albin schaute verlegen drein.

»Ich, äh, offen gestanden, mir liegt gar nichts daran, die Figur zu machen.«

Er wand sich.

»Ich muss, ich wollte, ich …«

»Herrschaftszeiten, jetzt rück schon heraus mit der Sprache.«

Die Magd knallte zwei Becher mit Wein vor sie hin, stemmte ihre Hände auf den Tisch und beugte sich herunter. Albin schielte in ihren Ausschnitt. Sie beugte sich tiefer.

»Suppe?«

Gabriel wollte sie schnell wieder loswerden.

»Bring Suppe, aber mit einem anständigen Stück Fleisch drin und Brot dazu!«

Das Mädchen wollte noch etwas sagen, aber Gabriel scheuchte sie mit einer harschen Handbewegung davon.

»Also?«

Albin gab sich geschlagen.

»Unentbehrlich wollte ich mich machen. Damit ich solange wie möglich an der Baustelle bleiben kann. Als du von der Marienfigur gesprochen hast, hast du mich drauf gebracht. Ich dachte, wenn ich die Marienfigur mache, habe ich genug Zeit, um …«

»Um was?«

Albin nahm seinen Becher, stürzte den Inhalt in einem Zug hinunter. Er lehnte sich über den Tisch und senkte die Stimme.

»Um den Schatz zu finden!«

Gabriel deutete auf den leeren Becher.

»Du verträgst nicht besonders viel!«

»Es ist mir ernst.«

Albin vergewisserte sich, dass niemand lauschte.

»Vor zehn Tagen, ich war im Mittelschiff, um einen Fries einzupassen, habe ich zwei Männer belauscht, Mönche. Sie sprachen von einem Schriftstück, das in der alten Kirche verborgen sein soll. Wer es findet, soll unermesslich reich werden!«

Gabriel beobachtete, wie ein gieriger Glanz in Albins Augen trat. Ein unangenehmes Gefühl beschlich ihn, aber er konnte seine Neugier nicht bezähmen.

»Weiter, was ist damit?«

Albins Miene nahm einen verschlossenen Ausdruck an.

»Schwör mir zuerst, bei allem, was dir heilig ist, dass du niemandem davon erzählst!«

Gabriel nickte ungeduldig, legte flüchtig seine Rechte aufs Herz und hob zwei Finger.

»Ich schwöre es. Jetzt sag schon. Was ist mit dem Schatz?«

»Eine hohe Dame soll ihn versteckt haben, mehr weiß ich nicht. Die Mönche hätten mich beinahe entdeckt. Sie suchen ebenfalls nach dem Schatz, da bin ich mir sicher. Die Karte, die das Versteck bezeichnet, muss irgendwo in der Kirche sein.«

Er hob warnend die Augenbrauen, die Magd kehrte mit der Suppe zurück. Schweigend warteten sie, bis sie sich entfernt hatte, steckten dann die Köpfe wieder zusammen.

»Ich muss nachts suchen, tagsüber sind zu viele Leute dort. So gut wie jeden Stein habe ich da drin schon umgedreht.«

Gabriel durchzuckte ein Einfall. Er sprach, ohne dass er es gewollt hatte.

»Was, wenn der Hinweis an dem Grab aus der alten Kirche versteckt ist?«

Das Hochgrab, in dem Königin Beatrix und Kaiser Ludwig der Bayer ruhten, war beim Abbruch der alten Kirche an der ursprünglichen Stelle belassen worden. Man hatte den Deckstein entfernt und das Grab mit Bauschutt zugedeckt.

»Das wäre mehr als eine Heimsuchung! Ich kann unmöglich das Grab eines Kaisers schänden!«

Albin hieb mit beiden Fäusten auf den Tisch, dass die Suppe aus der Schale schwappte. Er winkte der Magd, die Becher wieder zu füllen. Gabriel lehnte ab.

»Das kann nicht sein«, dachte Albin laut weiter. »Ich fühle es in meinem Blut, bald finde ich die Karte. Wenn ich erst einmal reich bin, werde ich es mir gutgehen lassen, das sag ich dir.«

Er ließ träumerisch den Wein im Becher kreisen.

»Weiber, so viel ich will, guten Wein, nicht so einen sauren Tropfen wie den hier. Jeden Tag Fleisch …«

Heftige Eifersucht packte Gabriel. Was, wenn Albin tatsächlich den Schatz finden würde? Welche Verschwendung, das Geld für Huren und Wein auszugeben!

»Ich würde nach Frankreich reisen, zur Kathedrale von Chartres!«, entfuhr es ihm. Er rang nach Luft, unglaublich der Gedanke, dass sein Traum wahr werden könnte. Gabriel hörte nur mit einem Ohr zu, wie Albin von seiner großartigen Zukunft fabulierte, er selbst war längst unterwegs nach Chartres.

Albin war nicht mehr sicher auf den Beinen, als sie auf die Straße traten.

»Ich will in die Kirche, komm mit, Gabriel«, lallte er.

»Schlaf lieber zuerst deinen Rausch aus, sonst wird es nichts mit deinem Schatz«, antwortete Gabriel abweisend. Seine Gedanken drehten sich immer noch um die Kathedrale im fernen Frankreich. Brennende Sehnsucht hatte sein Herz ergriffen. Sogar sein Wunsch, die Marienfigur anzufertigen, schien plötzlich an Bedeutung verloren zu haben.

»Mann, sei kein Spielverderber, du hilfst mir und vielleicht gebe ich dir dann was ab …«

»Albin, nimm Vernunft an. Das führt zu nichts. Du hast den Meister gehört. Kein Vergehen! Wenn du mit deinem besoffenen Kopf auf der Baustelle herumschleichst, geschieht noch ein Unglück. Geh heim, so mach ich es jetzt jedenfalls!«

»Du bist kein Freund«, schimpfte Albin mit schwerer Zunge. »Hätte ich dir bloß nichts verraten! Lass mich in Ruhe!«

Er schüttelte Gabriels Arm ab und verschwand schwankend im Giessersgässl. Gabriel sah ihm nach, zögerte. War das die Gelegenheit, seinen Traum in Erfüllung gehen zu lassen? Einen Augenblick lang rang er mit sich, stand reglos, dann folgte er Albin.

Fronicas Kopf fühlte sich dumpf an. Gierig sog sie die feuchtkalte Luft ein. Die Dämmerung senkte sich in schweren, grauen Wolkenschichten über die Stadt, sie musste sich beeilen, um vor Einbruch der Dunkelheit zu Hause zu sein. Die Isar floss gleichmäßig dahin, ab und zu gluckste es, wenn eine Welle sich am Ufer brach. Mit unbezähmbarem Grauen lauschte sie dem Flüstern des Wassers. An der Böschung bewegte sich etwas. Fronica erschrak und blieb stehen. Schemenhaft erkannte sie einen großen Vogel, der unter einem Weidenbusch kauerte und immer wieder versuchte, wegzuflattern. Fronica näherte sich behutsam. Ein Bein des Raben war in einer Schlinge gefangen, das Seil schnitt tief ein. Bestimmt hatte Hannes, der Wilderer, die Falle gelegt. Wie oft schon hatte Fronica Tiere aus seinen Schlingen befreit, wenn sie im Wald unterwegs gewesen war! Sie konnte das Leid der Tiere nicht ertragen, es war, als würde sie den Schmerz und die Angst selbst fühlen, sobald sie in die Nähe einer geschundenen Kreatur kam. Sie kniete nieder und fasste langsam nach dem Raben. Der Vogel flatterte auf und hackte mit seinem großen Schnabel nach ihrer Hand, aber es war keine Kraft in dem Hieb. Beruhigend redete sie auf das Tier ein, schließlich saß es still und es gelang ihr, die Schlinge zu lösen. Der Rabe hüpfte davon, nach ein paar Versuchen blieb er matt auf dem Weg vor ihr sitzen, ein leichtes Opfer für Menschen und Raubtiere. Das Tier war von seinem Schwarm getrennt, sich selbst überlassen. Fronica dachte nicht lange nach. Sie hob den Vogel auf, er ließ es geschehen. Lautes Rauschen war zu vernehmen. Sie sah auf den Fluss. Was war das? Die Wasser der Isar schäumten in der Flussmitte und aus der Gischt stieg weißer Nebel auf. Der Nebel waberte und formte sich zu einer Gestalt, eine Frau, nein, eine Wassernymphe! Das Gesicht der Erscheinung war ernst, mahnend erhob sie die Hand. Im nächsten Augenblick war sie verschwunden. Fronica keuchte. Eine Vision oder ganz gewöhnliche Nebelschwaden? Mit einem unguten Gefühl wandte sie sich ab. Inzwischen war es fast dunkel. Die Sonne versank in glutrote Wolken gehüllt hinter dem Wald, als sie das Haus erreichte. Ihre Mutter saß am Feuer und verlas getrocknete Erbsen. Sie sprang auf, als Fronica eintrat, Erbsen prasselten über die Dielen.

»Heilige Mutter Gottes, du bist zurück! Ich war in Sorge um dich!«

Sie eilte auf Fronica zu, um sie zu umarmen, aber als sie den Raben sah, fuhr sie zurück und bekreuzigte sich.

»Du narrisches Ding! Ein Hexenvogel! Schlimm genug, dass eine Herrschaft in der Hofburg bereits von dir weiß. Um Himmels Willen, du wirst noch auf dem Scheiterhaufen enden!«

Fronica war zu müde für eine Entgegnung. Wortlos griff sie nach einem Talglicht, wandte sich ab und ging hinüber zum Ziegenstall. Sie setzte den Raben auf einem Balken ab und sah sich um. In der Ecke lag eine beschädigte Kiepe, groß genug um als Nest zu dienen. Sie legte den Tragekorb um, stopfte Stroh hinein, drückte es fest und setzte den Vogel, der ihr Tun ruhig beobachtete, hinein. Er öffnete den Schnabel und ruckte mit dem Kopf. Fronica betrachtete ihn mitleidig.

»Du bist wohl hungrig?«

Sie ging zum Erdkeller und holte eine Handvoll getrocknete Schwarzbeeren, füllte eine flache Schale mit Wasser aus dem Schaff, mit dem sie Regenwasser auffingen. Beides stellte sie vor die Kiepe und verließ den Stall. Sie konnte kaum noch die Augen offen halten.

Sie betrat das Haus und ließ sich erschöpft am Tisch nieder.

»Wo ist Vater?«

»Heute früh nach Müttenwaldt aufgebrochen.«

Die Mutter stellte ihr eine Schale Eintopf und Brot hin. Fronica legte ihre eiskalten Hände um die Schüssel und sog den Duft nach Bohnen, Pilzen und Zwiebeln ein. Erst jetzt merkte sie, wie hungrig sie war. Die Mutter setzte sich gegenüber, heftete ihren Blick auf Fronicas Gesicht.

»Erzähl schon!«

Fronica biss in das Brot und kaute langsam, um Zeit zu gewinnen. Die Gedanken schwammen schwerfällig durch ihren Kopf. Sie wollte die Mutter nicht beunruhigen, war aber selbst aufgewühlt von der Begegnung mit einer fremden Welt. Die edlen Kleider, die prunkvollen Gemächer der Gräfin, ihre Schönheit hatten Fronica mehr in ihren Bann gezogen, als sie sich zugestehen wollte. Wie es sich wohl anfühlte, so zu leben? Was wäre, wenn sie die Vertraute der Gräfin werden würde, vielleicht sogar bei ihr in der Hofburg leben könnte? Wenn sie mehr wäre, als die entstellte Flößertochter, die den einfachen Leuten aus dem Gries die Zukunft las und Träume deutete? Sie könnte schöne Kleidung tragen und es vielleicht eines Tages sogar wagen, die Augenklappe abzulegen. Ein Kleid, in dem sie dem Steinmetz gefallen würde … Sie schrak auf, die Mutter hatte ihr die Hand auf den Arm gelegt.

»Fronica?«

Sie schluckte.

»Es war alles – in Ordnung. Die Gräfin war freundlich. Du hättest die Hofburg sehen sollen, so viele Menschen, alles ist so prächtig! Sie möchte, dass ich wiederkomme, ich soll …«

Gerade noch konnte sie die Worte zurückhalten. Schnell stopfte sie einen Löffel Eintopf in den Mund. Die Mutter musste nicht wissen, dass sie der hohen Frau die Tränke der alten Anna bringen sollte.

Mutter konnte Anna nicht leiden, sie machte sie dafür verantwortlich, dass Fronica mit der Wasserleserei begonnen hatte. Zwischen Anna und Fronica bestand eine eigenartige Verbindung, die ihrer Mutter zutiefst missfiel. Fronica wischte sich den Mund ab und stellte die Schale beiseite.

»Ich bin müde.«

Flüchtig umarmte sie die Mutter und fühlte deren sorgenvollen Blick in ihrem Rücken, bis sie die schmale Treppe hinauf gestiegen und außer Sicht war. Sie schlüpfte aus Rock und Mieder, nahm die Augenklappe ab und kroch unter die Decke. Es war kalt in der Kammer und ihre Gedanken trugen sie zurück vor das prasselnde Feuer im Gemach der Gräfin. Sie ließ sich mitnehmen in das Leben am Hof, genoss das Gefühl von weichen Stoffen auf ihrer Haut und den Anblick ebenso zierlicher Schuhe an den eigenen Füßen, wie Sidonie von Riedenburg sie getragen hatte.

Fronica erwachte, sah sich verwirrt um. Sie glaubte, in einem Himmelbett mit Vorhängen aus Damast zu liegen, aber fand sich in der kalten Kammer ihres Elternhauses wieder. Mit einem leisen Gefühl der Enttäuschung stieg sie aus dem Bett. Als sie sich ankleidete, entdeckte sie auf ihrer Schürze eine schwarzblaue Feder. Der Rabe! Sie hastete hinunter, ließ eine kleine Portion vom Morgenbrei in ihrer Schale und eilte damit zum Ziegenstall. Hoffentlich hatte die Mutter dem Raben nichts angetan oder ihn freigelassen. Fronica liebte ihre Mutter, aber sie schien in ständiger Sorge zu sein, Fronica könne etwas zustoßen. Allein, dass sie Fronica drängte, die Augenklappe zu tragen, verdross sie Tag für Tag mehr. Besonders seit ihrer Begegnung mit dem Steinmetzen. Was sollte ihr schon geschehen, hier in ihrem kleinen, langweiligen Leben? Verärgert riss sie die Tür zum Ziegenstall auf. Der Rabe saß auf dem Rand der Kiepe und sah ihr mit schiefgelegtem Kopf misstrauisch entgegen. Er hatte sein Gefieder aufgeplustert, schien in besserer Verfassung zu sein als am gestrigen Abend, doch die Wunde an seinem Bein sah böse aus. Sie würde Anna bitten, ihr eine Salbe mitzugeben, wenn sie die Mixturen für die Gräfin holen würde. Sie fütterte den

Raben, der nach anfänglichem Zögern immer zutraulicher wurde und sich schließlich sogar über sein Gefieder streicheln ließ. Sie molk und versorgte die Ziegen, als sie die Stimme der Mutter hörte.

»Fronica, wenn du fertig bist, hilf mir bitte beim Brotbacken.«

Fronica öffnete den Mund, um zu widersprechen. Sie musste zu Anna, sie musste den Befehl der Gräfin ausführen. Wie sollte sie es ihrer Mutter nur beibringen?

»Ich komme gleich.«

Am besten, sie würde schnell die verlangte Hilfe leisten und dann unter einem Vorwand verschwinden. Ihre Mutter steckte bis zu den Ellenbogen im Teig und knetete ihn kräftig durch. Fronica spreizte die Finger und sah auf ihre Hände. Sie waren schmal und feingliedrig, unter der Haut konnte man feine, blaue Adern erkennen, ganz anders als die starken, von der Arbeit rauen Hände der Mutter. Abwesend folgte sie ihren Anweisungen und schüttete Mehl und Gewürze in den Teig. Dann formte sie runde Laibe und half ihrer Mutter, diese zum Ofen hinter dem Gemüsegarten zu bringen. Unruhig trat sie von einem Fuß auf den anderen, während sie zusah, wie ihre Mutter geschickt ein Brot nach dem anderen mit der flachen Schippe in den Ofen schob. Es zerriss sie beinahe innerlich vor Ungeduld, ihren Auftrag auszuführen und wieder in die Hofburg zu kommen. So stark die Bedenken zunächst gewesen waren, so verlockend schien ihr jetzt ein Wiedersehen.

»Ich muss noch zur Fischerin. Ich habe sie gestern getroffen, sie hat mich gebeten, zu ihr zu kommen«, log sie.

Ihre Mutter warf ihr einen der unwilligen Blicke zu, mit denen sie sie üblicherweise bedachte, wenn Fronica für die Leute aus der Umgebung wahrsagte. Fronica holte ihren Umhang, schlang sich ein wollenes Tuch um den Kopf und stapfte den Weg entlang. Wieder hatte sie das unangenehme Gefühl, beobachtet zu werden und sie sah sich mehrmals um. Außer einigen Enten, die am Flussufer aufflatterten und sich dann in der bleigrauen Isar schaukeln ließen, war niemand zu erkennen. Am Grenzstein nahm sie die Abzweigung in den Wald. So oft war sie diesen Weg schon gegangen, sie kannte ihn blind. Der Schnee reichte ihr bis zu den Waden, am Saum ihres Rockes hingen Eisklumpen. Vor der

Hütte trampelte sie ihre Schuhe ab, klopfte und trat ein. Anna saß am Tisch und zerrieb in einem Mörser Kräuter. Würziger Duft erfüllte den Raum. Fronica schnupperte und sog den Geruch ein.

»Weinraute«, stellte sie fest.

Die Alte nickte und kicherte beifällig.

»Braves Mädel, sie hat eine feine Nase. Eine gute Heilerin wäre sie.«

Fronica schüttelte energisch den Kopf.

»Lieber nicht, für Mutter ist es schwierig genug, dass ich den Leuten weissage.«

»Wird sich damit abfinden müssen, egal was kommt, die Frau Mutter.«

Fronica sah Anna prüfend ins Gesicht. Sie kannte Anna lange genug, um zu wissen, dass sie keine unbedachten Äußerungen machte. Was wusste die Alte über ihr Schicksal? Fronica war versucht, nachzufragen, besann sich schließlich auf den wahren Grund ihres Besuches.

»Einen Trank, der die Fruchtbarkeit steigert brauche ich, und etwas für schönes Haar.«

Anna langte mit rauen, grünfleckigen Fingern nach Fronicas Zopf und hielt ihn sich dicht vor die Augen.

»Sie hat schöne Haare, seidig und stark, was will sie mehr? Den Jungen, den sie im Wald gefunden hat, will sie zu ihrem Liebsten machen, habe ich recht?«

Fronica spürte, wie ihre Wangen glühten.

»Es ist nicht für mich, für eine Dame am Hof soll ich die Tränke holen. Und für meinen Raben brauche ich eine Salbe, er hat eine schlimme Wunde am Bein.«

Sie nestelte einige der Münzen aus dem Beutel und legte sie vor Anna hin. Mit einer flinken Bewegung ließ die Alte die Münzen in einem Kästchen verschwinden.

»So, so, so, am Hof verkehrt sie. Alles kommt dorthin, wo sein Platz ist«, murmelte sie, während sie sich erhob und zum Regal schlurfte. Sie nahm mehrere Tiegel und Behälter heraus, roch daran, trug sie zurück, holte weitere und stellte sie auf dem Tisch ab.

»Die Mistel, wo ist die Mistel«, brummte Anna und lugte in einen weiteren Tiegel.

»Und die Nessel muss hinein, die Frucht der Alraune und der Frauenmantel.«

Sorgfältig maß sie die Zutaten ab.

»Sie geht mir Schnee holen.«

Anna deutete auffordernd mit dem Kinn auf eine Schüssel neben dem Herdfeuer, während sie die Kräuter mit flinken Bewegungen zerrieb. Fronica verließ nur ungern die warme Stube. Schnell füllte sie die Schüssel und kippte den Schnee in den Kessel über dem Feuer. Anna nickte zufrieden und warf Pflanzenteile und kleine milchweiße Beeren in das blubbernde Wasser.

»Gundermann soll sie im Saum tragen, die hohe Frau, und nach dem Nachtmahl ein paar Tropfen hiervon in heißem Wein, dann gibt es bald ein Kindchen am Hof.«

Sie kicherte wieder und rieb sich die Hände, es hörte sich an, als raschelten trockene Blätter.

»Jetzt muss es sieden, eine ganze Zeit lang muss der Trank sieden.«

Sie häufte weitere Kräuter und Blüten aus den Behältern auf den Tisch und vermischte sie gründlich.

»Anders wird es sein, ihr Leben, schon sehr bald.«

Fronica war sich nicht sicher, ob Anna damit sie meinte oder die Gräfin. Sie öffnete den Mund, um zu fragen, da legte die Alte den Finger auf die runzligen Lippen und schüttelte den Kopf. Fronica sah Mitleid in Annas dunklen Augen aufglimmen, ihr wurde kalt. Während der Sud köchelte, füllte Anna weitere Kräuter in einen Beutel.

»Aufgießen muss man die Kräuter, eine Nacht lang sollen sie ziehen, dann soll die hohe Frau ihr Haar damit spülen, wenn die Mondsichel rund wird.«

Anna drückte ihr Tiegel und einen kleinen Tonkrug, den sie mit dem Sud befüllt hatte, in die Hand und schob sie zur Tür hinaus.

»Lebe sie wohl.«

Es hörte sich endgültig an. Fronica stand einen Augenblick reglos, dann machte sie sich auf den Weg. Die Mittagssonne zeichnete goldene

Kringel auf die Schneereste, Hagebutten und Pfaffenhütchen leuchteten an kahlen Zweigen. Die Erinnerung stieg in ihr auf, wie sie das letzte Mal den Weg in Gabriels Fußspuren gegangen war. Würde sie ihn jemals wiedersehen? Fronica spielte mit dem Gedanken, zur Baustelle zu gehen, nachdem sie die Mittel für die Gräfin abgegeben hatte, vielleicht bekäme sie ihn zufällig zu Gesicht.

»Woher, wohin?«

Fronica schrak zurück.

Der Wilderer war wie aus dem Nichts aufgetaucht und versperrte ihr den Weg. Mit verschränkten Armen stand Hannes da und musterte sie spöttisch. An seinem Gürtel baumelten mehrere tote Vögel und ein Kaninchen, dem frisches Blut vom Fell in den Schnee tropfte. Fronica betrachtete ihn angewidert.

»Das geht dich nichts an. Lass mich vorbei.«

»Oho, meinst du. Geht mich wohl etwas an, wenn du mir meine Beute stiehlst. Du schuldest mir was. Hab dich beobachtet.«

Er musterte sie mit zusammengekniffenen Augen und Fronicas Herz begann heftig zu schlagen. Er war das also, der mir die ganze Zeit aufgelauert hat, dachte sie und sah sich nach einem Ausweg um. Unvermittelt trat Hannes einen Schritt auf sie zu und fasste unter ihren Umhang nach ihrer Brust.

Fronica schrie empört auf und entwand sich aus seinem Griff.

»Bist noch Jungfrau?«, er leckte sich gierig die Lippen. Fronica wich weiter zurück.

»Rühr mich nicht an oder der Vater wird …«

»Was wird er, der Vater? Und was ist da unter deiner Binde? Wollt ich schon immer wissen!«

Seine Hand schoss erneut hervor und riss ihr mit einer groben Bewegung die Augenklappe herunter. Fronica stand wie erstarrt und sah zu Boden. Sie wollte fliehen, aber ihre Beine gehorchten ihr nicht, sie stand wie gelähmt vor Angst. Hannes packte sie am Kinn und drückte ihren Kopf in den Nacken. Seine Finger fühlten sich schmierig an und stanken.

»Sieh mich an, Luder!«

Fronica musste ihn wohl oder übel ansehen. Sie legte ihre ganze Wut und Abscheu in den Blick.

Hannes ließ sie los und musterte sie eigentümlich, mit einem Mal schien er beinahe furchtsam.

»Hexe. Lass in Zukunft meine Fallen in Ruhe, sonst mache ich das nächste Mal ernst und ersauf dich in der Isar, wenn ich dich gefickt habe.«

Er machte eine Bewegung, als würde er sie unter Wasser drücken. Fronica stieß einen heiseren Schrei aus und hasste sich dafür, dass sie ihm damit ihre größte Angst offenbarte.

Der Wilderer machte auf dem Absatz kehrt und verschwand so lautlos, wie er gekommen war, im Wald. Fronica rang nach Luft. Sie hatte immer noch seinen Gestank in der Nase. Zu ihren Füßen lag der Beutel, den sie vor Schreck hatte fallen lassen. Mit zittrigen Fingern fasste sie hinein. Gottseidank, Tiegel und der Tonkrug waren heil geblieben! Sie hob ihre Augenklappe auf, streifte sie über, die Nässe spürte sie kaum. Verstört setzte sie ihren Weg fort, ging so schnell es der knirschende Schnee unter ihren Füßen zuließ. Ein eisiger Wind wehte unaufhörlich Schneeflocken in Fronicas Gesicht, die sich mit heißen Tränen vermischten. Ursprünglich hatte sie vorgehabt, der Gräfin die Tinkturen zu bringen, aber der Zusammenstoß mit Hannes hatte ihr alle Kraft geraubt. Das Rauschen des Flusses wiederholte murmelnd die Drohung des Wilderers und sie stolperte den Pfad entlang, heim, in Sicherheit.

Kapitel 5

Träume

Spät in der Nacht legte Gabriel sich in seiner Kammer nieder. Er wälzte sich hin und her, ohne Schlaf zu finden. Die Geschehnisse des Abends hatten ihn aufgewühlt und die Gedanken flirrten durch seinen Kopf wie Steinstaub. Chartres. Er beschwor die Worte, mit denen die Pilger das prachtvolle Bauwerk beschrieben hatten, aus der Erinnerung herbei, malte sich aus, wie die Kathedrale aussehen könnte. Als es dämmerte, erhob er sich, benommen und mit schmerzenden Schläfen, als hätte er einen Rausch gehabt. Er rieb sich das Gesicht, biss lustlos in einen Kanten Brot und machte sich auf zur Baustelle. Er war vor der Zeit, alles war noch still, als er die Bauhütte erreichte. Gabriel entfachte das Feuer, band seinen Schurz um und setzte sich auf den Schemel. Die Freude über die Arbeit an der Kirche war der quälenden Sehnsucht gewichen, die sich seit Albins Enthüllung in seiner Brust niedergelassen hatte. Er verspürte keine Lust, an dem angefangenen Fries weiterzuarbeiten. Gabriel versuchte sich an das Glücksgefühl zu erinnern, als er nach drei Jahren Lehrzeit endlich Steinmetz geworden war und Profile und Quader schlagen durfte. Damals hatte seine Ausbildung zum Laubhauer begonnen. Inzwischen fertigte er Kapitelle, Krabben und kunstvolle Verzierungen im Schlaf.

Freudlos griff er nach der Lederrolle, in der er sein Werkzeug aufbewahrte. Sein Spitzeisen fehlte. Gabriel suchte überall, selbst am Boden. Er hatte gelernt, seine Werkzeuge in peinlicher Ordnung zu halten, bewahrte sie immer an der gleichen Stelle auf, reinigte sie nach getaner Arbeit stets sorgfältig, bevor er sie wegpackte.

»Schweinerei!«, grollte er. Jemand schien es ausgeliehen und nicht zurückgelegt zu haben. Verärgert suchte er auf dem Tisch des anderen Steinmetz, der in der Bauhütte arbeitete, dann auf Albins Platz. Der Schurz lag schlampig über einer halbfertigen Kriechblume, Setzeisen und Klöpfel auf dem Tisch. Als er den Schurz hochhob, in der Hoffnung sein Setzeisen darunter zu finden, fiel der Klöpfel in den Korb mit Steinen neben Albins Tisch. Gabriel bückte sich und griff nach dem Werkzeug. Es durchfuhr ihn, als hätte er sich mit dem Hammer auf die Finger geschlagen. Zwischen den Steinen fühlte er Papier. Er ließ den Klöpfel fallen und griff nach dem Papier. Gabriel musste mehrere Steinbrocken herausheben, um es nicht zu zerstören. Achtlos warf er die Steine neben den Korb und nahm das Blatt heraus. Mit angehaltenem Atem faltete er das Dokument auseinander, ließ es enttäuscht sinken. Das war keine Karte, es war ein Brief. Obendrein war der untere Teil abgerissen.

Draußen regte sich etwas. Er fuhr hoch. Ohne nachzudenken nahm er das Dokument an sich und steckte es unter sein Hemd. Schnell ließ er sich auf seinen Platz sinken. Das Papier lag kalt auf seiner Haut. Gabriel wagte nicht, nachzusehen, was darin geschrieben stand. Die Baustelle füllte sich, jeden Augenblick konnte jemand die Hütte betreten. Sein Atem hatte sich noch nicht beruhigt, als der Werkmeister hereinstapfte und ihm einen sauertöpfischen Blick zuwarf.

Er deutete auf den Platz neben Gabriel.

»Wo ist Albin?«

Gabriel zuckte mit den Schultern.

Ich bin nicht seine Amme, lag ihm auf der Zunge, im letzten Augenblick verschluckte er wohlweislich die freche Bemerkung.

»Ich weiß es nicht, Meister.«

»Wenn er nicht bald sein staubiges Hinterteil hierher geschafft hat, kann er weiterziehen. Und ich sorge dafür, dass er in ganz München keine Arbeit mehr bekommt!«

Mit Argusaugen musterte er Gabriels Stein, fand aber nichts auszusetzen. Draußen ertönte ein Schrei, gleich darauf Stimmengewirr. Der Werkmeister drehte auf dem Hacken um und rannte hinaus, Gabriel zögerte einen Augenblick, dann folgte er ihm. Hauchfeine Nebelschwaden hingen zwischen den halbfertigen Ziegelmauern der Kirche, die Sonne ging über der Baustelle auf und überflutete den Platz mit rosig goldenem Licht. Vor dem Laufrad hatte sich eine Menschenansammlung gebildet. Gabriel spähte zwischen den Köpfen der Umstehenden hindurch. Zwei der Männer, die das Rad antrieben, knieten davor. Anscheinend hatte es wieder einen Unfall gegeben.

»Ich habe ihn nicht gesehen, er war mit Erde bedeckt«, verteidigte sich der Mann, der das Rad bediente. Ein menschlicher Körper lag bäuchlings halb unter dem Rad. Sie zogen ihn vorsichtig heraus und drehten ihn um. Der Mann war ohne Zweifel tot, seine Augen starrten blicklos in den Morgenhimmel. Seltsamerweise wies er nicht die üblichen Verletzungen auf, die das Rad anrichtete. Aus seinem Mund war Blut gequollen, braunrot getrocknet an Hals und Kleidung. Gabriels Knie wurden weich. Er schluckte mehrmals.

Der zerstörte Körper unter dem Rad gehörte Albin.

Die erregten Stimmen der Arbeiter drangen nur undeutlich an sein Ohr. Er sah, wie jemand ein Werkzeug aufhob, das bei dem Toten gelegen hatte, verklebt mit getrocknetem Blut und Lehm. Meister Sebold nahm es mit undurchdringlicher Miene entgegen. Das Spitzeisen blitzte für einen Augenblick in der Sonne auf, die jetzt ganz hinter den Wolken hervorgekommen war. Der Meister besah es sich genau, prüfte das Zeichen, schüttelte ungläubig den Kopf und ließ seinen Blick durch die Menge gleiten, als suche er jemanden. Noch bevor die Augen Meister Sebolds seinen begegneten, drehte Gabriel sich um und rannte davon, schneller, als er jemals in seinem Leben gerannt war.

Er raste die Kaufingerstraße hinunter, stieß jemanden um, der gerade aus seiner Haustür getreten war, strauchelte, achtete nicht auf die Flüche, die der Mann ihm nachbrüllte, rannte um sein Leben. Gabriel stürmte über den Marktplatz, wo die Händler begonnen hatten, ihre Waren auszulegen. Er sprang über einen Käfig mit Hühnern, stieß eine Kiste um, stürmte weiter, das Thal entlang. Beinahe wäre er unter die Räder eines hoch mit Salzscheiben beladenen Fuhrwerks geraten, wich um Haaresbreite aus und rannte durch das Tor, hinaus aus der Stadt, bevor die Häscher der Stadtwache ihn fingen und er wegen Mordes hingerichtet werden würde.

Gabriel konnte nicht weiter. Seine Seite stach schmerzhaft, seine Lungen drohten zu bersten. Keuchend drehte er sich um, stolperte dabei rückwärts. Weit und breit waren keine Verfolger zu sehen. Er hatte die Untere Lände erreicht. Es herrschte kaum Betrieb. Einige Flöße wurden gebunden, andere lagen am Ufer auf dem Trockenen, deren Besitzer weiter nach Freysing oder Landshut wollten, nachdem sie ihre Waren in München angeboten, oder sie an einen Münchner Flößer verkauft hatten, wie das Gesetz es vorschrieb. Gabriel überlegte, ob er einen der Flößer bitten sollte, ihn isarabwärts mitzunehmen, zauderte, konnte keinen klaren Gedanken fassen. Er zog seine Kapuze über und ließ sich abseits unter den Bäumen auf einen Holzstapel sinken, presste die Hände in die schmerzende Seite. Unter seinem Hemd knisterte es. Der Brief, den er aus Albins Korb gestohlen hatte! Gabriel vergewisserte sich, dass er nicht beobachtet wurde, und zog das Dokument heraus. Er entzifferte die scheinbar hastig auf das völlig zerknitterte Blatt geworfene Handschrift mit Mühe. Das Schreiben war an jemanden gerichtet, der mit »Eure Exzellenz, hochwürdigster Fürstbischof« angesprochen wurde. Der Brief gehörte Albin gar nicht, dachte Gabriel. Seine Kehle wurde eng. Hatte dieser Brief tatsächlich etwas mit dem Schatz zu tun, hinter dem Albin her gewesen war? Seine Hand, die das Blatt hielt, begann zu zittern. Er las weiter. Jemand schrieb an eine Person von hohem Stand, an einen Mann der Kirche. Die Verfasserin des Briefes schrieb von großem Unrecht, welches an ihr begangen wurde, von einem Mann, den sie einst liebte und dem sie vertraute, selbst wenn die Verbindung nicht rechtens gewesen sei. Die Unbekannte flehte den Empfänger des Briefes an, sie und ihr Kind zu schützen. An materiellen Gütern fehle es nicht, sie hätte vorgesorgt. Die folgenden Sätze waren unleserlich, die Tinte verwischt, vielleicht von Tränen der Angst, der Verzweiflung oder der Reue. Der Teil des Blattes, auf dem sich die Unterschrift befinden sollte, war abgerissen. Am oberen Blattrand entzifferte Gabriel »Frauenwörth, X Martius 1455 anno domini«. Er drehte und wendete den Brief, fand aber keine weiteren Hinweise.

»Was sitzt du hier am helllichten Tag herum und studierst?«

Gabriel sprang auf und fuhr herum. An einer Kastanie lehnte Lambert, der Flößerknecht und musterte ihn spöttisch. Gabriel atmete auf. Seine Unachtsamkeit hätte ihn die Freiheit und im schlechtesten Fall das Leben kosten können.

»Du!«

Gabriel faltete hastig den rätselhaften Brief zusammen und steckte ihn zurück unter sein Hemd. Die Gedanken arbeiteten in seinem Kopf. Lambert war ihm etwas schuldig. Er würde ihm helfen. Er musste ihm helfen.

»Ich brauche einen Platz zum Schlafen. Weißt du etwas?«

Lambert sah ihn lange an, als versuche er, den Grund für diese Bitte in Gabriels Gesicht zu deuten. Schließlich hielt es Gabriel nicht länger aus. Er entschloss sich zur halben Wahrheit.

»Es gab Streit an der Baustelle. Ich muss ein paar Tage fort, einen klaren Kopf bekommen. Du verstehst?«

Lambert hielt seinen Blick weiterhin fest. Endlich löste er sich von dem Baum.

»Komm mit.«

Der Atem dampfte vor Gabriels Mund, während er neben Lambert her stapfte, zweifelnd, ob er die richtige Entscheidung getroffen hatte, mit der bangen Frage, ob er dem Flößerknecht trauen konnte. Sie hatten die Ansammlung der kleinen Hütten vor der Stadtmauer, in denen Arbeiter, Tagelöhner und Zimmerleute lebten, hinter sich gelassen. Am Horizont ruhte die Sonne in einem milchigen Wolkensee. In der Ferne hörte man das Angelusläuten.

»Wohin gehen wir?«

»Zu meinem Meister. Er steht ebenso in deiner Schuld, wie ich, oder mehr. Die Ladung und das Floß waren eindeutig mehr wert als meine armselige Haut.«

Gabriel bemerkte den bitteren Tonfall des Flößerknechts und wollte höflich dagegen reden, aber Lambert fuhr bereits fort.

»Das wird sich ändern. Wenn ich erst Floßmeister bin, werde ich mein eigenes Geschäft gründen. Ich werde den Handel zwischen Müttenwaldt und München ausbauen, vielleicht bis nach Venedig. Ich werde mir ein eigenes Haus bauen lassen, ein Haus aus Steinen, ein Pferd kaufen, und die Leute werden mich mit Achtung behandeln. Ein Geschäft wie meines eins sein wird, hat noch niemand an der Isar gesehen!«

Lambert war stehengeblieben, seine Augen leuchteten schwärmerisch, schienen Bilder eines reichen Lebens, das in greifbarer Nähe lag, zu schauen. Gabriel empfand einen Anflug von Neid. Er war gefangen in den verstörenden Eindrücken der letzten Stunden, die das beängstigende Gefühl hinterließen, dass seine sichere, voraussehbare

Welt keinen Bestand mehr hatte. Wohin würde das führen? Er wünschte, er hätte ebenso viel Klarheit über die Ereignisse in der Zukunft wie Lambert. Er heuchelte Interesse, um den Flößerknecht nicht zu verstimmen.

»Wie willst du das erreichen?«

Lambert wandte sich der Isar zu. Sein Gesichtsausdruck wirkte entrückt, als könnte er auf dem Fluss bereits eine Flotte von Flößen erblicken, die sein Eigentum war, hoch beladen mit Wein, Zucker, Krämereien, Musikinstrumenten, Tuch, Teppichen, Gewürzen, Seidenzeug, Galmei, Silber und Pelzen.

»Ich spare jeden Kreuzer, den ich verdiene. In der Winterzeit, wenn wir nicht flößen können, arbeite ich als Holzfäller oder mache Keile, Nägel und Ruder, die ich an Floßmeister verkaufe. Seit vier Jahren fahre ich mit Meister Resch. Im kommenden Lenz kann ich als Steurer mitfahren. Ein Floß kann ich jetzt schon binden und das Ruder ausrichten. Als nächstes werde ich Drittferge, der muss das Floß bereiten und führen. Dann werde ich Floßmeister. Bis dahin habe ich genug Geld, um das Geschäft zu beginnen.«

Er schien noch etwas hinzufügen zu wollen, besann sich jedoch anders. Gabriel war beeindruckt von der Zielstrebigkeit und der Überzeugung, die der junge Flößer an den Tag legte.

»Hört sich gut an«, versetzte er lahm und verspürte dabei einen Geschmack von Bitterkeit im Mund. Seine eigenen verheißungsvollen Pläne und Träume waren mit Albin auf der Baustelle der Liebfrauenkirche gestorben. Stumm ging er neben Lambert her, der auf ein einsam gelegenes Steinhaus zusteuerte. Ordentlich umzäunte Beete, eine Scheune und ein Ziegenstall mit Gehege zeugten von dem guten Auskommen des Floßmeisters. Lambert steuerte auf die Scheune zu. Gabriels Herz begann schneller zu schlagen. Was, wenn der Meister unangenehme Fragen stellte? Am nächsten Morgen plante der Floßmeister nach Müttenwaldt aufzubrechen, um eine neue Ladung zu holen, vor allem Kalk, hatte Lambert gesagt. Nach der Winterpause brauchte man jede Menge Baumaterial. Die Baustellen in der Stadt saugten Kalk und Holz förmlich auf und die Baustoffe konnten nicht schnell genug herangeschafft werden. Gabriel hatte nicht gewusst, dass Flößer, die Kalk isarabwärts brachten, sogar mit empfindlichen Strafen rechnen mussten, bevor Lambert ihn, stolz über sein Wissen, aufklärte. Der hünenhafte Floßmeister sah von dem Grieshaken auf, den er kritisch begutachtet hatte, als die Angeln des schweren Holztors kreischten.

»Meister, das ist Gabriel, der Steinmetz, der vor einigen Tagen unsere Ladung gerettet hat. Er bittet um einen Platz zum Schlafen.«

Die Augen des Meisters glitten wachsam über Gabriels Gesicht, dann hellte sich seine Miene auf.

»Richtig, jetzt erkenne ich dich!«

Er trat auf Gabriel zu und klatschte ihm seine schwere Pranke auf die Schulter.

»Hast du dich auf Wanderschaft begeben?«

Gabriel spielte für einen Augenblick mit dem Gedanken, die Schlussfolgerung des Meisters aufzugreifen und eine Lüge daraus zu spinnen, im letzten Augenblick brachte er es nicht über sich.

»Ich habe mich mit einem anderen Gesellen geprügelt und der Meister hat mich von der Baustelle geworfen«, kam er mit der halben Wahrheit heraus. »Jetzt will ich ein paar Tage ins Land gehen lassen, bis sein Zorn verraucht ist, bevor ich versuche, ihn umzustimmen. Meine Wirtin hat mir gekündigt, weil ich ihr den Mietzins der letzten Woche schuldig geblieben bin.«

Nach dieser Offenbarung, die bei jedem rechtschaffenen Mann eine gehörige Portion Misstrauen in Bezug auf seine Ehrbarkeit hervorrufen musste, stand Gabriel voll Scham vor Meister Resch.

»Hm.«

Resch verschränkte die Arme und schürzte nachdenklich die Lippen. Gabriel beobachtete angespannt, wie es in ihm arbeitete.

»Du kannst bleiben. Ein Lager hier in der Scheune und ausreichend Kost, aber du musst dafür arbeiten. Zu verschenken habe ich nichts. Das Ziegengehege gehört gerichtet und am Dach sind einige Schindeln locker. Lambert und ich brechen beim Morgengrauen auf nach Müttenwaldt. Die Meisterin wird dir sagen, was außerdem zu tun ist.«

Gabriel fühlte sich erleichtert, als hätte man ihm einen Block Granit von den Schultern gehoben. Er würde Zeit haben, nachzudenken, und nach ein paar Tagen, wenn er sich gut anstellte und der Meister ihm vertraute, könnte er dem Flößer vielleicht sogar die ganze Wahrheit gestehen und ihn um einen Rat bitten.

»Werkzeug findest du im Schuppen, das Holz da drüben kannst du zum Ausbessern des Geheges nehmen.«

Gabriel machte sich unverzüglich an die Arbeit. Kaum hatte er die ersten verfaulten Latten entfernt, näherten sich neugierig die Ziegen. Mehrmals gelang es einem der Tiere, sich davonzumachen, und Gabriel musste es mühevoll wieder einfangen. Schließlich hatte er die Nase voll, holte einen Strick und band sie kurzerhand fest, seine Arbeit wurde jetzt von empörtem Gemecker begleitet.

»Was machst du mit meinen Ziegen?«

Gabriel fuhr herum. Die Madonna aus dem Wald stand vor ihm, einen Knüppel in den zierlichen Händen. Er musste ein Lächeln unterdrücken.

»Nichts. Die Biester versuchen ständig, wegzulaufen.«

Sie ließ den Knüppel sinken und bedachte ihn mit einem eigentümlichen Blick.

»Ich dachte erst, ein Wolf oder ein streunender Hund wäre im Gehege«, sagte Fronica und zupfte an ihrer Augenklappe.

Gabriel verlor sich in der Erinnerung an ihre Begegnung in der Waldhütte, bis er bemerkte, dass er sie unverhohlen anstarrte. Verlegen räusperte er sich.

»Der Floßmeister hat mir für ein paar Tage Quartier gegeben, dafür arbeite ich für ihn«, beeilte er sich zu erklären. Hatte sie gesagt, die Ziegen gehörten ihr? Fronica musste die Tochter des Flößers sein. Welch seltsame Wendungen sein Schicksal gerade nahm! Er riss sich zusammen.

»Kannst du die Ziegen woanders hinbringen?«

Fronica stellte den Knüppel beiseite. Als sie an ihm vorbei ging, streifte ihn ihr Duft und er wünschte, sie würde stehenbleiben, damit er ihn weiter einsaugen könnte. Für einen Augenblick ließ er sich mitnehmen in eine Welt, in der er einen Block feinsten Marmor vor sich hatte und ihre Gestalt daraus nachbildete.

Fronica brachte die Ziegen in den Stall und verschwand dann im Haus, ohne ihn weiter zu beachten. Gabriel brauchte den restlichen Tag, um das angefaulte Holz des Geheges auszutauschen und durch neues zu ersetzen, es dämmerte bereits, als Fronica ihn mit ihrer rauchigen Stimme zum Abendbrot rief. Er säuberte die benutzten Werkzeuge aufs Sorgfältigste, verstaute sie ordentlich und wusch sich die Hände, bevor er die Küche betrat. Es duftete köstlich nach Zwiebeln, Bohnen und Speck. Gabriel bemerkte, wie hungrig er war. Die letzten Tage hatte er kaum gegessen, zu viel war geschehen. Lambert und der Meister saßen bereits am Tisch. Die Frau des Flößers stand am Herd und schöpfte Suppe in die Schalen, Fronica stellte sie vor die Männer auf den Tisch. Die Meisterin drehte sich um und musterte Gabriel ausgiebig. Ihr wacher Blick schien bis tief in sein Herz und seine Seele dringen, um herauszufinden, ob man ihm trauen könne. Mit dem geschulten Auge des Bildhauers, der jede Einzelheit sofort erfasste, fragte er sich, wie diese grobknochige Frau ein feenhaftes Wesen wie Fronica hervorbringen konnte. Er rief sich selbst zu Ordnung und beugte demütig das Haupt.

»Ich bin Gabriel. Danke, Meisterin für Kost und Herberge. Ich werde jede Arbeit sorgfältig verrichten, die du mir aufträgst.«

Die Meisterin beendete ihre Prüfung mit einem knappen Nicken.

»Setz dich her.«

Gabriel ließ sich am Tisch nieder. Fronica stellte eine Schale vor ihm ab, brachte Brot und schenkte ihm einen Becher Wein ein. Als sich die Frauen ebenfalls niedergesetzt hatten, räusperte sich der Meister und faltete die Hände zum Gebet. Die anderen taten es ihm nach. Gabriel, der damit beschäftigt gewesen war, jede Bewegung Fronicas zu verfolgen, senkte hastig den Kopf. Er war wie gebannt von ihrer Nähe, vergaß alles andere, den Mord an Albin, den Brief, den er immer noch unter dem Hemd trug, seine ungewisse Zukunft. Erst das kräftige »Amen«, in das alle einstimmten, brachte ihn zur Besinnung. Er griff zum Löffel und aß schweigend seine Suppe, lauschte halbherzig dem

Gespräch zwischen der Meisterin und dem Meister, in dem es um die morgige Reise nach Müttenwaldt ging.

»Vergiss nicht, dem Vater meine Grüße auszurichten. Und der Meißerin in Tölz ebenso.«

Als Gabriel aufsah, bemerkte er den bedeutungsvollen Blick, den sie mit ihrem Gemahl austauschte. Nach dem Mahl wies die Meisterin Fronica an, eine Decke für Gabriel zu holen. Gabriel wartete im Hof. Nachdenklich schaute er über den dunklen Wald, der von einem sternenübersäten Himmel überspannt war. Er nahm ihren Duft wahr, bevor Fronica neben ihm stand. Als sie ihm die Decke hinhielt, berührten sich ihre Hände. Sie sah zu ihm hoch, ihr Gesicht ein heller Fleck in der Dunkelheit, dann zog sie ihre Hände zurück, als hätte sie sich verbrannt, lief davon.

Die Augen der Gräfin glitzerten fasziniert, als Fronica die Tiegel und Fläschchen aus ihrem Beutel zog und vor Sidonie hinlegte. Fronica wiederholte die Anweisungen genau, die Anna ihr gegeben hatte. Halblaut, wie eine gehorsame Schülerin, murmelte Sidonie Fronicas Worte nach und legte dabei die Finger auf die Mischungen.

»Davon einige Tropfen abends in heißem Wein trinken. Das hier im Gewandsaum tragen. Diese Tinktur ist für mein Haar, man muss sie aufgießen, eine Nacht lang ziehen lassen und bei vollem Mond die Haare damit spülen.«

Sie wandte sich halb zu ihrer Kammerfrau um.

»Merk dir das, Magdalena, hörst du! Du selbst wirst in jedes einzelne meiner Gewänder etwas von diesem Kraut in den Saum nähen, und zu niemandem ein Wort darüber, hast du verstanden!«

Fronica sah beklommen, wie sich von einem Augenblick zum anderen der Ausdruck im Gesicht der Gräfin veränderte. Das sanfte Blau ihrer Augen wurde stählern, das Aufblitzen machte klar, was mit Magdalena geschehen würde, hielte sie sich nicht an den Befehl. Hinter der anmutigen Fassade der Sidonie von Riedenburg verbarg sich eine eisenharte Frau, die sich mit allen Mitteln für ihre Belange einsetzte und vor nichts Halt machte, um ihre Ziele zu erreichen. Fronica war bange zumute. Was, wenn die Kräuter und Tinkturen nicht wirkten? Was würde die Gräfin mit ihr anstellen?

Sidonie bedeutete Magdalena, das Gemach zu verlassen. Kaum hatten sich die Türflügel hinter der Kammerfrau geschlossen, wandte sich Sidonie, sanft wie ein Lamm, an Fronica.

»Ich hatte einen sehr seltsamen Traum in der letzten Nacht, deute ihn mir!«

»Erzählt mir von dem Traum, Hoheit.«

»Durchlaucht. Ich bin Gräfin und die richtige Anrede ist Durchlaucht.«

»Verzeiht, Durchlaucht.«

Fronica atmete tief ein und ließ sich in den gesammelten Zustand gleiten, der ihr erlaubte, die Zusammenhänge wahrzunehmen. Die Stimme der Gräfin drang wie von fern zu ihr.

»Ich stand im Hof, hier in der Hofburg und warf ein paar Körner auf den Boden. Ein Pfau pickte sie auf. Kurz darauf begann er zu brennen, bis nur noch ein Häufchen Asche übrig war. Ich war sehr betroffen, weinte um den schönen Vogel und meine Tränen fielen auf die Asche. Da erhob sich mit einem Mal ein feuerfarbener Vogel aus dem Aschehäufchen. Er kreiste einmal um mich und als er sich in die Lüfte erhob, warf er mir einen Granatapfel zu, bevor er davonflog.«

Fronica hörte, wie die Gräfin gespannt Luft einsog.

»Das bedeutet wohl, dass Ihr in der Hofburg bleiben werdet, Durchlaucht. Samen fällt in fruchtbare Erde, das könnte meinen, dass Euer Schoß fruchtbar ist und …«

»Was bedeutet das Feuer, warum verbrennt der Pfau?«, fiel Sidonie ihr ins Wort, das Zittern in ihrer Stimme verriet Angst. Fronica zauderte. Der Granatapfel stand für Leben, Macht und Fruchtbarkeit, aber auch für Blut und Tod, hatte Anna ihr beigebracht. Fronica hatte noch nie einen zu Gesicht bekommen.

»Was habt Ihr mit dem Granatapfel gemacht?«

Fronica warf der Gräfin einen besorgten Blick zu. Sidonie schaute im Raum umher, als fände sie die Antwort auf einem der prachtvollen Möbelstücke.

»Ich weiß es nicht! Der Traum endete, als ich die Frucht auffing. Warum ist das wichtig?«

Sie nagte aufgeregt an ihrer vollen Unterlippe. Fronica glitt erneut in das andere Wahrnehmen.

»Wenn Ihr die Frucht behalten habt, will Euch der Traum sagen, dass Ihr ein Kind gebären und ein machtvolles Leben hier am Hof führen werdet. Zuvor wird etwas zerstört werden oder sterben, aber Ihr werdet strahlend und siegreich aus allem hervorgehen«, schloss Fronica und musterte die Gräfin aufmerksam.

»Tod und Zerstörung?«

Sidonie sprang auf und begann im Raum umher zu gehen. Die Schleppe ihres dunkelgrünen Gewandes floss über den Boden wie eine glänzende Wasserschlange. Ihr Lilienduft umschwebte Fronica jedes Mal, wenn die Gräfin eine Kehrtwendung machte. Schließlich beendete sie ihre Wanderung, hielt vor Fronica an und fixierte sie mit hochgezogenen Augenbrauen.

»Du denkst, es ist ein süßes Leben bei Hof? Du meinst, es war einfach, die Mätresse des Herzogs zu werden? Was glaubst du, wie schwierig es ist, seine Gunst zu erlangen und zu erhalten? Der Hof wimmelt von schönen Frauen, noch dazu von welchen, die von edlerem Blut als ich sind und bereit, sich Albrecht zu Füßen zu werfen, um ihm jeden Wunsch von den Lippen abzulesen!«

Sie schritt zu dem riesigen Prunkbett und ließ sich mit einer dramatischen Geste hinein sinken.

»Lügengespinste, Intrigen, Ränke – Tag um Tag, es zermürbt mich! Den halben Tag verbringe ich damit, mich zu pflegen, mir anzuhören, was die neueste Mode ist, um auf keinen Fall provinziell zu wirken! Es ist ermüdend!«

Den letzten Satz hatte sie beinahe geschrien. Fronica suchte nach den richtigen Worten, um der aufgebrachten Gräfin Trost zu spenden. Ihr kam ein Gedanke.

»Gräfin, als ich das Wasser für Euch geschaut habe, sagte ich Euch, dass der Herzog Wert auf geistreiche Unterhaltung legt. Ihr seid besser beraten, Euch in dieser Hinsicht zu bilden, denn, wie Ihr sagt,

Schönheiten gibt es mehr als genug bei Hofe, aber Eure Schönheit gepaart mit Geist, wird Euch unwiderstehlich für den Herzog machen …«

Sidonie von Riedenburg richtete sich auf und deutete gebieterisch mit dem Finger auf Fronica.

»Du musst bei mir bleiben! Ich will keine falschen Entscheidungen treffen und womöglich alles zerstören, was ich bereits erreicht habe! Ich will dich ständig um mich haben!«

Fronica erschrak.

»Durchlaucht, das ist unmöglich!«

Sidonies Augen verengten sich zu blauen Schlitzen.

»Nichts, was ich verlange, ist unmöglich, was erlaubst du dir!«

»Durchlaucht, meine Mutter braucht mich und ich habe einen verletzten Raben, der gepflegt werden muss«, stammelte Fronica, die verzweifelt nach Gründen suchte, die das Ansinnen der Gräfin unmöglich erscheinen ließen. »Vergebt mir!«

Sidonie starrte Fronica einen Augenblick lang mit ausdrucksloser Miene an, dann brach sie in schallendes Gelächter aus.

»Ein verletzter Rabe ist wichtiger als ich?«

Sie rollte sich auf die Seite und stützte das Kinn anmutig auf die Hand, um Fronica, die sich am liebsten in Luft aufgelöst hätte, amüsiert zu betrachten.

»Sei nicht albern!«

Sidonie sprang aus dem Bett und zog an einer bestickten Klingelschnur. Sofort erschien Magdalena.

»Bring anständige Kleidung für das Mädchen, etwas von einer der Zofen, Hilda hat ungefähr ihre Größe. Bring passende Schleier mit.«

Fronica wollte aufbegehren, die gebieterische Handbewegung der Gräfin ließ sie verstummen.

»Du wirst einige Tage mein Gast sein. Ich schicke einen Boten zu deiner Mutter, damit sie sich keine Sorgen macht, und lasse dein Rabenvieh holen. Ich liebe die Beiz mit Falken und Bussarden, der Rabe interessiert mich.«

Fronica blieb der Mund offenstehen. Ihre Mutter würde sich vermutlich die gleichen Sorgen machen, wenn der Bote der Gräfin aufkreuzte und den Vogel holte, als wenn Fronica einige Tage nicht nach Hause kam. Gleichzeitig reizte es Fronica, einen Eindruck vom Leben am Hof zu gewinnen. Aber warum ausgerechnet jetzt, wo Gabriel bei ihnen lebte, Gabriel, dessen Anblick ihr Herz höher schlagen ließ, ihr die Worte raubte. Sie erinnerte sich, wie sie ihn zusammen mit der alten Anna aus seinen nassen Kleidern geschält hatte, in der Waldhütte, und ihr Atem ging schwer.

»Wie Ihr wünscht, Durchlaucht«, murmelte sie kraftlos und fühlte sich in ihre eigenen Widersprüche und den unbeugsamen Willen der Gräfin verstrickt, wie ein Tier in der Falle des Wilderers. Magdalena kehrte zurück und reichte Fronica eine elfenbeinfarbene Tunika mit goldbestickten Borten, dazu ein weinrotes Unterkleid und einen Schleier. Sogar Schuhe aus feinem Kalbsleder in der passenden Farbe mit langen, seltsam aufgebogenen Spitzen hatte sie mitgebracht.

Sidonie von Riedenburg nickte Magdalena zu.

»Hilf ihr, es anzulegen.«

Magdalena nahm Fronica mit in das angrenzende Ankleidezimmer der Gräfin. Fronica war außer sich vor Scham. Sollte sie sich etwa vor der wildfremden Frau entblößen? Magdalena bemerkte ihr Zögern und deutete mürrisch auf einen bemalten Wandschirm.

»Du kannst dich dort ausziehen. Ich schaue dir nichts ab, keine Sorge!«

Fronica verkroch sich hinter die Stellwand und entkleidete sich. Sorgfältig legte sie ihr einfaches Kleid aus grobem Leinen, die Haube und die Schürze zusammen und griff nach den Gewändern, die Magdalena über den Wandschirm gehängt hatte, ihr Hemd behielt sie an. Sie zog das Unterkleid über, drehte ratlos die Tunika in den Händen, bis sie herausfand, wie sie hineinschlüpfen musste. Es war unmöglich, alleine mit der komplizierten Verschnürung im Rücken zurechtzukommen. Scheu trat sie hinter der Stellwand hervor.

»Würdet Ihr mir helfen, bitte?«

»Was glaubst du, warum ich hier herumstehe und meine kostbare Zeit vergeude?«, gab Magdalena barsch zurück, packte Fronica an der Schulter und drehte sie um. Mit geübten Händen nestelte sie an den Bändern und zog sie fest zusammen.

»Es muss etwas mit deinen Haaren geschehen und«, sie deutete mit angewiderter Miene auf die Leinenbinde, die Fronicas Auge verdeckte, »damit.«

Fronica begegnete dem abschätzigen Blick der Kammerfrau im Spiegel und hob trotzig das Kinn.

»Das mache ich selbst.«

»Wie du willst.«

Die Kammerfrau drehte sich auf dem Fuß um und rauschte aus dem Raum. Selbst ihr Rücken drückte die pure Missbilligung über die Grillen ihrer Herrin aus. Fronica betrachtete die Schleier und Tücher, die Magdalena auf eine Truhe geworfen hatte. Sie wählte ein dünnes, dunkelrotes Tuch und faltete es zu einem Streifen. Ihre Hände tasteten nach den Knoten ihrer Augenklappe und öffneten sie. Für einen Augenblick stand sie da und betrachtete sich im Spiegel der Gräfin. Was wäre, wenn sie die Binde nicht anlegen würde, wenn sie sich zeigte, wie sie war. Was würde ihr geschehen? Die Macht der Gewohnheit und die Worte ihrer Mutter, die mahnend in ihren Ohren wisperten, siegten. Mit entschlossenen Bewegungen bürstete Fronica ihre Haare, bis sie seidig glatt über ihren Rücken fielen, befestigte das Tuch und griff nach einem elfenbeinfarbenen Schleier. Aus dem Spiegel sah ihr eine geschmackvoll gewandete Hofdame entgegen. Sie zupfte den Schleier noch tiefer in die Stirn. Sie würde sich im Hintergrund halten, in der Hoffnung, dass die Gräfin ihrer Gesellschaft bald überdrüssig wäre. Sidonie von Riedenburg saß in einem Stuhl am Feuer, als Fronica in das Gemach zurückkehrte. Überrascht blickte sie auf.

»Das Gewand ist wie für dich gemacht! Du könntest eine strahlende Schönheit sein, wenn …«

Die Tür flog auf und ein stattlicher, junger Mann betrat mit ausgreifenden Schritten den Raum, nahm im Gehen seinen Umhang ab und warf ihn über die Lehne eines Stuhles. Wie weich und warm das Pelzfutter aussah! Fronica hätte es zu gerne berührt. Die Kammerfrau neben ihr war mit gebeugtem Haupt in einen tiefen Knicks gesunken, Fronica tat es ihr eilig nach. Ohne ihnen die geringste Beachtung zu schenken, ließ sich der Mann auf den Stuhl gegenüber der Gräfin fallen und streckte die stämmigen Beine von sich. Die Bestimmtheit seiner Bewegungen, die sinnlichen Lippen und die kräftig hervorspringende Nase machten deutlich, dass er sich nahm, was ihm behagte. Magdalena verließ geräuschlos das Gemach, Fronica stand beklommen da und wusste nicht, wie sie sich verhalten sollte.

»Mein Herzog, welchem glücklichen Umstand habe ich es zu verdanken, dass Ihr mich schon so früh am Tage mit Eurer Anwesenheit beschenkt?«, gurrte Sidonie.

Fronica wurde mit Erschrecken klar, dass sie den jungen Herzog von Bayern vor sich hatte. Sie bemerkte den koketten Augenaufschlag der Gräfin, die spielerisch ihre Röcke drapierte und sich mit der Zungenspitze über die Lippen fuhr. War das sie Sprache der Frauen am Hof? Der Herzog warf einen zerstreuten Blick auf die schlanke Fessel, die die Herzogin wie unabsichtlich frei gelegt hatte.

»Die Räte des Herzogs von Sachsen machten mir heute ihre Aufwartung und berichteten, dass der König von Böhmen in Prag unerwartet verstorben ist. Der Hussitenkönig saß auf einem äußerst wackeligen Thron – ein Angriff Böhmens auf Bayern ist damit sehr wahrscheinlich. Ritter Hanns von Degenberg, ein Vertrauter meines Bruders Christoph, ist nach Böhmen geflohen und wird das seine dazu tun.«

Albrecht verzog die Lippen.

»Dass ich von Degenbergs Ländereien wegen seines Verrats in Besitz genommen habe, schmeckt dem Böckler nicht. Ich habe bereits Boten zu Ludwig nach Landshut und Herzog Wolfgang nach Augsburg geschickt. Wir müssen uns für einen Krieg wappnen.«

Er hieb verärgert mit der Faust auf die Lehne des Stuhles.

»Der Ärger mit Christoph, dann mit Wolfgang, der mir durch die Finger geschlüpft und zu den Augsburgern geflohen ist – die mir ebenfalls nicht wohlgesonnen sind – und jetzt das!«

Albrecht von Bayern griff nach dem Schürhaken und stocherte verdrossen im Feuer. Sidonie beugte sich vor und berührte seinen Arm.

»Quält Euch das schlechte Gewissen? Eure Brüder haben sich den Böcklern angeschlossen! Christoph mit seinem hitzigen Charakter war es, der öffentlich getönt hat, er würde Euch überfallen und auf Burg

Hohenschwangau festsetzen! Es sind sogar Warnungen von den Bürgern an Euch eingegangen, dass Eure feinen Brüder nach Eurem Leben trachten. Dabei gabt Ihr Christoph großzügig Schloss Pähl und darüber hinaus achttausend Gulden im Jahr! Wolfgang habt ihr Schloss Greifenberg und ein Haus am Rindermarkt mitten unter den besten Münchner Patrizierfamilien geschenkt! Undankbar sind Eure Brüder. Abgesehen davon blieb Euch gar keine andere Wahl, als Christoph festzusetzen, wenn Ihr weiterhin selbst über Euer Land bestimmen wollt!«

Sie ließ ein trillerndes Lachen hören.

»Dass Ihr ihn allerdings am schmalzigen Samstag erst zum Ritterspiel hergelockt und ihn dann im Badezuber festnehmen ließet, wird er Euch nicht so schnell verzeihen!«

»Ich kann meine Brüder nicht an der Regierung beteiligen, wenn sie hingehen und für die Reichsunmittelbarkeit kämpfen – was für ein blödhirniger Einfall, geradewegs dem Kaiser unterstellt sein zu wollen!«, brummte der Herzog. »Ich musste augenblicklich handeln, Bad hin, Bad her. Christoph bleibt in der Neuveste, bis er sich bereit erklärt, diesen Unsinn zu Grabe zu tragen. Er hat zwei Freunde und zwei Diener zur Gesellschaft, es ist schließlich nicht so, dass ich ihn in den Kerker geworfen habe. Im Übrigen sorge ich dafür, dass die Böckler keine Zukunft haben werden. Sie haben mich lange genug als Stubenschreiber und Federfuchser verhöhnt!«

Albrecht seufzte und ließ sich in den Stuhl zurücksinken.

»Ich wünschte, Christoph wäre schwächlich wie Sigmund und würde ebenfalls wegen, wie der es damals ausdrückte, `Blödigkeit seines Leibes´, auf die Regierung verzichten, sich um Schlösser, Forste und die Schönen Künste kümmern. Mein lockenköpfiger Bruder, übertreibt es zwar, wie er mit seinen Weibern, Pfauen und Meerschweinchen auf der Blutenburg hockt, die Zeit mit Gesang und Saitenspiel vertändelt oder Kirchen baut, aber er lässt mich wenigstens in Ruhe das Land zum Besten des Volkes regieren.«

Fronica wand sich. Was waren das für Menschen, die ihre eigenen Familienmitglieder einsperrten? Sie fühlte sich mehr als unwohl. Die hohen Herrschaften verhielten sich, als wäre sie gar nicht vorhanden, es war, als sei sie mit einem Mal unsichtbar geworden.

»Nun, da Ihr schon einmal da seid«, Sidonie erhob sich und setzte sich auf die Lehne seines Stuhles, dabei fiel ihr Blick auf Fronica, sie zwinkerte ihr verschwörerisch zu und bedeutete ihr mit einer Handbewegung, das Gemach zu verlassen, »lasst mich Euch ablenken von dem drögen Geschäft der Politik.«

Fronica sah noch, wie die Gräfin Herzog Albrecht mit halb geöffneten Lippen küsste, während sie ihre roten Samtpantöffelchen abstreifte und auf seinen Schoß glitt. Der Herzog legte den Kopf in den Nacken und stöhnte genießerisch auf, während seine Hand unter die Röcke Sidonies wanderte. Mit heißen Wangen floh Fronica aus dem Gemach und prallte im Korridor gegen einen schwarzgekleideten Mann mit auffällig weißblondem Haar. Flüchtig nahm Fronica ein kunstvoll geschmiedetes, silbernes Kreuz mit einem grünen Stein in der Mitte wahr, das der Kirchenmann um den Hals trug. Die violette Quaste auf seinem Birett wippte heftig, als er die ins Wanken geratene Kopfbedeckung im letzten Augenblick festhielt. Hastig murmelte Fronica eine Entschuldigung und lief davon.

Kapitel 6

Flößerleben

»Wach auf! Du musst mit uns nach Müttenwaldt!«

Gabriel hatte keine Ahnung, wo er sich befand. Es kam ihm vor, als hätte er die meiste Zeit wachgelegen und an Fronica gedacht. Daran, wie er sie als Marienfigur darstellen würde. Die Marienfigur für das Portal der Liebfrauenkirche. Ob es jemals dazu kommen würde? Er musste etwas tun, um sein Leben wieder in die richtige Bahn zu lenken. Irgendwann war Gabriel in einen unruhigen Schlaf gefallen, hatte von Albins Leiche geträumt, die sich aus dem Lehm der Baustelle erhob, blutüberströmt auf ihn zuwankte und mit dem Finger auf ihn zeigte. Wieder und wieder hatte er sich gefragt, ob ihm jemand den Mord absichtlich in die Schuhe schieben wollte, oder ob sein Spitzeisen zufällig zum Mordwerkzeug geworden war. Verständnislos glotzte er Lambert an, als dieser an seiner Schulter rüttelte.

»Korbinian, der Drittferge hat sich das Kreuz verrenkt, aber wir müssen morgen Ware in Müttenwaldt abholen. Du musst mitkommen und meinen Platz einnehmen. Ab heute bist du der Flößerlehrling und ich darf den Drittfergen machen. Und jetzt beeil dich! In der Küche gibt es den Morgenbrei.«

In Lamberts Stimme lagen Freude und Aufregung über die unerwartete Aufgabe, die ihm zuteil wurde. Gabriel taumelte schlaftrunken zum Brunnen und schüttete sich eisiges Wasser ins Gesicht, um die Benommenheit und die Träume fort zu waschen, die einen Geschmack von Sorge und Beklemmung hinterlassen hatten. Als er die Küche betrat, saßen der Meister und die Meisterin am Tisch, von Fronica keine Spur. Enttäuscht grüßte Gabriel, der sich auf den Anblick der Flößertochter gefreut hatte, und setzte sich auf die Einladung der Meisterin Resch zu Tisch. Sie schob ihm eine Schale hin und Gabriel griff hungrig zu.

»Wenn jemand fragt, du bist der neue Knecht. Die Zunft nimmt es streng mit den Vorschriften. Mein Schwiegervater hat eine Flößerei in Müttenwaldt, für ihn flößen wir morgen. Und bald haben wir zusätzlich eine Floßhacke in der Tölzer Lände …« Er wechselte einen vielsagenden Blick mit seiner Frau. Sie beendeten das Morgenmahl. Lambert hatte bereits zwei Kaltblüter vor einen Wagen gespannt. Der Morgen war frisch, aber es lag bereits ein Hauch von Frühling im kalten Märzwind. Der Floßmeister kletterte neben Lambert.

»Steig auf«, befahl er Gabriel. Der sprang hinten auf den Karren und machte es sich auf ein paar leeren Säcken so bequem wie möglich. Sie rumpelten schweigend dahin. Gabriel sah die Landschaft durch feine Dunstschwaden an sich vorüberziehen und fragte sich, welche Aufgaben er bald zu bewältigen hätte. Bislang wusste er nur, dass sie in Tölz anhalten würden, weil Meister Resch dort noch Geschäfte zu erledigen hatte. Am heutigen Abend erreichten sie Müttenwaldt, übernachteten dort, um am nächsten Morgen von dort eine Ladung nach München zu schaffen.

Am frühen Vormittag trafen sie in Tölz ein. Der Meister wies Lambert den Weg und befahl ihm, vor einem großzügig gebauten Haus in der Nähe der Lände anzuhalten. Er stieg ab und drückte Lambert ein paar Münzen in die Hand.

»Wartet in der Gaststube dort drüben auf mich.«

Lambert nickte und lenkte das Fuhrwerk in den Hof des Wirtshauses.

»Los, hilf mir, die Pferde zu tränken.«

Gabriel tat, wie ihm geheißen, und hielt den Tieren nach einander einen Eimer mit Wasser unter die Nase, während Lambert mit dem Wirt sprach. Ein Junge kam mit einem Arm voll Heu, warf es wortlos vor den Pferden auf den Boden. Lambert drückte ihm einen Kreuzer in die Hand.

»Pass auf das Gespann auf!«

Sie betraten die Wirtstube und bestellten sich einen Becher Dünnbier. Gabriel war schon wieder hungrig.

»Ist ein Kanten Brot drin?«

Lambert legte die Münzen auf den Tisch.

»Für eine Suppe langt es allemal. Der Meister lässt keinen hungern.«

Er verzog missmutig das Gesicht.

»Ich wüsste zu gerne, was er mit der Meißerin zu schaffen hat. Ihren Mann hat es letzten Gilbhard erwischt, er ist zwischen Triftholz geraten. Böse Sache. Musst dich in Acht nehmen.«

Gabriel spürte Unwohlsein in seiner Magengrube lauern. Steinhauen war schwere Arbeit, aber außer, dass man Gefahr lief, sich beim Herumwuchten der Steinbrocken Zehen oder Finger zu quetschen oder einem beim Meißeln Splitter ins Auge flogen, war es nicht übermäßig gefährlich. Es dämmerte ihm, dass es sich beim Flößen völlig anders verhielt, dass man nach jeder Fahrt, die man überstand, das Leben feiern konnte. Mit einem Male hatte er das dringende Bedürfnis, das Geheimnis mit Lambert zu teilen. Konnte man wissen, ob er am nächsten Tag ertrunken oder von Baumstämmen zermalmt auf dem Grund der Isar liegen würde? Albin hatte bereits seinen Teil des Geheimnisses mit ins Grab genommen, aber Gabriel spürte tief in sich, dass es erforscht werden, ans Licht gebracht werden wollte und dass es aus irgendeinem Grund mit seinem eigenen Schicksal verwoben war. Abgesehen davon wollte er nicht mit der Anschuldigung, ein Mörder zu sein, sterben.

»Ich muss dir etwas sagen«, begann er mit belegter Stimme, »auf der Baustelle, das war kein Streit, wie ich gesagt habe. Albin, ein Steinmetzgeselle, ist tot dagelegen, und sie glauben, dass ich es gewesen bin, weil wir zuvor Händel hatten.«

Lamberts Augen nahmen einen wachsamen Ausdruck an.

»Aber so ist es nicht! Ich bin kein Mörder, das musst du mir glauben!«

Gabriel schluckte, er merkte, wie unglaubwürdig seine Geschichte klang.

»Jemand hat ihn mit meinem Werkzeug getötet. Ich war auf der Flucht, als ich dich an der Lände getroffen habe. Den Abend davor war ich mit Albin im Wirtshaus, wir hatten uns versöhnt und er hat mir ein Geheimnis verraten. Er hat nach einem Schatz gesucht und war sicher, ihm dicht auf der Spur zu sein. Albin sagte, es müsse etwas mit einem Hinweis oder einer Karte zu tun haben, die in der Liebfrauenkirche versteckt ist. Wer sie besitzt, kann den Schatz finden und wird unermesslich reich. Als ich früh morgens auf die Baustelle kam, habe ich mein Spitzeisen gesucht und dabei an Albins Platz einen Brief gefunden.«

Gabriel fiel auf, dass Lambert noch aufmerksamer lauschte, seit er den Schatz erwähnt hatte.

»Ich – ich habe den Brief an mich genommen. Ich wollte ihn nach dem Lesen zurücklegen, aber kurz darauf wurde die Leiche entdeckt und ich rannte weg.«

Er leerte seinen Becher in einem Zug und wartete gespannt.

Lambert hielt seinen Blick fest.

»Warum bist du weggelaufen, wenn du es nicht warst?«

»Albin wurde mit meinem Spitzeisen erstochen. Es lag neben ihm. Es trägt mein Zeichen und ist für Linkshändische gemacht, jeder weiß das. Der Mord muss in der Nacht geschehen sein, das Blut war schon getrocknet.«

Gabriel verzog mutlos das Gesicht. Lambert nickte mehrmals langsam.

»Dieser Albin verrät dir ein Geheimnis über einen Schatz und am nächsten Morgen ist er tot und du im Besitz des entscheidenden Hinweises …«

»Eben, ich weiß, wie das aussieht. Was blieb mir anderes übrig, als wegzulaufen? Ich will nicht meinen Kopf verlieren, für etwas, was ich nicht getan habe!«, erbitterte sich Gabriel.

Lambert kniff die Augen zusammen. Nachdenklich schwenkte er den Rest Bier in seinem Becher.

»Angenommen, jemand würde bezeugen, dass er die ganze Zeit bei dir war …«

Gabriel sah überrascht auf.

»Dieser Jemand würde einen falschen Eid ablegen. Und dieser Jemand würde mit Sicherheit eine Gegenleistung erwarten.«

Lambert grinste, während er langsam nickte.

»Ich bezeuge, dass ich über Nacht in deiner Kammer geblieben bin, weil ich den Torschluss verpasst habe. Ich bin manchmal über Nacht fort. Den Meister kümmert es nicht, so lange ich pünktlich zum Arbeitsbeginn erscheine.«

Gabriel hätte gerne gewusst, wo Lambert solche Nächte verbrachte. Ob er irgendwo ein Liebchen hatte?

»Dafür machen wir uns gemeinsam auf die Suche. Wenn wir den Schatz finden, teilen wir.«

Lambert lehnte sich zurück und wartete mit verschränkten Armen auf Gabriels Entgegnung. Gabriel griff ohne zu Zögern nach dem Ausweg aus seiner Misere. Er streckte Lambert seine Hand hin, der schlug ein. Gabriel hielt Lamberts Blick fest, sah die gleiche Frage nach Vertrauen in den graugrünen Augen, die er stellte.

»Als wir aus dem Wirtshaus kamen, wollte Albin noch einmal zur Baustelle. Er war ziemlich betrunken. Vielleicht ist er mit jemandem aneinander geraten.«

Gabriel zögerte.

»Zuerst bin ich ihm heimlich gefolgt, als ich dann vor der Kirche stand, bekam ich ein merkwürdiges Gefühl und bin nach Hause gegangen.«

Ihn schauderte. Wäre er Albin in dieser Nacht gefolgt, wäre er vielleicht ebenfalls tot. Oder er hätte ihm beistehen können und sein Leben retten.

»Vielleicht weiß noch jemand von dem Schatz und sucht ebenfalls danach«, gab Lambert zu bedenken. »Was waren genau Albins Worte?«

Gabriel versuchte, sich die Unterhaltung mit Albin ins Gedächtnis zu rufen. Er nagte an seiner Unterlippe. Die Erinnerung wurde deutlicher. Er hieb mit der Faust auf den Tisch.

»Natürlich! Er wusste überhaupt nur von dem Schatz, weil er zwei Männer belauscht hatte, die davon sprachen! Vielleicht haben sie ihn dabei überrascht, wie er nach dem Schatz suchte oder als er ihn fand und haben ihn deshalb umgebracht!«

Gabriel betrachtete die aufleuchtenden Augen des Flößers. Dessen Freude schien ihm angesichts des Todes eines anderen wenig angebracht und ließ ihn Unbehagen empfinden. Lambert verfolgte seine Ziele, koste es, was es wolle. Gabriel versuchte, seine Zweifel endgültig wegzuschieben, er hatte keine Wahl.

»Wir müssen in der Kirche suchen und in Albins Kammer. Weißt du, wo er gewohnt hat?«

Gabriel nickte.

»Sobald wir zurück sind, schenke ich Meister Resch reinen Wein ein. Nahezu reinen Wein. Ich bitte ihn, dich mit mir zu meinem

Steinmetzmeister gehen zu lassen, um Zeugnis für mich abzulegen. Nur wenn ich meinen Arbeitsplatz an der Baustelle zurückbekomme, kann ich unauffällig in der Kirche nach Hinweisen suchen.«

Ein leichtes Lächeln spielte um Lamberts Mundwinkel. Er sah aus wie jemand, der hochzufrieden mit der Entwicklung der Dinge war.

Voller Argwohn blickte Gabriel auf das im Wasser schwankende Floß. Ihm wurde plötzlich bewusst, wie gerne er festen Boden unter den Füßen hatte. Vorne und hinten gab es ein Ruder, das Vorderruder für den Ferg, das hintere für den Styrer, der sich nach dem Ferg richten musste. Der glitschige Koloss aus Holz, auf dem Gabriel die nächsten Stunden verbringen sollte, war ihm mehr als unheimlich. Das Wasser strudelte und klatschte drohend ans Ufer, der Wind machte die Glieder klamm und er sehnte sich nach der Bauhütte, seinen Steinblöcken und seinen Träumereien, die bildhaft an ihm vorüberzogen, während unter seinen gut gesetzten Schlägen kunstvolle Muster und Figuren aus dem Stein wuchsen. Die Oblast, die aus Fässern mit Kalk und fünfzehn Üren Etschwein bestand, war bereits verladen, Vorgeher und Waagemeister hatten die Freigabe erteilt, der Wasserzoll war entrichtet. Es kam Gabriel vor, als wäre er seit dem gestrigen Tag in eine völlig fremde Welt versetzt worden. Müttenwaldt war ein Ort voller fremdländischer Menschen und Unmengen an Handelsware, die Luft von geheimnisvollen Düften gesättigt. Händler, die die Alpen überquerten, schafften Unmengen an Gütern aus dem Deutschen Handelshaus in Venedig in die Zollhäuser des Grenzortes. Der Ort war ein Umschlagplatz für welsche Waren, vor allem exquisite Stoffe, Weine, Glas, Kunstgegenstände und Früchte aus dem Süden. Gabriel sah Dinge, von denen er bisher nicht einmal gehört hatte. Da waren Säcke, gefüllt mit duftendem Safran, Ingwer und Pfeffer, Südfrüchte, die in verführerischen Farben leuchteten, Säcke mit Johannisbrot, Ballen mit Schreibpapier, Baumwolle und zarter Seide, blutroter und nachtschwarzer Samt – wie eine Königin würde Fronica mit ihrer alabastergleichen Haut und dem seidenblonden Haar in einem Kleid aus diesem herrlichen Stoff aussehen – Konfekt, Fässer mit Baumöl und Feigen, Zucker und Welschwein. Die

Floßlände befand sich unterhalb einer Kirche. Nahe dem Ufer stand der Ländstadel der Marktgemeinde, dort wurden die Waren bis zur weiteren Verfrachtung aufbewahrt. Die Flößer, ein wichtiger Teil der Handelskette, waren eine besondere Gemeinschaft. Es war, als hätten sie eine eigene Sprache, eine besondere Art der Verständigung untereinander. Das klare Wasser der Isar war wie das Blut in ihren Adern. Der Flusslauf war in Teilstrecken unterteilt, in denen die zuständigen Flößerzünfte jeweils die Waren transportierten. Gabriel verstand inzwischen, dass Meister Resch eine Sonderstellung unter den Flößern genoss. Reschs Schwiegervater gehörte der Müttenwaldter Zunft an, so konnte Resch in seinem Namen die Ladung übernehmen. Achtzehn lange Fichtenholzstämme waren am Ganterplatz mit Querstangen stabilisiert und aneinander befestigt worden. Die Stämme wurden mit Wieden zusammengehalten, um die Seile einzubringen, mussten mit dem Wiedenbohrer Löcher in das Holz gebohrt werden. Gabriel packte zu, so gut er konnte, und staunte, innerhalb welch kurzer Zeit das Gefährt fertig im Wasser lag und beladen werden konnte. Der Ländmeister legte die Eisenstange an, um zu messen, ob das Floß die vorgeschriebene Breite von sechzehn Schuh nicht überstieg.

»Von hier bis Lengries ist die Reißende besonders wild«, versetzte der Meister, »der Fluss birgt jede Menge Tücken und Gefahren. Das Flussbett verändert sich ständig. Es gibt Schluchten und Klammen im Flussbett, steile Klippen und wandernde Kiesbänke, die uns das Leben sauer machen, also halt die Augen auf und sei wachsam!«

Die Bemerkung trug nicht zur Verbesserung von Gabriels Befinden bei. Der Druck im Magen nahm zu. Fast den ganzen Tag lang würden sie unterwegs sein, bis sie München erreichten. Wenn alles gut ging. Meister Resch unterwies Gabriel in seinen Aufgaben, Lambert nahm mit stolzgeschwellter Brust seinen neuen Platz auf dem Floß ein, stand mit starken Beinen da, wie ein Feldherr nach der Eroberung einer feindlichen Stadt, am Gürtel die Floßhacke.

Die anderen Flößer schenkten Gabriel keine besondere Aufmerksamkeit, vielleicht hatte der Meister bereits im Vorfeld Klarheit über den Grund von Gabriels Anwesenheit geschaffen. Die anderen murmelten ein Gebet zum Heiligen Nikolaus, dem Schutzpatron der Flößer, bekreuzigten sich, dann ging es los. Mit langen Stangen wurde das Gefährt von den Ländknechten am Ufer abgestoßen, setzte sich gemächlich in Bewegung, kam ins Trudeln, wurde vom Strom der Fahrrinne ergriffen. Meister Resch lenkte das Floß mit ruhiger Hand, erkannte verräterisches Kräuseln als ein gefährlich scharfes Felsriff im Wasser, rief Lambert Befehle zu, die dieser mit feierlicher Ernsthaftigkeit ausführte. Die Landschaft flog vorbei wie ein graugrüner Schleier, Gabriel hätte nicht geglaubt, dass die Fahrt derart rasant von statten gehen würde und hoffte, dass ihm die Übelkeit, die sich seiner bemächtigt hatte, nicht anzusehen war. Tapfer schluckte er, krampfte die Finger um den Haken, wollte seine Sache so gut wie möglich machen, um den Meister für den Augenblick seines Geständnisses bei guter Stimmung zu halten. Die aufspritzende Gischt durchnässte ihn bis auf die Haut, Wasser schwappte über seine Füße.

»Nach der Schneeschmelze ist das Wasser hoch, viel Geröll und Strudel, aufpassen!«, schrie der Meister Lambert zu. Gabriel hatte gerade begonnen, sich an diese seltsame Art der Fortbewegung zu gewöhnen, als der Meister brüllte:

»Die Faller Klamm vor uns, Obacht!«

Ehe Gabriel es sich versah, erschien eine Felsenge vor ihnen, Felsnasen ragten spitz über den Fluss, dahinter war kein Wasser mehr zu sehen. Es ging jäh abwärts. Gabriel wurde mulmig zumute, als sie auf die Enge zurasten. Er klammerte sich an die vertäuten Fässer und betete inbrünstig wie lange nicht mehr. Das Floß rutschte ächzend in die Tiefe, klatschte ins Wasser, die Fässer wankten und knirschten. Um ihn herum tobte eine Hölle aus Wasser und Dunstschleiern, Gabriel betete jetzt laut das Vaterunser, er scherte sich nicht darum, was die anderen von ihm dachten, er wollte einfach nur am Leben bleiben. Resch und Lambert stemmten sich stumm in die Ruder, glichen mit blitzschnellen, aufeinander abgestimmten Bewegungen aus, der kleinste Fehler konnte tödlich sein. Als Gabriel die Augen wieder öffnete, hatten sie die Klamm hinter sich gelassen und wurden vom Fluss weitergetrieben, die Fahrt hatte etwas nachgelassen. Er holte Atem, richtete den Blick zum Himmel, der sich eisblau über ihnen spannte, dann blickte er in Lamberts feixendes Gesicht.

»Nicht schlecht. Beim ersten Mal schaffen das die wenigsten, ohne zu kotzen. Die meisten Flößer schicken ihr Floß alleine die Schwellen hinunter, lassen es darauf ankommen. Aber nicht ein Reschfloß und in Zukunft auch keines meiner Flotte!«, verkündete Lambert und reckte stolz das Kinn. Gabriel nickte matt und bemühte sich, seine verkrampften Glieder zu lockern. Im gleichen Augenblick erschütterte ein gewaltiger Ruck das Floß, eines der Taue, die die Ladung zusammenhielten, riss, die oberste Reihe der Fässer geriet ins Wanken und Gabriel wurde rücklings in die Fluten geschleudert. Im Fallen traf ihn ein Fass an der Schulter, er schrie auf, sank. Um ihn herum perlten grün, silbrige Blasen auf Felsgestein, er sank tiefer, es wurde dunkel. Weiche Haare streichelten sein Gesicht, ein spöttischer Mund, Fronicas Mund. Gabriel begann zu strampeln, entwand sich der eisigen Umklammerung der Isaria, stieß sich nach oben, seine Lungen drohten zu bersten. Nach Luft ringend kam er an die Oberfläche, blickte panisch um sich. Ein Ast trieb unweit von ihm im Wasser. Er warf sich darauf und klammerte sich fest, sah das Floß, das an einem Kiesbett festsaß. Lambert blickte sich suchend um, Gabriel ruderte mit den Beinen, stieß sich am Wasser ab, versuchte, das Floß zu erreichen. Unweit von ihm hingen drei Fässer im Gestrüpp, dümpelten unruhig im Wasser, bereit, mit der nächsten Welle davon getrieben zu werden. Gabriel handelte, ohne nachzudenken. Er schwamm auf die kostbare Fracht zu, griff nach dem ersten Fass und zerrte es aus dem Geäst. Er schob es vor sich her, zum Floß, Lambert hievte es aus dem Wasser. Noch zweimal machte Gabriel den Weg, dann ließ er sich von Lambert und dem Meister aufs Floß ziehen wie einen nassen Sack, unfähig mitzuhelfen, lag auf den Planken, zitternd und völlig entkräftet. Der Meister, der die Ladung gesichert hatte, beugte sich über ihn.

»Gut gemacht, Junge! Du würdest einen tadellosen Flößerknecht abgeben, keine Frau, keine Kinder. Da muss die Zunft nicht zahlen, wenn es dich erwischt. Überleg's dir.«

Er rieb sich den Bart.

»Das vermaledeite Kiesbett hätte uns beinahe den Garaus gemacht!«

Die weitere Fahrt verlief ruhiger. Geschmeidig glitt das Floß durchs Wasser. Baumriesen säumten die Ränder des Flusses, an den flachen Stellen schimmerten weiße Kalksteine. An den Ufern waren zahlreiche Mühlen angesiedelt, die die Kraft des Wassers nutzten. Stunde um Stunde lenkten die Männer das Floß in gespannter Aufmerksamkeit durch im Wasser treibende Bäume und Äste, stemmten sich in die Ruder, stießen sich von Kiesbänken ab. Von wirklicher Gefahr blieben sie verschont.

»Gleich sind wir in Thalkirchen«, schrie Lambert, an Gabriel gewandt. Als eine Einbuchtung unterhalb eines Mühlbaches sichtbar wurde, begann das komplizierte Manöver des Anländens. Lambert warf das Seil. Außer ihrem Floß gab es ein weiteres an der Lände. Die Besatzung schickte sich gerade an, aufzubrechen. Gabriel atmete hörbar auf.

»Endlich in Sicherheit«, murmelte er erleichtert.

»Da muss ich dich leider enttäuschen, mein Freund«, feixte Lambert, der ihn gehört hatte, »der letzte Teil bis München ist beinahe so gefährlich wie die Faller Klamm vorhin.« Er wies mit ausgestrecktem Arm auf den Fluss.

»Siehst du die Überfälle dort drüben?«

Gabriel sah beunruhigt auf die treppenartigen Strömungen.

Die Isar hatte an dieser Stelle ein starkes Gefälle, zudem änderte der Flusslauf seine Richtung und machte eine Biegung.

»Bete zum Heiligen Nikolaus, unserem gnädigen Schutzpatron. Für diesen Teil der Strecke brauchen wir unser ganzes Können!«

Der Meister und Lambert nahmen ihre Kopfbedeckungen ab und senkten die Köpfe. Gabriel tat es ihnen nach.

»Heiliger Nikolaus stehe uns bei. Lass uns gesunden Leibes in München ankommen. Mach, dass ich nie mehr wieder auf einem Floß fahren muss«, betete er mit zusammengebissenen Zähnen. Die Männer verharrten eine Weile still im Gebet. Nachdem sie sich durch die Zwiesprache mit Gott gestärkt und ihre Kräfte gesammelt hatten, setzten sie die Fahrt fort.

Er bemühte sich, den Blick auf den Horizont gerichtet zu halten, dorthin, wo das Blaugrau des Himmels auf das Grüngrau des Wassers traf.

Sie hatten Glück und meisterten die gefährliche Stelle ohne Zwischenfall. Endlich zeigten sich die zahlreichen Kirchtürme Münchens. Die Sonne stand noch fahl am Himmel und ließ das an die Lände schwappende Wasser glitzern. Die Untere Lände war Münchens wichtigster Floßhafen. Der Umschlagplatz für die angeflößten Waren, Holz und Baumaterial erstreckte sich über einen weitläufigen Bereich am Ufer. Das Münchner Stapelrecht sah vor, dass alle ankommenden Waren für drei Tage zum Verkauf angeboten werden mussten, wenn sie weitergeflößt werden sollten. Jetzt war es an Gabriel, ins Wasser zu springen und das Floß ans Ufer zu ziehen. Inzwischen war ihm alles einerlei, er konnte es kaum erwarten, trockenen Boden unter seinen Füßen zu spüren. Mit klammen Fingern zog er am Seil und der Holzkoloss folgte ihm widerstrebend. Am liebsten hätte er sich auf den Kies geworfen und den Boden geküsst. Gabriel schwor sich grimmig, niemals wieder einen Fuß auf ein Floß zu setzen.

Am Flößerhaus angekommen, musste er enttäuscht feststellen, dass Fronica nirgendwo zu sehen war. Ihr Anblick hätte ihn ein wenig für die erlittenen Strapazen entschädigt. Niemand erwähnte, wo sie sich aufhielt und er wagte nicht zu fragen. Die Reschin tischte Gerstenbrei und Brot auf. Während er die Mahlzeit gierig in sich hineinstopfte, lauerte er angespannt auf den richtigen Zeitpunkt, dem Meister die heikle Angelegenheit darzulegen. Als Meister Resch seine Schüssel zurückschob und sich von seiner Gattin einen weiteren Humpen Wein einschenken ließ, fasste sich Gabriel ein Herz.

»Meister, ich muss dir etwas gestehen.«

»Nur zu. Rede. Du hast einiges gut bei mir. Wären die drei Fässer verloren gegangen, hätte ich den Eigentümer entschädigen müssen, über fünfundvierzig Silberpfennige hätte mich das gekostet. Nicht auszudenken! Du scheinst ein guter Geist für uns zu sein.«

»Ich bin von der Baustelle davongelaufen, weil man mich wegen Mordes verhaften wollte«, würgte Gabriel hastig heraus.

Die Augenbrauen des Flößers wanderten nach oben, die Meisterin keuchte auf, ihre Hand flog an ihr Herz.

»Wen hast du ermordet?«

Der Blick des Meisters ließ Gabriel nicht aus.

»Niemanden! Ich bin kein Mörder, bei der Heiligen Mutter Gottes und dem Heiligen Nikolaus, ich schwöre, ich habe niemanden umgebracht! Ein Steinmetz wurde mit meinem Werkzeug erschlagen, ich wusste mir nicht zu helfen und bin davongelaufen. Meister, ich habe gerne bei dir ausgeholfen, aber euer Beruf taugt mir nicht. Ich will meine Arbeit an der Liebfrauenkirche wieder haben, dafür bin ich gemacht. Lambert kann bezeugen, dass ich Albin nicht umgebracht habe. Wir waren zusammen, als der Mord geschehen sein muss!«

Die Lüge ging ihm erstaunlich leicht von den Lippen, es war, als sei sie bereits zur Wahrheit geworden. Die Augen des Meisters ruhten noch eine ganze Zeit auf Gabriel, als wolle er tief in seiner Seele nach der Wahrheit suchen. Schließlich erlöste ihn Resch und sah zu Lambert, der eifrig nickte.

»Wenn du erlaubst, begleite ich Gabriel morgen vor der Arbeit zu seinem Meister, um für ihn auszusagen. Ich bin rechtzeitig zurück, das versteht sich.«

Kapitel 7

Ränke und Intrigen

»Wenn Mutter das nur sehen könnte!«, dachte Fronica. Staunend verfolgte sie das Geschehen um sich herum. Für die Hofgesellschaft war es ein gewöhnliches Abendmahl, Fronica jedoch fühlte sich, als wäre sie in eine andere Welt versetzt worden, eine Welt deren Sprache sie weder verstand noch sprechen konnte. Gräfin Sidonie hatte sie kurzerhand zu ihrer vertrauten Hofdame erklärt und so kam es, dass Fronica zwischen feinen Damen, Edelknaben und der Gefolgschaft des Herzogs am unteren Ende der Tafel saß. Der lange Tisch war aufs Üppigste mit Speisen beladen. Fronica hatte bislang keinen Bissen gegessen, sie war damit beschäftigt, die Eindrücke mit allen Sinnen aufzunehmen. Silberne Platten trugen Türme von gebratenen Forellen und gepökeltem Hering. Vor Fronica stand eine riesige Schüssel mit Schleien und Gemüse, daneben Rutten, garniert mit rotglänzenden Beeren. Auf einer weiteren Platte lockten gebratene Fische, groß und flach wie Pfannenkuchen, außerdem gab es Schüsseln mit Bohnen, Lauch, Mangold und gelben Rüben sowie weiches Weißbrot. Bier und Wein flossen in Strömen. Fronica fuhr zusammen, als ein Bediensteter sich über ihre Schulter beugte und nach ihren Wünschen fragte. Verschüchtert deutete sie auf die Rutten, die roten Früchte darauf reizten sie. Der Page balancierte die Speisen auf ihren Teller, teilte sie in mundgerechte Stücke und gab großzügig von der sämigen Soße darüber. Fronica schob vorsichtig ein paar der prallen Beeren in den Mund. Sie biss darauf. Die fingernagelgroßen Früchte platzten, der süßherbe Geschmack schien ihr köstlicher als alles, was sie je gekostet hatte. Die Beeren enthielten Kerne, die sich jedoch leicht zerkauen ließen.

»Mmmh!«, entfuhr es ihr, »was ist das?«

»Ihr kennt den Granatapfel nicht?«

Die junge Frau, die ihr gegenübersaß, musterte sie ungläubig. Ihr Kleid leuchtete in den Farben eines sonnigen Frühlingstages. Das Ärmelfutter des lichtgrünen Gewandes war mit zarten rosafarbenen und gelben Blütenblättern bestickt, ebenso der Stoff ihres Kopfputzes, ein spitzer Kegel mit einem Schleier, der ihr in zartem Blau über die Schultern hinabwallte. Ihr Haaransatz war hoch über der Stirn ausgezupft. Fronica schüttelte scheu den Kopf und wollte etwas erwidern, aber die andere hatte sich mit einem verächtlichen Schnauben längst wieder ihrem Tischnachbarn zugewandt. Fronica ließ ihren Blick über die Tafelnden schweifen. Sie konnte sich nicht sattsehen an den prachtvollen Gewändern der Hofgesellschaft. Dort drüben saß eine Dame in einem weißen Gewand, darüber trug sie einen schimmernden Mantel in dem dunkelsten Blau, das Fronica jemals gesehen hatte, wie aus Sommernachtshimmel gewebt. Um die Taille der Edelfrau wand sich ein Gürtel, der aus dem gleichen Stoff beschaffen war, einige Döschen, Zierrat und ein Rosenkranz waren daran befestigt. Die Frau sah auf und Fronica löste schnell ihren Blick und schaute hinüber zu Sidonie, die sich zum Herzog beugte und ihm mit einem verführerischen Augenaufschlag einen Leckerbissen zwischen die Lippen schob. Andächtig hatte Fronica beobachtet, wie Magdalena der Gräfin geholfen hatte, sich für den Abend zu kleiden. Ein rosenfarbenes Kleid aus schimmerndem Stoff, Brokat, wie ihr Magdalena hochnäsig erklärte, verziert mit edlen Borten, war aus der Kleiderkammer herbei gebracht worden. Das Kleid, das großzügig den Brustansatz sehen ließ, hatte blütenweiße, bauschige Ärmel, die in feinster Spitze endeten und bis über Sidonies goldgeschmückte Handgelenke rieselten. Die Tunika, die sie über dem Kleid trug, war mit seidigweißem Pelz gefasst und reichte bis zum Boden. Das mit Annas Tinktur glänzend gespülte und kompliziert verflochtene Haar Sidonies zierte ein keckes Samtbarett, über und über mit winzigen Perlen bestickt und von einer rosenfarbenen Feder gekrönt. Für Fronica wirkte Sidonie wie eine Gestalt nicht von dieser Erde. Der Herzog, angetan mit einem schwarzen, mit breiten goldenen Borten gesäumten Umhang, kaute genüsslich und musterte Sidonie mit einem Blick unverhohlener Wollust, der Fronica beschämt wegsehen ließ.

»Welch‘ schrägen Vogel hat die Metze des Herzogs nun wieder aufgetrieben?«, hörte sie eine hohe Stimme spötteln.

»Eine neue Kammerjungfer, sagt man. Sie soll aufs schrecklichste entstellt sein. Vielleicht hat die Gräfin mit einem Mal ihre mildtätige Ader entdeckt. Möglicherweise ist es sogar eine Verwandte von ihr«, tuschelte eine andere Stimme.

»Das wage ich zu bezweifeln. Schau sie dir an, sie weiß sich nicht einmal ziemlich zu halten. Die Vorliebe der Gräfin für Absurditäten ist einfach unglaublich! Vor Kurzem hat sie von den Fenstern der Ratstrinkstube aus mit ihrem Gefolge einem Turnier zugesehen. Mehrere Öfen wurden zerstört, so turbulent ging es in der Stube zu, hörte ich.«

Die hohe Stimme klang empört.

Fronica richtete sich unwillkürlich auf. Sie wandte den Kopf und sah direkt in ein paar heimtückisch funkelnde Augen. Eine scharfe Erwiderung lag ihr auf der Zunge. Im letzten Augenblick biss sie sich auf die Unterlippe. Sidonie hatte ihr eingebläut, unter keinen Umständen nähere Angaben über Umstände und Bedeutung ihrer Anwesenheit zu machen. Magdalena, unter deren Obhut Fronica gestellt worden war, hatte den Wortwechsel ebenfalls gehört und mischte sich ein.

»Nur nicht so bissig, Jungfer Appolonia. Ihr seid im Handumdrehen arm genug, Euch das Leben am Hof nicht mehr leisten zu können, wenn sich ihre Durchlaucht von Riedenburg daran erinnern sollte, Eure Spielschulden einzutreiben.«

Die Angesprochene lief rot an und bedachte Magdalena mit einem garstigen Blick, bevor sie einen tiefen Schluck aus ihrem Becher nahm. Fronica lief es kalt den Rücken hinab. Die unscheinbare Kammerfrau verfügte durch ihre Vertrauensstellung offenbar über eine Machtposition innerhalb des komplizierten Gefüges der Hofgesellschaft.

Das Leben am Hof schien faszinierend, aber offenbar nicht weniger gefährlich als ihr bisheriges. Schweigend aß sie ihren Teller leer. Die Musikanten stimmten ein getragenes Stück an und mehrere Paare erhoben sich, um zu tanzen. In einer feierlichen Abfolge von Schritten bewegten sie sich gemessen umeinander. Die Damen knicksten anmutig, die Herren verbeugten sich, man tauschte lächelnd Artigkeiten aus.

»Jungfer, gewährt mir einen Tanz!«

Fronica erschrak. Ein junger Mann tippte ihr auf die Schulter. Der junge Mann deutete eine leichte Verbeugung an, als sie sich zu ihm umdrehte. Er trug die glatten braunen Haare lang, seine muskulösen Beine steckten in schilfgrünen Beinlingen, an den Füßen hatte er, wie die meisten Männer im Saal, Schuhe mit eigenartig nach oben gewölbten Spitzen. Fronica blickte ihn verwirrt an und wurde gewahr, dass einige junge Männer grinsend zu ihnen hersahen und unumwunden auf sie zeigten.

»Ich beherrsche diesen Tanz nicht, vergebt mir!«, stammelte Fronica und zupfte ihren Schleier vors Gesicht.

»Meiner Treu, von welchem düsteren Flecken der Provinz kommt Ihr, dass Ihr einen einfachen Schreittanz nicht kennt?«, versetzte der Jüngling und fasste sie am Ellenbogen.

»Kommt, ich bringe Euch schon bei, wie man die Basse tanzt.«

Fronica wusste sich nicht weiter zu wehren, ohne noch mehr Aufmerksamkeit auf sich zu lenken. Widerstrebend erhob sie sich und wäre um ein Haar auf den Saum des ungewohnt langen Kleides getreten. Die Hand des Edelknaben hielt sie fest und führte sie unerbittlich auf die Tanzfläche. Sobald sie den Tanzboden betreten hatte, befreite er sich von ihrer Hand und berührte sie nur noch mit den Fingerspitzen. Offenbar gehörte das zum Tanz, die anderen Paare verfuhren ebenso. Verzweifelt versuchte Fronica, die Bewegungen der Tanzenden nachzuahmen, während sie sich wie ein betrunkener Tölpel auf dem Jahrmarkt fühlte. Sobald die Musik endete, strebte sie von der Tanzfläche.

»Verzeiht, mir ist nicht wohl.«

Sie eilte zum Ausgang am Ende des Saales. Ihr war heiß vor Scham, bestimmt glühten ihre Wangen feuerrot. Sie konnte die neugierigen Blicke der Hofgesellschaft spüren, die sich in ihren Rücken bohrten. Wie sollte sie in dieser Welt bestehen? Sie würde die Gräfin bitten, für den Rest der Zeit in ihrer Kammer bleiben zu dürfen. Nie zuvor in ihrem Leben hatte sie sich derart ungeschickt, hässlich und missachtet gefühlt. Die wenigen Menschen, mit denen sie verkehrte, behandelten sie mit Achtung, ihrer Gabe wegen vermutlich. Weder Vater noch Mutter hatten je die Hand gegen sie erhoben. Sie vermisste ihre heimelige Kammer, die ruhige Selbstverständlichkeit ihres Zuhauses. Unschlüssig blieb sie stehen. Sie hatte keine Ahnung, wo in der verwinkelten Burg sie sich befand. Fronica ging zum Fenster eines Erkers, öffnete es und schaute hinab in den von Fackeln beleuchteten Hof. Das Gebäude umrahmte einen viereckigen Platz. Gegenüber des Erkerfensters befand sich eine Kapelle. Durch die hohen, bunten Glasfenster flackerte Licht. Ein dumpfes Grollen drang durch die Nacht. Fronica schauderte. Ob sich da unten in den Bogengängen die Käfige der Löwen befanden, die der Herzog hielt? In ihr regte sich der Wunsch, die wilden Tiere zu sehen, die solche unheimlichen Laute ausstießen. Sie suchte einen Treppenabgang, öffnete die Tür nach draußen und überquerte den verlassenen Hof. Die Wachen, die vor dem Tor postiert waren, beachteten sie nicht. Sie huschte unter die Arkaden. Keine Löwen. Die Zwinger mussten sich außerhalb der Hofburg befinden. Wieder hörte sie Brüllen. Sie ahnte das Leid der Tiere, fremdartig und gefangen, und fühlte mit ihnen, teilte ihr Schicksal auf ähnliche Art und Weise. Wann würde die Gräfin sie gehen lassen? Eine Türangel quietschte, jemand verließ die Kapelle. Fronica fühlte sich ertappt, duckte sich hinter einen Pfeiler. Der Fackelschein ließ weißblondes Haar silbrig aufleuchten und sie erkannte den Kirchenmann, mit dem sie beim Verlassen von Sidonies Gemach zusammengeprallt war. Der Mann war in Begleitung zweier Mönche. Der eine sprach mit fisteliger Stimme auf den Blonden ein.

»Die Bruderschaft der Elenden Kerze ist Euch verpflichtet, Prälat Hugibert. Die Mittelsmänner Christophs bitten ihrerseits um Eure Unterstützung in seiner Sache. Sie werden alles daransetzen, ihn zu befreien und …«

Die drei Geistlichen überquerten den Hof und verschwanden im Burgstock. Fronica bemerkte erst jetzt, dass sie den Atem angehalten hatte. Ihr war kalt und ein merkwürdiges Gefühl bemächtigte sich ihrer. Sie raffte ihre Röcke und eilte zurück in das Gebäude. Fronica irrte ziellos in den Gängen umher, bis sie endlich auf Magdalena stieß.

»Wo warst du die ganze Zeit! Du hast keine Erlaubnis, dich einfach zu entfernen und dich in der Burg herumzutreiben«, schimpfte die Kammerfrau. Fronica murmelte eine Entschuldigung und folgte Magdalena in die winzige Stube neben den Gemächern der Gräfin, in der sie untergebracht war.

Früh am Morgen erwachte sie von immer noch ungewohnten Geräuschen. Vom Burghof schollen Rufe, Karren wurden über das Pflaster gezogen, Pferde wieherten und das Geräusch trappelnder Füße erinnerten sie daran, wo sie sich befand. Hastig kleidete sie sich an, die vornehmen Gewänder fühlten sich bereits weniger ungewohnt an. Fronica stellte fest, wie angenehm es war, den heimlichen Ort im Gebäude zu benutzen, der sich am Ende des Ganges befand, anstatt die Notdurft ins Nachtgeschirr zu verrichten oder in den Abtritt draußen. Als sie in die Kammer zurückkehrte, hatte ihr jemand einen Krug mit Wasser und eine Schüssel hingestellt. Fronica beugte sich darüber, um ihr Gesicht zu waschen. Ohne dass sie es wollte, zog sie das Wasser in seinen Bann. Sie kämpfte gegen das Gefühl des Ertrinkens an. Vom Boden der Schüssel begannen in schneller Folge Bilder aufzusteigen. Sie sah den weißblonden Geistlichen, der sie mit undurchdringlicher Miene anstarrte und etwas zu ihr sprach, das sie nicht verstehen konnte. Er verwandelte sich in das lustverzerrte Gesicht des Herzogs, dann in den Steinmetz, der ihr zulächelte. Ihr Rabe kreiste am Himmel und krächzte Warnungen. Magdalenas barsche Stimme holte sie in die Wirklichkeit zurück.

»Die Gräfin verlangt nach dir.«

Als Fronica, beklommen von der Bilderflut, die unerwartet über sie hereingebrochen war, das gräfliche Gemach betrat, lag Sidonie in ihrem Himmelbett. Ein Tablett mit unberührten Speisen stand neben ihr. Verdrießlich sah sie Fronica entgegen.

»Der Herzog hat diese Nacht nicht das Bett mit mir geteilt. Dabei hat er bereits beim Essen die Finger kaum von mir lassen können. Drei Mönche erschienen und er ist mit ihnen verschwunden. Du musst wissen, sein Vater, Albrecht der Fromme, hatte ihn ursprünglich für die geistliche Laufbahn bestimmt. Ich hoffe nicht, dass er sich am Ende darauf besinnt.«

Schmollend verzog sie den hübschen Mund.

»Wie soll ich ein Kind empfangen, wenn er nicht bei mir liegt?«

Sie richtete sich abrupt auf, ihre Augen nahmen einen starren Ausdruck an.

»Komm her! Näher!«

Fronica beugte sich zu ihr herunter. Der warme Atem der jungen Frau kitzelte sie am Ohr.

»Kannst du nicht«, sie hauchte die Worte zögerlich, als wage sie selbst kaum, das Ungeheuerliche auszusprechen, »einen Zauber über ihn werfen, damit er mir auf ewig hörig ist?«

Fronica wich entsetzt zurück. Ihr Herz raste.

»Ich bin keine Zauberin! Herrin, was denkt ihr von mir?« Ihre Mutter hatte recht gehabt. Es war etwas anderes, draußen vor den Mauern der Stadt den Wäscherinnen und Steinklauberinnen das Wasser zu lesen, den Frauen, die nur wissen wollten, ob der Liebste sie bald freien würde, das Kind gesundete oder ob der Mann Arbeit behielte und das Trinken sein lassen würde. Die Ränkeschmiederei am Hof konnte sie in einen gefährlichen Strudel ziehen, dem kaum zu entkommen war. Verstört presste sie die Hände an die Brust. Sidonie hielt Fronicas Blick eine Weile gefangen, das Gesicht angespannt, dann auf einmal löste sich ihre Miene und sie ließ sich in die Kissen zurück sinken.

»Schon gut. Wenn ich nur wüsste, wie ich ihn an mich binden kann! Ich will endlich die anerkannte Herrin von München sein. Zum Geburtstag vom Rat Schmuck oder einen vergoldeten Becher erhalten, wie es der Brauch ist. Ich will neben Albrecht stehen, wenn er den Treueeid der Bürger entgegennimmt, und huldvoll winken, wenn er zu seinen lieben, treuen Münchnern spricht!«

Die Wangen der Gräfin waren zornrot, als sie fortfuhr.

»Er ist Politiker durch und durch. Ich fürchte, er wird sich nach einer Prinzessin an einem der großen Fürstenhäuser Europas umsehen.«

Sie starrte kummervoll vor sich hin, ihre Finger zerkrümelten achtlos ein Stück Brot.

»Ach was, heute ist ein neuer Tag!«

Plötzlich munter, schlug sie die Decke zurück und schwang die Beine aus dem Bett. Sie betätigte den Klingelzug.

»Magdalena, bring mir mein Jagdkleid und lass dem Falkner ausrichten, dass ich auf die Beizjagd gehen will! Fronica, du wirst mich zur Falknerei begleiten. Dein Rabe sollte inzwischen gebracht worden sein.«

Fronica war verblüfft vom jähen Stimmungswechsel der Gräfin. Sie zog sich in den Hintergrund zurück und verfolgte aufmerksam, wie

Sidonie in einem Wirbel von Zofen angekleidet und frisiert wurde. Schließlich drehte sich die Gräfin um ihre eigene Achse.

»Wie sehe ich aus?«

Die Zofen und Magdalena riefen wie aus einem Mund:

»Anbetungswürdig, Durchlaucht!«, aber Sidonie beachtete sie nicht, sondern wartete auf eine Antwort von Fronica.

»Die Farbe steht Euch wohl zu Gesicht, Eure Durchlaucht«, beeilte sie sich zu sagen. Tatsächlich sah die Gräfin bezaubernd aus. Das Kleid war einfach geschnitten und betonte die anmutige Statur, der smaragdgrüne Samt ließ den Teint der jungen Frau strahlen. Die blonden Flechten waren zu großen Schnecken aufgesteckt, auf denen ein Samtbarett in tiefem Violett befestigt war. Nachdem der Gräfin ein mit Fuchspelz gefütterter Umhang über die Schultern gelegt worden war, klatschte sie fröhlich in die Hände.

»Gehen wir!«

Fronica, die einen rauchgrauen Samtumhang erhalten hatte, der so weich und warm war, dass sie sich darin selbst wie eine hohe Dame fühlte, folgte der Gräfin, die hoch erhobenen Hauptes durch die Gänge rauschte, ohne die Huldigungen zu erwidern, die ihr entgegengebracht wurden. Sie verließen den Alten Hof, wie der Herzogssitz seit dem Bau der Neuveste, dem offiziellen Wohnsitz des Herzogs, genannt wurde. Sidonie hatte auf Fronicas schüchterne Frage, warum sich der Hofstaat nicht in der neuerrichteten Wasserburg am sicher gelegenen Rand der Stadt aufhielt, die Augen gen Himmel verdreht.

»Meinem Herzog gefällt es in den alten, düsteren Gemäuern. Er fühlt sich wohler hier. Es wird wohl lange dauern, bis man ihm die Neuveste schmackhaft machen kann.«

Sie legten eine kurze Strecke zurück, bis sie vor der Falknerei standen, einem schmalen Turm mit einem direkt angrenzenden Gebäude, daneben ein Zerwirkgewölbe. Pferde wieherten in den Stallungen, ein Rudel gefleckter Hunde sprang bellend und hechelnd durcheinander. Ein großer Verschlag beherbergte unzählige Hühner, die pickend und scharrend umher staksten. Stallburschen und Pferdepfleger unterbrachen ihre Arbeit und beugten demütig Haupt und Knie vor der

Gräfin. Ein Mann näherte sich aus einem der Gebäude. Er trug lederne Beinkleider, einen kurzen Umhang und eine lederne Kappe auf den gewellten, schulterlangen Haaren. Seine Linke steckte in einem Stulpenhandschuh, auf dem ein Falke saß. Der Kopf des Vogels war von einer Haube bedeckt. In der Rechten hielt der Mann ein Gebilde aus Schnüren und Federn. Mit einer tiefen Verneigung begrüßte der Falkner die Gräfin. Als er sich wieder aufrichtete, kreuzte sich sein Blick mit Fronicas. Seine dunklen Augen glommen auf. Das wettergegerbte Gesicht hatte auf geheimnisvolle Art etwas Anziehendes, das scharfe Profil ähnelte dem des Raubvogels.

»Durchlaucht, welche Freude, Euch an diesem herrlichen Morgen zu sehen. Allerdings stellt Ihr die Schönheit dieses Frühlingstages bei Weitem in den Schatten!«

Sidonie von Riedenburg konnte ihre Begeisterung über das Kompliment nicht verbergen. Sie warf dem Falkner einen geschmeichelten Blick zu und kicherte kokett.

»Eure Durchlaucht, erlaubt mir, Euch untertänigst dieses Federspiel zu überreichen. Ich habe es von einem Händler aus dem Morgenland für Euch erstanden.«

Sidonie schrie entzückt auf, als er ihr den Gegenstand mit einer Verneigung reichte. Fronica betrachtete das kleine, mit vielfältigen Ornamenten und Perlen verzierte Lederkissen. An zwei Seiten waren Federn angebracht. Fachkundig wickelte die Gräfin das Ende des schmalen Lederbandes um ihre Hand und ließ das Federspiel über ihren Köpfen kreisen.

»Oh wie herrlich, ich will es auf der Stelle mit meinem Falken ausprobieren! Bring mir mein Ross und lass uns ein paar Rebhühner für die Tafel des Herzogs jagen! Ich bin den ewigen Fisch leid!«

Ihr Blick fiel auf Fronica.

»Meister Wertmann, wurde der Rabe meiner Hofdame gebracht?«

Der Falkner sah überrascht auf Fronica.

»Gerade eben, Durchlaucht. Ich habe ihm einen Käfig im Falkenhaus richten lassen. Er wurde versorgt.«

Fronica wandte sich an die Gräfin.

»Oh bitte, Durchlaucht, lasst mich zu ihm gehen. Ich will sehen, wie es seiner Verletzung geht.«

Sidonie, die bereits wieder das Federspiel sausen ließ, nickte gnädig.

»Gut, es sei dir gewährt. Wenn du nach deinem Vogel geschaut hast, gehst du zur Hofburg zurück und erwartest mich in meinen Gemächern. Nach meinem Ausritt möchte ich mich mit dir beraten, was weiter geschehen soll.«

Geschickt fing sie das Lederkissen aus der Luft und zwinkerte Fronica verschwörerisch zu. Ein Sattelknecht brachte einen aufgezäumten Apfelschimmel. Der Falkner half Sidonie auf das Pferd und reichte ihr die mit Silberornamenten verzierten Zügel. Fronica bewunderte die anmutige Haltung der Gräfin im Sattel. Wie konnte eine zarte Frau es bewerkstelligen, dieses riesige Tier zu lenken? Sidonie stülpte einen mit Troddeln verzierten Falknerhandschuh über und ließ sich ihren Falken auf die Faust reichen. Der Falkner schwang sich auf eine braune Stute, ein Hundeführer scharte die kläffende Meute um sich, zwei Jagdhelfer zu Fuß trugen Beutel und Jagdmesser. Sidonie nickte Fronica hoheitsvoll zu und der kleine Trupp setzte sich in Bewegung. Fronica fragte sich bang, aus welchem Grund der Falkenmeister sich mehrmals umwandte und zu ihr zurückblickte.

Kapitel 8

Die Bruderschaft

Die Märzsonne schien warm auf die Stadt herunter, übergoss die Gassen mit sanftgelbem Licht und ließ die Schilder der Wirtshäuser, Goldschmiede, Wachszieher und Gewandmacher aufleuchten. Gabriel fühlte sich leicht wie die fedrigen Wolken am Himmel. Er hielt sein Gesicht in die Sonne, war erfüllt mit Freude, wie schon seit Langem nicht mehr. Meister Resch hatte sich als ein wirklich rechtschaffener Mann erwiesen und ihn mit der Bemerkung ziehen lassen, dass er ihn jederzeit gerne wieder beschäftigen würde, sollte er als Steinmetz keine Arbeit finden. Lambert begleitete ihn und sie waren geradewegs zur Baustelle gegangen. Gabriel hörte schon von Weitem die grantige Stimme Meister Sebolds den Baulärm übertönen. Es war nicht schwer, ihn zu finden, sie folgten einfach dem Gebrüll. Mit hängenden Schultern stand ein junger Steinmetz vor dem Werkmeister.

»Das soll eine Krabbe sein? Eine elende Missgeburt ist das, du Stümper! Bei wem hast du gelernt, sagst du? Pack dein Werkzeug und lass dich nicht mehr sehen. Du taugst höchstens zum Mörtelmischer und selbst dafür ist deine Pisse nicht gut genug! Dieses Stück ist es nicht einmal wert, als Totenbernhard begraben zu werden.«

Der Gescholtene setzte an, sich zu verteidigen.

»Meister, der Stein war brüchig, ich …«

»Wage es nicht, mir zu widersprechen! Schaff deinen nutzlosen Kadaver hinfort!«

Gabriel räusperte sich und Meister Sebold fuhr herum.

»Du!«

Sebolds Augen quollen beinahe aus dem zornroten Kopf, als er Gabriel erkannte. Er schnappte mehrmals nach Luft und Gabriel befürchtete, den Werkmeister würde der Schlagfluss treffen, noch bevor er sein Anliegen loswerden könne.

»Meister Sebold, das ist Lambert, Geselle beim Flößer Resch. Lambert kann bezeugen, dass er die Nacht, in der Albin ermordet worden ist, mit mir zusammen war. Ich bin unschuldig und ich bitte dich, für mich zu sprechen. Floßmeister Resch will ebenfalls für mich bürgen, wenn es nottut. Ich habe niemanden umgebracht und ich möchte meine Arbeit wiederhaben«, stieß er eilig hervor, ehe der Meister ihm das Wort verbieten konnte. Meister Sebold schnaubte mehrmals, nach Worten ringend. Sein eisengrauer Blick funkelte unschlüssig unter den zottigen Augenbrauen. Bedeckt vom Steinstaub, die misslungene Krabbe in der Hand, sah er aus wie eine lebendig gewordene, zornige Statue eines Handwerkers.

»Ist das so?«

Er streckte den Hals vor und musterte Lambert, der breitbeinig neben Gabriel stand und den Blick Sebolds unerschrocken erwiderte.

»Genauso ist es«, bemerkte der Flößer gelassen.

»Gabriel und ich haben an dem besagten Freitagabend ein paar Humpen geleert und ich war zu spät dran, die Stadttore hatten bereits geschlossen. Er ließ mich über Nacht in seiner Kammer bleiben. Ich kann mich nur zu gut daran erinnern, weil er geschnarcht hat wie ein Haufen besoffener Landsknechte und ich kein Auge zugetan habe in dieser Nacht.«

»Warum kommst du damit erst jetzt heraus?«

Meister Sebolds Miene spiegelte Misstrauen wieder.

Gabriel bemühte sich, ihm gerade in die Augen zu blicken. »Ich war wie von Sinnen, als Albins Leiche gefunden wurde. Und dann lag mein Eisen neben ihm. Ich lief davon, ohne weiter nachzudenken, aber ich schwöre bei der Heiligen Mutter Gottes und beim Heiligen Johannes, dass ich unschuldig bin! Albin hatte mir erzählt, dass er zwei Männer belauscht hätte, ich bin mittlerweile überzeugt, dass sie es waren, die ihn ermordeten.«

Meister Sebold hatte beide ohne ein weiteres Wort zur Stadtwache am Marktplatz befohlen. Der Hauptmann hatte seine Aussage aufgenommen und sie getrennt voneinander eingehend über den Verlauf des Abends befragt, wollte wissen, in welcher Schänke sie getrunken hatten und ob sie mit anderen Zechern gesprochen hätten. Zwei Schergen machten sich auf den Weg zu der Schänke, um den Wirt zu befragen. Es schien endlos zu dauern, bis sie zurückkamen und dem Hauptmann Bericht erstatteten. Der Wirt könne sich nicht erinnern. Schließlich hätte er Besseres zu tun, als sich jede der Saufnasen zu merken, die bei ihm ein und aus gingen. Nach bangem Warten, befragte der Hauptmann Gabriel eindringlich zu den Männern, von denen Albin zu ihm gesprochen hatte. Dann beschied man ihnen knapp, sie könnten gehen. Meister Sebold willigte knurrend ein, Gabriel wieder einzustellen, aber nur, und einzig und allein nur, weil der Geselle, der seinen Platz eingenommen hatte, ein Tölpel ohne jedes Gespür für die Steine sei. Und ein Bußgeld in die Büchse müsse er selbstverständlich zahlen. Gabriel wäre dem bärbeißigen Mann am liebsten um den Hals gefallen, einzig die ständig zornumwölkte Stirn des Meisters hielt ihn davon ab. Sie kamen überein, dass er gleich am nächsten Tag seine Arbeit aufnehmen könne.

Ungeduldig hatten Lambert und Gabriel den Sonntag herbei gesehnt, um endlich weiter ihre Nachforschungen anstellen zu können. Während Gabriel am Fischbrunnen auf Lambert wartete, um mit ihm in Albins Kammer nach Hinweisen zu forschen, beglückwünschte er sich zu dem Entschluss, den Flößer eingeweiht zu haben. Er tagträumte, wie sie den Schatz bargen. Mit einem Teil des Geldes plante er, feinsten Marmor aus dem berühmten Carrara zu erwerben, um daraus sein Meisterstück zu erschaffen, die Madonna, die die Züge Fronicas tragen würde. Danach plante er, seine eigene Werkstatt zu eröffnen. Wenn er sich erst einen Namen gemacht hätte, könnte er an großartigen Bauwerken arbeiten. Als Meister bekam man ein Haftlgeld von sieben Schillingen, Quatembergeld von zwölf Gulden im Jahr und darüber hinaus den üblichen Tagelohn. Dazu kam das Badgeld von acht Pfennig am Sonntag, jährliches Holzgeld von zwei Gulden, Dienstkleid, freie Dienstwohnung. Wenn man an eine Baustelle berufen wurde, bezahlten die Dienstherren die Umzugskosten für Fuhrleute und Wägen. Für Kirchen und Fürsten im ganzen Land würde er arbeiten, Meisterwerke, vor denen die Menschen andächtig knieten. Bei Meister Resch wollte er um Fronicas Hand anhalten. Gabriel malte sich aus, wie er ihr in der Hochzeitsnacht das seidene Brautkleid abstreifte und die zarte Haut an ihrer Kehle küsste.

»Was grinst du wie einer aus der Narrenkeuche?«

Lambert knuffte ihn freundschaftlich.

»Ich freue mich eben, dass ich wieder in der Stadt sein darf und meiner Arbeit nachgehen kann«, wich Gabriel aus, »Lambert, ich bin dir wirklich dankbar.«

»Schon gut. Solange du zu deinem Wort stehst, mit mir zu teilen …«

Sie gingen zu Albins Quartier in der Weiten Gasse. Eine Woche war es erst her, dass Albin umgebracht worden war. Gabriel kam es deutlich länger vor. So viel war geschehen. Seine Flucht, sein Ausflug ins Flößerleben, die Aussicht auf unermesslichen Reichtum, das Mädchen, die plötzliche Rettung. Im Hauseingang neben Albins Kammer stand ein Fronbote und redete gestikulierend auf einen Mann ein.

»Die vorgeschriebene Kriegsausrüstung ist auf Anordnung des Herzogs unbedingt zu behalten!«, schnappte Gabriel im Vorübergehen auf.

Die hagere Zimmerwirtin war dabei, den Hof zu fegen. Sie hielt inne und schaute ihnen grimmig entgegen. Anklagend stach sie ihren Zeigefinger in Gabriels Richtung.

»Dich kenne ich. Der Saufkopf von einem Steinhauer ist nicht da. War die ganze Woche nicht hier. Ist mir wieder die Miete schuldig geblieben. Braucht nicht mehr zu kommen. Gerade hab ich seinen Bettelkram zusammengepackt.«

Sie zeigte mit dem Daumen über ihre knochige Schulter auf ein paar Kleidungsstücke, ein Holzkästchen, ein Krug und eine Schale, die auf einem Haufen neben der Tür lagen. Die Missgeburt tappte herbei und umklammerte lallend Lamberts Bein. Blasiger Sabber rann aus dem Mund des Kindes auf seine Beinkleider. Mit kleinen Rucken versuchte Lambert, sich unauffällig zu befreien.

»Albin ist tot. Deshalb ist er nicht mehr gekommen. Ich war sein Freund und will seine Sachen holen. Ich möchte noch einmal in seine Kammer, ich will sehen, ob du nichts vergessen hast.«

Bevor die Frau aufbegehren konnte, drückte er ihr ein paar Pfennige in die Hand.

»Das sollte für die Miete letzte Woche reichen.«

Sie krampfte die Finger um das Geld, der Blick wachsam, aber sie schwieg. Die Tür der Kammer war angelehnt, Gabriel ging hinein. Lambert, dem es endlich gelungen war, sich von dem Balg zu befreien, blieb hinter ihm in der Türöffnung stehen. Die Wirtin stellte sich auf die Zehen, reckte den Hals, versuchte vergeblich, an Lambert vorbei zu spähen. Bis auf ein Bett mit einem Strohsack, einem wackligen Tisch und einem Schemel war die Kammer leer. Ein hölzernes Kreuz hing schief an der Wand. Gabriel bückte sich und fuhr mit der Hand die Unterseite des Bettes entlang, ebenso verfuhr er mit dem Tisch, drehte den Schemel um. Nichts. Er prüfte, ob der Tisch eine Lade hatte, betastete den Strohsack. Nichts. Er trat an Lambert vorbei ins Freie, untersuchte die kläglichen Hinterlassenschaften Albins auf das Genaueste. Nichts. Ratlos schaute er Lambert an.

»Was ist mit der Kirche?«

»Ich hatte noch keine Gelegenheit, zu suchen. Der Meister lässt mich nicht aus den Augen. Das wird wohl noch eine ganze Weile so sein.«

»Wir gehen jetzt hin.«

Gabriel überlegte. Es war Sonntag, niemand arbeitete, aber Mönche und Betende würden da sein. Die Altäre aus der alten Kirche waren in einzelne Kapellen an der Nordseite des Neubaus verlegt worden. Trotzdem die Kirche eine riesige Baustelle war, wurden weiterhin Gottesdienste darin abgehalten. Lambert hatte sich bereits auf den Weg gemacht. Die Ungeduld, seinem Reichtum ein Stück näher zu kommen, stand ihm ins Gesicht geschrieben.

Ein Gedanke durchzuckte Gabriel wie ein Blitz.

»Warte!«

Er rannte zurück, vorbei an der verblüfften Wirtin, in die Kammer, nahm das Kreuz von der Wand und drehte es um.

»Mach mit den Sachen, was du willst«, rief er der Frau zu und stürmte Lambert hinterher. Er führte ihn zu seiner Stube im Lotergässel unweit der Baustelle, den ganzen Weg hielt er das Kreuz fest umklammert. Mit zitternden Fingern entfernte Gabriel die Schnur, mit der ein Stück zusammengefaltetes Papier an das Kreuz gebunden war.

»Albin muss gewusst haben, dass ihm jemand auf den Fersen ist!«

Unter Lamberts aufmerksamem Blick faltete er das Blatt auseinander und strich es glatt. Sie stießen mit den Köpfen zusammen, als sie sich gleichzeitig über das Papier beugten. Vor ihnen lag eine Skizze.

»Ein Teil des Planes der Frauenkirche«, murmelte Gabriel verblüfft. Er erkannte sofort den Grundriss der dreischiffigen Hallenkirche, der aus einem Quadrat entwickelt worden war, die Seitenlänge der Türme entsprach der Breite der Kapellen und dem Seitenschiff. Wann immer sich die Gelegenheit ergab, schaute er Meister Joerg von Halspach über die Schulter, betrachtete die Zeichnungen, die der Baumeister auf dem Reißbrett angefertigt hatte, um eine Vorstellung von dem Bauwerk in seiner Vollendung zu bekommen. Der Entwurf der Kirche war von außen äußerst schlicht gehalten. Halspach wollte mit dem Bau der Kirche zu Unserer Lieben Frau eine Vision vom Leuchten Gottes einzig aus sich selbst heraus erschaffen, wie er sagte und durch die Bauweise eine völlig neue Lichtführung erzeugen. Das Fundament bestand aus Nagelfluhbrocken von den Steinbrüchen Grünwalds, die Mauern aus Ziegeln. Der spröde Halspach hatte einmal bemerkt, einer der Gründe, warum der Rat Münchens ausgerechnet ihn mit dem Bau der riesigen Kirche beauftragt habe, sei gewesen, dass er gelernter Maurer sei. Da es keinen Steinbruch in der Nähe gab, hatte sich der Rat aus Kostengründen für einen Ziegelsteinbau entschieden. Eintausend Ziegelsteine im Klosterformat kosteten ein Pfund Pfennige bei den städtischen Fabrikationsstätten in Haidhausen, dort hatte der Magistrat einen Lehmgrund gepachtet. Die Türme sollten mächtig wirken, daher würden sie den First des Schiffes deutlich überragen und die Blicke der Gottesfürchtigen auf sich ziehen. In Höhe des Dachfirstes würde der Vierkant in ein Oktogon übergehen. An den Ecken der Türme würde schlichtes Blendmaßwerk in Form von Drei- und Vierpässen angebracht werden, die Seitenschiffaußenwände sollten in Ziegelsteinformen gepresste Reliefverzierung erhalten. Gabriel war immer wieder aufs Neue davon beeindruckt, dass eine derart schmucklose Schlichtheit den Bau großartiger erscheinen ließ als manch andere Kirche mit üppigen Verzierungen.

»Was soll das bedeuten?«, unterbrach Lambert Gabriels Gedankengänge, nahm das Blatt und drehte es um. Sein Finger deutete auf einige Zeichen, hastig hingeworfene Kritzeleien.

»Da steht etwas geschrieben.«

»Dann lies vor!«, forderte Gabriel.

Lambert legte das Blatt zurück auf den Tisch, als wäre es vergiftet. Er warf Gabriel einen verhaltenen Blick zu.

»Wo glaubst du, hätte ich lesen gelernt? Meine Mutter war Wäscherin und mein Vater hat das Geld, für das sie sich krumm gearbeitet hat, ins nächste Wirtshaus getragen, um es zu versaufen und uns dann zu verdreschen. Wir haben manchmal an Steinen gelutscht, um den Hunger auszuhalten.«

Gabriel schwieg betroffen. Wie gut er es gehabt hatte. Sein Vater war Steinmetz zu Regensburg. Schon als kleiner Junge hatte Gabriel bei seinem Vater in der Werkstatt gesessen und in kindlichem Überschwang davon geplappert, das er, Gabriel, einmal auf der ganzen Welt die schönsten Steinmetzarbeiten hinterlassen würde. Der Vater hatte dafür gesorgt, dass seine Söhne bei den Mönchen Lesen und Schreiben lernten, bevor er sie in die Lehre nahm, um ihnen das Handwerk von Grund auf beizubringen. Eines Tages war es soweit, voller Erwartungen und hochfliegender Pläne war Gabriel auf Wanderschaft gegangen. Er hatte sich schnurstracks auf den Weg nach München gemacht, denn die Kunde, dass Herzog Sigismund eine Kirche bauen wollte, die die Gotteshäuser der anderen bayrischen Städte an Schönheit übertreffen sollte, hatte seine Neugier geweckt. Gabriel hatte Arbeit auf der Baustelle bekommen, aber er stellte schnell fest, dass noch ein weiter Weg vor ihm lag, bevor sich sein Traum erfüllen würde, ein berühmter Bildhauer zu werden. Nach Lamberts Geständnis dämmerte ihm, warum Lambert derart versessen darauf war, reich zu werden. Stumm dankte er seinem Vater und seiner Mutter, die alles dafür getan hatten, dass er und sein Bruder ein gutes Leben ohne Hunger führen konnten.

»Jetzt sag schon, was da steht«, forderte Lambert erneut.

»Elende Kerze, Tulbeck, R zu Engelshofen – nur diese paar Worte. Was mag das bedeuten?«

»Glaubst du, Albin hat das aufgeschrieben?«

Gabriel nickte. Albin war ebenfalls des Lesens und des Schreibens mächtig gewesen. Elende Kerze. In seinem Kopf arbeitete es.

»Ich habe das schon einmal gehört, wenn ich nur wüsste, in welchem Zusammenhang!«

Ratlos sah er in Lamberts verbissenes Gesicht und versuchte, sich Albins Worte ins Gedächtnis zu rufen.

»Tulbeck … Johannes von Tulbeck ist Fürstbischof zu Freysing. Ich habe gehört, er war früher der Pfarrer der alten Marienkirche. Albin sagte, dass einer der Männer, die er belauscht hat, ein Mann der Kirche gewesen sei.«

»Ich habe es gleich gesagt, lass uns zur Baustelle gehen. Ich bin nicht auf den Kopf gefallen, selbst wenn ich nicht lesen und schreiben kann!«

Die Sonne hatte sich zurückgezogen, ein kalter Wind blies durch die friedvollen sonntäglichen Gassen. Bäume und Büsche trugen bereits Knospen, bald würde der Frühling mit aller Kraft durchbrechen, die Natur einen neuen Kreislauf beginnen. Die fiebrige Unruhe, die Lambert ausstrahlte, griff auf Gabriel über. Sie schickten sich an, die Kirche zu betreten. Vor drei Jahren waren die ersten Spatenstiche für das Fundament des neuen Gotteshauses getan worden, der schöngeistige Herzog Sigismund hatte den Grundstein gelegt und die Patenschaft für die Kirche zu Unserer Lieben Frau übernommen. Männer und Frauen von einfacher Geburt und von Adel, Arme und Reiche, Junge und Alte hatten tatkräftig angepackt. Die Bürger Münchens hatten den alten Turm eingerissen und den Schutt Stein für Stein von der Hofstatt geräumt. Erst vor einem Jahr war das Fundament ausgehoben worden und der alte Friedhof, der sich ringsum die Kirche befunden hatte, wurde überbaut. Inzwischen waren die neuen Ziegelmauern hochgewachsen, begrenzten den Platz, den das Gotteshaus einnehmen würde. Alle vier Portalvorhallen würden auf das Sorgfältigste ausgestaltet werden. Das Westportal sollte eine Kielbogenrahmung erhalten und großzügig mit Krabben besetzt werden, Gabriel hatte bereits einige davon geschaffen. Das Hauptportal würde der Mutter Gottes geweiht sein, die Figuren hierfür waren bedauerlicherweise bereits vorhanden – sie stammten aus der alten Kirche und sollten auf Konsolen angebracht werden. Der Kielbogen, der die Tür umrahmen würde, lief über den Portalen spitz zusammen und mündete in einer Kreuzblume. Mit den außergewöhnlich großen Krabben würde Gabriel in den nächsten Tagen beginnen. Rechts neben der Tür sollte ein Relief mit der Ölbergszene seinen Platz finden, das Asylzeichen für Verfolgte. Die Darstellungen an den Außenseiten der Portale und in den Schlusssteinen des Chorgewölbes sollten auf die Erlösung der Menschen durch den Auferstandenen und die Fürbitte seiner Mutter hinweisen. Gabriel sah seine Marienfigur bereits am Brautportal prangen. Dieses Portal war dem Heiligen Donatus zugesprochen. Es sollte, wie der Baumeister erklärt hatte, reich mit kleinen Figuren bestückt werden, die in dem Spitzbogen übereinander angeordnet würden, im äußeren Ring weibliche, im inneren Ring männliche Heiligenfiguren. Da durch die Nähe des Marktplatzes die meisten Kirchgänger das Gotteshaus durch dieses Portal betreten würden, sollte es üppig verziert werden. Jedes der Eingangstore würde seitlich durch Pilaster in der Form ionischer Säulen eingerahmt werden. Das Südwestportal würde, anders als die Nordportale, durch eine tiefere, spitzbogige Vorhalle geschützt. Am liebsten hätte Gabriel alle anderen Steinmetze weggeschickt und das gesamte Bauwerk selbst ausgeschmückt. Er war begeistert von den Vorhaben des Joerg von Halspach. Der eigenbrötlerische, sperrige Stil entsprach der kantigen Persönlichkeit des Baumeisters. Die Pläne sahen außerdem vor, das übliche Strebwerk nicht außen anzubringen, sondern es in den Innenraum zu verlegen. Eine große Anzahl von Pfeilern würde wie Trennwände zwischen den Seitenkapellen aufragen. Aus jedem Pfeiler würden fünf Rippenstücke zum Gewölbescheitel hinaufsteigen, wo sechszackige Sterne über den Gläubigen wachen würden. Selbst die Handwerker, die das Kunstwerk zur Ehre Gottes mit ihren Händen erschufen, bekamen ihren Platz. Kleine Konsolfiguren mit ihren Konterfeis trugen bereits fratzenschneidend die ersten Pfeiler.

Heute fehlten die Maurer, die Sandschaufler, Kalklöscher und Rauchknechte, das große Rad stand still. Die ruhende Baustelle, mit geschmückten Altären, Weihrauchgefäße schwenkenden Mönchen und betenden Bürgern bot eine unwirkliche Kulisse, um nach einem Schatz zu suchen. Lambert entfernte sich in Richtung des Südschiffes, Gabriel blieb entschlusslos in der Mitte der Kirche stehen. Sein Blick schweifte umher, blieb an einem Mönch hängen, der damit beschäftigt war, Kerzen in einen Leuchter zu stecken.

»Bruder, gestattet mir eine Frage.«

Der Mönch drehte sich zu ihm um. Gabriel blickte in ein kindliches Gesicht, zu dem die Ernsthaftigkeit, die es widerspiegelte, nicht passen wollte.

»Was wünschst du mein Sohn?«

Gabriel musste sich ein Schmunzeln verbeißen, der Mönch zählte mit Sicherheit weniger Winter als er selbst.

»Könnt Ihr mir sagen, was es mit der Elenden Kerze auf sich hat?«

Der junge Mönch deutete mit dem Kinn zur Kapelle der Unschuldigen Kindlein.

»Dort drüben ist Bruder Jakobus, der kann dir weiter helfen.«

Er wandte sich ab und fuhr hingebungsvoll damit fort, die Kerzen aufzustecken. Gabriel ging zur Kapelle hinüber. Ein buckliger Mönch war im Begriff zu gehen.

»Bruder Jakobus, auf ein Wort!«, Gabriel hielt den Buckligen am Ärmel seiner Kutte fest.

Der Mönch bedachte ihn mit einem missbilligenden Blick.

»Was willst du?«

»Könnt Ihr mir sagen, was Elende Kerze bedeutet?«

Irrte Gabriel sich oder ging ein Flackern durch die stumpfen Augen des Mönchs?

»Wer will das wissen und wozu?«, versetzte der Mönch knapp.

»Ich bin Steinmetz und arbeite hier. Ich schnappte die Worte auf und fragte mich, was sie wohl bedeuten mögen«, druckste Gabriel herum. »Ich bin neugierig, verzeiht Bruder …«

Der Bucklige zog die Mundwinkel nach unten und bedachte Gabriel mit einem hochmütigen Blick.

»Es ist eine confraternitates. Die Bruderschaft der Elenden Kerze ist damit gemeint. Wir gedenken der Toten und sammeln Geld für die Armen. Bruder Bodomar steht unserer Bruderschaft vor.«

Er nickte knapp und wollte sich entfernen. Gabriel rief ihm nach: »Wartet, wisst Ihr vielleicht, was `R zu Engelshofen´ bedeuten könnte?«

Bruder Jakobus tat, als hätte er ihn nicht gehört und hastete davon. Gabriel stellte verwundert fest, dass kostbar aussehende Lederschuhe unter der braunen Kutte hervorsahen.

»Und – was hast du herausgefunden?«

Lambert war unbemerkt neben ihn getreten.

»Was sagt der Mönch?«

»Es ist eine Bruderschaft. Die Bruderschaft der Elenden Kerze. Hast du etwas entdeckt?«

Lambert schüttelte unwillig den Kopf.

»Es ist, als suche man einen einzigen Tropfen in der Isar.«

Er scharrte mit der Stiefelspitze im Lehm. Plötzlich erhellte sich seine Miene.

»Tulbeck ist der Fürstbischof zu Freysing, hast du gesagt? Übermorgen haben wir eine Ladung Wein, die nach Freysing an den Bischof geht. Meister Resch pflegt im Wirtshaus an der Freysinger Lände mit den dortigen Zunftbrüdern zusammenzusitzen. Ich kann die Zeit nutzen, um mich umzuhören. Vielleicht finde ich etwas heraus.«

Gabriel sah den Flößerknecht überrascht an. Lambert setzte wirklich alles daran, den Schatz zu finden. Vor der Kirche trennten sie sich, nachdem sie übereingekommen waren, dass Lambert die Spur Tulbeck weiterverfolgen und Gabriel sich um die Bruderschaft kümmern sollte. Gabriel ging zu seinem Platz in der Bauhütte. Wenn er schon hier war, konnte er genauso gut noch einmal die Schablone überprüfen, mit der er morgen arbeiten würde. Ein schmutziger Junge lief auf ihn zu.

»Bist du der Steinmetz, der etwas über die Bruderschaft in Erfahrung bringen will?«

Gabriel blickte überrascht auf.

»Du sollst zur Lände kommen. Ein Mönch erwartet dich dort.«

Der Junge rannte davon, bevor Gabriel Luft holen konnte. Ein Schauer der Erregung lief ihm über den Rücken. Vielleicht würden sie einen entscheidenden Schritt weiter kommen! Eilends machte er sich auf den Weg. Er ging an der anderen großen Baustelle vorbei, das Rathaus mit dem Tanzsaal. Der Unterbau war bereits errichtet, man hatte begonnen, das obere Stockwerk aufzumauern. Bald würde es eingewölbt werden können.

Der Wind war stärker geworden, fing sich wimmernd in den Ecken und Bögen des Stadttores. Als Gabriel das Wirtshaus zum Grünen

Baum passierte, in dem sich die Flößer trafen, erscholl raues Gelächter aus der Schänke. Er lief voller Erwartung zur Lände, die verlassen vor ihm lag. Suchend sah er sich um. Außer dem Rauschen des Flusses und dem gelegentlichen Stöhnen des Windes rührte sich nichts.

»Bruder Jakobus?«

Gabriel lauschte seinem Rufen nach, das vom Wind davon getragen wurde. Er blickte sich suchend um, nahm einen Schatten wahr. Der Schmerz kam unvermittelt. Rotglühende Kreise drehten sich vor seinen Augen.

Er fror unsäglich. Jemand schlug ihn auf die Wangen, von fern drangen Rufe an sein Ohr. Warum waren seine Kleider, sogar seine Schuhe völlig durchnässt? Gabriel wollte den Schlägen ausweichen, konnte sich jedoch nicht rühren.

»Vermaledeiter Hundesohn! Wenn ich nicht rechtzeitig gekommen wäre, hätten dich die Isarnixen in ihre kalten Arme geschlossen!«

Lambert. Es war Lamberts Stimme.

»Hör auf, mich zu schlagen«, stöhnte Gabriel. Als er versuchte, sich aufzusetzen, hob sich sein Magen und er erbrach Wasser. Sobald er wieder bei Atem war, wurde ihm ein Trinkbeutel an die Lippen gehalten, scharfe Flüssigkeit rann ihm durch die Kehle. Hustend wehrte er ab.

»Keinen Augenblick kann man dich alleine lassen, ohne dass du in Schwierigkeiten gerätst«, brummte Lambert und befestigte den Beutel wieder an seinem Gürtel. »Jetzt sind wir auf jeden Fall quitt.«

»Was ist geschehen?«

Gabriel betastete stöhnend die hühnereigroße Beule an seinem Hinterkopf.

»Jemand hat es gut mit dir gemeint und wollte dich in der Isar versenken» spottete Lambert. »Ich hatte beschlossen, auf dem Heimweg noch für eine Nagelprobe ins Wirtshaus einzukehren, als ich sah, wie zwei Männer einen Körper zum Ufer schleiften und ihn ins Wasser stießen. Ich rannte hin, aber sie hatten sich bereits aus dem Staub gemacht. Erst als ich im Wasser war, habe ich festgestellt, dass du es bist, der an die Fische verfüttert werden sollte. Gut, dass ich dich in Ufernähe erwischt habe.«

»War einer der beiden ein Buckliger?«

»Keine Ahnung, ich war zu weit entfernt.«

Inzwischen war die Dämmerung hereingebrochen. Beide schlotterten in ihren nassen Sachen.

»Komm mit zum Resch. Wer weiß, ob deine Kammer sicher ist.«

Kapitel 9

Freiheit

Fronica ließ sich nicht durch die Anzüglichkeiten und spöttischen Bemerkungen der Stallburschen aus der Ruhe bringen. Sie nahm die Haltung an, die sie sich bei den Edelfrauen der Herzogin abgeschaut hatte – die Bediensteten waren Luft für die Damen am Hof –, und ging mit erhobenem Kinn geradewegs in das Falknerhaus. Sie staunte über die Vielzahl an Käfigen in denen wenigstens ein Dutzend Falken, Sperber und Bussarde saßen, dazu Lockvögel und Tauben. Es roch nach Vogelkot, Heu und dem Blut der Küken, die den Raubvögeln als Futter dienten. Fronica öffnete die Voliere und nahm den Raben vorsichtig heraus. Sie setzte ihn auf eine der Stangen, das Tier blieb sitzen und blickte sie mit schiefgelegtem Kopf aus seinen mattschwarzen Augen an. Er wirkte munterer, aber als sie die Wunde untersuchte, bemerkte sie Eiter. Sie überlegte. Die Salbe befand sich daheim, im Flößerhaus. Bartflechten und Spitzwegerichblätter würde sie innerhalb der Stadtmauer nicht finden. Ob die Anprobe der Gräfin lange genug dauern würde, bis sie die benötigten Heilmittel von daheim holen konnte? Schnell ins Gries laufen, die Mutter sehen? Sie war noch nie über Nacht von zu Hause weggewesen. Würde Sidonies Bedürfnis nach ihrer Gesellschaft schon im nächsten Augenblick erlöschen, oder wollte sie Fronica vielleicht für Wochen bei sich behalten? Was geschähe, wenn sie sich einfach über ihre Anordnung hinwegsetzte? Unschlüssig stand sie da. Der Rabe krächzte leise und rieb seinen Schnabel an ihrer Hand. Sie strich sanft über das blauschwarze Gefieder. Unvermittelt spürte sie schmerzhaft die Sehnsucht nach Weite, sah den Fluss von hoch oben wie ein grauglitzerndes Band durch die knospende Landschaft schäumen, fühlte, wie der Wind unter ihren Flügeln sie trug. Ein Stallbursche kam hereingepoltert und holte Fronica in die Gegenwart zurück. Mit bebenden Fingern setzte sie den Vogel zurück in den Käfig und verriegelte ihn.

»Bald«, murmelte sie, »sobald dein Bein verheilt ist, lasse ich dich frei!«

Zeit zum Umkleiden würde sie nicht haben, sie musste gehen, wie sie war. Sie zog die fellbesetzte Kapuze tief ins Gesicht und machte sich auf den Weg. Das Kopfsteinpflaster unter ihren Füßen fühlte sich ungewohnt an, die feinen Lederschuhe hatten weitaus dünnere Sohlen als die groben Schuhe, die sie gewöhnlich trug. Zu schade, dass sie den Eltern nichts von den feinen Speisen hatte mitbringen können. Sie eilte durch die Gassen, hinaus aus der Stadt. Als sie das Stadttor hinter sich gelassen hatte, atmete sie tief auf. Erst jetzt bemerkte sie, wie erschöpft sie sich fühlte. Sie war die Enge der Mauern und die vielen Menschen nicht gewohnt, ebenso wenig wie die Feindseligkeit und das laute, bunte Leben am Hof. Rasch schlug sie den Pfad zum Haus ihrer Eltern ein. Die Schneeschmelze hatte den Fluss anschwellen lassen, die Auen waren zum Teil überflutet. Fronica lauschte argwöhnisch auf das Rauschen des Flusses, das ihr heute lauter und bedrohlicher vorkam. Wilden Rössern gleich, mühsam am Zügel gebändigt und kurz davor, auszubrechen, rollten die Wellen schäumend dahin. Vater, wo immer du bist, sei beschützt, dachte sie. Fronica öffnete die Tür zum Elternhaus, trat ins Halbdunkel des Flurs und sog beglückt den Duft nach vertrauter Geborgenheit ein. Ihre Mutter eilte mit besorgter Miene aus der Küche, sah sie und sank in einen tiefen Knicks.

»Mutter, stehe auf, ich bin es!«

Sie streifte die Kapuze ab. Ein Gefühl der Beklommenheit beschlich sie, als sie in das Gesicht ihrer Mutter blickte.

»Fronica, mein Kind. Du siehst«, sie stockte, »fremd aus, so fremd.«

Sie bekreuzigte sich. Tränen zogen eine silberblasse Spur auf ihrer Wange. Fronica drängte sie in die Küche, verstand nicht, warum die Mutter so betroffen war.

»Mutter, du kannst beruhigt sein. Mir geht es gut, die Gräfin behandelt mich wohlwollend. Sieh nur die schönen Kleider, die sie mir geschenkt hat!«

Sie drehte sich im Kreis, wie die Gräfin heute Morgen, dachte sie und musste lächeln. Für einen Augenblick war sie versucht, die Silbermünzen, die sie in dem Beutel an ihrem Körper trug, hervorzuholen, aber aus einem Grund, den sie selbst noch nicht kannte, unterließ sie es. Die Mutter stand da, die Hand über den Mund gelegt und betrachtete Fronica fassungslos. In ihrem Blick stand die nackte Angst. Fronica schloss sie in die Arme.

»Verzeih Mutter, ich muss gleich wieder zurück, die Gräfin befahl mir, eine Weile bei ihr zu bleiben. Aber ich brauche die Salbe für meinen Raben und ich wollte dich und Vater sehen.«

»Dein Vater ist nach Freysing unterwegs. Und ich bin froh, dass er dich nicht so sieht«, würgte ihre Mutter hervor, »er würde nicht wollen, dass …«

Fronica sah ihre Mutter überrascht an, die wandte sich ab. Die Enttäuschung schnitt Fronica schmerzvoll ins Herz. Warum gönnten ihre Eltern ihr nicht, ein paar Tage lang eine andere Welt kennenzulernen? Mit etwas Abstand erschien ihr das Leben am Hof angenehm. Die launenhafte junge Gräfin würde ihrer ohnehin bald überdrüssig sein.

Mit einem Seufzer stieg sie die Treppe zu ihrer Kammer hinauf und steckte den Salbentiegel und die Kräuter in ihren Beutel. Aus dem Erdkeller holte sie eine Handvoll getrockneter Beeren. Sie fühlte sich zerrissen und leer. Das Leben am Herzogshof war eine gefährliche Verlockung, voller bittersüßer Geheimnisse und heimtückischer Fallen, aber auch eine Quelle von Schönheit, Farben, Musik, herrlichen Speisen, Kostbarkeiten und Annehmlichkeiten des täglichen Lebens. Daheim, das hieß Sicherheit und Ruhe, Ruhe vor den Bildern, die sich ihr in den letzten Tagen immer stärker aufdrängten, ohne dass sie das Wasser schaute. Wie vorhin, bei ihrem Raben. Ihre Hand wanderte zu der Augenbinde. Sie war es leid, sich zu verstecken. Trotz stieg in ihr auf. Sie war alt genug, selbst über ihr Leben zu bestimmen. Fronica bückte sich, schlüpfte durch die niedrige Tür des Kellers ins Freie und schnappte überrascht nach Luft. Gabriel stand dort am Hackklotz, im Begriff, Holz zu spalten. Die Geschehnisse der letzten Tage hatten die Gedanken und Gefühle für ihn in den Hintergrund gedrängt, als er jetzt unvermittelt vor ihr stand, setzte ihr Herz für einen Schlag aus. Die Erinnerung an seine kräftige Brust, die muskulösen Arme und Beine stieg auf. Sie erlaubte sich, in die graublauen Seen seiner Augen zu versinken, nur kurz. Er schien nicht minder überrascht sie zu sehen. Mit offenem Mund starrte er sie an.

»Fronica! Was ist geschehen? Du bist, du siehst, ich …«

Er ließ das Beil fallen und war mit zwei großen Schritten bei ihr, zog sie an sich und küsste sie auf die Lippen. Die Erde begann sich zu drehen, schmolz unter ihren Füßen, es regnete Sterne vom Himmel. Sie wollte nicht, dass es jemals wieder aufhörte.

»Du bist die schönste Frau der Welt, ich will dich nie mehr loslassen, immer bei dir sein. Nach deinem Abbild will ich die Marienfigur an der Kirche schaffen«, flüsterte er an ihrem Ohr. Fronica löste sich widerstrebend aus seiner Wärme. Mit einer entschlossenen Handbewegung griff sie nach der Augenbinde, nahm sie ab, wandte ihm ihr Gesicht zu, als hielte sie es in die Sonne. Gabriel entfuhr ein Keuchen, er tat einen Schritt zurück, ließ den Blick nicht von ihr.

»Warum?«

Das gedämpfte Läuten der Kirchenglocken brachte Fronica auf den Boden zurück. Sie stellte sich auf die Zehenspitzen und küsste Gabriel zart auf den Mund.

»Ich muss gehen. Die Herzogin erwartet mich. Komme übermorgen zum Mittagsläuten zum Thürleinstor, dann erzähle ich dir alles.«

Sie ging, nein, sie schwebte davon. Es war, als wäre eine steinschwere Last von ihr gefallen. Die Wellen flüsterten zärtlich im Isarbett und ihr Mund wollte nicht aufhören zu lächeln. Durch eine einzige Handbewegung war die Welt größer geworden. Niemals zuvor in ihrem Leben war sie ohne Augenbinde diesen Weg gegangen, überhaupt irgendwo hin gegangen, es war wie eine Offenbarung. Sie blickte zurück, sah Gabriel, der wie angewurzelt an der gleichen Stelle stand. Sie warf den Kopf in den Nacken und lachte befreit wie nie zuvor.

Beschwingten Schrittes passierte sie das Tor, huschte ins Falkenhaus und versorgte ihren Raben. Als sie sich zum Gehen wandte, stand der Falkner in der Tür. Ungläubiges Erstaunen stand ihm ins Gesicht geschrieben, als sie hoch erhobenen Hauptes an ihm vorbei schritt. Die feinen Kalbslederschuhe waren schmutzverkrustet, ihre Füße eisig. Ein atemloser Seufzer entschlüpfte ihrer Kehle, als sie an Gabriels Kuss dachte, den Geschmack seines Mundes, wie Brombeerwein. Sie betrat das Gemach der Gräfin. Sidonie saß noch immer vor dem Spiegel, Magdalena steckte gerade ein flammend rotes Barett fest.

»Was in Dreiteufelsnamen hat das zu bedeuten?«

Die Kopfbedeckung fiel zu Boden, als Sidonie aufsprang und auf Fronica zustürmte. Magdalena stand stumm, die Augen aufgerissen.

»Welch einen Scherz erlaubst du dir mit mir? Mit uns allen? Das Getue mit der Augenbinde und dann das?«

Sie umkreiste Fronica wie ein Raubtier die Beute. Über ihrer Nase zeigte sich eine steile Falte. Jäh packte sie Fronicas Gesicht mit beiden Händen und musterte sie mit stechendem Blick. Nach einer endlos erscheinenden Zeit ließ sie Fronica los, die stocksteif ausharrte.

»Bist du nichts als ein Scharlatan? Mädchen, wahrlich, du bist mir eine Erklärung schuldig!«

Sie wies auf den Platz vor dem Feuer, auf dem Fronica bei ihrem ersten Besuch gesessen hatte, in einer anderen Zeit, in einem anderen Leben. Fronica bedachte sie mit einem scheuen Blick. Alles fühlte sich ungeheuer groß und frei an. Ärger erfasste sie, als ihr bewusst wurde, um was ihre Eltern sie all die Jahre betrogen hatten. Sie sah zu Magdalena hinüber. Sidonie verstand.

»Geh.«

Der zierliche Fuß der Gräfin tappte ungeduldig auf den Teppich, bis sich die Tür hinter der Kammerfrau geschlossen hatte.

»Bevor irgendjemand meinen Makel wahrnehmen konnte, legte meine Mutter mir diese Augenbinde an, als ich noch ein Wickelkind war«, begann Fronica zögernd. »Sie hatte furchtbare Angst, dass die Leute glauben würden, unsere Familie, ich, sei verflucht. Sie hatte vor mir immer nur tote Kinder geboren. Ihre größte Angst war, dass sie mich verlieren könnte. Mutter erzählte allen Leuten, dass ich an einer grausigen Entstellung litt. So war ich es von klein auf gewohnt, niemals ohne die Augenbinde aus dem Haus zu gehen. Sie ist zu einem Teil von mir geworden. Jeden Tag«, sie zögerte, »habe ich sie gehasst. Jetzt weiß ich, dass Mutter das nicht hätte tun dürfen. Sie hat mir so viel genommen.«

Fronica konnte den trockenen Schluchzer nicht verhindern.

»Und aus welchem Grund hast du dich gerade heute entschlossen, dich zu zeigen?«, fragte Sidonie lauernd.

Fronica biss sich auf die Lippen.

»Es ist etwas geschehen, etwas Wundervolles.«

»Ein Mannsbild! Ich hätte es gleich wissen können! Du schaust wie ein liebeskrankes Schaf!«

Sidonie klatschte in die Hände und lachte ihr lautes, volles Lachen, das ganz und gar nicht zu einer Edelfrau passen wollte. Fronica fühlte, wie die Röte aus ihrem Ausschnitt hochkroch und sich über ihr Gesicht ergoss.

»Wer ist es? Der junge von Grub, mit dem du getanzt hast?«

Der Gräfin schien nichts zu entgehen. Fronica hätte nicht gedacht, dass Sidonie sie beobachtet hatte, an diesem unseligen Abend. Schnell schüttelte sie den Kopf.

»Niemand vom Hof. Es ist ein Steinmetzgeselle. Gabriel ist sein Name«, sie geriet ins Schwärmen. Noch immer spürte sie die Wärme seiner Lippen auf ihrem Mund.

»Er ist von hoher Gestalt, sein Körper ist wie aus Marmor, glatt, mit starken Muskeln. Seine Haare sind dunkel und lockig. Seine Augen gleichen zwei Seen im Wald, wenn die Morgennebel noch über ihnen stehen, still aber seelenvoll und seine Lippen …«

»Starke Muskeln? Du hast es schon mit ihm gemacht? Alle Achtung, das hätte ich nicht von dir gedacht. Ich hatte den Eindruck, du gehörst zu der prüden Sorte, die ihren Honigtopf solange verteidigt, bis sie unter der Haube ist.«

Die Augen der Gräfin glänzten.

»Erzähl, wie war das erste Mal?«

Fronica hatte das Gefühl, ihr Kopf würde glühen.

»Nein, Durchlaucht, was denkt ihr von mir! Es war nur ein Kuss!«

Sidonie verzog spöttisch den Mund und lachte auf.

»Ich vergaß, du kannst hellsehen – geradewegs durch die Kleidung hindurch!«

Die Gräfin legte den Kopf in den Nacken und dehnte sich wie eine Katze vor dem Herdfeuer.

»Ein Steinmetz also. Ich kann dich gut verstehen, manchmal haben gerade die einfachen Kerle eine derart sinnliche Ausstrahlung, dass man sie am liebsten auf der Stelle verschlingen möchte. Aber was mich betrifft, ich bedarf eines mächtigen Mannes in meinem Bett und damit meine ich nicht nur seine Rute.«

Sie genoss es offensichtlich, Fronica in Verlegenheit zu bringen, und fuhr mit aufreizendem Lächeln fort:

»Weißt du, ich liebe es, auf seinem Schwert zu sitzen. Wenn er unter mir stöhnt und sich aufbäumt, verrückt vor Begierde. Es bereitet mir unbändige Lust, die Herrschaft über einen mächtigen Mann zu haben, wenn er mich anfleht nach mehr, wie ein Verdurstender um Wasser, wenn ich mich ihm entziehe, ihn hinhalte. Ich liebe dieses Gefühl der Macht!«

Der Atem der Gräfin ging schneller, ihre leicht geöffneten Lippen schimmerten feucht. Fronica wünschte, Sidonie würde aufhören, so zu sprechen, aber die dachte nicht daran.

»Albrecht ist mehr als gut ausgestattet, ein richtiger Hengst. Als er seinen Prügel zum ersten Mal herausholte, habe ich es beinahe mit der Angst zu tun bekommen, aber als er ihn dann in mein Schatzkästlein geschoben hat, hörte ich die Engel im Himmel singen. Und er besorgt es mir die ganze Nacht, wenn er bei Laune ist.«

Ihre Hände glitten selbstvergessen über ihre Brüste. Fronica sah weg und hoffte inbrünstig, dem jungen Herzog nie mehr zu begegnen. Die Bilder, welche die Worte der Gräfin in ihr erzeugten, würde sie nicht mehr vergessen können.

Sidonie setzte sich abrupt auf, ihre Miene wurde ernst.

»Womit wir bei der Sache wären. In letzter Zeit ist Albrecht oft misslaunig. Die Sache mit seinen Brüdern nimmt ihn reichlich mit. Sogar der Kaiser hat ihn wegen dieser Geschichte bereits angeschrieben.«

Fronica wurde von einer Erinnerung gestreift. Es hatte mit einem der Brüder des Herzogs zu tun. War es Wirklichkeit oder eine Vision?

»Wenn er nur endlich sein Kind in mich pflanzen würde! Ein Thronfolger würde seine Stellung stärken, ganz zu schweigen von meiner.«

Die Gräfin beugte sich vor und packte Fronica hart am Handgelenk.

»Der Liebestrank, den du mir versprochen hast. Gleich morgen gehst du ihn mir holen. Ich will, dass der Herzog wie toll nach mir ist. Ich will, dass er Tag und Nacht an nichts anderes denkt, als daran, seinen Schwengel in mir zu versenken, mich zu vögeln! Ich muss eine morganatische Ehe erreichen, verstehst du!«

Sie warf sich in ihrem Stuhl zurück und starrte verbissen ins Feuer. Plötzlich war jeglicher Liebreiz aus ihrem Gesicht verschwunden. In Fronica erwachte eine Ahnung, wie die Gräfin im Alter aussehen würde. Sidonie von Riedenburg erhob sich, und Fronica beeilte sich, ebenfalls aufzustehen.

»Wenn dir dein Leben lieb ist, beschaffe mir diesen Trank. Gleich morgen früh gehst du und holst ihn mir.«

Fronica beugte demütig das Haupt. Das Glück und das Gefühl grenzenloser Freiheit, die sie noch vor kurzer Zeit hatten schweben lassen, schien es niemals gegeben zu haben.

Für den Nachmittag befahl die Gräfin Fronica, ihr zusammen mit den anderen Damen Gesellschaft zu leisten. Sie folgte ihr in einen langen, schmalen Raum. In dem riesigen Kamin loderte ein Feuer, die Wände waren mit gewebten Teppichen behängt, in den Wandhalterungen brannten Kerzen. Mehrere Tische waren aufgestellt, an denen Spieler saßen. In verzierten Lederbechern wurden Würfel aus Elfenbein geschüttelt und unter dem Juchzen und Gelächter der anwesenden Damen und Herren auf den Tisch gestülpt. Man setzte Münzen, oder, wenn die betreffende Dame über keine Zahlungsmittel mehr verfügte, goldene Kämme, Ringe, Broschen, Döschen oder Schleifenbänder als Pfand. Ein junger Sänger zupfte die Laute und sang mit lieblicher Stimme vom Glück der Liebe und dem Lob der Frauen. Er sang von roten Lippen und weißer Haut, dabei sah er mit schmachtenden Augen nach den anwesenden Edelfräulein. Es war ein kleiner Aufruhr ausgebrochen, als Fronica hinter der Gräfin den Raum betreten hatte. Die junge Frau, die Magdalena mit Jungfer Appolonia angesprochen hatte, riss die Augen auf und stieß die Edelfrau neben sich unsanft mit dem Ellenbogen in die Rippen. Die Damen begannen zu tuscheln, die jungen Männer betrachteten

Fronica mit größtem Erstaunen und verblüfften Ausrufen. Erneut kam sie sich vor, wie ein Tier auf dem Jahrmarkt und fragte sich, ob es nicht besser gewesen wäre, weiter eine Entstellung vorzugaukeln, einfach, um in Ruhe gelassen zu werden. Sidonie hatte der Aufregung schlichtweg keine Beachtung geschenkt, sich mit der Selbstverständlichkeit ihrer besonderen Stellung als Mätresse des Herzogs einen Platz nahe am Feuer gesucht und nach dem Würfelbecher gegriffen. Fronicas Blick glitt über die vornehmen Damen und Herren, die scherzend ihren Spielen und Neckereien nachgingen, ruhte einen Augenblick auf einer jungen Frau, die einem großen Blonden schöne Augen machte. Mit einem Mal schob sich ein anderes Bild dazwischen, sie sah die junge Frau im Kindbett, Blut floss, soviel Blut, und die Kreisende verstöhnte ihren letzten Atemzug. Entsetzt rang Fronica nach Luft und wandte ihren Blick ab. Das Bild verschwand sofort. Es geschah immer öfter, wenn sie nicht Acht gab, vor allem, wenn sie von vielen Menschen umgeben war. Sie richtete ihr Augenmerk auf die Würfel. Nach einiger Zeit war es Fronica müde, dem Spiel zuzusehen. Zwei junge Männer saßen sich an einem niedrigen Tisch gegenüber, zwischen sich ein Spielbrett. Das Brett zeigte waagerechte und senkrechte viereckige Felder, hell und dunkel. Die Spieler schoben abwechselnd kleine Statuen in komplizierten Mustern über die Felder. Manchmal entfernte einer der Spieler eine Figur, zwischen den Zügen versanken die Männer in dumpfes Brüten. Die Spielsteine waren allerliebst, Fronica trat näher, um sie besser betrachten zu können. Die Figuren des einen Spielers waren weiß, die anderen schwarz. Die meisten der Spielsteine waren kleine Kegel, mit runden Knäufen am oberen Ende. Einige der Figuren sahen aus wie zinnenbewehrte Türme, andere wie steigende Rösser. Jeder Spieler hatte eine Figur mit einer Königskrone und eine mit einer zierlicheren, weiblich anmutenden Krone. Fronica verstand nicht, nach welchen Regeln gespielt wurde, trotzdem ging eine geheimnisvolle Faszination von den in ihr Tun versunkenen Spielern aus.

»Nun, Jungfer Einauge, behagt Euch das Spiel der Könige?«, säuselte eine dunkle Stimme an ihrem Ohr. Fronica schrie überrascht auf, als sich von hinten zwei Hände über ihre Brüste legten. Sie schlug nach den unverschämt tastenden Fingern und versuchte, sich dem Klammergriff zu entziehen. Unvermittelt wurde sie freigegeben, sodass sie Mühe hatte, nicht zu stürzen. Verstört fuhr sie herum. Vor ihr stand ein hagerer Mann, die Arme in die Hüften gestützt, ein spöttisches Grinsen spielte um seine Mundwinkel. Er trug eine Zipfelkappe, an deren Ende mehrere Glöckchen befestigt waren, enge, grüne Beinkleider mit einer übergroßen, grellroten Schamkapsel und eine buntgemusterte Schecke. Die umstehenden Männer wollten sich ausschütten vor Lachen über den derben Spaß und Fronicas entsetztes Gesicht, allein die Spieler ließen sich nicht aus der Ruhe bringen.

»Gisbert, du Narr, lass das Mädchen in Ruhe und suche dir jemand anderen, mit dem du deine albernen Späße treiben kannst«, scholl die Stimme der Gräfin durch den Raum. Der Hagere vollführte eine elegante Drehung, machte daraus unvermittelt einen riesigen Satz und landete auf den Knien neben dem Stuhl der Gräfin.

»Oh schönste Blume im Paradies, Zierde am Stängel des Herzoges, wie könnte ich Euch den Gehorsam verweigern?«

Die Gräfin hieb lachend nach ihm und er schlug unter gespieltem Jammergeheul einige Purzelbäume, landete direkt vor Fronica und kroch unter ihre Röcke. Sie spürte seine spinnenartigen Finger ihr Bein hinaufkriechen. Jetzt reichte es ihr. Sie hob den Fuß und stampfte mit dem Absatz fest auf die Hand des Mannes, mit der er sich am Boden abstützte. Jetzt war sein Jaulen echt. Blitzschnell war er auf den Füßen. Nur sie sah den hasserfüllten Blick, den er ihr zuwarf, höchstens einen Wimpernschlag lang, bevor sich die spöttische Maske wieder über seine Züge legte. Er streckte seine Zunge weit heraus und bewegte sie rasch hin und her.

»Jungfer Einauge ist prüde geblieben, auch ohne Augenbinde, scheint mir«, er schob den Unterleib vor und machte eine obszöne Geste. Die Gräfin fing Fronicas verzweifelten Blick auf und winkte sie zu sich. Sie zog etwas aus dem Beutel an ihrem Gürtel.

»Bring das dem Herzog. Zu dieser Zeit hält er sich in seinem Kabinett auf.«

Sie drückte Fronica ein zusammengefaltetes Blatt in die Hand und wandte sich wieder ihrem Spiel zu, ohne Fronica weiter zu beachten.

Ratlos sah Fronica sich um. Wie sollte sie das Kabinett finden? Sie war schon froh, dass sie sich mit Mühe und Not an den Weg in die Gemächer der Herzogin erinnerte. Am anderen Ende des Raumes sah sie Magdalena. Sie würde in den sauren Apfel beißen müssen und die mürrische Kammerfrau nach dem Kabinett fragen. Magdalena gab ihr überraschend freundlich Auskunft, sie ließ sich sogar herab, Fronica bis in den Gang zu begleiten. Vermutlich war sie froh, nicht selbst den Botengang durch die kalten Flure der Burg machen zu müssen.

»Folge diesem Gang bis zum Ende und biege dann zu deiner Linken ab. Du nimmst die Treppe nach oben und gehst wieder links. Dann stehst du vor dem Kabinett.«

Fronica versuchte, sich die Beschreibung zu merken. Sie eilte den Gang entlang, bis sie das Gefühl beschlich, jemand folge ihr. Hastig drehte sie den Kopf. Der Flur war leer, bis auf die Ritter und Damen, die sie aus den Wandgemälden heraus vorwurfsvoll anstarrten.

»Du gehörst nicht hierher!«, schienen sie zu sagen. »Geh zu Deinesgleichen!«

»Nichts würde ich lieber tun, wenn man mich ließe«, grollte Fronica halblaut. Sie hatte das Gefühl, es gäbe keinen Platz mehr, dem sie sich zugehörig fühlen durfte. Vor ihr war die Treppe, sie eilte hinauf und stand vor einer doppelflügeligen Tür. Sollte sie einfach hineingehen? War der Herzog alleine? Sie presste ihr Ohr an die Tür. Drinnen wurde gesprochen.

»Durchlaucht, Erzbischof Tulbeck ist voll Sorge. Durch die Gründung des Kollegiatsstifts an der Frauenkirche tretet Ihr in Wettstreit mit dem Bistum Freysing. Der Erzbischof fürchtet, Ihr wollt am Ende ein eigenes Bistum in München gründen.«

Albrechts Stimme klang ärgerlich, als er antwortete. »Hochwürdigster Herr Prälat, meine Familie besitzt das Patronatsrecht über die Kirche. Wenn ich ein eigenes Bistum gründen will …«

Plötzlich war jemand hinter ihr, packte sie im Nacken, riss die Tür auf und stieß sie hinein. Fronica taumelte in den Raum, stürzte auf die Knie, zu Tode erschrocken.

»Durchlaucht, dieses Mädchen habe ich dabei ertappt, wie sie an der Tür gelauscht hat!«

Es war niemand anders als Gisbert, der bösartige Hofnarr, der sie verfolgt und gestellt hatte.

»Diese Metze ist aus dem Nirgendwo aufgetaucht, hat sich in die Dienste der Gräfin von Rosenburg geschlichen.« Sein Gesicht zeigte ein schmeichlerisches Lächeln, er vollführte einen tiefen Bückling. »Sie nutzt den Liebreiz der hohen Dame aus, mit Sicherheit ist sie eine Spionin im Dienste Eurer Brüder«, schnarrte Gisbert.

»Steh auf, Mädchen! Erkläre dich!«

Fronica erkannte die klare Stimme des Herzogs. Scheu hob sie den Blick. Albrecht IV. saß an einem riesigen Schreibtisch aus dunklem, glänzend polierten Holz, vor sich Stapel von Papieren. Er hatte den Ruf, ein gründlicher und kluger Regent zu sein, der viel Zeit mit Akten verbrachte – für Sidonie von Riedenburg eindeutig zu viel. An der Fensterfront, die von dicken, moosgrünen Samtvorhängen halb verdeckt war, stand der silberblonde Kirchenmann, den sie vor einigen Nächten zusammen mit den Mönchen gesehen hatte. Als sich ihre Blicke begegneten, zuckte er zusammen, seine Augen weiteten sich in ungläubigem Staunen.

»Königliche Hoheit, ich wollte nicht lauschen. Das heißt, ich war nicht sicher, ob ich eintreten soll. Ich … die Gräfin …« Fronica verhaspelte sich und wusste nicht weiter.

»Was ist mit der Gräfin?«

Die Stimme des Herzogs klang ungeduldig. Sie erinnerte sich an die Botschaft, die sie immer noch in den verkrampften Fingern hielt. Mit zitternder Hand streckte sie dem Herzog das zerknitterte Blatt entgegen. Unwirsch nahm er es an sich und überflog die Zeilen.

»Wie kam es dazu, dass du in die Dienste der Gräfin gelangt bist?«, fragte Herzog Albrecht streng. Fronica hielt bestürzt den Atem an. Sie konnte dem Herzog unmöglich sagen, dass die Gräfin die seherischen Fähigkeiten und ihr Kräuterwissen und dazu benutzen wollte, sich Albrecht hörig zu machen.

»Sprich!«

»Durchlaucht, ich bin Fronica Reschin, die Tochter des Flößermeisters Resch, wir wohnen im Gries. Ich deute den Leuten ihre Träume und die Gräfin hat Kunde davon bekommen. So ließ sie mich vor einigen Tagen zu sich rufen, da schlimme Träume sie quälten und sie sich Klarheit über ihre Bedeutung verschaffen wollte. Ich konnte ihr helfen und es gefiel ihr, mich in ihrer Gefolgschaft zu behalten. Eure Brüder kenne ich nicht, und habe nichts mit Ihnen zu schaffen, das schwöre ich bei meinem Leben.«

Sie sank wieder in einen tiefen Knicks, wie sie es bei Magdalena gesehen hatte, erwartete zitternd das Urteil des Wittelsbachers. Eine Weile herrschte Stille, sie wagte nicht aufzusehen.

»Lass sie in Frieden, Gisbert, die Anwesenheit des Mädchens am Hof scheint tatsächlich nur mehr eine Grille der Gräfin zu sein. Bringe sie zurück zu ihr«, beschied Albrecht nach einer schier unendlich langen Zeit, aber sein Blick blieb wachsam.

Verärgert ob dieser Abfuhr packte der Hofnarr sie am Arm. Bevor er sie mit sich schleifen konnte, blieb ihr Blick am Gesicht des Kirchenmannes hängen. Er hielt sein Kreuz umklammert und musterte sie mit einer Miene, als sei sie eine Ausgeburt des Teufels. Draußen drängte der Narr sie in die nächstbeste Nische. Übelriechender Atem schlug ihr entgegen, als er sich an sie drückte.

»Ich habe eine Wiedergutmachung verdient. Du hast mich an der Hand verletzt. Ich lebe davon, Schabernack und Kunststücke hier am Hof zu treiben, um die hohen Herrschaften zu unterhalten. Aber heute Abend, bei der Tafel, wird mir das nicht möglich sein. Schau dir an, was du angerichtet hast, du Dirne!«

Er hielt ihr seine Spinnenhand entgegen. Der Handrücken war blaurot angeschwollen, ihr Absatz hatte eine blutige Scharte hinterlassen. Wütend zerrte Gisbert an ihren Röcken, versuchte, ihre Schenkel auseinander zu zwingen.

»Du wirst deine Hand ohnehin nicht mehr lange brauchen, deine Krankheit frisst dich von innen heraus auf und noch bevor der Herbst ins Land zieht, liegst du unter der Erde!«, schleuderte sie ihm ins Gesicht, erschrocken von ihrer eigenen Kaltblütigkeit. Es war das erste

Mal, dass sie unverhohlen aussprach, was sie sah. Die Worte waren aus ihr heraus gebrochen, ohne dass sie es verhindern konnte. Der Hofnarr wich zurück und starrte sie mit aufgerissenem Mund an, sein totenbleiches Gesicht eine Maske des Entsetzens.

»Du vermaledeites Zauberweib! Dafür wirst du bezahlen! Nimm den Fluch von mir! Ich will nicht sterben!«

Er stieß ein grauenvolles Wimmern aus, ließ sie stehen und rannte den Gang hinunter, das Klatschen seiner Sohlen hallte von den Wänden wider.

Kapitel 10

In der Domstadt

Lambert zog den Bediensteten zur Seite, der die Güter prüfte, die für die Residenz bestimmt waren.

»Sag, guter Mann, ist es wohl möglich, bei Fürstbischof Tulbeck vorzusprechen?«

Der Mann musterte ihn von oben bis unten.

»Du scheinst vom Glück begünstigt zu sein«, versetzte er schließlich leutselig lächelnd, »der Fürstbischof empfängt gerade heute das einfache Volk in seiner Residenz. Den ganzen Morgen schon hört er sich ihre Nöte an. Vielleicht wäscht er dir sogar die Füße.«

Lambert saß in glänzender Stimmung auf dem Karren, der Weinfässer zum Sitz des Fürstbischofs von Tulbeck bringen sollte. Es hatte sich äußerst günstig für ihn zugetragen. Die Ladung Wein und Münchner Golschen, die sie hergebracht hatten, war schnell abgeladen und übergeben worden. Der Meister hatte nichts dagegen gehabt, dass Lambert sich für eine Weile in der Stadt umsah. Sie würden über Nacht Quartier nehmen und sich früh am nächsten Morgen gemeinsam mit anderen Flößern auf den Heimweg machen. Räuberbanden trieben ihr Unwesen und hatten es auf die Geldkatzen der Reisenden abgesehen. Es war sicherer, in Gemeinschaft zu reisen, wenn man das sauer verdiente Geld nicht gleich wieder loswerden wollte. Lambert war von prickelnder Erregung erfüllt, er fühlte, dass der Augenblick, in dem sich sein Traum erfüllen würde, zum Greifen nah war. Wenn er des Singens mächtig gewesen wäre, er hätte ein Jubellied angestimmt. Stattdessen sangen die Räder knarzend ein Lied für ihn – bald bist du reich, bald bist du reich und nimmst sie zur Frau. Der Meister hätte bestimmt nichts gegen ihn als Schwiegersohn einzuwenden, wenn seine Taschen voller Geld waren, noch dazu, wo er das Geschäft bestens beherrschte. Von der Lände war es nicht weit zu der in nördlicher Richtung gelegenen bischöflichen Residenz. Auf dem Domberg thronend, war das Wahrzeichen Freysings weithin sichtbar. Die Mittagssonne hatte bereits Kraft, Bienen trugen den Nektar der ersten Blüten in die Stöcke, der Himmel spannte sich wie ein blauer Baldachin über ihm und seinem baldigen Glück. Der Karren rumpelten über die Brücke, die über die Moosach führte. Wohlwollend besah er sich die sauberen Gassen Freysings, über denen sich der prachtvolle Bau des Domes und der Sitz des Fürstbischofs erhoben. Der Wagen reihte sich in einen Zug von Bauern und Lieferanten ein, die den Berg hinauf zogen. Sie schafften Hühner und Enten in Käfigen, erlegte Hasen, Kiepen mit Eiern und Gemüse zur Residenz. Die Pferde vor dem Karren mühten sich schnaubend und prustend den steil ansteigenden Berg empor. Gerade als sie sie den Vorplatz erreichten, schwangen die Tore auf und ein Tross Bewaffneter marschierte heraus.

»Aus dem Weg! Macht Platz für Seine Eminenz den Fürstbischof! Aus dem Weg, Leute!«

Die Menschen wichen eilig zur Seite, um eine Gasse für den Fürstbischof Johannes IV. von Tulbeck zu bilden. Man stellte hastig die Lasten ab und kniete nieder. Lambert sprang vom Wagen und drängte sich nach vorne, wobei er sorgfältig darauf achtete, Abstand zu den Wachen zu halten. Die grimmige Miene des Hauptmannes ließ keinen Zweifel daran, dass er gerne nachhalf, wenn sein Befehl nicht befolgt werden würde. Den Bewaffneten folgte eine Sänfte, dahinter schlossen sich weitere Wachen an. Die halbgeöffneten Vorhänge der Sänfte gaben den Blick auf einen alten Mann preis. Für einen Würdenträger der Kirche war er bescheiden gekleidet. Einzig die Bischofsmütze, der Ring und das prachtvolle Kreuz um seinen Hals zeugten von seiner erhabenen Stellung. Er wirkte milde und vergeistigt, ein stilles Lächeln lag auf seinen Zügen, als er mit zittriger Hand das Kreuz über die Knienden schlug.

Lambert war außer sich.

»Ist das der Bischof? Wo geht er denn hin? Was ist mit der Anhörung? Ich muss unbedingt mit ihm sprechen!«

In seiner Aufregung hatte er die Bäuerin neben sich am Ärmel gepackt.

»Was redest du da, du Milchbart? Lass mich gefälligst los! Seit wann empfängt der Fürstbischof einen wie dich?«

»Aber ein Bediensteter der Residenz hat gesagt, der Bischof …«

»Der Fürstbischof!«, verbesserte die Bäuerin entrüstet.

»… der Fürstbischof empfinge heute das Volk in seiner Residenz!«

Die Bäuerin bog sich vor Lachen.

»Na, da hat er dir einen schönen Bären aufgebunden, dieser Bedienstete!«

Sie prustete und hielt sich die Seite.

»Der Fürstbischof ist ein bescheidener, durch und durch heiliger Mann. Man sagt, dass er durch die Eingebung des Heiligen Geistes zum Bischof ernannt wurde!«

Die Frau hob schwärmerisch die Augen zum Himmel und bekreuzigte sich. »Aber er empfängt unsereins nicht in seinem Heiligtum, ganz bestimmt nicht!«

Sie ließ eine weitere Lachsalve hören, als sie jedoch Lamberts unglückliche Miene bemerkte, verstummte sie und tätschelte ihm tröstend die Schulter.

»Jetzt schau nicht drein wie sieben Tage Regenwetter, so arg wird es schon nicht sein. Am Dreifaltigkeitssonntag, nach der Messe kann jeder, gleich von welchem Stand, seine Bittstellungen vorbringen. Der Prälat nimmt sie für den Fürstbischof entgegen. Mit etwas Glück bringt Prälat zu Engelshofen dein Anliegen vor den heiligen Mann.«

Lambert glaubte, sich verhört zu haben.

»Wie, sagst du, heißt der Prälat?«

Der Zug des Fürstbischofs war längst weitergezogen, die Leute nahmen ihre Waren wieder auf und strebten auf das Portal zu. Die Bäuerin machte sich an ihrer Kiepe zu schaffen. Lambert hob den schweren Korb auf und half ihr beim Aufsetzen.

»Hugibert zu Engelshofen. Vergelt's Gott!«

Lambert sah ihr nach, wie sie mit schweren Schritten davonstapfte. Bevor er zuließ, dass die Enttäuschung in ihm hoch kriechen konnte, hatte er eine Eingebung. Mit ein paar schnellen Schritten lief er ihr nach.

»Weib, wo wohnt der Prälat?«

Die Bäuerin sah ihn kopfschüttelnd an.

»In einem Herrschaftshaus, gleich da unten am Marktplatz.«

Während er den Berg hinabging, ratterten seine Gedanken.

Hugibert. War die geheimnisvolle Person `R´ mit ihm verwandt? Oder hatte Gabriel sich in dem Buchstaben getäuscht? Er nahm sich fest vor, so bald wie möglich Lesen und Schreiben zu lernen. Am Marktplatz fragte er sich durch, bis er vor einem vornehmen, mehrstöckigen Haus stand. Er betätigte den Türklopfer. Viel Zeit verging, bis endlich eine sommersprossige Magd die Tür einen Spaltbreit öffnete. Sie begegnete Lambert mit frechem Blick.

»Was willst du?«

»Ist der Prälat Hugibert zu Engelshofen zu sprechen?«

»Der Prälat ist nicht da.«

Sie hätte die Tür wieder geschlossen, wenn Lambert nicht entschlossen seinen Fuß in den Spalt gestellt hätte.

»Was fällt dir ein, ich schreie um Hilfe, wenn du nicht sofort deinen Fuß wegnimmst.«

»Ich will dir nichts Böses, bitte nur eine Frage!«

Lambert hob beschwörend die Hände.

»Gibt es hier jemanden, dessen Name mit einem `R´ beginnt?«

Die Sommersprossige sah ihn an, als hätte er den Verstand verloren.

»Denk nach«, bat Lambert inständig.

»Hier wohnt nur der Prälat und das Gesinde. Niemand mit einem `R´«

Neugierig geworden, trat sie einen Schritt heraus und musterte ihn eingehend. Augenscheinlich gefiel ihr, was sie sah. Sie lächelte.

»Ich bin die Kathi und du?«

»Lambert heiße ich.«

»Lambert, du siehst aus, als wärst du durstig. Wie wäre es mit einem Schluck Most?«

Sie blinzelte kokett mit den Wimpern. Lambert witterte eine Gelegenheit, das Haus zu betreten.

»Ein Schluck Most wäre nicht zu verachten, noch dazu in solch hübscher Gesellschaft«, versetzte er und warf ihr einen der tiefen Blicke zu, die die Weißwäscherinnen an der Lände dahinschmelzen ließen wie Butter in der Sonne. Kathi kicherte geschmeichelt und ließ ihn herein. Als er an ihr vorbei ging, wich sie nicht zurück, sodass er ihren warmen Körper streifte. Ein Haus wie dieses hatte er nie zuvor von innen gesehen. Der Boden bestand aus glänzend polierten Eichenholzbrettern, ebenso die Treppe, die von der geräumigen Diele aus nach oben führte. Er sah bewundernd auf eine über und über mit Schnitzereien verzierte Truhe mit schweren Schlössern, darüber das Wappen derer zu Engelshofen, Das Wappen war geviert und zeigte in den schräg gegenüberliegenden Feldern einen schwarzen Zinnenturm auf silbernem Grund, in den anderen kleine, goldene Kreuze. Darüber wachte ein roter Löwe mit Engelsflügeln.

»Komm in die Küche«, drängte Kathi. »Die Köchin ist ausgegangen, viel Zeit bleibt uns nicht.«

Sie packte ihn am Handgelenk und wollte ihn mit sich ziehen, als sein Blick auf ein übergroßes Wandgemälde am Treppenaufgang fiel. Unwirsch befreite er sich von ihrem Griff und ging zu dem Bild. In seinem Kopf ging es drunter und drüber. Die schöne junge Frau, angetan mit einem prachtvollen, mit Pelz besetzten grünen Umhang und einer Lilie zwischen den weißen Fingern, glich Fronica wie aus dem Gesicht geschnitten. Das Haar fiel ihr silberblond über den Rücken, ihre Augen blickten melancholisch über ihn hinweg. Lambert fürchtete um seinen Verstand.

»Wer ist das?«, fragte er mit bebender Stimme.

»Die Mutter des Herrn Prälaten, aber was geht dich das an?«

»Wie ist ihr Name und wo finde ich sie?«

Kathi verzog schmollend die Lippen.

»Sie ist längst tot. Rautgundis zu Engelshofen war ihr Name. Meine Muhme stand als Näherin in ihren Diensten. Willst du jetzt Most, oder nicht?«

»Kathi, liebste, wunderschöne Kathi, es ist lebenswichtig für mich, mehr über Fronica …«, er verbesserte sich hastig, »über diese Dame herauszufinden. Ich flehe dich an, bringe mich zu deiner Muhme, es soll ihr Schaden nicht sein. Und dich lade ich hernach auf einen Becher Wein ein.«

Kathi sah ihn zweifelnd an. Sein Gebaren musste ihr mehr als merkwürdig vorkommen. Lambert hätte sie am liebsten geschüttelt, ihr den Arm umgedreht und sie gezwungen, ihn zu dieser Muhme zu führen. Nach langem Abwägen nickte sie.

»Einverstanden.«

Sie eilten durch die Gassen. Kathi hatte ihre Hand in seine geschoben. Diese kräftige, leicht feuchte Hand fühlte sich fremd an. Irgendwie nicht richtig, dachte Lambert, ganz anders als die weißen, zartgliedrigen Hände Fronicas sich anfühlen würden.

Das Stadtbild Freysings war geprägt von Geistlichen und Gelehrten, die, in Dispute vertieft, einherschritten. Am Stadtrand steuerte Kathi auf ein schmales, ärmlich aussehendes Haus zu. Sie bummerte gegen die Tür, bis sie sich öffnete und eine alte Frau mit wachsbleichem Gesicht und einer Nachthaube auf dem Kopf öffnete.

»Meine Kathi!«

Ihr Gesicht, runzlig wie ein Winterapfel, verzog sich zu einem zahnlosen Lächeln. Sie schloss das Mädchen in die Arme.

»Dass du mich besuchst! Ist etwas mit deiner Mutter?«

Kathi tätschelte die Hand der Alten.

»Nein, Muhme, die Mutter ist bei bester Gesundheit. Das ist Lambert und er möchte etwas über Rautgundis zu Engelshofen wissen.«

Lambert zog eilig eine Münze aus seiner Geldkatze und hielt sie der Muhme vor das Gesicht. Die schnappte mit überraschender Schnelligkeit nach dem Geldstück und ließ es ebenso schnell verschwinden.

»Was willst du? Meine Herrin ist lange tot.«

Ihre Miene verdüsterte sich.

»Eine arge Sache war das damals. Schön wie ein Engel war sie!«

»Was ist ihr denn zugestoßen?«, wollte Lambert wissen und trat aufgeregt von einem Fuß auf den anderen.

»Nach München ist sie gereist, und dann hat man sie gefunden, ertrunken in der Isar, ein Unglück, so ein Unglück. Die Barbera, ihre Kammerfrau, die hat sie geliebt wie eine Schwester, ist beinahe verrückt geworden vor Kummer, die Ärmste.«

Lamberts Atem ging schneller.

»Diese Barbera, lebt sie noch?«

»Die Beginen haben sie aufgenommen, da lebt sie völlig zurückgezogen. Ich habe sie lange nicht mehr gesehen.«

Die Alte musterte ihn listig.

»Bist Kathis Liebster? Ein fescher Bursche, läuten im Widemond die Hochzeitsglocken?«

Sie kicherte und wackelte mit dem Kopf. Kathi lief puterrot an und Lambert fühlte sich zunehmend unwohl in seiner Haut.

»Bringst du mich zum Beginenhaus?«

Er sah Kathi bittend an. Sie seufzte schicksalsergeben.

»Also gut, ich zeige es dir. Das kostet dich aber mehr als einen Becher Wein.«

Sie verabschiedete sich von ihrer Muhme. Lambert bebte innerlich vor Ungeduld und hoffte von ganzem Herzen, dass diese Barbera endlich die Lösung des Rätsels für ihn bereithielt. Die Sache schien ihm immer undurchsichtiger zu werden.

»Hier ist das Beginenhaus. Ich muss jetzt zurück. Wenn die Köchin mich bei ihrer Rückkehr nicht vorfindet, ergeht es mir schlecht.«

Kathi sah ihn forschend an.

»Wirst du dein Versprechen halten?«

»Auf jeden Fall! Zum Sechsuhrläuten stehe ich vor deiner Tür, bestimmt«, versprach Lambert, vielleicht eine Spur zu hastig. In Gedanken war er längst wieder bei der geheimnisumwobenen Rautgundis zu Engelshofen, die aussah wie Fronica, ließe man die Augenbinde beiseite. Kathi warf ihm eine Kusshand zu und lief davon. Er sah ihr kurz nach, die Haubenbänder über dem eckigen Ausschnitt ihres Hemdes, ein kräftiger Nacken, sommersprossige Haut. Lambert ging zur Pforte.

»Ich suche eine gewisse Barbera.«

Die Pförtnerin beäugte ihn argwöhnisch.

»Bist du ein Verwandter?«

»Barbera ist eine Base meiner Mutter«, log Lambert.

Die Begine seufzte und wiegte bekümmert den Kopf.

»Seit ein paar Tagen geht es bergab mit ihr. Sie war ausgegangen und kam schlimm zugerichtet zurück. Seitdem hat sie nicht mehr gesprochen. Heute hat sie einen besonders schlechten Tag, ich weiß nicht, ob du sie erreichen wirst. Aber komm herein und sieh selbst.«

Sie öffnete die Pforte und ließ ihn eintreten. Er folgte ihr über einen saubergefegten Innenhof in das Rückgebäude.

»Dort hinten, die letzte Tür ist es.«

Er dankte ihr und stürmte den Flur entlang. Voller Erwartung drückte er die Klinke herunter und trat ein. Dämmriges Licht sickerte durch eine winzige Fensteröffnung. Auf dem Bett kauerte eine Gestalt. Es roch säuerlich, um das Nachtgeschirr summten die Fliegen. Lambert verzog angewidert das Gesicht.

»Barbera?«

Ein langgezogenes Stöhnen antwortete ihm, danach Stille.

»Barbera, mein Name ist Lambert und ich brauche deine Hilfe. Die Muhme von Kathi schickt mich, die Näherin von Rautgundis.«

Lambert hoffte, das Vertrauen der alten Kammerfrau zu gewinnen, wenn er diese Namen ins Spiel brachte. Die Gestalt auf dem Bett war knochendürr, aus einem weißen Gesicht stierten zwei erloschene Augen durch ihn hindurch, dünne graue Haarsträhnen sahen unter der Haube hervor.

»Barbera, was kannst du mir über Rautgundis sagen? Irgendetwas, bitte, es ist ungeheuer wichtig! Was hat sie in München gemacht, bevor sie … starb?«

Er wartete mit angehaltenem Atem. Barbera schwieg, hauchte einen zitternden Seufzer. Ungeduldig trat er einen Schritt auf sie zu. Barbera duckte sich, die Hände schützend über den Kopf gehoben.

»Schlagt mich nicht, Herr, bitte nicht wieder schlagen, ich habe Euch bereits alles gesagt, was ich weiß.«

Sie greinte leise. Lambert bemühte sich, seine Ungeduld zu bezwingen.

»Ich will dir nichts Böses, glaube mir. Bitte sag mir, was du weißt.«

»Du bist nicht ihr Sohn.«

»Nein?«

»Nicht Hugibert?«

»Nein!«

Lambert ließ sich vorsichtig neben der verstörten Frau nieder.

»Ich bin Lambert und ich muss wissen, was mit Rautgundis geschehen ist. Und was das alles mit Fronica zu tun hat.«

»Ich kenne keine Fronica. Frederica hieß das Kind, das Unglückskind. Dieses Kind ist meiner Herrin zum Verhängnis geworden.«

Sie nahm die Arme herunter und sah ihn lauernd an.

»Schickt dich der Rieder?«

Lambert schüttelte den Kopf. Er wagte es und nahm sanft ihre Hand in seine.

»Was ist damals geschehen?«

Die Berührung veränderte etwas in Barbera. Für einen Augenblick schien die Verwirrte klar zu sehen. Ihre Stimme wurde fester.

»Wir kamen von Frauenwörth. Rautgundis hatte beschlossen, zurückzukehren nach Freysing, um Hilfe vom Fürstbischof Tulbeck zu erflehen. Rieder wollte sie aus dem Weg schaffen, wegen dem Kind. Es hatte seine Augen. Teufelsaugen! Wir mussten in München Quartier für die Nacht suchen. Am Morgen hat sie das Kind genommen und wollte mit ihm zur Marienkirche gehen. Das war das letzte Mal, dass ich sie lebend gesehen habe. Als sie am Abend immer noch nicht zurückgekehrt war, wusste ich, dass etwas geschehen sein musste. Ich bin zur Stadtwache gegangen, und da haben sie mir ihre Leiche gezeigt.«

Barbera barg ihren Kopf in den Armen und weinte hemmungslos.

»Was ist mit dem Schatz?«

»Von dem Kind gab es keine Spur. Die Wassergeister haben es geholt, da bin ich mir sicher. Es liegt auf dem Grund der Isar, auf ewig verflucht.«

Lambert schauderte es. Die Augen Barberas verschleierten sich, wurden leer. Sie stieß Jammerlaute aus und schwankte mit dem Oberkörper hin und her, wie eine Betrunkene.

»Der Schatz, was ist mit dem Schatz«, drängte Lambert. Vergebens.

Barbera hatte sich längst wieder in eine andere Welt zurückgezogen. Lambert murmelte einen Gruß und machte sich verdrossen auf den Weg zu dem Wirtshaus, in dem der Meister Quartier bezogen hatte. Schweigsam nahm er seine Abendsuppe, saß brütend vor seinem Humpen und versuchte, all die verwirrenden Neuigkeiten und Splitter der Vergangenheit zusammenzufügen. Die sommersprossige Kathi und sein Versprechen hatte er längst vergessen.

Kapitel 11

Der Schwur

Gabriels Herz fühlte sich an, als wolle es sich jeden Augenblick aus seiner Brust schwingen und jubilierend zum Himmel aufsteigen. Wieder und wieder musste er an den Augenblick denken, in dem Fronica seinen Kuss erwiderte. Wie weich sich ihre Lippen anfühlten, wie unglaublich vornehm sie ausgesehen hatte in den neuen Kleidern, mit dem Schleier. Der Duft ihres Halses, gleichzeitig ein Versprechen auf Zärtlichkeit und Leidenschaft … Und schließlich die überraschende Enthüllung ihres Gesichtes. Keine leere Augenhöhle, keine schreckliche Narbe, sondern einzig ein Auge in der strahlenden Farbe von Türkisen, das andere, vertraut in sanftsamtigem Braun. Aus welchem Grund hatte sie es verborgen? Die verschiedenfarbigen Augen verstärkten ihre Schönheit eher, als dass sie sie schmälerten. Wie sollte er es aushalten bis zum nächsten Tage? Ohne sie zu sehen, ohne sie zu berühren, ihre vollen, warmen Lippen zu küssen? Weiter wagte er nicht zu träumen. Er hörte aufgeregte Stimmen, instinktiv zog er sich an die Mauer zurück.

»Reschin, wir bringen deinen Mann! An der Lände gab es einen Fuchs, ein Baumstamm hat sich quer gelegt. Franz hat den Triftern geholfen, den Fluss wieder flößbar zu machen. Sein Grieshaken ist gebrochen, da ist er ausgeglitten und zwischen das Triftholz geraten. Lambert ist noch dort und hilft dem Cuntz.«

»Heiliger Nikolaus!«

Mit einem Aufschrei stürzte die Flößerfrau aus dem Haus. Gabriel eilte hin. Vier Flößer hielten eine Trage, darauf lag Meister Resch. Er blutete am Kopf, ein Arm lag grotesk verdreht neben ihm, das Schlimmste war der gurgelnde Atem, der Gabriel an eine Verletzung der Brust denken ließ. Er hatte Männer gesehen, die zwischen die Speichen des Laufrads geraten waren, die Geräusche, die die Unglückseligen von sich gaben, klangen ähnlich und ließen auf keinen guten Ausgang hoffen.

»Bringt ihn hinauf in seine Kammer, schnell.«

Er fasste mit an, half den Verletzten die schmale Stiege hinauf zu bugsieren. Meister Resch stöhnte vor Schmerzen, als sie ihn so behutsam wie möglich auf sein Bett legten. Die Meisterin kam herbei, brachte eine Schüssel mit Wasser und einen Becher Branntwein.

»Ich danke euch, Männer, jetzt lasst mich ihn versorgen.«

»Wir beten zum Heiligen Nikolaus für seine Genesung, Reschin!«

Die Flößer polterten die Treppe hinunter. Sie waren alleine mit dem Geschundenen. Scheu wollte Gabriel sich ebenfalls zurückziehen, die Reschin hielt ihn schnell am Arm fest.

»Hilf mir, ihn zu verbinden.«

Beherzt nahm sie ein Messer und schnitt das nasse, zerfetzte Hemd auf. Es sah aus, als täte sie es nicht zum ersten Mal. Der Brustkorb war rotverschwollen, Resch schrie auf, als sie die Fetzen unter ihm hervorzog. Gabriel half den Meister zu stützen, flößte ihm den Branntwein ein, fühlte sich machtlos, gegen das, was geschehen würde. Franz Reschs Atem pfiff und rasselte, unter den Augen lagen Schatten, die Lippen waren blau. Der baumstarke Mann wirkte mit einem Mal seltsam zerbrechlich. Resch schlug die Augen auf und sah Gabriel an. Er hob den Kopf, bewegte die Lippen, schien ihm etwas sagen zu wollen. Gabriel kniete neben dem Bett nieder und brachte sein Ohr nahe zum Mund des zu Tode Verwundeten.

»Fronica.«

Er hustete gurgelnd.

»Lange her. Eine Edelfrau, ist in die Isar gegangen. Wollte sich und ihr Kind ertränken. Konnte nur das Kind«, er hustete erneut, »nur das Kind retten.«

Der Flößermeister sank in sein Kissen zurück. Seine Lider flatterten. Gabriel war verwirrt.

»Was hat das mit Fronica zu tun?«

»Fronica. Nicht unser Kind.«

Resch kämpfte um jeden Atemzug. Seine Frau schlug die Hände vors Gesicht und weinte leise. Stammelnd brach es aus ihr heraus.

»Es war im Lenzing, siebzehn Winter ist es her, ich erinnere mich, als wäre es gestern gewesen. Franz kam nach Hause, nass bis auf die Knochen. Ich hatte gerade wieder eine Fehlgeburt erlitten, war verzweifelter denn je. Gott allein weiß, wie sehr wir uns Kinder gewünscht haben. Und dann kam er an, mit dem Kind im Arm. So schön war es, so fein, mit diesen silbrig blonden Haaren!«

Die Reschin rang um Fassung.

»Er hat gesagt, die Mutter sei tot. Dann hat er mir das Kind in den Arm gelegt. Da wusste ich, dass Gott das Mädchen für uns bestimmt hat. Wir haben den Säugling angenommen und als den unseren aufgezogen. Danach habe ich nie mehr ein Kind empfangen.«

Gabriel war sich nicht sicher, worauf das hinauslaufen sollte.

»Meisterin, weiß Fronica, dass sie nicht eure Tochter ist?«

Maria Resch sah zu Boden und schüttelte stumm den Kopf. Resch tastete nach ihm. Gabriel fühlte die harten Schwielen der Flößerhand, die nie wieder ein Floß binden würde. Mit letzter Kraft bemühte sich Resch, deutlich zu sprechen.

»Bevor die Frau starb, hat sie noch etwas gesagt.«

Er stöhnte und griff sich an die Brust. Gabriel legte ihm die Hand auf die Schulter.

»Was hat sie gesagt, um Gottes Willen?«

»Hartwig von Redern. Lässt sie verfolgen. Ein Brief, Frauenkirche, unschuldige Kinder, Fürstbischof, viel Geld.«

Er verstummte. Das Sprechen hatte ihn erschöpft, sein Kopf neigte sich langsam zur Seite. Einzig das qualvolle Rasseln seines Atems war zu hören. Gabriel sah die Flößersfrau an. Maria Resch schüttelte den Kopf.

»Davon weiß ich nichts.«

Sie setzte sich auf die Bettstatt und hielt die Hand ihres Gemahls an ihr Herz.

»Franz, was soll denn jetzt werden? Was hat es mit dem Brief auf sich?«

»Ich glaube, ich weiß, welchen Brief der Meister gemeint hat«, versetzte Gabriel langsam.

Die Reschin blickte fragend zu ihm auf, aber Gabriel schwieg. In seinem Kopf arbeitete es. Resch hatte die ganze Zeit von dem Brief gewusst. Offenbar hatte er nie den Versuch gemacht, ihn zu finden, oder er hatte schlichtweg nichts damit zu tun haben wollen, aus Angst, jemand würde auf ihn aufmerksam und man würde ihnen das Kind wegnehmen. Wer war Hartwig von Redern? Was hatte es mit den unschuldigen Kindern auf sich? Blitzartig fiel ihm ein, wie er Albin in der Frauenkirche beobachtet hatte. Albin musste den Brief am Altar der unschuldigen Kindlein gesucht und offenbar dort gefunden haben.

»Gabriel, geh zu Anna und bitte sie, herzukommen. Sage ihr, wie es um meinen Mann steht. Und hole Fronica her.«

Die Stimme der Meisterin klang flehend. Es musste sie große Überwindung kosten, Anna herzubitten. Er wusste, dass die Reschin die Alte aus dem Wald auf den Tod nicht ausstehen konnte. Gabriel nickte der verzweifelten Frau zu und ging. Die bedrückende Stimmung in der Kammer des Floßmeisters hatte Gabriels Seele schwer gemacht. Die knochige Klaue des Todes lag bereits auf der Schulter von Fronicas Vater, dessen war Gabriel sicher. Nein, Resch war gar nicht Fronicas Vater, berichtigte er seine Gedanken. Sie war von edlem Blut, hatte Resch gesagt. Würde sie ihn von sich stoßen, wenn sie es erfuhr? Was wollte eine junge Frau von hoher Geburt mit einem Steinmetz? Was würde aus ihr und der Reschin werden, wenn der Floßmeister tatsächlich starb? Gabriel besann sich auf seine Aufgabe und schritt schneller aus, durch den Wald zu Annas Hütte. Hier hatte er Fronica zum ersten Mal gesehen und ihr besonderes Wesen hatte sein Herz vom ersten Augenblick an berührt. Jetzt stellte sich heraus, dass sie eine andere war. Die vermeintliche Entstellung, die sich einzig als eine Besonderheit ihrer Augen entpuppte, ihre Herkunft, die ein Geheimnis barg. Er drehte und wendete die Gedanken in seinem Kopf, bis er die Hütte gefunden hatte und an Annas Tür klopfte.

»Die Reschin bittet dich zu kommen. Meister Resch hatte einen Unfall, er ist oben am Wehr zwischen Triftholz geraten.«

Anna sah ihn aus ihren dunklen Augen an, er fühlte sich unbehaglich unter ihrem prüfenden Blick. Es dauerte lange, bis sie mit der brüchigen Stimme antwortete, die er damals in seinen Fieberträumen gehört hatte.

»Er weiß, dass der Resch nicht leben wird, nicht wahr? Aber Anna kommt, leichter machen kann sie es ihm allemal.«

Die merkwürdige Alte verschwand im Inneren der Hütte. Er hörte sie hin und hergehen, während sie vor sich hin brabbelte.

»Den Mohnsaft nicht vergessen. Rosmarin gegen die Dämonen. Die Bilse. Wacholder.«

Er rief einen Gruß und ging davon. Sein Unbehagen wuchs mit jedem Schritt, der ihn der Stadtmauer näher brachte. Wie sollte er es Fronica sagen? Er wollte nicht der Überbringer von schlechten Nachrichten sein, wollte nicht, dass sie leiden musste. Er nahm die Abkürzung durch das Graggenauer Tor und zwang sich weiterzugehen. Er hatte sich auf ein Wiedersehen gefreut, allerdings unter anderen Voraussetzungen. Vor dem Tor der Hofburg blieb er stehen. Würde man ihn einlassen? Unschlüssig stand er da, musterte die Wachen, drehte seine Kappe in den Händen.

»Gabriel!«

Er fuhr herum. Da war sie, fremd in der vornehmen Gewandung der Hofdame. Unter dem Umhang sah ein braunes Samtkleid hervor, das die Zartheit ihrer Haut hervorhob, der Rabe auf ihrer Schulter passte nicht zu der edlen Erscheinung. Es fiel ihm schwer, sie nicht anzustarren.

»Es ist etwas mit Vater, ich habe es gesehen!«

»Du musst dich beeilen.«

Schweigend liefen sie nebeneinander her. Kurz nach der Lände blieb sie stehen und fasste nach seiner Hand.

»Ich wusste schon eine Weile, dass etwas geschehen wird. Es ist furchtbar, diese Bilder zu sehen und nie zu wissen, wann es tatsächlich Wirklichkeit wird.«

Voll Mitleid blickte Gabriel sie an. Er konnte nicht anders, als sie an sich zu ziehen, sie fest in seinen Armen zu halten. Er wollte sie beschützen vor der Welt, vor jedem Leid, das ihr drohte, und sie am liebsten nie wieder loslassen. Ob sie von ihrer Herkunft wusste? Er wagte nicht zu fragen. Widerstrebend gab er sie frei.

»Wir müssen weiter.«

Nach der Beerdigung zogen die Trauernden zum Leichenschmaus in den Grünen Baum, angeführt vom jüngsten Meister der Vereinigung, der die Opferkerze trug. Es war eine leidvolle Aufgabe gewesen, alle

Flößer vom Tod Franz Reschs zu unterrichten. Hinter ihm ging ein Flößer mit der prächtigen Zunftfahne. Der Heilige Nikolaus war darauf abgebildet, der vom Himmel herab die Männer auf ihren Flößen segnete. Ein Fiedler folgte, spielte eine traurige Weise, sang dazu ein Klagelied von den Leiden des Heiligen Nepomuk. Bald würde ein Marterl an der Unfallstelle aufgepflanzt werden. Bild und Schrift würden den Unfall festhalten, der Franz Resch das Leben gekostet hatte. Fronica und ihre Mutter saßen in der Mitte der Tafel, neben ihnen der untröstliche Meister Cuntz, dessen Triftholz die Ursache für das Unglück gewesen war. Immer wieder erzählte er, wie es zu dem Unfall gekommen war.

»Er kam gerade aus Müttenwaldt zurück, sah, dass wir in Schwierigkeiten waren und packte mit an, so war er eben. Ich hörte es krachen, dann der Schrei. Eine gute Haut war er, dein Mann, eine gute Haut!«

Fassungslos schüttelte er den Kopf.

»Ich kann's nicht glauben, dass er nicht mehr unter uns ist. Warum habe ich ihn nicht zurückgehalten! Wir hätten eben ein schweres Geschoss holen müssen, um die Stemmung zu zersprengen.«

Maria Resch saß mit versteinertem Gesicht da, die Hände im Schoß gefaltet, unfähig, zu sprechen. Fronica wirkte, als ob sie sich woanders befände, als wüsste sie gar nicht, was um sie herum vorging. Sie sah aus, wie die Flößer und die Leute im Gries sie kannten, angetan mit ihrer einfachen Kleidung. Sogar die Augenbinde trug sie wieder. Gabriel fühlte tiefes Mitleid mit ihr. Als er sie aus der Burg geholt hatte, waren sie gerade noch rechtzeitig gekommen, um die letzten Atemzüge des Franz Resch mitzuerleben. Die Schlafstube roch nach Wacholder, den Anna verbrannt hatte, und nach Weihrauch, der Priester hatte Resch bereits die letzte Ölung gegeben. Fronica hatte sich zu ihm auf die Bettkante gesetzt und die Hand des Vaters gehalten. Er murmelte ein paar Worte in ihr Ohr, dann war er hinübergegangen in eine andere Welt. Während der Nacht, in der er mit Fronica und ihrer Mutter Totenwache gehalten hatten, war Maria Resch um Jahre gealtert. Ihre Haare waren zur Gänze ergraut, tiefe Falten hatten sich um Mund und Nase eingegraben. Tränenlos saß sie zwischen den Trauergästen, starrte ins Leere, aß und trank nichts von den Speisen. Der Wirt hatte eine kräftige Gemüsesuppe mit Dinkelgetreide aufgetischt, danach in Gewürzsoße angerichtete Aale und zu guter Letzt Buchweizengrütze. Inzwischen war es laut geworden, das Bier floss reichlich, Rudolf Cuntz hatte es sich nicht nehmen lassen, mehrere Runden Branntwein auszugeben. Seine Zunge war schwer, als er Maria Resch zum wiederholten Male versicherte, dass die Zunftbrüder sich selbstverständlich um ihr Auskommen sorgen würden, ohne Frage. Als Gabriel zu Fronica hinsah, war ihr Platz leer. Er ließ seinen Blick durch den Raum schweifen, konnte sie nirgends entdecken. Beunruhigt stand er auf und ging hinaus. Der Wind fegte scharf über die Lände und peitschte das Isarwasser über die Kiesbänke. Am Horizont färbte die untergehende Sonne den Himmel schwefelgelb, schwere Wolken zogen über die Landschaft. Gabriel ging ein paar Schritte, fand Fronica schließlich nahe des Ufers, auf die Isar starrend, dorthin, wo das Unglück ihren Vater ereilt hatte. Er trat zu ihr und legte die Arme um sie. Mit einem leisen Seufzer ließ sie sich gegen ihn sinken, er wiegte sie sanft.

»Er hat etwas Seltsames in mein Ohr geflüstert, bevor er starb«, ihre Stimme klang rau. Er sagte: »Ich habe dich geliebt wie meine Tochter.«

Gabriel sog scharf die Luft ein. Also hatte die Reschin Fronica noch immer nicht erzählt, dass sie nicht die war, die sie zu sein glaubte. Er war versucht, ihr die Wahrheit zu sagen, das Geheimnis des Flößermeisters zu offenbaren. Vielleicht würde es ihren Schmerz über den Tod Franz Reschs lindern. Er zögerte. War es tröstlich zu erfahren, dass die vermeintlichen Eltern nicht die ihren waren, und die wirkliche Mutter sich ertränkt hatte, ja sogar ihr eigenes Kind mit in den nassen Tod nehmen wollte? Er schluckte die Worte, die ihm bereits auf der Zunge lagen. Dies war eine Familienangelegenheit, in die er sich nicht einmischen durfte. Jäh drehte Fronica sich um. Ihr Gesicht spiegelte ihre Hoffnungslosigkeit wieder.

»Sobald die Trauerzeit vorüber ist, will Mutter mich mit einem Tölzer verheiraten. Der Vater hat es ausgehandelt, sagt sie. Ich bin dem Meißer Sepp versprochen worden. Ein Tölzer Prügel!«

Sie stieß ein bitteres Lachen aus.

»Damit der Flößerbetrieb Resch auch eine Flößerhacke in Tölz hat!«

Gabriel konnte nicht glauben, was er da hörte.

»Nein, das darf sie nicht! Das kann nicht sein! Fronica, du sollst keinen anderen heiraten, ich will dich zur Frau!« Ungestüm riss er sie an sich und küsste sie auf den Mund. Sie erwiderte seinen Kuss und er wusste, dass sie empfand wie er. Ihre Lippen verschmolzen. Fronicas Geschmack war wie ein Labsal nach langem Durst und er wusste, dass dieser Kuss ihrer beider Schicksal verändern würde.

Lambert bedauerte den Tod seines Meisters zutiefst, er war immer gut zu ihm gewesen. Es gab Meister von einer anderen Sorte, die Lehrlinge der Flößereien entlang der Isar wussten manches Lied davon zu singen. Andererseits waren Lamberts Aussichten durch das Unglück möglicherweise besser als je zuvor. Der Betrieb musste weiter laufen, wovon würden Fronica und ihre Mutter sonst leben? Aber wie sollte er mit seinem Wissen über die tote Edelfrau in Freysing umgehen, dieser Frau, der Fronica zum Verwechseln ähnlich sah? Er zog verschiedene Erwägungen in Betracht, nur, um sie umgehend zu verwerfen. Die Trauergesellschaft ließ ihn in Ruhe, keiner wunderte sich, dass Lambert in sich gekehrt da saß und nur ab und zu einen Schluck Bier nahm. Er spann seine Gedanken weiter. Als Fronicas Gemahl hätte er mit der Flößerei einen guten Grundstock. Wenn sie darüber hinaus den Schatz finden würden, müsste er sich vermutlich selbst nie mehr auf ein Floß stellen. Lambert beendete seine Grübeleien mit dem befriedigenden Gedanken, dass er unentbehrlich war. Die Reschfrauen brauchten einen Mann im Haus und wer wäre besser geeignet als er? Fast hätte sich ein Lächeln auf seinem Gesicht breit gemacht. Er sah hinüber zu Gabriel, der mit betroffener Miene zwischen den Flößern hockte. Angesichts des Unglücks hatte Lambert noch keine Zeit gehabt, ihm von seinen Erlebnissen in Freysing zu berichten. Er nahm den Branntwein an, der ihm von Cuntz gereicht wurde, und stürzte ihn in seine Kehle. Als er den Becher abstellte, sah er Gabriel hinauseilen. Eine gute Gelegenheit, alleine mit ihm zu sprechen. Lambert stand auf, spürte den Branntwein in den Beinen, folgte dem Steinmetz. Bald würde die

Nacht hereinbrechen. Wenn er mit Gabriel gesprochen hätte, musste er die Frauen nach Hause bringen, das war jetzt seine Sache. Er folgte Gabriel, der zur Lände strebte, sah, wie er auf eine Frau zuging. Lambert wollte seinen Augen nicht trauen. Es war Fronica, Lamberts zukünftiges Eheweib, die Gabriel da umschlang. Fronica drehte sich um, Lambert sah ihr Gesicht, das von einem letzten Sonnenstrahl gestreichelt wurde. Und dann küsste sie den Steinmetz. Lambert keuchte auf, die Erde unter ihm schien zu beben, fast riss es ihn von den Füßen. Er rieb sein Gesicht, stand und starrte auf die Ungeheuerlichkeit, die sich vor seinen Augen abspielte, konnte es nicht glauben. Die Umrisse der Liebenden, denn das waren sie, Liebende, verschmolzen zu einem, hoben sich scharf vor dem rotglühenden Ball der untergehenden Sonne ab. Nach scheinbar unendlich langer Zeit löste sich Fronica von Gabriel, sie sagte etwas, ihre Hand strich über seine Wange, dann eilte sie auf das Wirtshaus zu. Hastig verbarg sich Lambert hinter einem Holzstapel, versuchte seinen Atem in Zaum zu halten, als ihr Rock ihn streifte. Sobald sich die Tür hinter Fronica geschlossen hatte, stürmte er auf Gabriel zu, der regungslos stand und zusah, wie die Sonne in der Isar versank. Er packte den Steinmetz an der Schulter, riss ihn herum. Ein Feuer der Wut loderte vor seinen Augen, sein Kopf fühlte sich an, als würde er brennen, eng war seine Kehle. Mit Mühe spie er Gabriel die Worte ins Gesicht.

»Du dreckiger Lump von einem Steinmetz!«

Er hob drohend die Fäuste, Gabriel wich einen Schritt zurück.

»Warum habe ich dir das Leben gerettet? Was fällt dir ein, dich an sie heranzumachen! Sie gehört mir, verstehst du? Mir ganz allein. Ich liebe sie, seit ich das erste Mal das Flößerhaus betreten habe!«

Gabriel versuchte, ihn zu beschwichtigen.

»Lambert, das hast du mit keinem Wort erwähnt. Ich wollte sie dir nicht wegnehmen …«

»Du hast es aber getan! Und dabei hast du keine Ahnung, auf wen du dich eingelassen hast.« Ein böses Lachen stieg aus seiner Kehle. »Ich habe einiges herausgefunden in Freysing, während du nichts Besseres zu tun hattest, als sie zu verführen, du hinterlistiger Ehrabschneider!«

»Jetzt aber langsam!« In Gabriels Miene spiegelte sich eine Mischung aus Neugier, Sorge und Ärger wieder. »Ich konnte sie dir gar nicht wegnehmen, weil ich nicht wusste, dass sie dein ist. Und«, setzte er mit spöttischem Unterton hinzu, »sie weiß es offensichtlich auch nicht!«

Das war zu viel. Lambert konnte sich nicht länger beherrschen. Er hechtete auf Gabriel zu, der wich mit einer Drehung aus und Lambert sprang ins Leere. Der Schmerz zuckte wie ein Feuerstrahl durch seine Schulter. Stöhnend lag er am Boden. Gabriel trat zu ihm und streckte ihm die Hand hin.

»Hör auf mit dem Blödsinn. Im Übrigen haben Meister und Meisterin schon lange an einem anderen Vorhaben gemeißelt. Fronica ist einem Tölzer Flößer versprochen. Sie hat es mir gerade gesagt. Wahrscheinlich wird sie keiner von uns bekommen. Du und ich, wir sitzen auf dem gleichen Stein.«

Wie von einem Zauber berührt, war der Schmerz verschwunden. Lamberts Körper fühlte sich taub an, sein Kopf war leer, alles denken und fühlen zerrann. Ungläubig sah er zu Gabriel hinauf, der ihm immer noch die Hand entgegenhielt. Die Zukunft, die Lambert sich seit Ewigkeiten ausmalte, die eben noch in ruhigen Gewässern dahingeflossen war, die Sicherheit, die ihm das Leben endlich bieten würde, alles war innerhalb weniger Augenblicke zu Staub zerfallen. Keine Fronica, keine Flößerei. Er sah über Gabriels Hand hinweg, kam mühselig auf die Beine. Die Verzweiflung, die ihn erfasst hatte, wandelte sich schlagartig in puren Hass. Lambert war nicht mehr Herr seiner Worte. Sie flossen aus ihm heraus, als spräche ein Fremder.

»Verflucht seist du, Steinmetz, du hast nichts als Unglück über mein Leben gebracht. Ich schwöre dir Feindschaft bis in den Tod. Sollten wir uns je wiedersehen, bringe ich dich um, das schwöre ich beim Heiligen Nepomuk!«

Er ließ Gabriel stehen, strauchelte und fing sich wieder, taumelte weiter in Richtung Stadt. Die Wachen waren eben im Begriff, die Tore zu schließen, er drängte sich gerade noch hindurch, achtete nicht auf die Flüche der Männer, die sich um das Schließgeld betrogen sahen. Lambert stolperte blindlings durch das Thal, vor seinen Augen erschienen in unendlicher Folge die Bilder, die er hatte sehen müssen. Gabriel, wie er Fronica küsste, die Zärtlichkeit, mit der sie seine Wange berührt hatte. Dazu dröhnten Gabriels Worte in seinen Ohren.

»Sie weiß nicht, dass sie dein ist. Sie ist einem Tölzer Flößer versprochen.«

»Nein«, er stöhnte auf und ballte die Fäuste. Warum hatte er nie den Mut gefunden, sich ihr zu offenbaren? Die Gelegenheit dazu hätte sich oft genug geboten. Warum hatte er nie offen mit dem Meister gesprochen? Warum hatte er nichts von den Plänen der Reschs geahnt? Sein Gesicht verzerrte sich in ohnmächtiger Wut. Die Bürger, die auf dem Weg zur Sechs-Uhr-Messe in der Peterskirche waren, wichen ihm aus, bedachten ihn mit furchtsamen Blicken. Lambert fühlte brennenden Durst, schlimmer aber loderten Verrat und Hoffnungslosigkeit in ihm. Er wankte über den Rindermarkt, den Anger hinauf. Es war, als bestimmten seine Füße die Richtung. Irgendwann fand er sich vor dem Weiberhaus wieder. Er griff nach dem Türklopfer und ließ ihn heftig niedersausen. Nach einer Weile öffnete ihm der Frauenmeister. Der feiste Mann musterte ihn mit wissenden Augen, ließ ihn eintreten. Lambert suchte sich einen Platz in der Ecke, von hier hatte er alles im Blick. Nie zuvor war er im Weiberhaus gewesen. Von Zeit zu Zeit hatte er sich eine Dirne unter den Arkaden oder in eine der Spelunken in der Au genommen, schnelle Befriedigung für kleines Geld. Alles andere hatte er für die Brautnacht mit Fronica aufheben wollen. Lambert ließ seinen Blick durch den Raum schweifen. Eine blutjunge Hure spielte eine lustige Melodie auf der Flöte. Sie trug nichts am Leib, als ein Hemd aus durchscheinendem Stoff und ein rotes Band am Schenkel. Züngelnde Schatten von Talglichtern leckten an ihrem Körper. Auf der anderen Seite des Raumes küssten sich zwei Huren aufreizend, als sie bemerkten, dass er zusah. Eine Schwarzhaarige saß auf dem Schoß eines Mönchs, den offenbar gleich nach der Messe die Wollust überkommen hatte. Der Pfaffe drückte sein Gesicht in die üppigen Brüste der Hure und umfasste ihr Hinterteil mit beiden Händen. Er sah aus, als würde er den Weg nach oben gar nicht erst antreten müssen. Eine Dirne mit mütterlichem Gesicht war um einen

Knaben bemüht, der höchstens dreizehn Lenze zählen mochte. Er war in Begleitung zweier älterer Männer, wahrscheinlich sein Vater und sein Onkel. Lambert beobachtete, wie der Knabe dem Vater etwas zuraunte. Der nickte und gab der Dirne ein Zeichen. Der Hurenwirt, der seine Aufgabe genau nahm, schnitzte eine Kerbe in ein Stück Holz, um später jeder Hure ihren verdienten Lohn auszuzahlen. Die Dirne nahm den Jungen bei der Hand und führte ihn die Treppe hinauf. Die Blicke der beiden Begleiter folgten dem Jungen, einer machte einen rauen Scherz. Lambert winkte der Hübscherin mit dem Weinkrug zu, er brauchte mehr. Sie drängte sich an ihn, während sie seinen Becher füllte. Lambert nahm einen schwachen Rosengeruch wahr und sah auf. Die vollen Lippen verzogen sich zu einem Lächeln, ihre Zunge tanzte in ihrem Mundwinkel. Er musterte sie starr. Die Haare fielen ihr voll und lockig über den Rücken, ihre Brüste waren ansehnlich. Sollte er sie nehmen? Oder sollte er warten, bis der Pfaffe mit der Schwarzhaarigen fertig war? Lange würde es nicht mehr dauern. Das Gesicht des Mönchs war hochrot, sein Atem ging schwer, er sah aus, als würde er gleich dem Schlagfluss zum Opfer fallen. Lambert würde Fronica mit einer schwarzhaarigen Hure aus seinem Verstand und seinem Herzen ficken. Er sah Fronica und den Steinmetz, beide nackt, vereint in einer leidenschaftlichen Umarmung. Er hob die Faust und ließ sie auf den Tisch krachen.

»Nein!«

Der Frauenmeister stemmte die Hände in die Seiten und warf ihm einen warnenden Blick zu. Lambert winkte ab und leerte seinen Becher aufs Neue. Die Musik setzte wieder ein. Er beobachtete die Flötenspielerin mit wachsender Aufmerksamkeit. Ihr Mund ähnelte dem Fronicas. Wenn er mehr Wein tränke, könnte er so tun, als sei sie es, die er nahm. Er würde die ganze Nacht bezahlen. Sparen musste er jetzt nicht mehr.

»Was schaust du so garstig drein? Gefalle ich dir nicht? Ich bin die Lina.«

Die Hure füllte erneut seinen Becher und griff dabei flink nach seinem Gemächt. Unwirsch schob er ihre Hand weg.

»Ich will die da!«, seine Worte waren undeutlich, er zeigte auf die Flötenspielerin. Ihr Gesicht verschwamm vor seinen Augen, wurde zu Fronicas. Er sah zarte Brüste mit roten Warzen unter dem Hemd, weiße Schenkel, die Andeutung eines flaumigen Dreiecks. Sein Schwanz wurde hart.

»Die Resi ist schon vergeben heute«, sie streichelte seinen Oberschenkel, »ich besorge es dir besser. Sie ist zu jung, um zu wissen, wie ihr Kerle es mögt.«

Sie näherte sich ihm, steckte die Zunge in sein Ohr. Lambert stöhnte.

»Sie sieht aus wie Fronica«, brach es aus ihm heraus, »nein, nicht Fronica, Frederica. Sie hat mich betrogen. Mit einem Steinmetz, mit meinem Freund.«

Die Hure lächelte und führte seine Hand an ihre Brüste.

»Komm mit mir hinauf, ich lasse dich alle anderen Weiber vergessen.«

»Kann sie nicht vergessen!«, lallte Lambert und leerte einen weiteren Becher.

»Hat ein schlimmes Auge, hätte mir nichts ausgemacht. Ist eine hohe Dame, zu Engelshofen, aber keiner weiß es. Jetzt heiratet sie einen Tölzer Flößer.«

Flötenmusik, das Kichern der Frauen und die Scherze der Männer gellten in seinen Ohren. Lambert lachte auf, umarmte Lina und küsste sie auf den Hals.

»Ich suche einen Schatz, weißt du, dann bin ich reich, unglaublich reich. Ärgern wird sie sich, die Fronica.«

Er rülpste, der Wein brannte sauer in seiner Kehle.

»Und der Steinmetz erst recht. Keine Braut, keinen Schatz, so sieht es aus. Das kommt davon, wenn man seine Freunde verrät.«

Lina strich erneut über seinen Oberschenkel, beinahe bis zu seinem Schritt, er ließ es zu, es tat gut. Ihre Züge verwandelten sich zu Fronicas, sie lächelte ihn an, alles begann sich zu drehen.

Der Becher fiel zu Boden. Die Hure blickte verdrießlich auf Lambert, der mit dem Oberkörper über den Tisch gesunken war. An dem würde sie heute Abend nichts mehr verdienen. Der Pfaffe zog sein Gewand zurecht. Er schob Liese weg, tätschelte ihre Kehrseite. Dann winkte er Lina zu sich. Sie setzte rasch ein Lächeln auf und ging mit wiegenden Hüften zu ihm hinüber.

»Heute könnt Ihr wohl gar nicht genug bekommen, Bruder Bodomar?«

Er bedeutete ihr, sich zu ihm herunterzubeugen, flüsterte:

»Was hat der Junge über die zu Engelshofen gesagt?

Lina verzog spöttisch den Mund.

»Mein Wissen ist kostbar, Bruder«, wisperte sie. Verstohlen drückte der Mönch ihr eine Münze in die Hand, sie schwieg beharrlich, bis er mit ärgerlichem Schnauben ein weiteres Geldstück hervorzog. Sie brachte ihren Mund näher zu seinem Ohr.

Kapitel 12

Die Gaukler

Aufgewühlt machte sich Fronica auf den Weg zu Anna. Sie musste ihrer Verpflichtung gegenüber der Gräfin nachkommen. Sidonie war zuzutrauen, dass sie Fronica von Wachen zurückholen ließ. Fronica glaubte, ihr Herz müsste jeden Augenblick bersten, so übervoll war es mit Gefühlen, die sie nicht unter Kontrolle bringen konnte. Die Zeit schien ebenso schnell zu fließen wie die Isar, die eine große Menge Schmelzwasser aus den Bergen mitführte und schäumend über die Ufer trat. War es schon beinahe eine Woche her, seit Gisbert, der Hofnarr, ihr nachgestellt hatte? In der Nacht darauf hatte sie sich in unruhigem Schlaf in den Laken gewälzt, vom Vater geträumt. Die Bilder hatten sie nicht mehr verlassen und als sie fertig angekleidet vor die Gräfin getreten war, war sie sich sicher gewesen, dass ihr Vater in Lebensgefahr schwebte. Sidonie gegenüber hatte sie nichts davon erwähnt, die Gräfin nahm ihr das Versprechen ab, sobald wie möglich mit dem Liebestrank zurückzukehren und entließ sie huldvoll. Vor der Hofburg war wie aus dem Boden gewachsen Gabriel vor ihr gestanden, der ihre schlimmsten Ahnungen bestätigte. Es war grauenvoll gewesen, in ihr Zuhause zurückzukehren, die Mutter in ihrem stummen Schmerz zu erleben.

»Du wirst den Meißer Sepp heiraten. Der Betrieb muss weiter gehen, der Vater wollte es so«, hatte sie gesagt. Die Art, wie sie die Worte sprach, klang endgültig, wie das Geräusch eines Henkersbeils. Jede Widerrede würde versickern. Sie musste tun, was man ihr gebot. Nicht mehr als zwei Wochen waren vergangen, seit sie Gabriel in Annas Hütte gesund gepflegt hatte. Ihr Herz erhob sich flatternd, sobald sie an ihn dachte, und ihr Atem wurde kurz. Sein Kuss lag noch immer auf ihren Lippen, hielt ihr Verlangen wach, lockend, machte sie neugierig nach mehr. Sie legte die Finger auf ihren Mund und schämte sich im gleichen Augenblick. Ihr Vater war tot, letztendlich an seiner Selbstlosigkeit gestorben. Er hatte anderen stets geholfen, ohne zu zögern. Ein trockener Schluchzer entrang sich ihrer Kehle. Der Vater lag unter der Erde und sie verzehrte sich nach dem Mann, dessen Küsse sie nie wieder trinken würde. Fronica blickte voll Zorn und Angst auf den Fluss. Das Schicksal war grausam. Es kredenzte ihr das prunkvolle Leben am Hof wie auf einem Silbertablett und zog es ihr im nächsten Augenblick vor der Nase weg. Es ließ sie Liebe schmecken, nur um sie ihr sofort wieder zu entreißen. Sie würde ein Leben als Flößerin weiterleben bis zu ihrem Tod, mit einem Mann an ihrer Seite, den sie nicht kannte, den sie nicht liebte, an einem fremden Ort. Vielleicht war der Meißer ein Trinker oder gewalttätig. Sie hörte viele Geschichten, wie Männer waren, von den Weißwäscherinnen, den Bleicherinnen, den Steinklauberinnen und den Färberinnen. Die Welt war von von bösartigen, groben Männer wie Gisbert, dem Hofnarren, und Hannes, dem Wilderer.

Gabriel war anders. Er war kraftvoll, aber zart. Sein Blick streichelte ihr Gesicht, seine Hände hielten sie, als wäre sie eine Kostbarkeit, trotzdem er nur ein einfacher Handwerker war. Sie erinnerte sich an seinen ehrfurchtsvollen Blick, als sie den Raben freigelassen hatte.

Sie musste bleiben, aber eines würde sie bestimmt nicht mehr tun. Egal, was die Mutter sagte, Fronica würde die Augenbinde nie wieder anlegen. Sie hatte den Stoff ins Feuer geworfen und trotzig zugesehen, wie die Fasern erst braun, dann schwarz wurden, sich krümmten und sich schließlich in Asche verwandelten. Ob der Meißer von ihrem Makel wusste? Ein Hoffnungsfunke glomm in ihr auf. Vielleicht würde er sie nicht wollen. Ein heiserer Schrei ertönte, wie aus dem Nichts erschien der Rabe und ließ sich flügelschlagend auf ihrer Schulter nieder. Fronica konnte es kaum glauben. Ihr Rabe war zurückgekehrt! Sie blickte in die runden Vogelaugen, fühlte sich ein wenig getröstet. Der Rabe blieb ruhig sitzen, als sie tiefer in den Wald vordrang, den Pfad hatte sie längst verlassen. Manchmal brach ein Zweig unter ihren Füßen, schreckte sie auf aus ihrem ruhelosen Gehen, brachte sie in die Wirklichkeit zurück. Sie hielt inne, hob forschend den Kopf nach dem sanften Rauschen. Der Rabe stieß sich ab und flatterte auf einen Ast. Im Gebüsch unter ihm sah sie eine Schlinge. Voll Zorn ging sie hin und entfernte das Mordwerkzeug. Fronica fürchtete eine Begegnung mit dem Wilderer und beschleunigte ihre Schritte. Der Rabe flog voraus, als kenne er ihr Ziel. Einige Sonnenstrahlen drangen unnachgiebig in die Dunkelheit des Waldes vor, hüllten harztränende Stämme in Dunstschleier. Sie sog den würzigen Duft von Kiefern und Tannen in ihre Lungen, erinnerte sich mit einem kleinen, wunden Lächeln an die Nachmittage ihrer

Kindheit. Stunde für Stunde hatte sie im Wald verbracht, Reisig und Beeren für die Mutter gesammelt, glücklich mit sich alleine und weit weg vom Wasser. Die Eschen zeigten bereits erste Knospen, während die Eichen noch ihr Winterkleid trugen, der Sommer würde heiß und sonnig werden. Dunkelgrünes Moos wuchs auf Felsbrocken, die sich wie von Riesen liegen gelassenes Spielzeug übereinander türmten. Staunend stand sie vor dem Felsen, wie damals als Kind. Kristallklares Wasser streichelte sanft über das Moosfell, verteilte sich zu ihren Füßen in unzählige Bäche, die eilig durch den Wald davon krochen. Fronica konnte den Blick nicht von den Wasserwänden lösen. Ihr Herzschlag schien sich zu beruhigen, je länger sie ihr Auge darauf ruhen ließ. Die Bilder formten sich unvermittelt. Das Gesicht einer Nonne erschien ihr, betrachtete sie aus eigentümlich wimpernlosen Augen. Der Boden unter ihr schaukelte, sie saß in einem Boot, vor ihr eine Insel. Die Umrisse verblassten, formten sich zu der Gestalt der Gräfin von Rosenburg, die sich in inniger Umarmung mit dem Herzog vereinigte.

Fronica tauchte aus der Vision auf und erinnerte sich an den Grund ihres Hierseins. Ihr Mund wurde hart und sie wandte sich ab. Nur wenige Schritte waren es noch bis zu Annas Hütte. Anna saß auf der Bank neben der geöffneten Tür und sah ihr reglos entgegen. Einzig am Funkeln der schwarzen Augen erkannte Fronica, dass Anna sich freute, sie zu sehen.

»Sie muss keine Angst haben, ihr Vater hat nicht mehr leiden müssen. Hab ihm den Übergang leicht gemacht.«

Fronicas Augen weiteten sich. Diese Kenntnisse der alten Frau ängstigten sie. Pflanzen konnten heilen oder töten, sanfte Träume bringen oder irrsinnig machen. Es kam darauf an, die Dosierung peinlich genau einzuhalten, um die gewünschte Wirkung zu erzielen, das hatte Anna ihr damals zuallererst beigebracht. Eine Tollkirsche neben einer Buche wirkte anders als eine Tollkirsche, die neben einer Tanne gewachsen war.

Bei ihrem Auftrag ging es um etwas anderes. Sie war unsicher, wie sie ihr Anliegen vorbringen sollte. Bevor Fronica Worte fand, sprach Anna.

»Die hohe Frau will den Herrscher bezaubern«, Annas Mund verzog sich zu einem spöttischen Lächeln. Sie musterte Fronica aufmerksam und stellte fest: »Sie neidet der hohen Frau die Lust und die Liebe.«

»Nein, das ist es nicht«, fuhr Fronica auf. »Sidonie ist lasterhaft und machtbesessen. Trotzdem behandelt sie mich nicht schlecht. Es ist nur«, Tränen stiegen heiß auf, »die Gräfin kann alles haben, was sie will und mir bleibt nur zu tun, was andere wollen. Mein Schicksal wird nicht von meinen eigenen Händen gelenkt.«

Erst als sie es aussprach, wurde ihr bewusst, dass dies neben der Trauer um den Vater der wirkliche Grund für ihren Gram war. Mutlos ließ sie die Schultern sinken. Anna stand auf und verschwand in der Hütte. Von drinnen hörte Fronica das Klappern von Tiegeln und das Reiben des Mörsers. Fronica ließ sich auf der Bank nieder. In den Zweigen der knospenden Sträucher zwitscherten Vögel, ein Teppich aus weißen und rosafarbenen Buschwindröschen, blauen Hasenglöckchen, duftenden Veilchen und Himmelschlüsseln breitete sich zwischen den Bäumen aus. Die Frühlingsbrise wehte den Klang der Kirchenglocken herüber. Die Mutter würde gerade in der Peterskirche um das Seelenheil des Vaters beten, Sidonie in St. Laurentius, der Kirche der Hofburg, um die Gunst des Herzogs barmen. Fronica schloss die Augen und hielt ihr Gesicht in die Sonne. Sie spürte den unbändigen Drang, aufzuspringen und zu Gabriel zu laufen, ihn zu überreden, mit ihr wegzugehen, irgendwohin, wo sie zur Ruhe kommen und ihr Leben verbringen könnte, wie sie es wollte. Wie auch immer das aussehen würde. Es raschelte. Sie öffnete die Augen und blickte in Annas lächelndes Gesicht.

»Kann sie jetzt besser sehen?«

Anna kicherte.

»Den Vater, die Mutter? Im Kloster wird sie fündig, über dem Wasser, unter der Erde.«

Fronica sah sie verständnislos an. Was meinte die alte Frau? Anna machte eine unbestimmte Handbewegung, als wolle sie ihre Worte fortwischen, und drückte ihr einen aus einer Schweinsblase gefertigten Behälter in die Hand. Eine dunkle Flüssigkeit schwappte darin.

»Wird den hohen Herrn entflammen, macht seine Lenden hitzig. Gebraut aus Eichelsud, Eisenkraut, Fünffingerkraut, Johanniskraut, Brennnesselsamen, Frauenmantel, Beifuß und Ziegenkraut. Und ein Kräutlein der magischen Neun ist geheim!«

Sie rieb sich die Hände, kicherte wieder ihr listiges Altfrauenlachen und verschwand hinter der Hütte. Fronica unterdrückte mit Mühe die Regung, die Schweinsblase ins Gebüsch zu schleudern. Sie wartete eine Weile, aber Anna kehrte nicht zurück. Schließlich stand Fronica auf und machte sich widerstrebend auf den Weg zur Hofburg. Was blieb ihr übrig? Der Rabe folgte ihr, ließ sich immer wieder auf einem Zweig in ihrer Nähe nieder, krächzte seinen heiseren Ruf.

Den ganzen Weg über begleitete Fronica eine unbestimmte Vorahnung, lag wie ein Schatten auf ihrer Seele. Sie versuchte, dem Gefühl keine Beachtung zu schenken, aber es wollte ihr nicht recht gelingen. Bevor sie durch das Stadttor ging, änderte der Rabe seine Richtung und flog über den Fluss davon. Sie sah ihm nach, bis er nicht mehr auszumachen war, dann wandte sie sich ab und schritt durch das Thaltor. Die mächtigen Türme der Wehranlage hoben sich klar vom Frühlingshimmel ab. Im Thal dahinter herrschte reges Treiben. Die Münchner Bürger kamen im sonntäglichen Gewand nach der Messe aus den Kirchen geströmt und genossen die Frühlingswärme. Die Männer der herzoglichen Leibwache der Hofburg erkannten sie und traten wortlos zur Seite, um sie durchzulassen. Fronica war sich sicher, dass ihr sämtliche Bedienstete des Hofes misstrauten. Außer Magdalena, die von Zeit zu Zeit das Nötigste mit ihr sprach, gab es kaum jemand, der sie anredete, oder sie zu einer Unterhaltung einlud. Manche wichen regelrecht aus, als fürchteten sie sich vor ihr. Fronica war es gleichgültig. Sie hätte ohnehin nicht gewusst, was sie mit den redegewandten Menschen vom Hof anfangen sollte. Sie war weder in der Mode noch in der Musik kundig und Tratsch über Liebe und Eifersüchteleien wusste sie schon gar keinen. Daher blieb sie für sich und bewahrte die Geheimnisse ihrer Herrin sicher in ihrem einsamen Schweigen. Sie klopfte an die deckenhohe Tür der Zimmerflucht der Gräfin. Eine mürrische Stimme hieß sie eintreten. Fronica holte tief Luft und drückte die Tür auf. Der

Duft des inzwischen wohlvertrauten Lilienparfums der Gräfin hing im Raum, aber es war Magdalena, die mit grämlicher Miene über sämtliche Möbelstücke verstreute Kleidungsstücke einsammelte.

»Die Herrin ist mit dem Herzog auf der Beizjagd. Sie wird erst am späten Nachmittag zurückkehren.«

Fronica verzog ärgerlich das Gesicht. Warum hatte sie sich beeilt? Sie hätte genauso gut die Sonne genießen können. Jetzt saß sie in dem kalten Gemäuer und wartete. Sie dankte Magdalena, beschloss, das Elixier in die ihr zugewiesene Kammer zu bringen und dann hinaus auf den Burghof zu gehen. Fronica setzte sich auf die Bank unter der großen Kastanie und schaute dem Hofgeschehen zu. Mägde eilten mit Stapeln von Weißwäsche über den Hof, ein Pfau stolzierte an Fronica vorbei, das prachtvolle Schwanzgefieder schleifte über das Pflaster. Fässer wurden herbeigekarrt und in die Keller verfrachtet, Schweinehälften vorbeigeschleppt. Fronica hatte von Magdalena erfahren, dass über einhundertsechzig Bedienstete für ungefähr drei Dutzend Edelleute am Hof zur Verfügung standen. Die meisten Vorräte stellte man in der Burg her, was fehlte, kaufte man auf dem Markt oder wurde aus den Abgaben der Bauern ergänzt. Es gab eine verwirrende Anzahl von Hofämtern, von denen Fronica nie zuvor gehört hatte. Da war der Truchsess, der oberste Aufseher, der über die fürstliche Tafel wachte. Ihm waren der Kellermeister, der Mundschenk, die Köche und die gesamte Dienerschaft unterstellt, die dem Herzog und seinen Leuten die Speisen zubereiteten und auf den Tisch brachten. Es gab Zofen, Knechte, Hofräte, Kämmerer Wäscherinnen, Putzmacherinnen, Kammerfrauen, Lakaien und leider – Fronica sah mit Abscheu eine Gestalt in grellbunten Beinkleidern unter den Arkaden verschwinden – den Hofnarren. Gisbert hatte sich seit dem Vorfall nicht mehr in ihrer Nähe blicken lassen. Der frühabendliche Aprilwind ließ Fronica frösteln. Sie dachte darüber nach, ob sie es wagen konnte, sich vor einem wärmenden Kaminfeuer in einem der Gesellschaftsräume niederzulassen, als Pferdehufe klapperten, Hundegebell und fröhliche Rufen erschollen. Der Herzog sprengte auf einem massigen, grauen Pferd in den Hof, dicht gefolgt von Sidonie, die mit ihren von der Luft geröteten Wangen und blitzenden Augen allerliebst aussah. Heute trug sie ein burgunderrotes Jagdkleid, einzelne Strähnen hatten sich aus der aufgesteckten Flechtfrisur gelöst und umschmeichelten ihr Gesicht. Schwungvoll glitt sie vom Pferd, warf die Zügel einem Reitknecht zu, der herbeigeeilt war. Ihren Falken übergab sie einem der Jagdhelfer.

»Bring ihn hinüber ins Falkenhaus. Meister Wertmann wird sich um ihn kümmern.«

Fronica bemerkte das schmerzverzerrte Gesicht des Jungen, als sich die scharfen Krallen des Vogels in seinen Arm bohrten. Sidonie war nicht so rücksichtsvoll gewesen, ihm den Falknerhandschuh zu geben. Der Blick der Gräfin begegnete dem ihren. Sidonies Gesicht spiegelte eine Frage wieder und Fronica nickte kaum merklich. Ein Leuchten ging über die Züge der Gräfin. Sie neigte sich zum Herzog und flüsterte ihm etwas zu.

»Komm!«, sie winkte Fronica, ihr zu folgen und lief beschwingt in das Gebäude. Sobald sie ihr Gemach betreten hatte, überschüttete sie Fronica mit Fragen.

»Wo hast du es? Wie wende ich es an? Wie schmeckt es? Wird er es bemerken?«

Fronica bemühte sich, in der richtigen Reihenfolge zu antworten.

»In meiner Kammer. Ihr gebt einen Löffel voll in den Wein, ich weiß nicht, wie es schmeckt.«

»Bring mir das Elixier her!« Sidonie wandte sich an die Kammerfrau, die gerade den Raum betrat.

»Magdalena, bereite mir ein Bad! Und lass mein scharlachrotes Kleid herbeischaffen, das mit dem goldenen Unterkleid. Dazu will ich die Smaragde tragen und den neuen Kopfputz. Heute Abend gibt es ein Festessen, der Herzog empfängt Gäste. Los, los, seid ihr festgewachsen?«

Die Gräfin wirkte ausgelassen, wie in fiebriger Erwartung, als hinge ihre Zukunft von der richtigen Kleidung und dem passenden Schmuck ab. Zofen, Kammerfrau und Fronica stoben davon, um die Befehle auszuführen. Fronica wusste inzwischen, wie blitzartig die Laune der Gräfin umschlagen konnte, wenn etwas nicht nach ihren Wünschen zuging und wie verheerend die Folgen sein konnten. Erst vor wenigen Tagen hatte Sidonie einer neuen Dienerin, die ihr das Frühstück ans

Bett brachte und ihren geliebten Dinkelbrei mit Birnen vergessen hatte, einen Zinnbecher derart heftig an den Kopf geschleudert, dass die Bedauernswerte ohnmächtig geworden war. Fronica war bislang dem Zorn der verwöhnten Gräfin entgangen, und sie hatte keinerlei Verlangen danach, ihn zu schmecken. Sie verbarg den Behälter mit dem Elixier in den weiten Ärmeln ihres Kleides. Das Gemach war leer, als sie zurückkehrte. Sie hörte die ungeduldige Stimme der Gräfin aus der angrenzenden Badestube.

»Fronica, bist du das? Komm herein, worauf wartest du?«

Sidonie stand in ein Tuch eingehüllt vor einem großen Zuber, während zwei Mägde unablässig heißes Wasser herbeischleppten und hineingossen. Ein Feuer flackerte in dem kleinen Kamin, Dampfschwaden wallten durch den fensterlosen Raum.

»Es genügt. Geht jetzt«, beschied die Gräfin den Mägden und zu Fronica gewandt: »Du wirst mir helfen.«

Sie ließ das Tuch fallen und stand splitternackt da. Fronica hatte noch nie zuvor einen anderen Menschen unbekleidet gesehen. Außer – Gabriel, als sie ihn in Annas Hütte gepflegt hatte. Ihr wurde heiß und sie sah verlegen weg. Sidonie kletterte in den Bottich und ließ sich mit einem genüsslichen Seufzer ins Wasser gleiten. Eine Weile saß sie mit zurückgelegtem Kopf da, die Augen geschlossen. Fronica bemühte sich, nicht in das Wasser zu sehen, in dem sich Sidonies Körper verschwommen abzeichnete. Wie es sich wohl anfühlte, in warmem Wasser zu baden? Die Gräfin betrachtete sie belustigt.

»Möchtest du dich zu mir setzen?«

Fronica schüttelte entsetzt den Kopf.

»Nein, Durchlaucht!«

Träge wies Sidonie auf ein Tischchen.

»Dort ist alles, was du benötigst. Gib ein paar Tropfen der Lilienessenz ins Wasser, dann kannst du mir die Haare waschen. Aber vorher zeige mir den Liebestrank!«

Fronica zog den Behälter hervor und hielt ihn Sidonie hin. Die nahm die Schweinsblase entgegen, als würde Fronica ihr einen Splitter aus dem Kreuz Jesu reichen. Andächtig schnupperte sie an der Flüssigkeit.

»Ich habe den Herzog eingeladen, vor dem Festmahl herzukommen. So kann ich ihm unbemerkt den Trank verabreichen. Ich bin voller Ungeduld. Stell ihn auf den Tisch.«

Sie räkelte sich im Wasser, ihre Augen glitzerten wollüstig. Fronica gab behutsam einige Tropfen der Lilienessenz in das heiße Wasser, der Duft verbreitete sich sofort. Sie nahm eine Kanne Wasser und prüfte mit den Fingerspitzen die Wärme.

»Setzt Euch bitte auf, damit ich Eure Haare waschen kann, Durchlaucht.«

»Ach, lass die Durchlaucht. Nenne mich Sidonie. Wir sind jetzt Verschworene, oder etwa nicht?«

In einer ihrer plötzlichen Launen bedachte die Gräfin Fronica mit einem schmeichelnden Lächeln. Unsicher nickte sie.

»Wenn Ihr es so wünscht, Durchlaucht, Sidonie«, verbesserte sie sich rasch.

»Weißt du, es ist schließlich für eine gute Sache, ein Thronfolger stärkt die Position Albrechts«, plapperte Sidonie, während Fronica die honigblonde Haarflut erst nass machte, danach gewissenhaft mit der Paste einrieb, die Anna ihr nach der ersten Zusammenkunft mit der Gräfin gemischt hatte.

»Du musst wissen, ich bin auf der Rosenburg aufgewachsen, unweit von Kelheim. Die Burg gehört seit Generationen den von Riedenburgs. Mein Vater brachte mir schon als Kind bei, wie man mit Greifvögeln jagt, sehr zum Verdruss meiner Mutter.«

Fronica, über Sidonie gebeugt, bemerkte, wie sich die Augen verdunkelten.

»Sie ist an einer plötzlichen Schwäche gestorben, ich zählte noch keine zehn Winter. Danach musste ich die Rolle der Burgherrin übernehmen. Es war nicht leicht, mit meinem Vater und meinen drei Brüdern. Mein Vater liebte es, Gäste zu bewirten und pflegte die Hohe Minne.«

Sie lachte leise, in der Erinnerung schwelgend.

»Es kamen unglaublich hübsche Burschen auf die Rosenburg und ich habe ihre Verehrung in jeder Hinsicht genossen. Ohne die Minne wäre ich wohl völlig verwildert.«

Sie setzte sich jäh auf und Fronica hätte ihr durch die unerwartete Bewegung beinahe Paste ins Gesicht gerieben. »Aber meine Jungfräulichkeit habe ich bewahrt, bis ich Albrecht getroffen habe. Meine Tante hat mich an den Hof nach München mitgenommen. Du musst wissen, es war nicht einfach, mich zurechtzufinden, ich war schließlich nur ein Mädchen vom Land.«

Fronica dachte bei sich, dass sie niemanden kannte, der weniger einem Mädchen vom Land ähnelte als Sidonie. Verglichen mit ihr, fühlte sich Fronica wie ein derber Bauerntrampel. Schweiß stand ihr auf der Stirn, als sie die schwere Kanne hob, um die Paste auszuspülen.

Sidonie plauderte selbstvergessen weiter.

»Als ich ihn zum ersten Mal sah, so stattlich und würdevoll trotz seiner Jugend, habe ich mich halsüberkopf in ihn verliebt. Ich wusste sofort, dass ich ihn in meinem Bett haben wollte.«

Sie legte den Kopf in den Nacken.

»Pass auf, das Wasser läuft mir in die Augen.«

»Verzeihung.«

»Ich merkte schnell, dass ich sämtliche Verführungskünste anwenden musste, denn Albrecht war sehr zurückhaltend. Er ist außerordentlich pflichtbewusst gegenüber seinem Volk und überaus zielstrebig.« Sie kicherte. »Genauso ist er im Bett, ich habe mich nicht in ihm getäuscht! Wusstest du, dass er bereits mit achtzehn Jahren die Regierung Bayerns übernommen hat? Seine jüngeren Brüder neiden es ihm. Darüber hinaus hat er die Verhandlungen um die Freilassung Christophs und seine und Wolfgangs Abfindung am Hals. Albrecht ist unglaublich ehrgeizig, seit einem Jahr arbeitet er an der Gewinnung der Reichsstadt Regensburg.«

Fronica nahm die Spülung zur Hand und goss sie sorgfältig über das lange Haar. Sie griff nach einem Tuch und wickelte es Sidonie um den Kopf. Sidonie lehnte sich zurück.

»Bevor du mich wäschst, soll man mehr heißes Wasser bringen.«

Fronica stöhnte innerlich. Sie fand es heiß genug in der dämpfigen Kammer. Sie betätigte den Klingelzug, es dauerte keinen Wimpernschlag, bis eine Magd eintrat, die die Gewohnheit der Gräfin offenbar genau kannte, denn sie hielt bereits einen Eimer mit heißem Wasser in der Hand. Fronica betrachtete kummervoll ihre weiten Ärmel, die bis über ihre Handgelenke reichten. Sie waren völlig durchnässt. Wenn sie ins Wasser greifen sollte, wären sie nicht mehr zu retten. Die Magd verschwand. Sidonie unterbrach Fronicas Gedankengang.

»Zieh dein Kleid aus.«

Fronica schluckte, wagte jedoch nicht, sich dem Befehl zu widersetzen. Nur im Hemd tauchte Fronica zögerlich den Schwamm ins Wasser. Warum um alles in der Welt konnte sich die Gräfin nicht selbst waschen? Sidonies Haut war sanft gerötet. Fronica fuhr mit dem Schwamm über die Schultern, hob einen Arm aus dem Wasser und rieb ihn ab, bis zur Innenseite der Hand. Die Gräfin beugte sich vor.

»Den Rücken, aber nicht so hastig.«

Fronica verlangsamte ihre Bewegungen. Sidonie gab ein wohliges Stöhnen von sich.

»Du bist von eigenartiger Schönheit, trotz, oder vielleicht gerade deiner Augen wegen. Man müsste dich nur etwas mehr herausputzen.«

Sie ließ sich tiefer ins Wasser gleiten.

»Jetzt die Vorderseite.«

Fronica tauchte bis zum Ellenbogen ins Wasser. Die Brustwarzen der Gräfin waren rosig und prall, Fronica bemühte sich, die nackte Haut nur mit dem Schwamm zu berühren. Völlig unerwartet griff Sidonie nach Fronicas Handgelenk und hielt es fest. Sie führte die Hand einige Male kreisförmig um ihre Brustwarzen, dann unendlich langsam über den Bauch, bog sich ihr entgegen. Fronica sog erschrocken die Luft ein. Sidonie ließ sie los und schlug mutwillig ins Wasser, dass es in alle Richtungen spritzte. »Keine Angst, ich will dich nicht verführen, nur ein wenig Lust wollte ich mir machen. Ich liebe es, wenn mein Körper sich nach der Berührung eines Mannes sehnt und ich es hinauszögern kann. Wenn dein Trank etwas taugt, wird es eine lange Nacht.«

Ihre Hände glitten zwischen ihre Beine und Fronica wandte sich schleunigst ab.

»Das Wasser wird bald kalt, trockne mir die Haare.«

Fronica langte auf die Anweisung der Gräfin nach einem seidenen Tuch. Während sie Strähne für Strähne damit trocken rieb, flogen ihre Gedanken zu Gabriel. Sie schämte sich für diese Gedanken, aber die Hitze in der Badestube und die Schamlosigkeit der Gräfin schienen auf sie übergegangen zu sein. Ihr Körper prickelte und sie begann eine Vorstellung davon zu bekommen, was Sidonie damit meinte, wenn sie von der Sehnsucht nach einem Mann sprach. Gleichzeitig schalt sie sich für diese ungehörigen Gedanken. Gabriel würde sie für eine Dirne halten, wüsste er davon! Die Vorstellung war zu mächtig, sie konnte sich nicht entziehen, wollte mit einem Mal nichts anderes, als seine Frau zu sein, seinen Körper erforschen. Aus dem Wasser im Zuber begannen Bilder aufzusteigen, Fronica, im weißen Gewand, einen Blütenkranz im offenen Haar, Gabriel, der sich über sie beugte, er küsste sie, Dunkelheit … Sie atmete scharf ein, die Seide glitt ihr aus den Händen. Sidonie stand auf und verlangte nach dem Tuch, das auf einem Gestell in der Nähe des Feuers hing. Fronica hüllte sie darin ein und begann, den schlanken Körper abzutrocknen. Man merkte Sidonie die regelmäßigen Ausritte an, unter der seidenweichen Haut von Armen, Rücken und Beinen schlummerten kräftige Muskeln. Fronica war überaus erleichtert, als Sidonie selbst nach einem Tiegel griff und begann, sich vor dem Feuer mit dem Inhalt, einer duftenden Salbe, einzureiben.

»Geh und hole Magdalena, sie wird mir beim Ankleiden und mit der Frisur helfen. Ich habe dir ein neues Gewand in deine Kammer bringen lassen, außerdem einen Beutel mit dem Lohn für deine Dienste«, sie deutete mit dem Kinn auf den Liebestrank. Fronica stammelte ihren Dank, deutete einen Knicks an, zog ihr nasses Kleid über den Kopf und eilte hinaus. Die Unruhe, die von ihr Besitz ergriffen hatte, wollte nicht weichen. Das Gewand, das auf ihrem Bett ausgebreitet lag, verschlug ihr den Atem. Der veilchenblaue Stoff fiel in sanften Falten, der spitze Ausschnitt war mit breiter Goldborte eingefasst. Das passende Unterkleid, ein paar Töne heller, war durchscheinend und mit kleinen Blüten bestickt. Daneben lag ein Hennin, von dem ein Schleier aus demselben Stoff wie das Unterkleid herabfiel. Ein Umhang aus honigfarbenem Samt mit einem Knebel krönte die Ausstattung. Ehrfurchtsvoll strich sie mit der Hand über die herrlichen Kleidungsstücke. Beinahe hätte sie den kleinen Lederbeutel übersehen. Er wog schwer in ihrer Hand und schien mehr Geld zu enthalten, als sie jemals in ihrem Leben gesehen hatte. Sie war hin und her gerissen. Einerseits war da die Freude über die schönen Dinge und ihren unerwarteten Reichtum, andererseits war sie viel zu sehr mit ihrer Zukunft beschäftigt. Ihre Mutter verlangte von ihr, einen Tölzer Flößersohn zu heiraten, die Gräfin von Riedenburg beanspruchte ihre Dienste, zwei Dinge, die gänzlich unvereinbar waren. Sie selbst wollte mit Gabriel zusammen sein. Gabriel, von dem sie nicht einmal wusste, wo er sich gerade aufhielt. Sie wusste nichts über ihn, außer, dass er Steinmetz an der Kirche zu Unserer Lieben Frau war, und aufgrund einer ihr unbekannten Fügung des Schicksals ihrem Vater ausgeholfen hatte. Sie fühlte sich herumgestoßen und heimatlos.

Fronica hatte gerade begonnen, sich anzukleiden, als ein heiseres Krächzen ihre Aufmerksamkeit erregte. Sie eilte zum Fenster und öffnete es. Der Rabe flatterte auf den steinernen Sims und sah sie mit schiefgelegtem Kopf an. Sein blauschwarzes Gefieder glänzte in der Abendsonne. Der Vogel krächzte leise, als sie über sein Brustgefieder strich. Fronica fühlte sich durch seine Anwesenheit getröstet.

»Du bist nicht alleine«, schien er zu sagen, und Fronica wusste, dass sie nichts tun konnte, als einen Schritt nach dem anderen zu gehen und das Beste aus ihrem Schicksal zu machen. Es war unmöglich, Pläne zu schmieden. In den letzten Wochen hatte das Leben mit unzähligen Überraschungen aufgewartet. Der Rabe flog in die Abenddämmerung, als hätte er seinen Auftrag erfüllt und könne jetzt seinen eigenen Angelegenheiten nachgehen. Entschlossen griff Fronica nach dem Kamm und begann, ihre Haare zu flechten und zu einem einfachen Knoten aufzustecken. Darüber befestigte sie ungeschickt den Hennin und hoffte, er möge ihr nicht beim Festmahl vom Kopf rutschen. Vielleicht könnte sie Magdalena bitten, ihn ordentlich festzumachen. Während sie auf dem Gang vor den Gemächern Sidonies wartete, lehnte sie sich über die Brüstung und sah in den Hof hinab. Dort wimmelte es von Knechten, die die Pferde der ankommenden Gäste hielten, Kutschen und Sänften. Von einem offenen Karren kletterten Gaukler in schrillbunten Gewändern, ein wolfähnliches Tier sprang um sie herum. Die Schausteller schleppten Instrumente, Säcke und Kisten und wurden von einem Diener zu einem Nebeneingang gebracht. Es schien eine große Tischgesellschaft zu werden. Fronicas Magen knurrte längst, als endlich Herzog Albrecht IV. erschien, am Arm Sidonie von Riedenburg, die vor Selbstzufriedenheit beinahe zu platzen schien. Ihre Gewandung in Rot und Gold ließ sie erhaben aussehen. Der Herzog bot einen stattlichen Anblick. Die Ärmel seiner schwarzen Schaube waren mit kreuzweisen Einschnitten versehen, die das goldene Futter sehen ließen. Der Leibrock lag eng am massigen Körper des Herzogs an, die Hals- und Ärmelausschnitte zeigten blütenweiße Bandschlaufen. Dazu trug er schwarze Beinkleider, die Schamkapsel, ebenfalls in vornehmem Schwarz, war mit Schleifen verziert, das herzogliche Haupt schmückte ein Barett mit einer gekräuselten Feder in dunklem Rot. Ein wahrhaftiges Herrscherpaar, schoss es Fronica durch den Kopf, als sie in einen tiefen Knicks sank, und zum ersten Mal empfand sie einen Anflug von Zuneigung zu der jungen, ehrgeizigen Gräfin, die bestimmt eine gute Landesmutter abgeben würde. Sidonie zwinkerte ihr mit Verschwörermiene zu, Fronica lächelte. Sie folgte dem Paar, Magdalena schloss zu ihr auf. Sie maß Fronica mit einem langen Blick.

»Dein Hennin sitzt schief«, bemerkte sie mürrisch.

»Währt Ihr so freundlich, ihn festzustecken?«, bat Fronica und hielt ihr einige Haarnadeln hin, die sie zu diesem Zweck mitgenommen hatte.

»Wenn es sein muss«, versetzte die Kammerfrau einsilbig. »Setz dich auf die Bank da, oder glaubst du, ich sei eine Riesin?«

Sie drückte Fronica nieder und riss ihr die Nadeln aus der Hand. Fronica biss sich auf die Lippen, als Magdalena unsanft auf ihrem Kopf herumfuhrwerkte. Die Kammerfrau schien sie zu verabscheuen. Fronica hätte gerne ein freundliches Wort gesagt, aber als sie in das verbiesterte Gesicht sah, blieb ihr die Höflichkeit im Hals stecken. Sie brachte gerade eben ein Nicken zustande und beeilte sich, den anderen zu folgen. Für das heutige Festmahl war am oberen Ende der Tafel ein weiterer Tisch quer aufgestellt worden. In den Wandhalterungen brannten

Fackeln, zahlreiche Kerzen spendeten warmes Licht. Musiker spielten auf der Laute, der Flöte und der Schalmei, als die Hofgesellschaft einzog. Der Herzog und Sidonie nahmen am oberen Ende der Tafel Platz, die Hofdamen, Edelknaben und Ritter verteilten sich ihrem Rang gemäß oder nach Anweisung des Zeremonienmeisters auf die Plätze. Obwohl die Fastenzeit nicht zu Ende war, hatten die Leibköche ihr ganzes Können bewiesen und die köstlichsten Fischgerichte aufgetischt, dazu bot man Neckarwein, Reifal und Muskatellerwein an. Magdalena ließ sich mit griesgrämigem Gesichtsausdruck neben Fronica nieder, zu ihrer anderen Seite nahm ein älterer Mann in der Kleidung eines Ritters Platz. Er nickte ihr höflich zu und widmete sich dann augenblicklich der vor Speisen überquellenden Tafel. Er schöpfte ausgiebig schwarze Bohnensuppe in seine Schüssel. Fronica bevorzugte die Flusshechtsuppe mit Kräutern, für Bohnen hatte sie noch nie viel übrig gehabt. Während sie ihre Suppe aß, schaufelte der Ritter bereits Fischpastete auf seine Platte, legte von dem Aal in Gewürzsoße dazu, stapelte gebratene Forelle darüber und ärgerte sich sichtlich, dass kein gefüllter Karpfen mehr darauf passte. Grunzend machte er sich über die Köstlichkeiten her. Fronica genoss die würzige Fischsuppe und nahm sich vor, auf jeden Fall vom Biberbraten zu kosten, den sie noch nie gegessen hatte. Da der Biber sich vorwiegend im Wasser aufhielt, galt er als Fisch und wurde in der Fastenzeit reichlich auf den Tisch gebracht. Es war schwierig, sich für eine Speise zu entscheiden, wenn man nicht wie ihr Tischnachbar unendliche Mengen essen konnte. Neben den Suppen gab es zahlreiche Eierspeisen, Gemüse und obendrein süße Leckereien wie Mandelspeise, Schmalznudeln, Hasenohren, außerdem Hirsebrei mit Rahm und getrockneten Weinbeeren. Der Welschwein war stark, die Gäste genossen ihn reichlich, schmausten und unterhielten sich großartig. Fronica bemerkte, dass neben Albrecht der silberblonde Geistliche saß, der Zeuge ihrer unangenehmen Lage im Kabinett des Herzogs geworden war. Der Liebestrank fiel ihr ein und sie beugte sich vor, um den Herzog besser beobachten zu können. Er tafelte, trank seinen Gefolgsleuten zu und redete mit dem Geistlichen. Albrecht verhielt sich in keinster Weise auffällig. Trotzdem trug Sidonie eine äußerst zufriedene Miene zur Schau und hatte ihre Hand besitzergreifend auf den Arm Albrechts gelegt.

»Seid Ihr auf das Steinpilzmus aus, oder warum fallt Ihr beinahe in mein Essen?«, erkundigte sich der Ritter neben ihr. Fronica lehnte sich verlegen zurück.

«Verzeiht, Herr, es war nicht meine Absicht, Euch zu belästigen.«

»Ach, wenn ich Euch so recht betrachte, hätte ich nichts gegen etwas Belästigung, allerdings erst, wenn ich mit den Hechtklößchen und der Krebstorte fertig bin.«

Er lachte dröhnend und winkte einen Pagen herbei.

»Mehr Wein! Schenk zuerst der Dame ein!«

Er hob seinen Becher und forderte Fronica auf, mit ihm anzustoßen. Fronica, die den Genuss des starken Muskatellerweins nicht gewohnt war, erwiderte heiter seinen Trinkspruch. Eine Fanfare ertönte und die Gaukler erschienen. Ein dunkelhäutiger Junge mit krausem Haar führte radschlagend den Zug an, seine Arme und Beine wirbelten durch die Luft, dass es Fronica schwindelte. Ihm folgte ein rothaariges Mädchen, sie war blutjung und von so großer Schönheit, dass einigen Männern buchstäblich der Mund offen stehen blieb. Während sie lächelnd auf Zehenspitzen tänzelte, warf sie mehrere bunte Kugeln in die Luft, fing sie geschickt auf, um sie sofort wieder in die Luft zu befördern. Ihr folgte ein glatzköpfiger Hüne, er trug einen Lendenschurz aus Leder, gehalten von einem breiten Gürtel. Seine Haut war mit Öl eingerieben und glänzte im Schein der Fackeln, wenn er die mächtigen Muskeln spielen ließ. Jetzt waren es einige Damen, die begehrliche Blicke warfen und miteinander tuschelten. Nach dem Muskelmann kam ein hagerer Bursche unbestimmten Alters mit dem wolfsähnlichen Tier, dem er einzig durch Zeichen mit der Hand Befehle erteilte. Den Abschluss der Truppe bildeten ein Trommler, der seine Stöcke blitzschnell auf sein Instrument sausen ließ und eine schwarzhaarige Frau, die auf einer Flöte spielte. Mit Entsetzen entdeckte Fronica, dass das, was sie zunächst für ein breites Band um den Hals der Frau gehalten hatte, eine monströse Schlange war, die sich langsam im Takt der Flöte zu wiegen begann. Eine Edeldame schrie auf und sank in Ohnmacht, als die Schlangenbeschwörerin mit einer kecken Drehung an ihr vorbei ging. Der kleine Aufruhr, der dadurch am Tisch entstand, ging in einem Trommelwirbel unter, der von schrillen Schreien der Gaukler begleitet wurde. Das Mädchen reichte dem Hünen zwei Keulen, die er an den Fackeln entzündete. Er kniete sich vor Sidonie und Albrecht nieder und steckte mit weit ausholender Geste die brennenden Keulen in seinen Schlund, wo sie verloschen. Sidonie klatschte entzückt in die Hände, Albrecht nickte anerkennend. Fronica erhob sich, und entfernte sich ein paar Schritte vom Tisch, um besser sehen zu können. Sie bemerkte, wie der Muskelmann einen Behälter vom Gürtel nahm und sich heimlich ein paar Tropfen in den Mund goss, während das Mädchen die Aufmerksamkeit auf sich zog und noch mehr Kugeln in die Luft warf. Nachdem sie ihren Beifall erhalten hatte, trat der Feuerfresser vor und entzündete die Keulen von Neuem. Unter schauerlichen Grimassen fraß er das Feuer, dann, es war unglaublich, legte er den Kopf in den Nacken und spie eine Feuerfontäne drachengleich gegen die Decke. Jubelrufe und Beifall ertönten. Die Schlangenbeschwörerin kam nach vorne, hob mit beiden Armen die Schlange hoch, die sich züngelnd bewegte. Das rothaarige Mädchen spielte jetzt die Flöte, begleitet vom drängenden Rhythmus der Trommel. Die Gauklerin mit der Schlange wiegte sich verführerisch in den Hüften, tanzte einen barbarischen Tanz mit dem Ungeheuer, das züngelnd über ihren Armen und um ihren Hals hing. Die Hofgesellschaft hielt den Atem an, niemand wagte sich zu rühren. Aus dem Augenwinkel sah Fronica, wie Sidonie sich unauffällig vorbeugte und angelegentlich den Becher des Herzogs streifte. Augenscheinlich war sie mit der bisherigen Wirkung des Trankes nicht zufrieden. Schnell wandte Fronica die Augen ab, ihr Herz klopfte, sie fühlte sich ertappt, als hätte sie selbst den Liebestrank in seinen Becher geschüttet. Sie zwang sich, weiter den Darbietungen der Gaukler zuzusehen. Der Mann mit dem Wolf hatte die Schlangentänzerin abgelöst und ließ das Tier allerhand Kunststücke vollführen, der Höhepunkt war, als der Wolf den Mann ansprang, zu Boden warf und ihm mit drohendem Knurren an die Kehle ging. Der Trommler schlug einen leisen, bedrohlichen Takt. Einige der Männer sprangen auf, Hände fuhren zu

Dolchen am Gürtel, als eine kaum merkbare Bewegung der Hand des Mannes die Bestie sofort zurückweichen ließ. Das Tier schmiegte sich an die Seite des Mannes und leckte sein Ohr, sanft wie ein Kätzchen. Raunen erhob sich unter den Gästen und neuer Jubel brandete auf. In den Beifall schnellte der dunkelhäutige Junge, wild um seine eigene Achse wirbelnd. Die anderen Gaukler hatten inzwischen eine mannshohe Scheibe aus Holz aufgebaut, das schöne Mädchen stand davor. In einer blitzschnellen Drehung zog der Junge einige Messer aus einem Köcher und begann, sie auf die Scheibe zu werfen. Die Hofdamen kreischten auf und bargen ihre Gesichter in den Händen, Fronica hatte die Hände vor den Mund geschlagen, als das erste Messer mit einem dumpfen Laut ins Holz einschlug. Ein Diener ließ vor Schreck eine Kanne fallen, wie eine Blutlache sickerte der Wein in die Holzdielen. In höllischer Geschwindigkeit schleuderte der Junge Messer in Richtung des Mädchens, das ungerührt lächelnd in graziler Pose vor der Scheibe stand, als hielte sie ein Schwätzchen mit einer Freundin. Als alle Messer in der Scheibe steckten, ließ der Trommler einen Wirbel ertönen, der Junge schlug einen Purzelbaum und kam auf den Knien vor Sidonie und Albrecht an, das Mädchen löste sich unverletzt von dem Brett und verneigte sich ebenfalls. Der Muskelmann und der Wolfsführer knieten sich nieder, in unglaublicher Geschwindigkeit kletterten der Junge und der Trommler auf sie, das Mädchen machte einen Sprung in die Luft, wurde von ihnen nach oben gezogen und kam auf ihren Schultern zum Sitzen. Wie eine Treppe nutzte die Schlangenbeschwörerin das Gebilde aus Menschen und kam anmutig auf den erhobenen Armen des Hünen zum Sitzen, die Schlange hielt sie hoch über den Kopf. Albrecht spendete betont Beifall und befahl einem Diener, den Gauklern ihren wohlverdienten Lohn zu übergeben. Der Turm aus Menschen baute sich genauso schnell ab, wie er entstanden war, die Gaukler verneigten sich erneut. Sidonie flüsterte Albrecht etwas zu, dessen Wangen vom Wein – oder dem Trank? – gerötet waren. Der Herzog erhob sich und winkte die Schwarzhaarige zu sich.

»Die Gräfin möchte die Schlange berühren. Ist das möglich ohne Gefahr für Leib und Leben?«

Die Schlangenfrau nickte und näherte sich Sidonie.

»Langsame Bewegung, Herrin, ganz langsame Bewegung, sonst sie kann töten Euch sehr schnell.«

Die gutturale Stimme der Frau hörte sich fremdartig an. Sidonie ließ sich erhobenen Hauptes das Tier um den Hals legen. Das Stöhnen der Damen und anerkennendes Murmeln der Herren war zu hören. Stolz stand die Gräfin da und fuhr behutsam mit dem Zeigefinger über den Körper des Tieres. Fronica nahm die Blicke wahr, mit denen der Herzog seine Gefährtin musterte. Pure Gier lag in seinen Augen, seine Bewegungen wirkten fahrig. Er griff schnell nach seinem Becher und trank ihn aus. Sobald die Gauklerin Sidonie die Schlange abgenommen hatte und die Gräfin an ihren Platz zurückkehrte, nahm Albrecht ihr Gesicht in beide Hände und küsste sie ungestüm. Sidonie legte den Kopf in den Nacken und trank seinen Kuss nicht minder leidenschaftlich. Sie sagte etwas zum Herzog, der stand augenblicklich auf.

»Meine verehrten Freunde, morgen ist eine Jagd angesetzt, davor wollen Regierungsgeschäfte erledigt werden. Ich werde mich zurückziehen. Lasst Euch nicht stören, tanzt, esst und trinkt, bis Ihr nicht mehr könnt!«

Sidonie und der Herzog verließen den Raum, während die Anwesenden ihr Haupt beugten. Die Gaukler sammelten ihre Sachen zusammen. Als sie den Festraum verließen, zogen sie nahe an Fronica vorbei. Der Hüne strömte einen herben Geruch nach Schweiß, Rauch und verbranntem Fleisch aus. Das Gesicht des Wolfsmannes war pockennarbig, seine Augen standen eng beieinander und verliehen ihm einen verschlagenen Ausdruck. Die Schwarzhaarige war deutlich älter, als sie von Weitem aussah, trotzdem schritt sie mit wiegenden Hüften und verführerischem Lächeln mit ihrer Schlange durch die Zuschauer. Das Mädchen dagegen schien bedrückt, seine Mundwinkel zitterten und das Lächeln erreichte nicht die Augen, in denen Tränen schwammen. Ohne nachzudenken streckte Fronica die Hand aus und streichelte ihr über die Wange. Das Mädchen sah sie erschrocken an, duckte sich und huschte davon. Mitleidig blickte Fronica ihr nach. Die vielfachen Eindrücke des Abends hatten sie wieder hungrig gemacht, sie ging zurück zum Tisch, um zu sehen, ob etwas von den Süßspeisen übrig geblieben war. Ein Stein war ihr vom Herzen gefallen, der Trank hatte offensichtlich seine Wirkung getan, der Abend würde ein voller Erfolg für Sidonie und Fronica hätte keine schlimmen Folgen zu befürchten. Ihr Tischnachbar aß noch immer und sprach reichlich dem Wein zu, rülpsend wischte er sich mit der Hand über den fettigen Bart. Fronica rückte ein wenig von ihm ab. Sie griff nach dem Schmalzgebäck und tat sich vom Mandelpudding auf. Beides schmeckte vorzüglich und sie wehrte sich nicht, als ein eilfertiger Diener ihr nachschenkte. Langsam empfand sie wohlige Müdigkeit, ihre Glieder wurden schwer. Die Musikanten spielten auf und einige Paare tanzten. Sie schrak zusammen, als der Ritter seine Hand, schwer wie eine Rinderkeule, auf ihre legte.

»Jetzt ist das Vergnügen dran, auf geht's mein Täubchen!«

Er stemmte sich hoch, zog sie auf die Füße und mit sich zur Tanzfläche, ohne ihr Einverständnis abzuwarten. Mit kräftiger Hand stützte er ihren Arm und begann zu der flotten Melodie zu schreiten und zu hopsen, wenngleich kein Muster hinter seinen Bewegungen zu erkennen war. Fronica musste kichern. Tanzen gehörte offensichtlich nicht zu ihren Begabungen und dieser Tanzpartner ließ klar zu wünschen übrig. Damals, in ihrem anderen Leben im Gries, hatte sie immer nur von ferne zugesehen, wenn in den Isarauen die Maitänze oder Hochzeitsfeste stattfanden und Burschen die juchzenden Mädchen herumschwenkten. Zu sehr hatte sie sich ihrer Entstellung wegen vor Spott oder Ablehnung der jungen Männer gefürchtet. Der Ritter, dessen Namen sie nicht kannte, scherte sich weder um Takt, noch um andere Tanzpaare. Unbekümmert bewegte er sich, wie es ihm gerade in den Sinn kam, rückte mit jedem neuen Stück, das die Musikanten anstimmten, näher an Fronica heran. Sie konnte keinen klaren Gedanken fassen, fühlte sich seltsam willenlos und wusste gleichzeitig, dass sie es schaffen musste, dem Unbekannten zu entwischen, bevor er sie in eine dunkle Ecke oder seine Unterkunft zerrte.

»Mein Herr, entschuldigt, mir ist heiß und ich bin durstig«, warf sie ein, als die Musikanten das Stück beendet hatten.

»Ein Mädchen, das trinken kann, das gefällt mir!«, versetzte der Mann launig und machte sich bereitwillig auf den Weg zurück zum Tisch. Schwer ließ er sich auf den Schemel fallen. Fronica ließ sich erneut den Becher füllen, nippte aber nur, nachdem sie dem Ritter zugeprostet hatte.

Er stürzte den Wein hinunter, röhrte »Auf Herzog Albrecht und die Wittelsbacher« und kippte unter den Tisch. Niemand schenkte dem Vorfall Beachtung, man trank und feierte, selbst Magdalena befand sich in einer fröhlichen Runde und sah beinahe heiter aus. Fronica nahm ihren letzten Rest Verstand zusammen und eilte aus dem Saal, heilfroh, dass sich ihr Problem auf einfachste Weise gelöst hatte. Ihre Wangen brannten und ihr Kopf fühlte sich an, als wäre er mit Stroh gefüllt. Der Boden unter ihren Füßen schien uneben, sie stützte sich an den Wänden ab und atmete auf, als sie die Tür zu der winzigen Kammer hinter sich schloss. Hastig entledigte sie sich ihrer Kleider und sank auf ihr Bett.

Sie hatte das Gefühl, eben erst eingeschlafen zu sein, als Geschrei und Waffengeklirr auf dem Gang sie weckte. Benommen setzte sie sich auf. Ihre Zunge lag dick und schwer in ihrem Mund, ihr Kopf schmerzte. Sie stand auf, tastete nach dem Wasserkrug und trank gierig den Rest, der sich darin befand. Der Lärm hielt an, sie öffnete die Tür einen Spalt breit und lugte hinaus. Bewaffnete rannten durch die Gänge, die Treppen hinunter, unten im Hof wurden Befehle gebrüllt, trotz der Dunkelheit der mondlosen Nacht waren die aufgeregten Schreie von Vögeln zu hören. Es roch nach Rauch. Brannte es gar? Fronica überlegte nicht lange. Sie griff nach ihrem Umhang und rannte den Gang entlang. Erst auf der Treppe bemerkte sie, dass sie barfuß war. Verwirrt stand sie im Hof, der voller Menschen war. Gisbert lehnte an einer Säule und sah mit verschränkten Armen und spöttischem Lächeln auf das Durcheinander. Fronica blickte an den Fassaden der Hofburg hinauf, nirgendwo waren Anzeichen von Feuer oder Rauch zu erkennen, weder Albrecht noch Sidonie waren zu sehen. Es gelang ihr, einen vorbeieilenden Knecht am Arm festzuhalten.

»Was ist geschehen?«

»Pfalzgraf Otto von Neumarkt hat mit über einhundert Rittern versucht, Herzog Christoph aus der Neuveste zu befreien! Mit Brettern und Balken haben sie einen Steg über den Stadtgraben errichtet, aber die Schwäne im Stadtgraben haben derartigen Lärm vollführt, dass die Schildwachen aufmerksam wurden und die feige Tat vereitelt haben.«

Der Mann schob ihre Hand weg und hastete davon. Da offensichtlich keine Gefahr drohte, beschloss Fronica in ihre Kammer zurückzukehren. Ihre Füße waren wie Eisklumpen und sie war todmüde. Sie war gerade am Fuß der Treppe angelangt, als sie spürte, dass sich jemand von hinten näherte, ein Schlag traf unvermittelt ihren Hinterkopf. Sie hörte den Raben krächzen, spürte Flügelspitzen fedrig über ihr Gesicht streifen. Ihr Schrei wurde von einer harten Hand erstickt. Das Letzte, was sie wahrnahm, war das Aufblitzen von etwas Grellrotem, dann fiel sie ins Bodenlose.

Kapitel 13

Ehrgeiz

Schäm dich für deinen Hochmut! Diese Kirche wird zu Ehren Unserer Lieben Frau erbaut und jedes Stück Holz, jeder Stein, jeder Nagel und jeder Batzen Mörtel, alles, was darin verbaut wird, trägt bei zur Lobpreisung des Allerhöchsten und der Heiligen Mutter Maria. Wie kannst ausgerechnet du es wagen, dich darüber zu beschweren, bloß – wie beliebtest du dich auszudrücken? – todeslangweilige Krabben und eintönige Ornamentstücke zu hauen? Eine Statue der Mutter Gottes willst du erschaffen? Du bist kein Bildhauer, sondern Steinmetz, merk dir das. Die Meister der Münsterbauhütten aus Ulm und Straßburg und deiner Bruderschaft von der Regensburger Dombauhütte sind Bildhauer, der Joerg Schöttl, Otto Wolf und der Randeck Ulrich, sogar der Erasmus Grasser, der Geselle ist wie du! Ich werde es nicht zulassen, dass ein aufgeblasener Steinklopfer die Schönheit dieses Bauwerkes ruiniert und Schande über meine Bauhütte bringt, verstehst du mich? Bildhauer darf sich nur nennen, wer das weiße Band um den Kopf trägt und das sind Leute, die Steinbildnisse erschaffen können!«

Der Meister drehte sich um und stampfte davon. Selbst sein Rücken sah wütend aus. Die Frage rutschte heraus, bevor er es verhindern konnte.

»Aber Meister, wie kann ich Euch denn beweisen, dass ich ein Bildhauer bin, wenn ich keine Figuren schaffen darf?«

Meister Sebold blieb stehen. Sehr langsam drehte er sich zu Gabriel um. Gabriel machte sich darauf gefasst, mit etwas beworfen zu werden.

»Abgesehen von Bettwanzen bist du die größte Plage unter der Sonne, Gabriel Neuhauser. Geh jetzt und mache die hervorragendste Kreuzblume, die man je gesehen hat, denn sie soll für das Hauptportal sein. Dazu machst du mir acht große Krabben, eine schöner als die andere, ebenfalls für das Hauptportal. Ich werde jedes einzelne der Stücke auf das Genaueste prüfen und sollte ich sie für wirklich gut befinden, kannst du dich an einer Konsolbüste versuchen. Eine mit deinem Konterfei. Wenn du das versaust, beleidigst du wenigstens nur dich selbst. Dann sehen wir weiter.«

Einer Naturgewalt gleich walzte er davon, um ein nächstes Opfer dem Erdboden gleichzumachen. Gabriel blieb zerknirscht zurück.

Verstimmt musterte er das Stück Fries, das vor ihm lag. Vielleicht hatte der Meister Recht. Es fiel Gabriel schwer, sich auf seine Arbeit zu besinnen, immer wieder wanderten seine Gedanken zu Fronica. Die Verzweiflung in ihren Augen, als sie ihm von der geplanten Hochzeit erzählte. Lamberts hassverzerrtes Gesicht. Ihn schauerte. Der Flößer hatte ihm ewige Feindschaft geschworen, ihn mit dem Tode bedroht. Er wusste um Gabriels Geheimnisse, nur, dass beide das gleiche Mädchen liebten, hatte keiner von ihnen geahnt. Lambert hatte ihm nicht verraten, was er in Freysing herausgefunden hatte. Es war dumm gewesen, den Flößer zu verspotten. Ob er versuchen sollte, ihn zur Vernunft zu bringen? Seit dem Überfall auf Gabriel an der Lände war es ruhig geblieben. Trotzdem vermied er es, im Dunklen unterwegs zu sein, schaute sich immer wieder um, wenn er durch die Straßen ging, um sicherzugehen, dass er nicht verfolgt wurde. Was würde aus Fronica werden?

Mit einem Mal sah er klar. Warum hatte er nicht eher daran gedacht! Wenn er ihr sagen würde, dass sie nicht das Kind der Reschs war, müsste sie nicht dem Willen der Reschin gehorchen, müsste sie den Flößer nicht heiraten. Ein Grinsen breitete sich auf seinem Gesicht aus. Er sah auf und bemerkte, wie Hans, der zu seiner Bauhütte gehörte, ihn in der auf der Baustelle gebräuchlichen Zeichensprache bat, zu ihm zu kommen. Widerstrebend unterbrach er seine Gedanken und ging zu ihm hinüber. Die Baustelle summte wie ein Bienenstock vor Betriebsamkeit. Neues Holz war gebracht worden, die Zimmerleute bauten die Gerüste höher, andere fertigten Lehrgerüste für die Fensteraussparungen, die mit über sechsundsechzig Fuß ungewöhnlich hoch und schmal ausfallen sollten. In den Zeichnungen, die Gabriel gesehen hatte, saßen die Fenster in einem fein gestalteten Wandrelief und die Bogenspitzen berührten beinahe das Dachgesims. An den Längsjochen sollten die Fenster vierteilig gestaltet werden. Die Lehrgerüste würden erst entfernt werden, wenn der Mörtel in wenigstens drei Monaten vollständig ausgehärtet war. Der Bau ging gut voran. »Angesprochen«, forderte ihn Hans mit der traditionellen Formel der Steinmetzbruderschaft zur Hilfe auf.

»Den Block muss ich spalten, geh mir zur Hand.«

Gabriel folgte der Aufforderung. Nachdem der Block in verarbeitungsfertige Stücke zerlegt war, und Hans ihn mit »bedankt« entlassen hatte, ging die Grübelei weiter. Er müsste schnell handeln. Es würde Wochen dauern, bis er die vom Meister geforderten Stücke fertiggestellt hätte. Inzwischen würde dieser verdammte Tölzer Fronica heiraten und sie wäre auf immer für ihn verloren. Während er seinen verworrenen Gedanken nachhing, hatten seine Hände längst damit begonnen, einen Steinblock von etwa einer Elle Höhe zu bearbeiten. Er konnte einfach nicht anders, er musste ihr Bildnis schaffen, bevor er sich nicht mehr an ihre Züge erinnern konnte, bevor ihr eigenartiger Liebreiz in seiner Erinnerung verblasste. Sein Herz wurde schwerer als der Steinblock vor ihm, als er daran dachte, dass er sie möglicherweise nicht mehr wiedersehen würde, sie nie mehr in die Arme schließen, ihren Duft einsaugen, nie wieder ihre trotzigen Lippen küssen würde. Er kniff die Augen zusammen und setzte entschlossen den Meißel an. Fronica befand sich in diesem Stein und er würde sie daraus befreien.

Ein Gedanke durchzuckte ihn. Zuerst musste er sie aus ihrer misslichen Lage befreien. Sie liebte ihn, wie er sie liebte, dessen war er sich sicher. Wenn sie weggehen würden aus München, die Suche nach dem Vermögen aufgaben, würden die Mörder das Interesse an ihm verlieren. Gebaut wurde überall, sie könnten ihr Glück woanders machen. Gabriel nahm sich vor, nach der Arbeit zur Hofburg zu gehen und Fronica zu fragen, ob sie bereit wäre, diesen Schritt mit ihm zu wagen. Mit einem Lächeln auf den Lippen fuhr er fort, den Stein zärtlich zu bearbeiten. Der Tag verging wie im Flug. Als der Aufseher das Horn blies, zum Zeichen, dass der Arbeitstag beendet war, kam es Gabriel vor, als hätte die Auseinandersetzung mit dem Meister eben erst stattgefunden. Er säuberte sorgfältig Meißel, Spitz- und Schlageisen, legte Holzhammer und die hölzernen Schablonen ordentlich zur Seite und nahm den Schurz ab. Die Abendluft war ungewöhnlich mild. In wenigen Tagen fand das Osterfest statt, die Menschen schienen sich auf das Ende der Fastenzeit und den kommenden Sommer zu freuen. Wohin Gabriel blickte, sah er in gutgelaunte Gesichter. Die freudige Stimmung wirkte ansteckend auf ihn, und er eilte voll Hoffnung durch die engen Gassen, bog wenig später in die Burgstraße ein. Erstaunt stellte er fest, dass die Anzahl der Wachen vor der Hofburg verdoppelt worden war.

»Ich habe eine Botschaft für Fronica Reschin, sie steht im Dienste der Gräfin von Riedenburg«, schmetterte er den Wachen frohen Mutes entgegen.

»Und?«, entgegnete der größere der Bewaffneten gelangweilt und spuckte aus. »Was geht uns das an?«

»Ich muss zu ihr! Es geht um Leben und Tod!«, behauptete Gabriel.

»Aha. Um Leben und Tod also. Glaubst du tatsächlich, jeder hergelaufene Lump kann einfach in die Burg spazieren?«

»Vor allem, nachdem heute Nacht versucht wurde, Herzog Christoph und seine Geschworenen aus der Neuveste zu befreien?«, brummte der andere Geharnischte. »Ein Anschlag auf das Leben unseres Herzog Albrechts ist jederzeit möglich.«

»Ich will wirklich keinen Hader anfangen, ich bitte euch, es ist von höchster Dringlichkeit!«

Die beiden Wachen brüllten vor Lachen.

»Keinen Hader will er anfangen, hast du das gehört!«

Gabriels gute Stimmung schwand dahin.

»Kann ich Fronica wenigstens eine Nachricht dalassen?«, bat er. Gleichzeitig fragte er sich, ob Fronica lesen und schreiben konnte. Er wusste viel zu wenig über sie.

»Macht Platz für Durchlaucht Gräfin von Riedenburg!«

Die Wachen beeilten sich die Tore zu öffnen, Gabriel sprang zur Seite. Vor und hinter der Sänfte gingen Bewaffnete. Wieder einmal handelte Gabriel, ohne nachzudenken.

»Großgnädigste Gebieterin, Gräfin von Riedenburg, ich bitte Euch, hört mich an. Ich muss Fronica Reschin sprechen, die Euch dient!«, schrie er, so laut er konnte. Eine der Bewaffneten sprang auf ihn zu, drehte ihm den Arm auf den Rücken und drückte ihn zu Boden.

»Halt!«, erscholl eine gebieterische Frauenstimme.

Gabriel, mit dem Gesicht auf dem Pflaster, sah zierliche Lederschuhe mit überlangen Spitzen. Er wollte sich aufrichten, sofort drückte eine genagelte Stiefelsohle seinen Kopf schmerzhaft nieder. Er versuchte, das Stöhnen zu unterdrücken.

»Was willst du von meiner Hofdame?«

»Gnade, Gräfin, ich bin Gabriel Neuhauser, Steinmetzgeselle. Ich flehe Euch an, lasst mich zu ihr, es ist wichtig. Ich liebe sie.«

Ein spöttisches Lachen ertönte.

»Du bist also der mit den starken Muskeln und dem Marmorkörper. Lasst ihn los!«

Augenblicklich verschwand der Druck auf seinen Kopf, er wurde auf die Füße gezerrt. Drei Wachen standen um ihn herum, die Schwerter auf ihn gerichtet, bereit, sie jeden Augenblick in seinen Körper zu rammen. Gabriel hob vorsichtig den Blick. Die junge Frau, die mit verschränkten Armen und spöttischem Lächeln vor ihm stand, war von sinnlicher Schönheit. Ihr Kleid aus maigrünem Samt endete in einer perlenbestickten Borte. Der pelzbesetzte Umhang mit einem goldenen Knebel über der Brust verschlossen, war gerade lang genug, um den kostbaren Saum hervorzuheben. Von dem Barett, im gleichen Ton wie das Kleid, wallten üppig gekräuselte Federn herab. Das honigblonde Haar, in Schnecken geflochten, betonte die glatte, marmorhelle Haut. Die hochgewölbten Nasenflügel verliehen ihr den Ausdruck eines Menschen, der sich nahm, was er wollte. Die Lippen der Gräfin sahen aus wie wundgeküsst und an ihrem Hals prangte deutlich sichtbar ein Liebesmal. Sie reckte das Kinn.

»Was starrst du mich so an, Steinmetz?«

Die Wachen traten einen Schritt auf ihn zu.

»Verzeiht, Hoheit, Ihr seid von großer Schönheit. Wäre ich ein Maler, würde ich Euch malen wollen.«

Gabriel erschrak vor sich selbst und verbeugte sich hastig. Diese Keckheit gegenüber der Favoritin des Herzogs von Bayern konnte ihn sein Leben kosten.

»Du preist meine Schönheit und sagst gleichzeitig, du liebst Fronica?« Sie lachte laut auf.

»Ihr Männer erzählt Lügen, sobald sich eure Lippen bewegen.«

»Nein, ich wollte sagen …«, stammelte Gabriel und merkte, dass er alles schlimmer machte. »Fronica ist natürlich viel liebreizender und …«

»Lass gut sein«, die Gräfin weidete sich einen Augenblick an seiner Verlegenheit, bevor sie das Interesse an ihm verlor.

»Bringt ihn in den Hof und holt das Mädchen. Ich habe sie heute den ganzen Tag nicht zu Gesicht bekommen. Gestern gab es ein Fest, vielleicht ist sie unwohl.«

Sie rauschte davon. Gabriel trat scheu in den Burghof. Staunend betrachtete er das Leben hinter den herzoglichen Mauern. Tat er recht daran, Fronica der Möglichkeit zu berauben, ein solches Leben zu leben? Wenn die Gräfin befahl, dass Fronica in ihren Diensten zu bleiben hatte, würde ihre Mutter sich fügen müssen. Ohnehin hatte sie kein Recht, über Fronicas Leben zu verfügen, die von edlem Blut war. Gabriel drückte die Fäuste in seine Schläfen. Er war nur eine Möglichkeit von vielen. Wie würde sich Fronica entscheiden? Während er wartete, betrachtete er die Bauart der Burg. Das Portal, hinter dem die Gräfin verschwunden war, musste der Haupteingang sein. Eine Supraporte würde sich ausnehmend gut dort machen. Ein Abbild der schönen Gräfin mit dem Herzog und das Wappen der Wittelsbacher, Löwen und Rauten. Er rieb sich das Kinn und sinnierte über die Anordnung der Figuren. Er wünschte, er hätte Papier und Reißbrett zur Hand, um den erdachten Entwurf festzuhalten. Eine Magd zupfte ihn am Ärmel.

»Bist du der Steinmetz? Fronica Reschin ist verschwunden. Sie hat sich anscheinend ohne die Erlaubnis der Gräfin entfernt.«

Gabriel stutzte. War Fronica ins Gries zurückgekehrt? Unruhe ergriff ihn. Die Stadttore waren bereits geschlossen, heute konnte er nicht mehr zum Flößerhaus gehen. Ein Rabe stieß vom Himmel, ließ sich in den Zweigen einer großen Kastanie nieder und krächzte lauthals. Er flatterte herab und setzte sich unweit von Gabriel nieder. Wieder krächzte er und schlug mit den Flügeln. Gabriel warf ihm einen zerstreuten Blick zu und verließ die Hofburg.

Sidonie ließ sich auf ihr Bett fallen. Welch ein Triumph die letzte Nacht gewesen war! Bis zum Morgengrauen war Albrecht unersättlich gewesen. Erschöpft hatte er ihr versprochen, das Abendmahl mit ihr in ihren Gemächern einzunehmen und sich mit einem langen Kuss von ihr verabschiedet, um seinen Amtsgeschäften nachzugehen.

Im Kamin flackerte ein kräftiges Feuer, sie hatte eine ausgeklügelte Speisefolge zusammengestellt. Zum Honigwein sollte es Brotfladen mit Griebenschmalz geben, eine der Lieblingsspeisen des Herzogs, der ein Feinschmecker war. Danach Hechtklößchen in Soße, dann eine kräftigende Hühnersuppe. Danach plante Sidonie, sich selbst als Zwischenmahlzeit anzubieten. Sie hatte ein hauchfein gesponnenes Hemd angelegt, das mehr zeigte, als es verbarg, und ihren Körper gesalbt und parfümiert. Ihr Schatzkästlein hatte sie mit einigen Tropfen Mandelöl eingerieben. Albrecht liebte Marzipan. Er sollte sie naschen wie eine köstliche Süßspeise. Zur Stärkung würde sie ihm Geflügelpastete kredenzen, danach Hochrippe mit Kruste, ausgebackene Eierteigstäbchen und Erbsenbrei, zum Schluss etwas Käse aus dem Gebirge mit weichem, weißen Brot. Sidonie hatte einen leichten Rotwein geordert, schließlich sollte Albrecht nicht allzu trunken werden. Nach dem Mahl würden sie etwas ruhen, dann etwas später feine Mandeltörtchen mit einem Likörwein zu sich nehmen. Danach würde sie ihn verschlingen, genauso, wie er es liebte, seinen Schwanz nach allen Regeln der Kunst lecken und daran saugen, bis er halb wahnsinnig vor Lust wäre, sich auf sie stürzen und sie immer wieder zu den Gipfeln der Lust bringen würde, bevor er sich brüllend über ihr aufbäumte. Sie dehnte sich wohlig. Die Vorfreude auf den Abend ließ ihren Schoß feucht werden. Wenn er nur endlich käme! Sein Trank stand bereit. Am liebsten hätte sie ihn probiert, vielleicht würden sie sich dann hemmungslos wie die Tiere paaren. Sie hatte sich dagegen entschieden und das Behältnis sicher in dem Kästchen mit dem korallenverzierten Deckel verwahrt. Die Essenz war ihr kostbar, jeder Tropfen sollte für Albrecht verwendet werden. Sie strich über ihren Leib. Vielleicht trug sie bereits seinen Sohn. Zur Sicherheit würde sie versuchen, ihn jede Nacht in ihr Bett zu locken, bis der rote König sie wieder besuchte – oder ausblieb und sie sicher sein konnte, sein Kind empfangen zu haben. Welch ein Geschenk dieses merkwürdige Mädchen Fronica für ihre Vorhaben war! Der Steinmetz mit den schönen Augen sollte nicht glauben, dass sie Fronica wieder gehen ließ. Jedenfalls nicht, bevor der Thronfolger in ihr wuchs. Danach – man würde sehen. Es klopfte. Die Speisen wurden gebracht. Sidonie erhob sich, ließ sich von Magdalena einen Umhang umlegen und prüfte, ob alles ihren Weisungen entsprach. Sie ließ einen Kelch zurückgehen, der nicht angemessen poliert war, befahl, die heißen Brotfladen abzudecken und probierte von der Soße. Schließlich war sie zufrieden und scheuchte die Dienstboten davon, gerade zur rechten Zeit, denn die Tür flog sofort wieder auf und Albrecht marschierte herein. Sidonie stand neben dem Kamin, ließ ihren Umhang zu Boden gleiten und streckte ihm die Arme entgegen, wohl wissend, dass sich ihre Umrisse vorteilhaft vor dem Schein des Feuers abhoben.

»Edle Dame, Ihr habt mich die letzte Nacht beinahe zuschanden geritten! Heute werde ich Euch um Gnade bitten müssen. Erinnert mich daran, Euch ein neues Pferd bringen zu lassen, an dem Ihr am Tag Euer Temperament beweisen könnt. Wäre nicht dieser lächerliche Befreiungsversuch geschehen, der meine ganze Aufmerksamkeit verlangte, ich hätte den Tag liegend verbringen müssen.«

Albrecht trat zu ihr und legte genießerisch die Hände auf ihre Brüste.

»Mmh«, machte er mit geschlossenen Augen und Sidonie drängte sich ihm entgegen. Nach einem langen Kuss entzog sie sich ihm und führte ihn zu Tisch.

»Setzt Euch, mein Gebieter, stärkt Euch!«

Sie legte ein Fladenbrot auf seinen Teller, bestrich es mit Griebenschmalz und reichte ihm den Becher mit Met. Sie wechselte zur vertrauten Anrede.

»Trink, Geliebter.«

Der Herzog leerte den Becher in einem Zug.

»Köstlich, dieser Metwein. Ein eigener Geschmack, ich komme nicht darauf, was für ein Gewürz es sein könnte.«

Hungrig biss er in das Brot und ließ sich aufatmend zurücksinken.

»Das erste, was ich heute zu beißen bekomme. Den ganzen Tag war ich mit meinen Beratern zu Gange. Wer hätte gedacht, dass Otto von Neumarkt derart tolldreist sein könnte und Christoph und seine Männer aus der Neuveste holen will. Ihm wird hören und sehen vergangen sein, wenn ich mit ihm fertig bin.«

»Wer ist mit Christoph in Arrest?«, erkundigte sich Sidonie. Obwohl sie die Angelegenheit tödlich langweilte, erinnerte sie sich an die Empfehlung Fronicas, sich für die Politik zu interessieren.

»Die Ritter Nikolaus von Abensberg, Burkhard Rorbeck zu Rorbach und Lorenz Pogner. Außerdem zwei Diener. Ich habe stärkere Bewachung angeordnet. Den Schwänen allein gebührt mein Dank, sie haben den Anschlag vereitelt.«

Sidonie lachte verschmitzt.

»Du solltest den Schwänen einen Sack Körner bringen lassen für ihre Dienste. Nimm von den Hechtklößchen, die Soße ist vorzüglich.«

Sie tat ihm auf und reichte ihm den Teller. Während er aß, sah sie ihn forschend an. Wirkte der Trank bereits? Gestern hatte es eine Zeitlang gedauert, sie hatte zunächst gedacht, die Essenz wäre wirkungslos. Dann kam ihr der Einfall mit der Schlange. Keine andere Frau würde es wagen, solch ein Gewürm zu berühren. Albrecht hatte sie angesehen, als würde er sie am liebsten auf der Stelle auf die Festtafel werfen und vor aller Augen besteigen. Die Vorstellung erregte sie. Sie dachte an Christoph. Der jüngere Bruder von Albrecht war hochgewachsen und kräftig. Sie hätte nichts dagegen einzuwenden, wenn er an Albrechts Stelle hier sitzen würde. Er war ein gefürchteter Recke, ihm ging es mehr um Macht als um Politik und er würde vermutlich längst nicht so viel Zeit mit den Akten verbringen wie Albrecht. Landauf und landab war Christoph auf den Turnierplätzen gerühmt und gefürchtet, denn er war ein furchtloser Kämpfer, stark wie ein Ochse. Wenn er sich im Bett benahm, wie auf den Kampfplätzen … Sidonie nahm ein Hechtklößchen vom Teller Albrechts und biss hinein, dass er ihre weißen Zähne sehen konnte. Sie fing seinen Blick auf, lächelte und leckte sich die Lippen. Albrecht schien abgelenkt.

»Ich habe den Verdacht, dass der Pfalzgraf von Neumarkt Verbündete unter meinen Leuten hat. Was ist mit diesem sonderbaren Mädchen, das du neuerdings in deinen Diensten hast? Gisbert hat sie neulich vor meinem Kabinett erwischt. Prälat zu Engelshofen war bei mir, als der Narr sie zu mir brachte. Als der Prälat ihrer ansichtig wurde, sah er drein, als hätte er ein Gespenst gesehen. Es war – befremdlich. Als ich ihn darauf ansprach, hielt er sich bedeckt. Könnte sie eine Spionin sein?«

Sidonie legte ihren Löffel zur Seite und setzte eine betont harmlose Miene auf.

»Fronica? Sie ist ein einfaches Mädchen, bewandert im Deuten von Träumen und der Kräuterheilkunde. Magdalena hörte eine Magd von ihren Fähigkeiten schwärmen und berichtete mir davon. Als treue Dienerin ist sie stets um mein Wohlergehen besorgt. Also ließ ich nach dem Mädchen schicken. Fronica ist völlig unbedarft. Ich kann mir beim besten Willen nicht vorstellen, dass sie eine Verschwörerin sein könnte. Wer ist dieser Prälat?«

»Hugibert zu Engelshofen setzt sich für die Bruderschaft der Elenden Kerze ein. Sie sammeln für Arme und Bedürftige. Er ersucht um meine Unterstützung für die Sache der Bruderschaft. Abgesehen davon will er meine Empfehlung für eine künftige Mitgliedschaft im Freysinger Domkapitel, daher bat er, einige Zeit hier verbringen zu dürfen, damit ich mir ein Bild von ihm machen kann. Er scheint ein rechtschaffener Mann Gottes zu sein.«

»Möglicherweise fürchtet er Fronica ihrer Augen wegen. Kirchenleute vermuten hinter jeder Andersartigkeit einen Bund mit dem Teufel.«

»Was ist mit ihren Augen?«

Sidonie lachte laut heraus.

»Ich fühle mich geschmeichelt, dass du keinen Blick für andere Frauen hast. Der Natur hat es gefallen, dem Mädchen ein blaues und ein braunes Auge zu geben. Welche Augenfarbe habe ich?«

Sie erhob sich, setzte sich auf seinen Schoß und legte die Arme um seinen Hals. Seine Pupillen schienen geweitet, der Trank tat erneut seine Wirkung.

»Vergiss für eine Weile die Regierungsgeschäfte und die Intrigen deiner Brüder. Ich begehre dich, mein Gebieter.«

Er streifte ihr das Hemd vollends von den Schultern und zog sie näher zu sich.

Kapitel 14

Wandlungen

Fronica glaubte, ihr Kopf müsse zerspringen. Sie versuchte die Augen zu öffnen, erkannte schemenhafte Bewegungen im Dämmerlicht. Das Rütteln verursachte ihr Übelkeit. Keuchend erbrach sie sich ins Stroh. Fronica hörte Stimmen, die fremde Worte murmelten und verlor erneut die Besinnung. In quälenden Träumen sah sie Gestalten in dunklen Gewändern, die sich drohend über sie beugten. Der Rabe schrie pausenlos. Ein zerfurchtes Gesicht sah sie besorgt an. Wieder Stimmen. Jemand versuchte, ihr Flüssigkeit in den Mund zu träufeln. Wollte man sie vergiften? Sie drehte den Kopf weg, brachte nur ein Wimmern zustande.

»Tranquillo, keine Angst, du musst trinken!«, sagte eine dunkle Stimme und klopfte ihr fest auf die Wange. Fronica hob mit Mühe die Lider, eine neue Welle Übelkeit überschwemmte sie, der merkwürdige Geruch, der sie umgab, verstärkte ihr Unwohlsein. Das feuchtkalte Tuch auf ihrer Stirn tat gut.

»Danke«, würgte sie heraus und versuchte, sich aufzusetzen. Kräftige Arme stützten sie und halfen ihr, sich an eine Bretterwand zu lehnen. Erneut wurde ihr ein Becher an den Mund gehalten, dieses Mal wagte sie es und nahm ein paar kleine Schlucke. Das Wasser schmeckte frisch und brachte sie halbwegs zur Besinnung.

»Wo bin ich?«

»Ist lange Geschichte. Unterwegs nach Süden.«

Fronica blinzelte durch die Wimpern. Sie befand sich in einem Karren, über den eine Plane aus Stoff gespannt war. Nur wenig Licht drang herein. Der Boden unter ihr war mit Stroh bedeckt, an der Längsseite konnte sie die Umrisse einer länglichen Kiste erkennen. Eine Hand hob ihr Kinn, ihr Blick begegnete schwarzen Augen, die sie eindringlich musterten. Die Frau musste etwa im gleichen Alter wie Fronicas Mutter sein. Der ausdrucksvolle Mund der Fremden war von kleinen Fältchen umgeben, die Wangenknochen traten stark hervor, ihr Haar war unter einem Tuch verborgen. Fronica suchte in ihrem Gedächtnis, wo sie diese Frau schon einmal gesehen hatte. Die Fremde zeigte auf die Kiste.

»Musst du nix Angst haben vor Schlange. Ist satt und schläft.«

Fronica fuhr auf. Es war niemand anderes als die Schlangentänzerin, die neben ihr saß.

»Was ist geschehen? Warum bin ich hier? Habt ihr mich entführt?«

Der Wagen hielt mit einem Ruck an, sie hörte Männerstimmen, dann wurde die Plane hochgehoben.

»Wir machen Rast.«

»Komm draußen, wir erzählen dir«, forderte die Frau sie auf. »Ich bin Medusa.«

Die Frau half ihr, vom Wagen zu klettern. Vor den überdachten Wagen war ein dürres Pferd gespannt, ein Karren stand daneben. Fronica schirmte ihre Augen mit der Hand ab, das Sonnenlicht schmerzte. Vor ihr hatte sich die Gauklertruppe aufgereiht. Der Wolfsmann nickte ihr gleichgültig zu. Sein Tier lief zu ihr, beschnüffelte sie und leckte ihr die Hand. Fronica zog sie erschrocken weg.

»Lupino tut dir nichts. Ich bin Antonio.«

Medusa deutete nacheinander auf die anderen Gaukler.

»Das ist Mauro.« Der dunkelhäutige Junge zeigte Fronica seine weißen Zähne. »Neben ihm Riccia.« Das Mädchen nickte mit niedergeschlagenen Augen. »Dort drüben Doffo.« Der Riese stieß ein heiseres Grunzen aus.

»Doffo ist stumm, keine Zunge mehr.«

Wie zur Bestätigung riss der Mann seinen Rachen auf und zeigte seine leere Mundhöhle. Fronica sog entsetzt Luft ein. Medusa verzog abschätzig den Mund und wies auf den letzten in der Reihe.

»Das ist Vito, ein Taugenichts. Kann nur Trommel schlagen, stehlen und Mädchen schwanger machen, hüte dich vor ihm.«

Der Junge wäre hübsch gewesen, hätten seine Augen nicht so eng zusammengestanden. Vito grinste sie frech an, formte seine Lippen zu einem Kuss.

»Bellissima, con gli occhi diverso.«

»Ich bin Fronica«, stammelte sie und zog verlegen ihren Umgang zusammen. Das herrliche Stück war verdorben. Der honigfarbene Samt wies zahlreiche Flecken auf, am Saum war der Stoff zerrissen. Stroh, vermischt mit Stalldung klebte daran. Unter dem Umhang trug sie nichts als ihr Hemd, ihre nackten Füße waren schmutzig. Medusa erteilte Anweisungen in der fremden Sprache, die klang wie Musik, und begann, verschiedene Gegenstände von dem Karren zu nehmen. Sie drückte Doffo einen Eimer in die Hand, holte einen Kessel und drei Eisenstangen, legte einen großen Laib Brot und Käse zurecht. Alle waren beschäftigt, während Fronica wie vom Himmel gefallen da stand und die Welt nicht mehr begreifen konnte. Als das Feuer unter dem Kessel brannte und Medusa Gemüsestücke und einige Handvoll frischgepflückte Kräuter in das siedende Wasser warf, ließen sich die Gaukler nieder. Mauro schnitt dicke Scheiben vom Brot ab und gab jedem eine. Als Fronica an der Reihe war, warf er Medusa einen fragenden Blick zu. Sie nickte und er reichte Fronica ihren Teil.

»Sagt mir endlich, warum ich hier bin!«, bat sie. Ihre Stimme zitterte. Medusa, Mauro und Riccia schienen ihr wohlgesonnen zu sein, was Doffo und Antonio betraf, war sie sich nicht sicher. Vielleicht hatten die Gaukler sie mitgenommen, um Lösegeld für sie zu erpressen. Oder – ein entsetzlicher Gedanke kam ihr – sie als Sklavin zu verkaufen! Von den Wäscherinnen hatte sie Schauergeschichten gehört, dass Frauen mit weißer Haut verkauft wurden an grausame, schwarze Barbaren in fernen Ländern über dem Meer. Sie blickte furchtsam zu Mauro hinüber.

»Ein Mann hat dich in einem Sack gebracht, kurz bevor wir weggefahren sind. Hat uns Geld gegeben, dass wir dich mitnehmen und weit weg bringen.«

Fronica stöhnte entsetzt auf.

»Was für ein Mann? Wie war sein Name? Wie sah er aus?«

Medusa zuckte gleichmütig die Achseln.

»Nix gesagt.«

Fronicas Kopf schwirrte vor Ungereimtheiten. Wer konnte ihr so etwas antun? Eine eifersüchtige Hofdame, die sie loswerden wollte und einen Häscher beauftragt hatte? Gisbert, der boshafte Hofnarr, der sich an ihr rächen wollte oder im Auftrag Albrechts handelte, der ihr nicht traute? Sie erinnerte sich an die prüfenden Blicke des Herzogs. Mit wehem Herzen dachte sie an Gabriel. Was würde er tun, wenn sie plötzlich verschwunden war? Ihre arme Mutter wusste ebenfalls nicht, was mit ihr geschehen war. Vielleicht glaubte sie gar, Fronica lebte in Saus und Braus in der Hofburg und ließe sie im Stich. Obwohl sie der Mutter wegen der Heimlichkeiten mit den Meißers und der ungewollten Heirat grollte, würde sie sich ihren Wünschen beugen, das war sie ihr und dem Vater schuldig. Aber wie es aussah, hatte das Schicksal anderes mit ihr vor.

»Was soll mit mir geschehen? Wo bringt ihr mich hin?«

»Wir fahren in den Süden. Wenn wir weit genug weg sind, kannst du gehen. Oder bleiben, wenn du weiter für dein Auskommen arbeitest.«

Fronica versuchte, das Entsetzen, das in ihr hochkroch, zu bezwingen. Die Schmerzen in ihren Schläfen waren unerträglich. Sie schaute sich um. Ihr Rastplatz lag am Waldrand, unweit einer breiten Straße, auf der reger Betrieb herrschte. Fronica sah Wägen vorbeirumpeln, die Türme von Salzscheiben und Säcken geladen hatten. Sie mussten sich an der Salzstraße befinden, der Lebensader, auf der das weiße Gold aus Hall nach München und weiter in den Westen und Norden gebracht wurde. Die Sonne stand bereits hoch am Himmel. Medusa hatte gesagt, sie seien im Morgengrauen losgefahren, das bedeutete, sie hatten die Stadtmauern seit Stunden hinter sich gelassen. Fronica unterdrückte die Regung, aufzuspringen, zur Straße zu rennen und einen der Wagen Richtung München anzuhalten. Es war sinnlos. Bevor sie nicht wusste, wer ihr schaden wollte, wäre es mindestens genauso gefährlich, zurückzukehren, wie bei den Gauklern zu bleiben. Vorsichtig biss sie in das Brot, nahm die Schale mit Suppe entgegen, die Riccia ihr hinhielt. Das Mädchen hatte noch keinen Ton gesprochen. Riccias Augenlider waren geschwollen, als hätte sie wieder geweint. Fronica zuckte zusammen, als ein Krächzen ertönte und der Rabe in einem Baum neben ihr landete. Lupino fuhr auf und sprang bellend am Stamm hoch, der Rabe schlug mit den Flügeln und beschimpfte ihn lautstark, ohne aber seinen Platz aufzugeben. Ein leiser Pfiff Antonios und Lupino trollte sich. Fiepend und schweifwedelnd lief er zu seinem Herrn und legte sich neben ihn. Augenblicklich erhob sich der Vogel und flatterte auf Fronicas Schultern. Vitos Augen wurden schmal.

»Strega«, flüsterte er und hielt ihr die Hand mit einer abwehrenden Geste entgegen, Zeigefinger und kleiner Finger wie Hörner ausgestreckt. Doffo betrachtete sie misstrauisch. Er ruckte jedes Mal eigenartig mit dem Kopf, wenn er schluckte. Fronica schauderte. Sie wandte sich dem Raben zu, streichelte sein Gefieder und fütterte ihn mit Bröckchen ihres Brotes. Die Wunde am Bein des Vogels war nahezu verheilt. Er blieb zutraulich auf ihrer Schulter sitzen, als wolle er sie trösten.

»Ich bin bei dir, keine Sorge«, schien der Blick aus seinen schwarzglänzenden Augen zu sagen. Als die Gaukler das Feuer löschten, zusammenpackten und weiterfuhren, stieß er einen lauten Schrei aus und flog davon. Als Fronica wenig später nach oben blickte, sah sie ihn mit kraftvollen Flügelschlägen hoch über sich in den Wolken. Er begleitete sie. Fronica saß mit den beiden Frauen auf dem Pferdewagen, den Mauro lenkte, Doffo zog den Karren, die anderen gingen hinter den Gefährten her.

»Was kannst du?«, fragte Medusa während sie durch die Frühlingslandschaft zogen. Kirschbäume schäumten in zartem Rosa, Birnbäume strahlten in ihrem weißen Blütenkleid, die Wiesen lagen saftig grün neben der Straße.

»Du musst arbeiten für deine Essen. Kannst du tanzen oder singen? Wenn du nichts kannst, du musst deine Körper verkaufen.«

Ihr Tonfall war keinesfalls böse oder drohend, sie sprach, als würden sie sich über etwas völlig Belangloses unterhalten. Fronica erstarrte. Sie hatte verstanden, dass die Gaukler in jeder Stadt, die auf ihrem Weg lag, auftreten würden. Hätten sie Glück, wie in München, wurden sie in ein Schloss oder eine Burg eingeladen, um die Herrschaften zu unterhalten, und bekamen so viel, dass sie eine Weile davon leben konnten. Auf Marktplätzen nahmen sie weit weniger ein, die Gaukler mussten sich mit dem zufrieden geben, was die Leute in den Korb legten, mit dem Riccia nach der Vorstellung herumging, erklärte ihr Medusa. Heftige Unruhe ergriff Besitz von Fronica, das Herz pochte ihr heftig gegen die Rippen, als wäre es ihm zu eng in dem knöchernen Käfig. Sie konnte keinen klaren Gedanken fassen. Stumpfsinnig sah sie vor sich hin, jeder Schritt der Pferde brachte sie weiter von daheim fort, ohne dass sie es verhindern konnte. Am Spätnachmittag, es war merklich kühler geworden, tauchten vor ihnen die Umrisse von Häusern auf. Mauro lenkte den Wagen von der Straße und hielt schließlich an einer kleinen Lichtung im Wald an. Vito entfernte sich eilig. Medusa fing Fronicas Blick auf.

»Er geht in Stadt, schaut ob Möglichkeit für Vorstellung morgen.«

Das Lager wurde für die Nacht aufgeschlagen. Fronica bekam die Anweisung, Wasser aus dem nahen Bach zu holen. Sie fragte sich, ob das klare Bächlein, das murmelnd über moosbewachsene Steine hüpfte, einem Seitenarm der Isar entspringen würde. Am Ufer wuchsen üppig Bachnelken und Sumpfdotterblumen zwischen Farnwedeln. Fronica setzte sich auf einen Stein. Sie sah den Raben nicht, aber tief in sich wusste sie, dass er in der Nähe war und wie ein guter Geist über sie wachte. Einer Eingebung folgend, richtete sie ihren Blick in den Bachlauf. Das erste Mal seit langer Zeit entschloss sie sich, das Wasser nach ihren eigenen Belangen zu befragen. Selbst wenn sie damit in der Vergangenheit wenig Erfolg gehabt hatte, sie hatte nichts zu verlieren, ihre Lage schien ohnehin aussichtslos. Sie beugte sich über den Bach, öffnete ihren Blick nach innen.

»Was soll ich tun?«

Die Bilder kamen in schneller Folge. Sie saß in einem schwankenden Gefährt, nein, einem Boot. Dann war ihr, als liefe sie einen Gang entlang, düstere Gemäuer, nur erhellt von einer Fackel. War sie es selbst, die die Fackel trug? Vor ihr lagen haufenweise Knochen, darunter blitzte Eisen. Ein Schrei ertönte und die Bilder verschwanden so schnell, wie sie gekommen waren. Fronica fand sich auf der Erde wieder, das Gefühl, unter Wasser zu sein, war stärker als je zuvor. Sie war es, die geschrien hatte. Zweige knackten und Mauro erschien, ein Messer in der Hand.

»Warum hast du geschrien?«

Fronica war unfähig zu antworten, sie bekam schlecht Luft. Der Schrei brannte noch in ihrer Kehle. Mit zittrigen Beinen stand sie auf, konnte nur hilflos die Schultern zucken. Mauro stand einen

Augenblick regungslos da, dann steckte er das Messer weg und ging. Fronica hatte keine Ahnung, was die Bilder bedeuten sollten, aber sie wusste, dass sie versuchen würde, wegzulaufen. Sie konnte niemand trauen. Als sie mit dem schweren Eimer zurückkam, brannte bereits das Feuer, der Kessel hing darüber und Antonio war dabei, ein Kaninchen zu häuten. Ab und zu warf er Lupino einen Brocken zu, der ihn gierig aufschnappte und verschlang. Medusa verlangte nach mehr Wasser, Riccia war dabei, die Hemden der Männer zu waschen. Vito war noch nicht zurückgekehrt. Fronica aß wenig, ihr Körper fühlte sich zerschlagen von der ungewohnten Fahrt im Wagen. Stumm hockte sie da, hörte geistesabwesend den fremdartigen Lauten zu. Wenn sie in der nahegelegenen Stadt ankamen, würde sie die Gelegenheit suchen, zu entkommen. Sollten sie sich in der Nähe der Isar befinden, würde sie das Wagnis eingehen, sich nach Tölz oder Wolfratshausen zu den Flößern durchzuschlagen. Sie lachte bitter auf. In Tölz könnte sie ihren Bräutigam aufsuchen, barfuß, im Hemd, schmutzig wie eine Bettlerin. Vielleicht würde Sepp Meißer die Heirat dann noch einmal überdenken. Medusa warf ihr einen prüfenden Blick zu, als versuche sie, ihre Gedanken zu erraten. Als es kälter wurde, forderte die Schlangenfrau Fronica auf, sich mit ihr und Riccia in den Wagen zurückzuziehen. Medusa reichte ihr einen alten Sack, um sich damit zuzudecken. Fronica lag eingepfercht zwischen Riccia, die niemals zu sprechen schien, und Medusa, die leise schnarchte. Die Schlange hatte sie kein einziges Mal zu Gesicht bekommen und war darüber nicht unglücklich. Das Tier war ihr unheimlich und sie bewunderte Sidonie für ihren Mut, den sie beim Festmahl gezeigt hatte. Fast vermisste sie die unverfrorene, lüsterne Gräfin, die alles daran setzte, ihre Vorstellungen vom Glück durchzusetzen. Ob Fronica jemals in die Hofburg zurückkehren würde? Ein trockenes Schluchzen würgte sie in der Kehle. Sie erschrak, als eine Hand die ihre fasste und kaum spürbar drückte. Vorsichtig erwiderte sie den Druck und schlief schließlich Hand in Hand mit dem rothaarigen Mädchen ein.

Wie könnte er die Verschiedenartigkeit ihrer Augen wiedergeben? Gabriel fuhr zärtlich mit dem Finger über den trotzigen Schwung der Oberlippe, die er bereits aus dem Stein herausgearbeitet hatte. Er versuchte, die Sorge um Fronica mit der Arbeit an ihrem Bildnis zu betäuben. Meister Sebolds Stimme war in der Nähe zu hören und Gabriel verbarg hastig die zierliche Figur. Er beugte sich über die verhasste Kreuzblume und beschloss, den restlichen Tag mit größter Sorgfalt an den Stücken zu arbeiten, wie der Meister von ihm verlangte. Sobald das Signal ertönte, würde er zum Haus der Reschs gehen und Fronica die entscheidende Frage stellen. Als zur Mittagspause geblasen wurde, nahm er sein bescheidenes Mahl, das aus einem Kanten Brot und etwas Käse bestand, und machte es sich damit hoch oben auf einem Stapel Holz in der Sonne bequem. Er stopfte gerade das letzte Stück des reichlich harten Brotes in den Mund, als er unter sich den buckligen Bruder Jakobus in Begleitung eines anderen Mönches vorbeieilen sah.

»Bruder Bodomar, wie sollen wir dem Prälaten erklären, dass das Weibsstück einfach verschwunden ist? Das kann nicht mit rechten Dingen zugegangen sein!«, winselte Jakobus.

»Lass mich reden, du Waschweib. Du bist nicht einmal in der Lage, vernünftig einen Riegel zu verschließen«, schnauzte der andere. Sein Gesicht war dunkelrot, er bot einen Anblick, als würde sein Kopf jeden Augenblick bersten. Gabriel verschluckte hastig das Brot, kletterte von dem Stapel und folgte den beiden in angemessenem Abstand. Er hatte inzwischen den Schluss gezogen, dass nur Bruder Jakobus dafür in Betracht kam, ihn in den Hinterhalt an der Lände gelockt zu haben. Vielleicht waren es sogar die beiden Mönche gewesen, die den Mordanschlag auf ihn verübt hatten. Gabriel verfluchte sich dafür, dass er Lambert nicht rechtzeitig zu seinen Nachforschungen in Freysing befragt hatte. Die Offenbarung von Floßmeister Resch über Fronicas Herkunft, sein Tod und die Nachricht über die geplante Heirat hatten alles andere völlig in den Hintergrund treten lassen. Die beiden Mönche umrundeten die Baustelle und steuerten auf die Rückseite der Kirche zu, wo Baumaterial gelagert wurde. Ein ebenfalls dem geistlichen Stand zugehöriger Mann mit Birett, weißblondem Haar und einem auffällig großen Kreuz an einer Kette erwartete sie. Mit verkniffenen Mienen strebten Jakobus und Bodomar auf ihn zu. Gabriel schob sich näher, aber er verstand nur Satzfetzen. Er sah sich um, erblickte einen Stapel Bretter. Flink lud er sich eines auf die Schulter und ging in einiger Entfernung an den Männern vorbei. Er duckte sich hinter einen Steinblock, der darauf wartete, bearbeitet zu werden.

»Seid ihr von allen guten Geistern verlassen?«, zischte der Weißblonde.

»Was wollt ihr damit sagen, sie war nicht mehr dort?«

»Prälat zu Engelshofen, regt Euch nicht auf. Inzwischen geht Ihr bei Hof aus und ein, sicher könnt Ihr in Erfahrung bringen, wo sie sich aufhält. Es kann nur mit dem Teufel zugegangen sein, dass das Mädchen sich aus dem Verschlag befreien konnte«, versetzte der rotgesichtige Mönch namens Bodomar hochmütig.

»Du lässt die einzige Person entkommen, die mit großer Wahrscheinlichkeit einen Hinweis auf den Verbleib des Vermögens meiner Mutter hat, und besitzt die Unverschämtheit mir zu sagen, ich soll mich nicht aufregen? Ohrfeigen könnte ich mich, dass ich mich überhaupt mit Stümpern wie euch eingelassen habe.«

»Prälat, mäßigt Euch!«, erwiderte Bruder Bodomar mit mühsam unterdrücktem Zorn. »Immerhin war ich es, der Euch die Bestätigung brachte, dass dieses Mädchen Eure Halbschwester sein muss. Jakobus und ich haben die günstige Gelegenheit ergriffen und während des Aufruhrs um die Befreiung Herzog Christophs das Weib eingesperrt. Es liegt uns genauso viel daran wie Euch, das Vermögen aufzuspüren. Wir, also die Bruderschaft und die Ärmsten der Armen«, verbesserte er sich schnell, »haben den Anteil bitter nötig, den Ihr uns versprochen habt!«

Bruder Jakobus nickte eifrig zu den Worten Bodomars.

»Vielleicht hat Eure Halbschwester Verbündete, die ihr geholfen haben«, wagte er einzuwenden.

Der Prälat zog eine finstere Miene.

»Ihr habt die Sache verbockt, also schaut, dass ihr es wieder gerade richtet. Geht zu diesen Flößerleuten. Wenn Frederica sich dortselbst aufhält, bringt sie unter einem Vorwand in die Stadt zurück, notfalls mit Gewalt. Los, macht schon! Und zeigt etwas mehr Geschick, wenn ich bitten darf, sonst überlege ich mir das mit dem Anteil! Ich suche weiter nach Hinweisen hier in der Kirche.«

Er raffte sein Gewand und rauschte aufgebracht davon. Die beiden anderen starrten ihm finster nach.

»Verwünschter Ehrgeizling! Er benötigt das Geld dringend, um sich die Stimmen zu kaufen, die er braucht, um Mitglied des Freysinger Domkapitels zu werden«, fauchte Bodomar.

»Hätte ich mich nur nicht darauf eingelassen!«, jammerte Bruder Jakobus und bekreuzigte sich. »Wenn ich gewusst hätte, dass es Menschenleben kostet, hätte ich niemals bei der Sache mitgemacht!«

»Scheinheiliger! Du warst derjenige, der den Vorschlag machte, den Verdacht auf einen anderen Steinmetz zu lenken!«

»Ihr hättet den Kerl, der uns belauscht hat, und den anderen Steinmetzen schließlich nicht gleich umbringen müssen!«, knirschte Bruder Jakobus und ballte vor Empörung die Fäuste.

»Ach, und was hätte deiner Meinung nach mit ihm geschehen sollen? Zu Engelshofen hätte uns aufgeschlitzt, wenn wir den Steinmetz hätten laufen lassen!« Bodomar funkelte Jakobus an.

»Ich kann das nicht auf mein Gewissen laden! Ich mache nicht mehr mit!«

Trotzig verschränkte der Bucklige die Arme.

»Das könnte dir so passen! Dann mache ich bekannt, dass du dich regelmäßig an den mildtätigen Gaben bedienst!«

Jakobus wurde bleich und klappte mehrmals den Mund auf und zu.

»Das wagst du nicht!«

Bodomar bedachte ihn mit einem hämischen Blick.

»An deiner Stelle würde ich es nicht darauf ankommen lassen.«

Er wandte sich zum Gehen.

»Komm mit, wir suchen dieses vermaledeite Weib.«

Jakobus wand sich, schließlich siegte die Angst, verraten zu werden, und er folgte Bodomar, das Gesicht vor Verzweiflung verzerrt.

»Mea culpa, mea maxima culpa«, hörte Gabriel ihn stöhnen.

Gabriel blieb wie gelähmt hinter dem Stein hocken. Abgründe taten sich auf. Dieser Widerling von einem Prälaten sollte Fronicas Halbbruder sein? Frederica hatte er sie genannt. Er probierte den Namen, als schmecke er eine fremde Speise. Frederica zu Engelshofen. War es das, was Lambert herausgefunden hatte? R zu Engelshofen hatte Albin auf das Blatt gekritzelt. Die Frau, die sich vor den Augen von Flößermeister Resch in die Isar gestürzt hatte, war Rautgundis zu Engelshofen gewesen. Die Teile fügten sich zusammen. Gabriel erinnerte sich an den hämischen Blick, mit dem Lambert ihn betrachtet hatte, als sie nach dem Leichenschmaus gestritten hatten. Vermutlich hatte Lambert in Freysing erfahren, dass Fronica von hoher Geburt war, noch bevor Resch es Gabriel auf dem Sterbebett verraten hatte. Lambert konnte nicht wissen, dass Gabriel längst Kenntnis darüber hatte. Das Horn kündigte das Ende der Mittagspause an. Gabriel rang mit sich. Wenn Fronica, nein, Frederica, zu ihrer Mutter gegangen war, schwebte sie in höchster Gefahr und er musste ihr unverzüglich zu Hilfe eilen. Meister Sebold würde ihn zu Steinstaub verarbeiten, wenn er ihn dabei erwischte, sich erneut unerlaubt davon zu machen. Er überlegte hin und her, entschied sich innerhalb weniger Augenblicke, dass er lieber den Zorn des Meisters ertragen würde als den Verlust Fronicas. Er beschloss außerdem, dass sie für ihn Fronica bleiben würde und rannte los. Er wählte den kürzeren Weg durch das Wurzertor. Kurz bevor der Spitzbogen des Tores unter dem zinnenbewehrten Turm vor ihm auftauchte, sah er Bodomar und Jakobus. Sie würden sich durchfragen müssen, das verschaffte ihm einen Vorteil. Er hielt sich in sicherer Entfernung, wartete, bis sie am Ende der Brücke über den Stadtgraben angelangt waren. Gabriel frohlockte – sie bogen auf die falsche Seite ab. Er hastete über die Brücke, lief den Pfad zum Haus der Reschs entlang.

»Fronica?«

Es blieb still.

»Reschin? Lambert?«

Er hämmerte gegen die Tür, wartete atemlos, niemand öffnete ihm. Er lief ums Haus, die Ziegen meckerten ihm entgegen, ihre geschwollenen Euter ließen darauf schließen, dass sie zu lange nicht gemolken worden waren. Auch hier war keine Menschenseele. Er rannte zurück zur Tür, drückte die Klinke herunter. Die Tür war unverschlossen. Er stürzte in die Küche. Dort fand er die Meisterin. Stumm saß sie da und starrte mit leeren Augen vor sich hin. Gabriel fasste sie am Arm.

»Meisterin?«

Sie saß zu ihm auf, als erkenne sie ihn nicht.

»Meisterin, ist Fronica da? Antwortet, sie ist in Gefahr!«

»Ich habe es von Anfang an gesagt. Es wird Unglück über uns bringen, wenn sie zur Hofburg geht.«

Die Stimme der Meisterin klang rau, als hätte sie lange nicht gesprochen. Gabriel sah sich um. Die Küche war schmutzig, benutztes Geschirr stand herum, Fliegen summten an Speiseresten.

»Wo ist sie?«, drängte Gabriel.

Sie zuckte die Achseln, kaum merkbar. Er lief zurück zur Eingangstür und verriegelte sie.

»Wenn es klopft, seid still, rührt Euch nicht von der Stelle, habt ihr mich verstanden?«

Die Anweisung war überflüssig, die Meisterin saß da wie ein Stein und stierte in die Ferne. Gabriel sah sich nach einer geeigneten Waffe zur Verteidigung um. Er griff nach einem Stück Brennholz und wartete hinter der Tür. Die Zeit dehnte sich ins Endlose, nichts geschah. Er dachte bereits, die Mönche hätten ihren Plan aufgegeben, als er ihre Stimmen vernahm.

»Lass mich reden, hörst du Jakobus. Du hältst einfach den Mund!«, schnauzte Bodomar.

Gabriel hielt den Knüppel fester, wagte kaum zu atmen. Es klopfte. Gabriel dachte darüber nach, ob er einfach hinausstürmen, die beiden niederschlagen und fesseln sollte. Er könnte sie der Stadtwache übergeben, die Gefahr, die von ihnen ausging, wäre gebannt. Körperlich war er ihnen mit Sicherheit überlegen, aber sie waren zu zweit, hatten bereits einen Mord begangen und versucht, auch ihn umzubringen. Er wartete und machte sich kampfbereit. Wenn sie versuchen würden, ins Haus einzudringen, würde er alles daran setzen, sie zu überwältigen. Mehrmals hämmerten sie gegen die Tür, dann wurde es still.

Vermutlich taten sie dasselbe wie er, sahen sich hinter dem Haus um. Angespannt stand er da. Er hörte, wie sie sich zankten, die wütende Stimme Bodomars, das Gewinsel von Bruder Jakobus. Die Stimmen entfernten sich und verklangen schließlich in der Ferne. Die Mönche waren abgezogen. Gabriel ließ den Knüppel sinken. Was nun?

»Wenn Fronica kommt, musst du sie nach Tölz bringen, Meisterin, hörst du?«

Die Aufforderung kam ihm schwer über die Lippen, zerriss ihm das Herz, aber es war die einzige Möglichkeit, Fronica zu schützen. Mehr konnte er im Augenblick nicht tun.

Die Reschin zeigte mit keiner Regung, ob sie ihn verstanden hatte und er beließ es dabei. Das Jammergeschrei der Ziegen wurde lauter. Er erbarmte sich, molk sie, brachte die Eimer in die Küche und ging dann zum Stall, wo er den Brief und die Notiz von Albin verborgen hatte. Bisher war es ihm sicherer erschienen, beides im Flößerhaus zu lassen, jetzt wollte er die Hinweise lieber bei sich haben. Er schob das Stroh zur Seite, tastete in dem Zwischenraum von Wand und Balken nach dem Papier. Es war verschwunden.

Am nächsten Morgen scheuchte Medusa sie früh heraus. Vito hatte herausgefunden, dass es in der Stadt einen Markt gab, der sich gut für eine Vorstellung eignen würde. Die Gaukler trafen Vorbereitungen für einen Einzug ins Dorf, der Eindruck bei den Bewohnern schinden sollte. Doffo rieb seinen Körper mit einer Speckschwarte ein. Grunzend und mit übertriebenen Grimassen forderte er Fronica auf, seinen Rücken und seine Beine damit zu behandeln. Zögerlich begann sie. Der Riese genoss es sichtlich, und als sie die baumstammdicken Schenkel einfettete, grinste er sie lüstern an. Entsetzt bemerkte sie, wie der Lederschurz sich wölbte und Doffo schwer atmete. Fronica ließ die Schwarte fallen und wich angewidert zurück. Der Muskelmann legte den Kopf in den Nacken und stieß ein unheimliches Gelächter aus. Mauro, der die Szene beobachtet hatte, wies ihn zurecht. Fronica entnahm seinen Gesten, dass Doffo sie in Ruhe lassen sollte und warf dem dunkelhäutigen Jungen einen dankbaren Blick zu. Das Geschlecht des Hünen musste so groß wie das eines Pferdes sein. Sie schauderte und beeilte sich, Wasser zu holen, wie Medusa ihr befohlen hatte. Enttäuscht stellte sie fest, dass der Rabe nirgendwo zu sehen war. Während sie die Eimer schleppte, reifte ein Plan in ihr. Sie würde versuchen, Medusa begreiflich zu machen, dass sie die Fähigkeit besaß, Träume zu deuten und im Wasser zu lesen. Damit konnte sie ihren Lebensunterhalt bei den Gauklern verdienen, bis eine Gelegenheit kommen würde, das Weite zu suchen. Sie pflückte einen Haselzweig. Zurück im Lager, nahm sie eine der Schalen, aus denen die Suppe gegessen wurde, und füllte sie mit Wasser, dann rief sie nach Medusa. Sie bedeutete ihr, sich ihr gegenüber zu setzen und begann, mit dem Haselzweig, den sie von Ästen befreit hatte, im Wasser zu rühren. Die Bilder stiegen mit unglaublicher Deutlichkeit aus der Schale auf. Fronica keuchte entsetzt auf, ließ das Stäbchen fallen und schlug sich die Hände vor die Augen. Wie sollte sie der Schlangentänzerin vermitteln, was sie gesehen hatte? Die Augen Medusas weiteten sich zuerst erstaunt, dann blickte sie Fronica ungerührt an.

»Du hast es gesehen?«

Medusa verzog ihre Lippen. War es Angst oder Spott?

»Ich schon gewusst, bevor ich Gilgama bekommen. Steht in meine Hand.«

Sie spreizte die Finger und zeigte Fronica ihre Fläche ihrer erhobenen Hand.

»Kannst du lesen in Hände?«

Fronica schüttelte den Kopf.

»Ich kann Träume deuten.«

Medusa schien zu verstehen und nickte, ohne große Begeisterung zu zeigen.

»Gut, machst du später bei Vorstellung. Suchen Kleidung für dich.«

Sie ging zum Karren und begann, in einer Truhe zu wühlen. Schließlich brachte sie ein scharlachrotes Kleid mit tiefem Ausschnitt und ein Tuch in der gleichen Farbe zum Vorschein. Sie warf es Fronica zu.

»Zieh das an.«

Zweifelnd betrachtete Fronica das Gewand. Das Kleid war schäbig, aber einst musste es einer vornehmen Frau gehört haben. Nur reiche

Leute konnten sich rote Kleidung leisten. Die Frau vom Färber, der Fronica regelmäßig die Träume deutete, hatte ihr einmal einen roten Umhang gezeigt, gefärbt mit der teuren Farbe, die aus Schildläusen gewonnen wurde. Als Fronica kurze Zeit später in dem Gewand vor ihr stand, begutachtete Medusa sie von allen Seiten. Sie nahm ihr das Tuch aus der Hand und schlang es Fronica um den Kopf, nickte nach eingehender Musterung zufrieden. Die Schlangenfrau zog ein Töpfchen mit einer roten fettigen Masse hervor, rieb Fronica ein wenig davon auf die Wangen und betupfte ihre Lippen damit. Antonio erschien und stellte einen Korb vor Medusa ab. Im Korb fiepte es. Medusa zog die längliche Kiste zum Wagenrand und öffnete den Deckel. Die Schlange bewegte sich träge, die kleinen Augen beobachteten die Vorgänge ringsum sehr genau. Fronica war zugleich fasziniert und abgestoßen.

»Gilgama, ci mangiano«, lockte Medusa die Schlange zärtlich gurrend. Sie nahm den Korb, öffnete den Deckel und kippte den Inhalt flink in die Kiste. Mit einer blitzschnellen Bewegung fuhr die Schlange herum und packte die Ratte, die quiekend zu entkommen versuchte. Sofort wurde das Tier umschlungen. Entgeistert beobachtete Fronica, wie der mächtige Schlangenkörper sich zusammenzog und die um ihr Leben zappelnde Ratte langsam erdrückte. Gelassen wartete Gilgama ab, bis ihr Opfer kein Lebenszeichen mehr von sich gab, erst dann gab sie es aus ihrer tödlichen Umklammerung frei. Die schwarze, gespaltene Zunge glitt heraus und bezüngelte das tote Tier ausgiebig. Schließlich riss Gilgama ihr Maul auf und begann die Ratte zu verschlingen. Fronica wurde übel. Die Schlange schob mit grotesken Bewegungen erst die eine, dann die andere Seite des Mauls über den Kopf ihrer Beute, bis das Tier vollständig in ihrem Schlund verschwunden war. Man konnte sehen, wie die Ratte in einem Stück langsam mit wellenartigen Bewegungen durch den Leib der Schlange geschoben wurde. Atemlos vor Abscheu wandte sich Fronica ab. Medusa zuckte mit den Schultern.

»Wenn ist satt, frisst nicht Zuschauer oder mich.«

Sie wich Fronicas fragendem Blick aus.

»Ich weiß nicht, wann sie mich wird umbringen.«

»Aber wieso …?«

»… ich sie nicht töte?«

Medusa lachte ein seltsames kleines Lachen, bitter, spöttisch oder traurig, Fronica konnte es nicht sagen.

»Das Schicksal kannst du nicht betrügen. Es kommt wie es kommt«, stellte die Schlangenfrau fest und schloss mit einer endgültigen Bewegung den Deckel.

«Gilgama ist mein Schicksal.«

Fronica war fassungslos. Wie konnte man seinen Mörder kennen, und nichts gegen ihn unternehmen, im Gegenteil, sich ihm immer wieder anbieten? Wie konnte man in dem Wissen leben, jeden Augenblick sterben zu müssen, noch dazu auf eine derart grausame Art und Weise? Eines Tages würde Medusa ihren letzten Auftritt bestreiten und den Zuschauern einen spektakulären Abgang bieten. Fronica hoffte inständig, zu diesem Zeitpunkt längst woanders zu sein. Sie schwor sich überdies, selbst über ihr Schicksal zu bestimmen, und niemandem zu erlauben, sie herumzuschieben wie eine Figur im Spiel der Könige.

Sie hatte abgelehnt, auf den Wagen zu steigen und lief hinterher. Mauro und Vito gingen hinter ihr, sie spürte die Blicke in ihrem Rücken. Schon wieder war sie gezwungen worden, in eine neue Rolle zu schlüpfen. Von der Flößertochter war sie zur Hofdame der Gräfin geworden, zur Braut eines Unbekannten und jetzt das Mitglied einer Gauklertruppe. Sie hatte das unbestimmte Gefühl, dass das noch nicht alles war.

»Hör auf, zuzusehen, nimm dein Schicksal in deine Hände«, sagte sie wie zur Bekräftigung ihres Schwurs halblaut. Der Bach gluckste träge in seinem Lauf neben der Straße und zog Fronicas Aufmerksamkeit auf sich. Aus dem Nichts formte sich ein Frauengesicht dicht über dem Wasser. War es eine Wassernymphe?

»Werde zu der, die du bist!«, flüsterte die Gestalt und verschmolz wieder mit dem Wasser. Fronica vermied es, noch einmal auf den Bach zu blicken. Das Städtchen lag vor ihnen. Der Wagen hielt an. Medusa holte Gilgama aus dem Kasten und hängte sie um ihren Hals. Vito begann, seine Trommel zu schlagen. Fronica hatte ein Tamburin mit Schellen bekommen und versuchte, sich dem Takt anzupassen, den

Vito vorgab. Nie zuvor hatte sie ein Musikinstrument in der Hand gehabt, alles schien so unwirklich, fast abwegig, dass es ihr beinahe begann, Spaß zu bereiten. Riccia blies die Flöte, so marschierten sie durch das Stadttor. Von den ungewöhnlichen Klängen angelockt, kamen zuerst die Kinder angerannt. Mit großen Augen bestaunten sie die Gaukler, machten sich gegenseitig auf die gewaltigen Muskeln Doffos aufmerksam, klatschten im Rhythmus der Trommel und jubelten, als Lupino begann, sich rasend schnell im Kreis zu drehen, einen Lederball, den Antonia geschleudert hatte, in Windeseile zurückbrachte und sich jaulend und bellend mit seinem Herrn unterhielt. Als sie auf dem Marktplatz angekommen waren, stieg Antonio auf den Karren. Vito ließ einen Trommelwirbel hören.

»Hoch verehrtes Publikum, bald beginnen wir eine Vorstellung, wie ihr sie nie zuvor gesehen habt! Doffo«, Antonio wies mit ausladender Handbewegung auf den Riesen, der seine Muskeln spielen ließ und schauerliche Grimassen zog, »wird unter allergrößter Lebensgefahr Feuer fressen.« Immer mehr Leute liefen zusammen. »Die wunderschöne Riccia jongliert mit sieben Bällen, und Medusa tanzt für euch mit einem gefährlichen Ungeheuer!«

Medusa stemmte mit diabolischem Lächeln Gilgama in die Höhe und die Leute schrien wie aus einem Munde auf und wichen ein paar Schritte zurück.

»Mauro ist ein Mann mit schnellen Messern, also hütet euch vor ihm.« Der dunkelhäutige Junge balancierte grinsend ein Messer auf der Spitze seines Zeigefingers. »Mein wilder Wolf Lupino kämpft mit mir auf Leben und Tod.« Wie zur Bestätigung zog Lupino mit fürchterlichem Grollen die Lefzen hoch, sodass sein tödliches Gebiss sichtbar wurde. »Also kommt, holt alles her, was Beine hat und seht unsere Vorstellung an!«

Er wollte bereits vom Karren springen, als sein Blick auf Fronica fiel.

»Im Anschluss an die Vorstellung wird euch Fronica, die geheimnisvolle Seherin, eure Träume deuten und für euch in die Zukunft sehen!«

Neugierig schoben sich einige Mägde näher, deuteten auf Fronica und steckten tuschelnd die Köpfe zusammen. Doffo hob die

Holzscheibe vom Karren und Fronicas Herz krampfte sich bei dem Gedanken zusammen, dass die arme Riccia sich immer wieder dieser Tortur aussetzen musste. Sie wünschte, Riccia würde sprechen und ihr erzählen, wie es dazu gekommen war, dass sie mit den Gauklern herumzog. Im Gegensatz zu den anderen Mitgliedern der Truppe schien das rothaarige Mädchen zutiefst unglücklich zu sein und das Leben der fahrenden Leute zu verabscheuen. Fronica nahm sich vor, Medusa in einem günstigen Augenblick nach Riccias Schicksal zu befragen. Vito ließ die Trommelstöcke wirbeln und schlug einen wilden Rhythmus. Gespannt standen die Leute da, man sah ihnen die Freude über die ungewöhnliche Ablenkung vom Alltag an. Riccia begann, ihre farbigen Bälle in die Luft zu werfen, drehte sich dabei um ihre eigene Achse und erntete viel Beifall für ihre anmutige Darbietung. Fronica beobachtete, wie eine Frau ihren Mann heftig in die Seite stieß, weil er offenbar allzu viel Begeisterung für Riccia an den Tag legte. Doffo begann sein gefährliches Spiel mit dem Feuer, danach war Medusa an der Reihe, die sich in ihren Bewegungen der Schlange anpasste und mit wiegenden Schritten ihren seltsamen Tanz tanzte. Während Doffo und Vito die Holzscheibe aufstellten, zogen Lupino und Antonio die Zuschauer in ihren Bann. Vito vollführte einen Trommelwirbel und Riccia trat vor die Scheibe. Mit rauen Schreien sprang Mauro einige Male von den Füßen auf die Hände und wieder zurück, schlug Räder auf einem Arm, landete mit einer Drehung und begann seine Messer zu werfen. Fronica bemerkte, wie Riccias Lächeln verkrampfte und ihre Mundwinkel begannen, zu zittern. Am liebsten wäre Fronica Mauro in den Arm gefallen, um die Qual des Mädchens zu beenden. Als das letzte Messer federnd im Holz steckte, brachen die Zuschauer in Beifall aus. Medusa drückte Fronica eine Schale in die Hand und befahl ihr, durch die Menge zu gehen und Geld einzusammeln. Es kostete Fronica große Überwindung, den Leuten die Schale hinzuhalten, es war ihr, als würde sie betteln. Manche Leute wandten sich augenblicklich ab und verschwanden, andere warfen lächelnd einen, manchmal zwei Kreutzer in die Schale. Fronica schrie erschrocken auf, als eine Hand sie kräftig an den Hintern packte.

»Gib mir den Rest dazu, dann bekommst du drei Kreutzer!«, brüllte der Kerl unter dem Gejohle der Umstehenden. Fronica funkelte ihn an und machte, dass sie weiterkam. Inzwischen hatten die anderen einen bunten Wandschirm zwischen dem Wagen und den Zuschauern aufgestellt, dahinter eine Kiste und zwei Schemel.

»Kommt herbei ihr Leute und lasst euch von Fronica, der Seherin, die Zukunft deuten! Es kostet euch nur einen Kreutzer!«, brüllte Antonio.

»Die Zukunft für einen Kreutzer! Lasst euch die Gelegenheit nicht entgehen!«

Medusa befüllte die Schale mit Wasser aus einem ledernen Trinkschlauch und stellte sie auf die Kiste. Fronica zog ihren Haselstab hervor und setzte sich, Medusa baute sich hinter ihr auf, als stünde sie Wache. Es dauerte eine Weile, bis sich eine junge Frau schüchtern hinter den Wandschirm schob. Medusa streckte fordernd die Hand aus und die Kundin legte ihren Kreutzer hinein.

»Setze dich. Was willst du wissen?«

Fronica hätte die Frage nicht stellen müssen, sie kannte die Antwort bereits. Die Frau trug keine Haube. Alle ledigen jungen Frauen wollten wissen, ob der Angebetete sie heiraten würde, die meisten Verheirateten, wann sie ein Kind haben würden. Ältere Frauen fragten nach ihrer Gesundheit, Männer kamen fast nie, wenn sie kamen, fragten sie nach Wohlstand. So war es im Gries gewesen, warum sollte es hier anders sein. Die Belange aller Menschen drehten sich um Liebe, Geld und Gesundheit.

»Der Toni, wird er mich heiraten?«

Tränen traten dem Mädchen in die Augen.

»Ich bin guter Hoffnung, bald wird man es sehen …«

Fronica begann das Wasser zu rühren und ließ ihren Blick in den Strudel ziehen. Sie sah das Mädchen in einer elenden Hütte, schmutzig und mager, auf dem Arm ein schreiendes Kind. Mitleidig sah sie auf und schüttelte langsam den Kopf. Das Mädchen sprang so heftig auf, dass der Schemel umfiel und rannte schluchzend davon.

»Du sein verrückt?«, fuhr Medusa Fronica an. »Kannst nicht sagen schlechte Sachen für Kundschaft! Alle werden sehen, sie weinen. Niemand wird kommen, um zu hören von schlechte Zukunft!«

»Aber es ist die Wahrheit!«, verteidigte sich Fronica. »Soll ich sie etwa belügen?«

»Niemand bezahlt, um zu hören die Wahrheit! Alle wollen hören, das kommt schöne, starke Mann, ewige Liebe, trägt auf Händen, gleich ob Magd oder Herrin! Sie bezahlen dich für Traum, verstehst du nicht? Und du immer erst nehmen Geld, dann sprechen, capito?«

»Ich habe noch niemals jemanden belogen, was die Bilder betraf!«, empörte sich Fronica und verschränkte trotzig die Arme.

Medusa sollte Recht behalten. An diesem Mittag ließ sich keine Kundschaft mehr hinter dem Wandschirm sehen und schließlich packten die Gaukler zusammen. Die Einkünfte reichten gerade aus, um zwei Laibe Brot zu erstehen. Fronica sah, wie Vito einen Blick mit Medusa wechselte und mit Riccia verschwand. Mauro lenkte den Wagen aus der Stadt. Sie waren noch nicht weit gekommen, als ein lautes Krachen ertönte, Holz splitterte. Rosa, das magere Pferd wieherte schrill und scheute, der Wagen geriet ins Wanken. Mauro sprang fluchend vom Kutschbock. Die hintere Achse des Wagens war gebrochen. Medusa kroch auf der schiefen Fläche zu Gilgamas Kiste, um nachzusehen, ob die Schlange unversehrt war.

»Los, pack an!«, schnauzte sie Fronica an.

Seit dem Vorfall auf dem Marktplatz hatte sie kein Wort mehr mit ihr gewechselt. Widerstrebend half Fronica, Gilgamas Behausung vom Wagen zu heben. Die Kleiderkiste und sämtliche andere Gegenstände, die sich auf dem Wagen befanden, mussten heruntergehoben werden. Mauro hatte inzwischen Rosa ausgespannt, das verschreckte Pferd auf die Seite geführt und ihm Fußfesseln angelegt, um es grasen zu lassen. Antonio hob die Deichsel an und Doffo wuchtete die hintere Wagenhälfte hoch. Unter Fluchen und Ächzen schafften die Männer den beschädigten Wagen zur Seite. Medusa, Mauro und Antonio beratschlagten sich. Es lag auf der Hand, dass sie die Reise so bald nicht fortsetzen konnten. Sie schlugen das Lager auf. Nachdem Fronica das rote Kleid in die Truhe zurückgelegt, einen oft geflickten Rock und eine einfache Bluse angezogen hatte, nahm sie die Eimer und machte sich auf die Suche nach Wasser. Sie musste ein gutes Stück in den sonnenfleckigen Laubwald hineingehen, bis sich eine Lichtung vor ihr auftat. Ein fast kreisrunder Teich schmiegte sich in eine schilfumkränzte Mulde, die Wasseroberfläche war bedeckt von großen flachen Blättern, zahlreiche fleischige Blüten und Knospen schwammen dazwischen. Fronica füllte beide Eimer. Sie hätte gerne den zauberhaften Anblick des Waldsees genossen, der Stille und Frieden ausstrahlte, aber sie hatte Angst, erneut mit Bildern überflutet zu werden. Bedauernd ging sie zurück zum Lager und führte die barsch hingeworfenen Anweisungen Medusas aus. Während sie Feuerholz zusammenklaubte, hing sie trübseligen Gedanken nach. Wenn jede Vorstellung ablaufen würde, wie die heutige, Medusa sie mit Argusaugen bewachte, hätte sie kaum Gelegenheit, sich abzusetzen. Sie hegte die vage Hoffnung, dass die Gaukler die Salzstraße verlassen und Richtung Isar ziehen würden, vielleicht sogar nach Müttenwaldt. Sie könnte ihre Verwandten aufsuchen, ein Onkel, Vettern und Basen lebten dort. Sie sollte Medusa von dem Grenzort erzählen. Fronicas Mutter hatte manchmal von ihrer Heimat berichtet, eine Stadt voller Händler und fremdartiger Güter. Viele Menschen lebten dort, kamen und gingen, es musste ein guter Platz sein, um Vorstellungen zu geben. Sie schleppte einen Armvoll Holz zum Lagerplatz. Antonio und Doffo nahmen die Räder von der zerbrochenen Achse ab, Mauro war nirgends zu sehen. Medusa war damit beschäftigt, Gilgamas schuppigen Körper mit Öl einzureiben. Das Tier genoss die Behandlung sichtlich.

»Wo sind die anderen?«, wagte Fronica zu fragen. Medusa richtete sich auf.

»Vito und Riccia sind in Stadt geblieben, Geld machen.« Sie warf Fronica einen hämischen Blick zu.

»Du hast nicht genug eingenommen, müssen sie sich verkaufen. Vito findet immer Frau, die junge heißblütige Mann will, Riccia wollen alle. Mauro wartet an der Straße auf sie.« Geringschätzig verzog sie die Mundwinkel und fuhr fort, die Schlange einzuölen. Fronica war sprachlos. Ihr drängte sich die Frage auf, warum Medusa nicht sie an den nächstbesten Freier verkauft hatte. Vermutlich einzig und allein deshalb, weil sie wusste, dass Fronica sich widersetzen würde. Wie lange würde es dauern, bis es dazu kam? Bitter musste sie sich eingestehen, dass Medusa genau wusste, wie sie es anstellen musste, sie unter Druck zu setzen. Fronica würde den Frauen, die sie hinter dem Wandschirm aufsuchten, die Unwahrheit sagen müssen, damit möglichst viele kamen und das Auskommen der Truppe gesichert war. Beklommen begann sie, Holz für das Feuer aufzuschichten. Würden Riccia und Vito sie hassen? Sie fühlte sich ausgeliefert und elend. Die Dämmerung brach an, als die drei zu ihnen stießen. Vito schien bester Dinge zu sein, er trug ein kleines Fass auf der Schulter. Er plauderte und scherzte mit Mauro, Riccia ging hinter ihnen. Fronica unterdrückte einen Aufschrei, als Riccia näher kam. Ihre rechte Gesichtshälfte war blaurot verfärbt, das Auge verschwollen. Medusa, die aufmerksam geworden war, ließ einen von zornigen Gesten begleiteten Wortschwall auf Vito einprasseln, der antwortete in gleichmütigem Ton. Fronica ging zu Riccia und sah sich die Verletzungen an. Jemand musste ihr mit aller Kraft ins Gesicht geschlagen haben. War es ein Freier gewesen oder Vito selbst? Sie nahm rasch ein Tuch aus der Truhe, legte den Arm um die Schulter des Mädchens und nahm es mit zu dem Teich im Wald. Sie führte Riccia zu einem Stein, drückte sie sanft nieder. Beim Wasserholen hatte Fronica Frauenmantel gesehen, sie pflückte ein Büschel. Sanft half Fronica Riccia, ihr Kleid abzustreifen, führte sie einige Schritte ins Wasser und wusch sie. Teilnahmslos ließ das Mädchen alles mit sich geschehen. Fronica hatte das Gefühl, als würde keine Seele in dem kindlich anmutenden Körper wohnen. Sie riss ein Stück des Tuches ab, tunkte es ins Wasser und legte es in Riccias Hand, bedeutete ihr, das Auge damit zu bedecken. Riccia begann zu zittern. Fronica führte sie ans Ufer, rieb sie trocken und streifte ihr das Kleid über. Sie zerrieb die Blätter des Frauenmantels zwischen zwei großen Steinen zu einem grünen Brei und strich ihn behutsam auf die Wunden. Mit den Fingern entwirrte sie die rotlockige Haarflut, die dem Mädchen bis zur Hüfte reichte. Mehr konnte sie nicht für Riccia tun.

»Es tut mir leid«, flüsterte sie.

Zum ersten Mal sah sie eine Regung im Gesicht des Mädchens, ein winziges Lächeln kroch in ihre Mundwinkel.

»Wir müssen zurück zu den anderen, es wird bald dunkel.«

Fronica nahm sie bei der Hand und führte sie wie ein Kind. Das Feuer brannte bereits, Antonio war dabei, ein Rehkitz zu häuten. Fronica wusste, dass auf Wilderei strenge Strafen standen, die sie alle treffen würden, aber sie hatte Hunger. Vito hatte das Fass geöffnet. Er schöpfte mehrere Becher voll und reichte Fronica einen. Sie schnupperte argwöhnisch. Wein. Ob er ihn gestohlen hatte? Sie wollte es lieber nicht wissen. Dankbar, dass er nicht zornig auf sie war, nickte sie ihm zu und trank einen großen Schluck. Sie spürte die Wirkung fast unmittelbar. Jetzt oder nie. Fronica ging zu Medusa und sah ihr gerade in die Augen.

»Ich werde jeder Frau von ihrem Glück erzählen. Ich werde von liebestrunkenen Männern sprechen, die ihrer Angebeteten einen Ring an den Finger stecken wollen, von kräftigen Kindern im Kindbett und wundersamen Heilungen. Aber zwinge Riccia nicht mehr, ihren Körper zu verkaufen. Bitte!«, setzte sie eindringlich hinzu. Medusa hielt ihrem Blick stand, schließlich zog sie eine Augenbraue hoch.

»Man wird sehen.«

Alle setzten sich um das Feuer, der Abend war kühl. Vito schenkte großzügig ein, die Stimmung hob sich trotz des Unglücks mit dem Wagen. Fronicas Zunge löste sich.

»Wie seid ihr zusammengekommen?«, wandte sie sich an Antonio, der neben ihr saß. Er sah ins Feuer, über dem das gehäutete Kitz hing. Fronica dachte bereits, er hätte sie nicht verstanden oder wolle ihr nicht antworten, als er zu sprechen begann.

»Medusa habe ich in einer dreckigen Hafenstadt weit unten im Süden getroffen. Sie stritt sich mit dem Kapitän, auf dessen Schiff sie über das Meer gekommen war. Er wollte ihr Ungeheuer nicht herausgeben, verlangte das Doppelte von dem ausgemachten Preis. Lupino hat dafür gesorgt, dass er sich anders besonnen hat. Wir taten uns zusammen.«

Er drehte den Stock, an dem der Braten steckte, bevor er fortfuhr.

»Mauro haben wir in einer heruntergekommenen Spelunke in Malaga getroffen. Er hatte genug von den Misshandlungen seines Herrn. Also ist er davon gelaufen, hat ein bisschen Geld mitgehen lassen, als Entschädigung. Sein Besitzer fand das nicht lustig und hat ihm Häscher auf den Hals gehetzt. Wir haben ihn versteckt und mitgenommen. Doffo haben wir neben der Straße gefunden. Er war halb verblutet und verdurstet. Er war Leibwächter einer Dame an einem Fürstenhof gewesen, hatte Dinge gesehen, die er nicht hätte sehen sollen. Sie beschuldigte ihn, gestohlen zu haben und hat dafür gesorgt, dass er nicht mehr redet.«

Antonio stand auf und stopfte eine Handvoll Kräuter, die Medusa ihm reichte, in das Kitz. Es begann, verführerisch zu duften. Mauro ging herum und sammelte die Becher ein, Vito füllte sie erneut. Antonio folgte Vitos Bewegungen mit den Augen.

»Vito ist in einem Hurenhaus geboren und aufgewachsen. Eines Tages hatte er keine Lust mehr, sich von den Freiern beglücken zu lassen. Wir traten in der Stadt auf, in der er lebte. Er hatte flinke Finger, das konnten wir gebrauchen und er schloss sich uns an.«

»Riccia, was ist mit ihr?«

Fronica blickte hinüber zu dem Mädchen, das seinen Wein in einem Zug austrank. Im Schein des Feuers verlieh ihr die grüne Paste im Gesicht ein gespenstisches Aussehen.

»Riccia ist von ihrer Mutter verkauft worden, als sie noch ein Kind war. Der Kerl, der sie gekauft hat, ist mit ihr umhergezogen, hat sie wie eine Sklavin gehalten. Eines Tages ist er in einem Fluss ertrunken, wahrscheinlich zu viel Branntwein. Als wir vorbeikamen, saß Riccia am Ufer und wusste nicht wohin. Sie hat uns angefleht, sie mitzunehmen. Mauro hat ihr das Jonglieren beigebracht.« Er schnaubte. »Alles andere konnte sie bereits.«

Fronica wartete darauf, dass er seine und Lupinos Geschichte erzählte oder nach der ihren fragte, aber nachdem er von seinem Wein getrunken hatte, beschäftigte er sich mit dem Braten und schwieg. Zu gerne hätte sie gewusst, warum er ihre Sprache fast fehlerfrei beherrschte, wie er zu Lupino kam, warum er heimatlos war. Fronica sah der

Reihe nach in die Gesichter der anderen, die ums Feuer saßen. Sechs Leben, sechs Schicksale. Sie wollte wahrlich mit keinem von ihnen tauschen. Ihr eigenes Leben kam ihr plötzlich ungleich erstrebenswerter vor. Und trotzdem wurde sie dieses bange Gefühl nicht los, das sie bedrückte wie ein erzwungenes Versprechen. Würde sie bis an ihr Lebensende mit den Gauklern durch die Lande ziehen müssen? Antonio holte sie aus ihren Gedanken, indem er ihr ein Stück Fleisch reichte. Hungrig biss sie hinein und verbrannte sich die Lippen. Es schien ihr ewig her, dass sie etwas Richtiges gegessen hatte, und das Fleisch, obwohl es an einigen Stellen angebrannt und an anderen noch recht zäh war, schmeckte köstlich. Medusa reichte ihr eine Scheibe Brot.

»Gut gemacht«, brummte sie und deutete mit dem Kinn auf Riccias Gesicht.

Das erlegte Kitz wurde bis auf die letzte Faser aufgegessen, auch Lupino erhielt seinen Anteil und benagte zufrieden einen Knochen. Riccia hatte wortlos einen weiteren Becher geleert, dann war sie in sich zusammengesunken und eingeschlafen. Antonio hob sie hoch und trug sie zum Wagen, der notdürftig aufgebockt war. Doffo würfelte mit Vito und Mauro. Alle hatten reichlich dem Wein zugesprochen. Antonio legte mehr Holz auf das Feuer und Fronica zog sich in den Wagen zurück. Bevor sie sich hinlegte, beobachtete sie, wie Antonio und Medusa gemeinsam im Dickicht verschwanden. Wieder erschien ihr der Traum, den sie die letzten Nächte wieder und wieder geträumt hatte. Sie saß in einem Boot, wie von geheimnisvollen Kräften gelenkt, fuhr es über einen großen See, die Umrisse eines Turmes wurden sichtbar, dann kam der Nebel.

Kapitel 15

Die Flucht

In der Nacht hatte Regen eingesetzt. Gleichmäßig strömte er vom Himmel, alle waren durchnässt bis auf die Haut. Die Männer waren bei Tagesanbruch in den Wald gegangen, um Holz für die Achse aufzutreiben. Das Feuer war erloschen und Fronica schlotterte vor Kälte, obwohl sich Lupino dicht neben ihr zusammengerollt hatte. Sie hockte mit Riccia auf dem Karren. Das Auge des Mädchens war abgeschwollen. Riccia hatte Fronicas zerstörten Umhang aus der Truhe genommen und begonnen, ihn zu flicken. Sie zeigte großes Geschick darin und arbeitete hingebungsvoll, während Fronica voll Sehnsucht an Gabriel dachte. Es war weit nach Mittag, als der Baumstamm, den die Männer ausgesucht hatten, fertig bearbeitet war und die gebrochene Achse ersetzt werden konnte. Der Regen hatte inzwischen aufgehört, ein leichter Wind trug den Geruch nach feuchter Erde, Pilzen und Moos herbei. Riccia verschwand mit dem Umhang im Wald, als sie zurückkam, sah Fronica, dass sie versucht hatte, die schmutzigen Stellen aus dem honiggelben Stoff zu waschen. Als sie den Umhang an einem Ast aufhängte, begegneten sich ihre Blicke. »Danke, Riccia«, sagte Fronica gerührt und das Mädchen errötete. Offensichtlich zählte Dankbarkeit nicht zu den Erfahrungen, die ihr oft zuteil wurden. Flügelschlagend ließ sich der Rabe auf dem Ast über dem Umhang nieder. Mit schiefgelegtem Kopf betrachtete er Fronica, schüttelte sein nasses Gefieder und hüpfte aufgeregt hin und her.

»Ich weiß, was du mir sagen willst«, murmelte Fronica, »ich weiß.«

Längst hatte sie den Vorsatz gefasst, in der kommenden Nacht die Flucht zu wagen. Sie hatte genug von Nässe, Kälte und Elend. Die Truppe würde erst morgen weiterziehen. Sie musste es schaffen, bis zum Morgengrauen zur Salzstraße zu gelangen. Fronica versuchte, sich an den Weg zu erinnern, ging ihn im Geiste ab. Alle legten sich früh schlafen, sie hatten kein trockenes Holz gefunden, jeder fror. Fronica versuchte, etwas zu schlafen, aber die Aufregung über ihre bevorstehende Flucht ließ sie nicht zur Ruhe kommen. Sie wälzte sich hin und her, wagte kaum zu atmen, hörte auf jedes Geräusch. Endlich atmete Medusa tief und gleichmäßig neben ihr, der Augenblick war gekommen. Fronica bewegte sich langsam, hielt immer wieder inne. Schließlich hatte sie es vom Wagen herunter geschafft. Sie nahm ihren Umhang vom Baum, er war noch feucht, darauf konnte sie keine Rücksicht nehmen. Auf keinen Fall wollte sie ihn zurücklassen. Sie legte ihn um und entfernte sich vom Lager. Bald würde sie den Weg erreichen, der zur Straße führte. Hinter ihr knackte es, sie fuhr zusammen, stand still. Nichts. Jetzt lief sie los, ein paar Schritte noch. Dann war es da, das Hecheln. Sie rannte schneller, vergeblich. Lupino überholte sie, stand mit gefletschten Zähnen vor ihr und knurrte leise.

»Lupino«, schmeichelte sie, »Lupino, lass mich gehen, ich bin deine Freundin, ich bitte dich!«

Warum hatte sie nicht daran gedacht, ein Stück Brot mitzunehmen, einen Knochen aufzuheben, warum?

»Gib dir keine Mühe, er ist unbestechlich«, sagte eine Stimme hinter ihr. Ihrem Schicksal ergeben drehte sie sich um. Antonio stand breitbeinig da, die Arme verschränkt und sah sie ruhig an. Für einen Augenblick dachte sie darüber nach, einfach loszurennen.

»Denke nicht darüber nach. Ich halte ihn nicht zurück. Du wirst uns eine Stange Geld einbringen, warum sollten wir dich gehen lassen? Abgesehen davon wirst du nicht einen Tag ungeschoren davon kommen, wenn du alleine unterwegs bist.«

»Ihr ehrlosen Gauner habt mich entführt! Die Gräfin wird euch Soldaten nach schicken, wenn sie davon erfährt. Ihr werdet hängen dafür!«, schleuderte Fronica ihm entgegen. Die Worte prallten an Antonios Gleichmütigkeit ab. Er machte eine Geste, wie ein Höfling, der ihr den Vortritt lassen wollte. Tränen des Zorns liefen ihr über die Wangen, als sie an ihm vorbeiging.

»Wie viele Kreutzer muss ich verdienen, bevor ihr mich gehen lasst?«, zischte sie.

Er blieb ihr die Antwort schuldig und sie legten den Weg zum Lager schweigend zurück. Fronica kroch zurück in den Wagen, wickelte sich fest in den Umhang und weinte, bis ein bleierner Schlaf sie übermannte.

Gabriel fuhr mit dem Finger über die Wölbungen und Kanten des Steines. Er hob die Krabbe hoch, begutachtete sie von allen Seiten und fand keinen Makel. Erleichtert setzte er sein Zeichen, zwei ineinandergreifende, unten offene Dreiecke, die mit der Spitze nach oben zeigten, und legte das Stück beiseite. Er untersuchte die Steine, die fertig zugeschnitten zur Bearbeitung in einem Gestell lagen, auf ihre Tauglichkeit, prüfte, ob sie Risse aufwiesen oder andere Unebenheiten, die den Zorn des Meisters hervorrufen könnten. Schließlich fand er einen Stein, der seinen Ansprüchen genüge tat, und legte ihn vor sich. Die letzten Tage hatte er Erstaunliches geleistet und gearbeitet, als gäbe es kein Morgen. Mit der Arbeit lenkte er sich von dem unerträglichen Schmerz ab, der ihn würgte, sobald er den Meißel aus der Hand legte. Jeden Morgen war er bei Sonnenaufgang zur Bauhütte geeilt, hatte Spitzeisen und Holzklöpfel in die Hand genommen und an dem Auftrag des Meisters gearbeitet. Er war alleine, keiner der anderen Steinmetze hatte den Platz Albins einnehmen wollen. Man tuschelte, der tote Steinmetz wäre verflucht. Gabriel kümmerte sich nicht darum. Er war zufrieden, unbeobachtet arbeiten zu können. In den Pausen holte er die Marienfigur hervor und schuf, das Herz voll süßer Bitterkeit, die Mutter Gottes, die Fronicas Züge trug. Sobald das Signal zur Weiterarbeit ertönte, ging es weiter mit den Krabben. Die Kreuzblume wollte er sich bis zum Schluss aufheben, sie sollte etwas Herausragendes, etwas ganz Besonderes werden. Abends in seiner Kammer zeichnete er Entwürfe, verwarf sie, erdachte neue. Dabei rang er ständig mit sich, ob er zur Stadtwache gehen und die verbrecherischen Mönche anzeigen sollte. Würde man ihm Glauben schenken? Lambert war der einzige, der von dem Anschlag auf Gabriel wusste. Bodomar, Jakobus und Hugibert zu Engelshofen, Männer der Kirche, würden weder den Anschlag, geschweige denn den Mord zugeben. Gabriel vermisste Lambert, seine schweigsame, spöttische Art und sogar sein unverhohlenes Streben nach Reichtum. Seit dem Augenblick, als Gabriel ihn aus dem Wasser gezogen hatte, war Lambert für ihn dagewesen, einem unausgesprochenen Schwur folgend, beinahe wie ein Bruder. Zu gerne würde er sich mit ihm versöhnen, obgleich Lamberts hasserfüllter Ausbruch ihn verstört hatte. Ob er die Todesdrohung ernst gemeint hatte? Gabriel seufzte. Bevor er die neue Kriechblume begann, musste er seine Madonna anschauen. Er holte sie aus ihrem Versteck und stellte sie vor sich auf die Werkbank. Zärtlich fuhr er über das steinerne Gesicht. Er drehte und wendete sie, betrachtete sie kritisch von allen Seiten. Der Faltenwurf des Mantels ließ zu wünschen übrig. Er verlieh mit einem gekonnten Ansetzen des Meißels dem Umhang der Madonna mehr Weichheit. Die Gedanken in seinem Kopf drehten sich ebenso schwerfällig wie das Laufrad. Es konnte nur Lambert gewesen sein, der Zettel und Brief aus dem Versteck im Stall weggenommen hatte, die Mönche waren nicht lange genug am Flößerhaus gewesen, um die Gebäude zu durchsuchen. Nur Lambert und er wussten von der Existenz der Hinweise. Gabriel versuchte, die Zusammenhänge zu sortieren. Fronica war Frederica zu Engelshofen, wusste aber nichts davon. Ihre leibliche Mutter war tot, ihr Halbruder ein Schurke, der nicht davor zurückschreckte, Leben zu opfern, um an Reichtum zu kommen. Er versuchte, sich an den Namen des Mannes zu erinnern, der in dem Schreiben der verzweifelten Rautgundis erwähnt worden war – vergeblich. Wieso glaubten die Mönche, dass Fronica, die nicht einmal ihre wirkliche Herkunft kannte, etwas über das Vermögen wüsste? Es war wie verhext. Egal, wie er es drehte und wendete, es wurde kein Stück daraus. Jedes Mal, wenn er Fronicas Namen nur dachte, glaubte er, den Verstand zu verlieren, vor Trauer über ihr Verschwinden. Abend für Abend ging er zur Hofburg, sprach jeden an, der dort ein- und ausging und erntete nur Schulterzucken und Kopfschütteln. Niemand hatte Fronica gesehen, es gab keine Spur von ihr. Die Wachen kannten ihn bereits und machten sich über ihn lustig.

Es durchzuckte ihn wie ein Blitz, seine Arme sanken kraftlos herab. Ob Lambert etwas mit Fronicas Verschwinden zu tun haben könnte? Wäre der junge Flößer dazu fähig, ihr Gewalt anzutun? Er schien wie vom Erdboden verschlungen. Gabriel hatte bereits an der Lände herumgefragt, ebenfalls ohne ein Ergebnis. Er nahm sich vor, am morgigen Sonntag in den »Grünen Baum«, zu gehen, wo sich die Flößer nach der Messe versammelten, um Neuigkeiten auszutauschen, Geschäfte zu besprechen und das beliebte Trinkritual der Nagelprobe zu zelebrieren. Entweder er würde Lambert dort antreffen oder Neuigkeiten erfahren. Er besann sich auf seine Aufgabe, schlug die Madonna liebevoll in Sackleinen ein und verstaute sie. Gabriel nahm sich den frischen Stein vor, legte die Schablone an und versuchte, eine noch vollkommenere Krabbe zu erschaffen als die zuvor. Als das Ende des Arbeitstages angezeigt wurde, trat er den üblichen Gang in die Burggasse an. Auf der Höhe des Falkenhauses angekommen, erscholl Hufgeklapper und Gebell, er wich schleunigst zur Seite, um nicht über den Haufen geritten zu werden. Die Gräfin zu Riedenburg ritt in stolzer Haltung neben dem Herzog von Bayern, gefolgt von Damen und Herren in Jagdkleidung, alle waren in ausgelassener Stimmung. Gabriel nahm seine Kappe ab und beugte das Haupt, ohne dass eine der Herrschaften hoch zu Ross ihm Beachtung geschenkt hätte. Den Schluss des Zuges bildeten die Jagdknechte, Hundeführer und Falkner, die in den Hof des Falkenhauses abbogen. Gabriel kam ein Gedanke und er folgte den Männern. Einer von ihnen, ebenfalls zu Pferd, sprang schwungvoll herunter und hob dann den Falken, der auf dem Sattelknauf saß, auf die Faust. Gabriel trat zu ihm.

»Verzeiht, Herr, ich suche ein Mädchen, ihr Rabe war in der Falknerei untergebracht …« Er wusste nicht weiter. Der Mann drehte sich um und betrachtete ihn argwöhnisch von Kopf bis Fuß.

»Was willst du von dem Mädchen?«, verlangte er zu wissen, und Gabriel, obwohl er sich über die Bestimmtheit ärgerte, mit der der Mann ihn ausfragte, konnte nicht anders, als ihm zu antworten.

»Sie ist meine Liebste. Sie ist aus der Hofburg verschwunden. Es ist, als hätte es sie nie gegeben. Niemand kann oder will mir Auskunft geben. Ich fürchte um ihr Leben. Ich bin verzweifelt, Herr, ich bitte Euch, wenn Ihr etwas über sie wisst, dann sagt es mir!«

Der Falkner beugte sich zu ihm.

»Komme beim Acht-Uhr-Läuten in die Schänke unter den Bögen. Hier gibt es zu viel neugierige Ohren.«

Gabriel nickte. Das Herz schlug ihm bis zum Hals. Offenbar wusste der Mann etwas. Vielleicht hatte die Ungewissheit bald ein Ende und er würde Fronica endlich wiedersehen!

Bis zum Acht-Uhr-Läuten war es noch lange hin. Unruhig streifte er durch die Straßen und Gassen. Überall sah man Spuren der Arbeit am Ausbau der Bedeutung und des Fortschritts Münchens. Gleichzeitig mit dem Bau der Frauenkirche, wurde ein Klafferbrunnen mit einer großen Röhrenwasserleitung aus Föhrenstämmen angelegt. Darüber hinaus wurde an der Befestigung der Stadt gearbeitet. Das neue Gefängnis und die Schergenstube mit einer Wohnung für den Gefängniswärter im Erdgeschoss des sich im Bau befindlichen Rathauses mit dem Tanzsaal waren beinahe fertiggestellt. Außerdem entstanden dort ein Leinwandkeller und ein Brothaus. Es gab Arbeit für unzählige Schreiner, Steinmetze, Maurer, Mörtelmischer, Kalk- und Ziegelbrenner. Und am Samstagabend waren viele von ihnen unterwegs, um den Lohn für ein gutes Essen, Branntwein oder Dirnen auszugeben. Die Kastanienbäume hatten bereits Kerzen aufgesteckt, die Luft roch nach Frühling und machte die Leute unternehmungslustig. Gabriel war schon weit vor dem vereinbarten Zeitpunkt in der Schänke. Er suchte sich einen Platz, von dem aus er den Eingang gut überblicken konnte und bestellte einen Humpen Bier. Pünktlich mit dem Läuten kam der Falkner. Er ließ sich gegenüber von Gabriel nieder und begann ohne Umschweife.

»Ich bin Hans Wertmann, der Falkenmeister des Herzogs. In der Nacht vom letzten Sonntag wachte ich vom Geschrei der Schwäne im Stadtgraben auf. Jemand versuchte, über die Stadtmauer in den Turm der Veste zu gelangen, um den Bruder Herzog Albrechts und dessen Gefolgsleute zu befreien. Die halbe Stadt war auf den Beinen, meine Tiere waren unruhig, ich war bis zum frühen Morgen bei den Stallungen. Am Abend zuvor waren Gaukler in der Hofburg, sie hatten ihren Wagen im Hof des Falkenhauses abgestellt und schliefen dort. Beim ersten Sonnenstrahl, ich war dabei, die Tiere zu füttern, hörte ich, wie sie zusammenpackten. Als ich fertig war, beobachtete ich, wie ein vermummter Mann den Gauklern einen schweren Sack übergab. Sie fuhren davon und ich dachte mir nichts dabei. Ein paar Tage später erfuhr ich, dass die Gräfin ihre Hofdame vermisst, das Mädchen mit dem Raben. Ich habe mich ein bisschen am Hof umgehört. Es gab wohl einen Zwischenfall zwischen dem Narren und dem Mädchen. Sobald es mir möglich war, habe ich mich auf die Suche nach einer Spur gemacht, aber die Gaukler waren auf und davon. Ich habe den Narren abgepasst und – befragt. Er hat alles abgestritten, trotzdem halte ich es für möglich, dass er sie mit Hilfe der Fahrenden aus dem Weg geräumt hat, um sich an ihr zu rächen. Die Art und Weise wie er sich verhielt, sein Gesichtsausdruck …«

Er lehnte sich zurück und schwieg.

Langsam sickerte die Botschaft in Gabriels Verstand.

»Wer kann sagen, ob dieses Pack Fronica nicht bei nächster Gelegenheit die Kehle durchgeschnitten und sie in den Fluss geworfen hat?«

Seine Kiefer mahlten, er rang um Beherrschung. Der Ältere begegnete seinem Blick.

»Dann hätte ich sie gefunden. Ich habe jeden Stein in der Reichweite eines Tagesrittes umgedreht.«

Bei Gabriel tauchte kurz die Frage auf, warum der Falkner wegen einer Hofdame so viel Aufhebens machte, aber seine Gefühle gewannen Oberhand. Er beugte sich, um Beherrschung ringend über den Tisch.

»Das ist nicht die ganze Geschichte. Es gibt drei Kirchenmänner, elendes Mönchspack, das hinter Fronica her war. Sie sind ständige Gäste in der Hofburg.«

Gabriel versuchte, die Angst, die ihn bei den Worten des Falkners ergriffen hatte, zu verdrängen.

»Prälat Hugibert zu Engelshofen und seine Handlanger Bodomar und Jakobus. Sie haben bereits einen Mord begangen. Mein Freund Albin wurde umgebracht, sie lenkten die Schuld auf mich und sie überfielen mich hinterrücks, als ich Nachforschungen anstellte. Ich habe sie bei der Kirche belauscht, sie waren auf der Suche nach Fronica. Sie wurde von ihnen eingesperrt, konnte sich aber befreien oder wurde von jemandem befreit. Der Prälat hat außerdem etwas mit dem Befreiungsversuch von Herzog Christoph zu tun.«

Der Falkner pfiff durch die Zähne.

»Prälat Hugibert zu Engelshofen!«

Gabriel sah ihn verwundert an.

»Wie sagst du, ist der Name deines Mädchens?«

Wertmann traute ihm offenbar nicht.

»Fronica. Nein, in Wahrheit ist ihr Name Frederica zu Engelshofen. Sie ist die Halbschwester des Prälaten.«

Irrte er sich oder ging ein Flackern durch die Augen des Falkners? Der Mann nickte langsam.

»Dann waren sowohl meine Ahnung als auch meine Befürchtungen richtig. Als ich das Mädchen zum ersten Mal sah, glaubte ich, ein Spuk würde mich narren. Sie ähnelt auf das Haar genau einer Frau, deren Vater ich vor vielen Jahren gedient habe. Rautgundis von Teugen war ihr Name. Während ich im Dienste ihres Vaters stand, heiratete sie blutjung den Grafen Martin zu Engelshofen.«

Schmerz stand dem Falkner ins Gesicht geschrieben, Sehnsucht und unglückliche Liebe, erkannte Gabriel erstaunt.

»Ihr Gemahl kam bei einem Jagdunfall zu Tode, sie blieb zurück mit einem Sohn, Hugibert zu Engelshofen und gab ihn ins Kloster, wo er auf eine geistliche Laufbahn vorbereitet werden sollte. Jahre später verliebte sie sich in einen Mann, Hartwig von Redern, der sich einzig und allein an ihrer Schönheit ergötzen wollte, wie an einer süßen Frucht.

Jetzt zeigte sich blanker Hass in seinen Zügen.

»Von Redern ist – er war, ein machtvoller Mann. Er hatte Verbindungen zu Bischöfen, Grafen und Herzögen, er hat es letztendlich bis in den Rat des Kaisers geschafft. Sein Ansehen war ihm wichtiger als alles andere. Als Rautgundis«, seine Stimme wurde sanft, als wolle er ihren Namen mit dem Klang liebkosen, »ein Kind gebar, dessen Vaterschaft von Redern nicht leugnen konnte, sagte er sich von ihr los. Das Kind hatte seine Augenfarben geerbt. Eines blau, das andere braun. Viel zu spät, erst nach Rautgundis' Tod, habe ich herausgefunden, dass er Mordanschläge auf sie und das Kind verüben ließ.«

Eine ganze Weile lang schwieg der Falkner grimmig.

»Eines Tages brachten sie ihre Leiche zum Haus ihres Vaters. Man hatte sie in München am Isarufer gefunden, ertrunken. Von Frederica gab es keine Spur. Bis vor Kurzem bin ich davon ausgegangen, dass sie auf dem Grund der Isar liegt.«

»Was ist mit Hartwig von Redern?«

Ein böses Lächeln glitt über das Gesicht des Falkners.

»Er hat letztendlich bekommen, was er verdient hat. Von Redern wurde unweit seines Hauses in Wien gefunden. Fast zehn Jahre muss es her sein. Er wurde von Unbekannten auf der Gasse erschlagen.«

Wertmann sprach langsam, beinahe genussvoll, den Blick in die Ferne gerichtet.

»Sein Kopf wurde nur noch von wenig Haut am Hals gehalten. Seine Schienbeine waren zerbrochen, der Körper mit Wunden übersät. Seine Augen fehlten.«

Gabriel brauchte nicht zu fragen, woher Hans Wertmann derart genau wusste, wie die Leiche des Mannes zugerichtet gewesen war. Schauder liefen ihm den Rücken hinab. Hastig griff er nach seinem Becher und stürzte den Inhalt hinunter. Er entschloss sich, dem Falkner von Reschs Geheimnis zu berichten. Gabriel erzählte Hans Wertmann, wie Floßmeister Resch versucht hatte, Rautgundis und das Kind zu retten, aber nur Fronica überlebte. Er schilderte, wie die Flößerleute das Kind als das ihre angenommen und aufgezogen hatten, und schließlich, dass Sidonie von Riedenburg eines Tages nach Fronica geschickt hatte.

»Fronica weiß weder von ihrer Herkunft, noch, dass sie einen Halbbruder hat, der ihr nach dem Leben trachtet«, schloss Gabriel. Der Falkner hatte ihm aufmerksam zugehört, bei der Erwähnung von Rautgundis' Tod hatte sich sein Gesicht verdunkelt.

»Wie soll ich sie denn jemals wiederfinden?«, fragte Gabriel verzweifelt.

Wertmann schaute ihn lange an und schüttelte dann den Kopf.

»An deiner Stelle würde ich es gar nicht erst versuchen. Wer weiß, wohin die Gaukler gezogen sind, wie lange sie bei ihnen geblieben ist. Selbst wenn du sie finden solltest, du müsstest ihr die Wahrheit über ihre Herkunft sagen. Sie ist von edlem Geblüt und nichts für Männer wie uns. Erspare dir das Leid.«

Gabriel lag die Frage auf der Zunge, ob Wertmann jemals über die heimliche Liebe zu Rautgundis hinweggekommen sei. Ob er irgendwann glücklich geworden war mit einer anderen. Gleichzeitig fürchtete er die Antwort. Er fühlte sich einsamer denn je.

Schweigend tranken sie aus und verließen die Schänke. Der Himmel lag dunkel und tief über der Stadt. Mit einem wortlosen Nicken verabschiedete sich Hans Wertmann und verschwand in der Dunkelheit. Gabriel schaffte es bis in seine Kammer. Dort brüllte er seinen Schmerz hinaus, der unaufhaltsam aufstieg aus den tiefsten Gründen seines Herzens und seiner Seele.

Fronica beugte sich über die Wasserschale, kämpfte mit dem Gefühl, als das Wasser scheinbar über ihrem Kopf zusammenschlug und ihr den Atem raubte.

»Bevor der nächste Herbst kommt, wirst du ein Kind tragen. Dein Mann wird gute Geschäfte machen. Ich sehe schöne Kleider, ein Gewand mit Pelzbesatz!«

Sie blickte in das dickliche Gesicht der Bürgersfrau, die hinter den Wandschirm gekommen war. Mit einem seligen Lächeln erhob sich die Frau und dankte Fronica überschwänglich. Kaum war sie fort, erschien die nächste Kundin. Seit die ersten beiden Frauen bei ihr gewesen waren, ging das so. Die Kunde über ihre wundersamen Weissagungen verbreitete sich wie ein Lauffeuer durch die Gassen von Rosenhaim, wie die Stadt hieß, deren Wappen eine Rose zeigte. Medusa verzichtete inzwischen darauf, Fronica zu überwachen, die Menge der Frauen, die anstanden, um von ihrem Glück zu hören, sprach für sich. Manch eine der begüterten Frauen gab Fronica eine zusätzliche Münze zum Lohn für die freudigen Nachrichten. Alles, was über den üblichen Preis hinausging, behielt sie für sich, ohne den Funken eines schlechten Gewissens zu verspüren. Es musste bald Mittag sein, die Sonne stand hoch am Himmel und wärmte die Haut angenehm. Für einen Augenblick hob sie ihr Gesicht in die Wärme. Seit ihrem missglückten Fluchtversuch hatte sie kaum mit den anderen gesprochen. Sie war sich nicht sicher, ob Antonio ihnen erzählt hatte, was in der Nacht geschehen war. Riccia wich selten von ihrer Seite, im Lager und unterwegs saß sie still bei ihr, als würde die Nähe Fronicas ihr Schutz bieten. Als die letzte

Kundin, eine ältere Frau, die wissen wollte, ob sie den kommenden Winter überleben würde, mit vor Freude glänzenden Augen davon geeilt war, stand Fronica auf und streckte sich. Sie spähte hinter dem Wandschirm hervor. Der Marktplatz war belebt, eine Gruppe Zuschauer hatte sich um Doffo geschart, der augenrollend und übertrieben schmatzend seine Feuermahlzeit zu sich nahm. Antonio und Lupino bereiteten sich auf ihren Auftritt vor, Medusa schickte sich soeben an, Gilgama aus ihrer Kiste zu heben. Vito und Mauro waren damit beschäftigt, Riccias Martyrium, die Scheibe, aufzubauen. Das Mädchen ließ gerade unter dem Jubel einer Kinderschar ihre Bälle in die Luft fliegen, als Fronica das vertraute Krächzen vernahm und der Rabe auf ihrer Schulter landete. Er öffnete und schloss mehrmals den Schnabel, ruckte mit dem Kopf und schlug mit den Flügeln. So überraschend, wie er gekommen war, flog er wieder auf, ließ sich aber nur ein Stück entfernt auf einem Sims nieder, sah zu Fronica, flatterte ein Stückchen weiter, als wolle er sie locken. Sie verstand. Alle Gaukler waren eine Weile beschäftigt, von ihr nahmen sie das gleiche an. Sie musste handeln, jetzt, sofort. Sie legte ihren Umhang um die Schultern, um das rote Kleid so gut wie möglich zu verdecken. Den Beutel mit den Einkünften ließ sie neben der Wasserschale zurück und duckte sich flink hinter den Karren. Gebückt lief sie zu den Häusern am Rand des Markplatzes, versteckte sich in einem Hauseingang und verharrte dort. Ihr Herzschlag dröhnte in ihren Ohren. Sie spähte hinaus, niemand folgte ihr, keiner rief ihren Namen. Sie überlegte nicht lange, schob sich an der Mauer entlang, rannte in die nächste Gasse hinein. Immer wieder sah sie über ihre Schulter zurück, aber außer den Bürgern, die ihren sonnabendlichen Beschäftigungen nachgingen, war nichts zu sehen. Ihre Seite begann, schmerzhaft zu stechen und sie ließ sich zitternd und außer Atem auf einen Mauervorsprung sinken. Nur einen Augenblick ausruhen, nachdenken. Ihre Blicke wanderten suchend umher. Wo konnte sie sich verstecken? Wo sollte sie hin? Die Gaukler mussten vor Torschluss die Stadt verlassen. Wenn sie es schaffte, sich lange genug vor ihnen zu verbergen, könnte sie sich ein Nachtquartier suchen und sich in Ruhe einen Plan ausdenken. Ruhig, sie musste ruhig werden, einen klaren Gedanken fassen. Vor allem brauchte sie Wasser, ihre Kehle brannte vor Durst. Sie ging weiter, bis sie zu einem Torbogen kam. Auf dem Innenhof dahinter ging es drunter und drüber. Mehrere Wagen wurden beladen, Pferde scharrten ungeduldig, Knechte und Mägde wuselten durcheinander. Es sah aus, als würde die Gruppe jeden Augenblick aufbrechen. Fronica war mit einem Mal, als würde sie von einer höheren Macht gelenkt. Wie eine Schlafwandlerin betrat sie den Hof, mischte sich unter die Leute. Sie nahm einen Kessel, der neben einigen Säcken stand und folgte damit einer Magd, die mit hochrotem Kopf mehrere riesige Pfannen schleppte und diese ächzend auf einen der Kobelwagen wuchtete. Niemand achtete auf Fronica, die den Kessel dazu packte, selbst hinaufkletterte und ihn weiter nach hinten auf die Ladefläche schob. Dort lagen bereits mehrere Säcke und Gerätschaften. Fronica bugsierte einen Sack zur Seite und quetschte sich in die entstandene Lücke. Bebend vor Aufregung hockte sie da und wagte kaum zu atmen. Hatte sie jemand beobachtet? Weitere Kisten, Fässer und Säcke wurden auf den Wagen gehoben. Es begann, köstlich nach geräuchertem Schinken zu duften und ihr Magen knurrte laut. Erschrocken drückte sie die Hände auf ihren Bauch. Endlich wurde die Plane geschlossen und festgebunden. Es erschien ihr, als wäre eine Ewigkeit vergangen, als endlich der Ruf »Los geht's«, ertönte und der Wagen sich mit einem Ruck in Bewegung setzte. In höchster Anspannung, halb erdrückt von den Mehlsäcken, kauerte sie auf dem Wagen, der zügig über das Pflaster rumpelte. Wenn sie es nur schaffen würde, unentdeckt aus der Stadt herauszukommen! Irgendwann hallte das Geräusch der Räder und Hufe nicht mehr von Mauern wider und sie hatten Rosenhaim verlassen. Beinahe hätte Fronica aufgeschrien vor Erleichterung, hastig biss sie sich auf die Fingerknöchel, um auf keinen Fall einen Laut von sich zu geben. Auf dem Innenhof hatte sie mehrere Ritter gesehen, die den Tross begleiteten und Fronica hätte zu gerne gewusst, wohin sie fuhren. Die Gaukler mussten ihr Verschwinden längst bemerkt haben. Medusa war sicherlich außer sich vor Zorn gewesen, als sie hinter den Wandschirm geblickt und nichts als eine Wasserschale und den Beutel vorgefunden hatte. Fronica wurde es eiskalt vor Schreck. Antonio könnte Lupino auf ihre Fährte setzen, der würde ihn zielsicher bis zu dem Ort führen, an dem sie auf den Wagen geklettert war. Der Wolfsmann bräuchte nur ein paar geschickte Fragen stellen und er wüsste, dass vor Kurzem ein Tross die Stadt verlassen hatte. Vielleicht würde er sogar das Ziel in Erfahrung bringen. Jetzt, wo sie ein gutes Einkommen brachte, war den Gauklern vermutlich noch weniger daran gelegen, sie einfach ziehen zu lassen. Gedanken, Sorgen, Fragen und Befürchtungen schwirrten wie ein aufgeregter Bienenschwarm durch ihren Kopf, bis sie schließlich vor Erschöpfung einnickte und erst wieder erwachte, als das Knarzen der Räder verstummte. Draußen wurden Befehle gebrüllt. Fronica war augenblicklich hellwach. Jetzt kam es darauf an, einen günstigen Augenblick abzupassen, um den Wagen zu verlassen. Wie eine Katze auf der Lauer wartete sie angespannt. Jemand schob die Plane zur Seite, Gegenstände wurden vom Wagen gezerrt. Draußen war man anscheinend dabei, das Lager aufzuschlagen. Fronica mühte sich verbissen, die Säcke ein Stückchen zur Seite zu schieben, stellte verzweifelt fest, dass sie nicht herauskommen würde, bevor alles abgeladen war. Sie zerrte an der Plane. Endlich gelang es ihr, zwischen Stoff und Karren einen Spalt zu schaffen. Sie spähte hinaus. Einige Männer waren dabei, Feuer zu entfachen, andere versorgten die Pferde, entluden die Wagen. Fronica sah keinen Ausweg. Sie würde warten müssen, bis die Dämmerung anbrach. Ihr rechtes Bein war völlig taub, ihre Zunge klebte vor Durst am Gaumen. Sobald die Sonne untergegangen war, unternahm sie einen neuen Versuch. Draußen flackerten mehrere Feuer. Sie zerrte die Plane hoch, hob mühsam ein Bein über das Seitenbrett des Wagens und begann, sich Zoll für Zoll durch den Zwischenraum zu schieben. Fronica fühlte Boden unter den Füßen, ließ sich vom Karren gleiten. Ihre Beine trugen sie nicht, sie sackte zu Boden, blieb einfach sitzen. Mehrere Feuer flackerten, über dem größten drehte sich ein Spieß mit einem Schwein. Männer saßen an den Feuerstellen, tranken und würfelten, andere kümmerten sich um die Zugtiere. Sie hatten einige Zelte errichtet. Fronica stieß einen Schreckenslaut aus, als wie aus dem Boden gewachsen ein Mann neben ihr erschien. Es war einer der Ritter. Die strähnigen Haare hingen bis auf seine Schultern, der Helm hatte einen Nasenschutz in der Form eines Kreuzes. Die Augen des Mannes waren blutunterlaufen, die Nasenflügel stark aufgewölbt.

»Gehörst du zu den Marketenderinnen?«

Er ließ seinen Blick über ihren Körper wandern. Fronica nickte, unfähig, etwas zu sagen oder aufzustehen.

»Bring uns Brot«, er deutete auf das Feuer, über dem das Schwein gedreht wurde, »und mehr Wein, unsere Kehlen sind trocken vom Straßenstaub.«

Sein Blick klebte wie Pech an ihr, er leckte sich die Lippen. Sie stand langsam auf. Der Mann stand dicht vor ihr, sie zog ihren Umhang eng um sich und schob sich an ihm vorbei, versuchte, ihn nicht zu berühren. Eine kräftige Frau eilte an ihr vorbei. Fronica nahm ihren Mut zusammen.

»Wo ist das Brot?«, rief Fronica ihr zu.

Die Frau hielt abrupt an. Unter ihrer Haube schaute ein nachlässig geflochtener, grauer Zopf hervor. Der weite Ausschnitt ihrer Bluse ließ Brüste sehen, die sie wie einen Verteidigungswall vor sich herschob, als sie auf Fronica zukam. Fronicas Entsetzen wuchs, als ihr bewusst wurde, dass sie die Frau kannte. Sie war in Rosenhaim hinter den Wandschirm gekommen, um sich von Fronica ihre Zukunft weissagen zu lassen.

»Da brat mir einer 'nen Storch! Was haben wir denn da?«

Sie stemmte die Arme in die Hüften und unterzog Fronica einer ausgiebigen Musterung. Fronica wäre am liebsten im Erdboden versunken, ihr Kopf war leer, sie hatte keine Ahnung, was sie antworten sollte.

»Welcher von den Rittern hat dich eingeschmuggelt?«

Grimmig verschränkte die Frau ihre Arme vor dem Busengebirge. Fronica, vor Aufregung und Erschöpfung am ganzen Körper zitternd, deutete mit dem Kinn dorthin, wo gerade noch der Ritter gestanden hatte.

»Unverschämtheit! Ich habe meine Mädchen dabei, und der Herr ist sich zu fein dafür und bringt sich seine eigene kleine Schlampe mit! Glaube nicht, dass du einfach in deine Tasche wirtschaften kannst. Alle Einkünfte werden geteilt. Du verlangst den gleichen Hurenlohn wie meine Mädchen, leistest die gleiche Tagesarbeit, ist das klar!«

Während die Frau ihre zornige Rede führte, wuchs Fronicas Entsetzen. Sie war vom Regen in die Traufe geraten. Wäre sie nur bei den Gauklern geblieben! Jetzt gab es kein Entrinnen mehr.

»Ich werde arbeiten, mehr als alle anderen, aber bitte, zwingt mich nicht, mich zu verkaufen! Es ist ein Missverständnis. Der Ritter hat mich nicht eingeschmuggelt, ich bin heimlich in Rosenhaim auf den Wagen gestiegen, weil ich aus der Stadt heraus wollte.«

Tränen flossen ihr über die Wangen, ohne dass sie es verhindern konnte.

»Erkennt Ihr mich nicht, Gevatterin? Ich habe für Euch im Wasser gelesen, eine weite Reise habe ich gesehen, und ein schönes Haus, in dem Ihr wohnen werdet!«

Fronica erinnerte sich gut an die Bilder, sie hatte nicht lügen müssen und war in diesem Augenblick mehr als erleichtert darüber. Die Frau stutzte und kam näher. Sie zwinkerte verblüfft.

»Meiner Treu! Jetzt erkenne ich dich – du bist die Seherin!«

Ihre Züge wurden weicher.

»Hör auf, Tränen zu vergießen, alles wird sich finden.«

Sie fasste Fronica an der Schulter und schob sie vor sich her zu einem Feuer etwas abseits. An einem Dreibeingestell hing ein Kessel, aus dem es köstlich duftete. Fünf Frauen saßen dort, alle bis auf eine etwa in ihrem Alter, kämmten sich gegenseitig die Haare, aßen, plauderten. Die Frau drückte Fronica eine Schale in die Hand.

»Setz dich her. Bestimmt bist du hungrig. Iss erst einmal, dann erzählst du mir alles. Ich bin Sibille und das da sind meine Mädchen.«

Sie deutete mit ihrem fleischigen Finger auf die Frauen, die verstummten und Fronica neugierig betrachteten. Sibille schickte zwei der Frauen mit Brot und Wein zu den Männern. »Solange sie fressen und saufen bleiben wir ungestört«, meinte sie mit verächtlich heruntergezogenen Mundwinkeln. Fronica ließ sich dankbar am Feuer nieder und trank gierig die Suppe. Sibille reichte ihr einen Humpen und Fronica leerte ihn in einem Zug. Der säuerliche verdünnte Wein erschien ihr das Köstlichste, was sie je getrunken hatte.

»Danke!«, sagte sie aus tiefstem Herzen.

Nachdem sie Hunger und Durst gestillt hatte, erzählte sie ihre Geschichte. Die Marketenderinnen lauschten wie gebannt, als Fronica von ihrem Aufenthalt am Hof in München erzählte, weinten, als sie vom Tod des Vaters berichtete, bekamen sehnsuchtsvoll glänzende Augen, als sie mit zärtlicher Stimme von Gabriel sprach, und flüsterten zornig miteinander, als sie zu der Stelle kam, an der sie von Unbekannten niedergeschlagen wurde und auf dem Wagen der Gaukler erwachte.

»Wohin zieht der Tross?«, fragte Fronica, als sie beschrieben hatte, wie sie in Rosenhaim vor den Gauklern geflohen war und sich auf dem Wagen versteckt hatte.

»Nach Ungarn geht es, die Ritter ziehen gegen die Osmanen«, versetzte Sibille. Fronica sank der Mut.

»Ich will nach Hause«, seufzte sie. »Meine arme Mutter ist bestimmt außer sich vor Kummer.«

Dass sie selbst außer sich vor Sehnsucht nach Gabriel war, musste sie nicht erwähnen. Sibille tätschelte ihre Hand.

»Na, lass den Kopf nicht hängen«, tröstete sie Fronica, »wenn wir in eine größere Stadt kommen, findest du bestimmt eine Möglichkeit, zurück nach München zu reisen.«

Das Grölen und Gelächter der Männer wurde lauter und rauer, es dauerte nicht lange, bis zwei Ritter zu den Frauen ans Feuer kamen.

»Ihr Schönen, welche von euch will den Vorzug genießen, das Lager mit mir zu teilen? Mein Rammbock ist mehr als bereit für die Erstürmung!«

Er fasste sich prahlerisch zwischen die Beine. Die Frauen wechselten vielsagende Blicke. Schließlich erhob sich die Frau mit glatten braunen Haaren, die sich als Petrissa vorgestellt hatte. Sie ging zu dem Ritter und streckte fordernd die Hand aus.

»Erst die Bezahlung, dann kann der Rammbock das Tor einrennen.«

Der andere Mann brach in dröhnendes Gelächter aus und tätschelte Petrissas Kehrseite.

»Mir gefallen Weiber, die nicht auf den Mund gefallen sind, die können meistens gut die Flöte blasen«, er vollführte eine obszöne Geste.

»Flötenmusik kostet das Doppelte«, versetzte Petrissa gelassen und wandte sich dem Kerl zu.

»He, Finger weg, das ist meine, ich bin zuerst dran!«, schimpfte der Erste, ein grobschlächtiger Bursche mit einem leichten Silberblick, und stieß seinen Nebenbuhler in die Seite. Dem wollte die rüde Behandlung nicht gefallen.

»Der Teufel soll dich und deinen mickrigen Wurm holen!«, pöbelte er. »Es sind genug Weiber da! Nimm dir eben eine andere!«

Bevor es zu gröberen Handgreiflichkeiten kommen konnte, mischte sich Sibille ein und führte ein weiteres Mädchen, Ada, zu dem Ritter, der zuerst gesprochen hatte.

»Bezahlt und nehmt die Mädchen, bevor Ihr Eure Kraft mit einem Händel vergeudet und keinen mehr hochkriegt«, spottete sie. Murrend zogen die Ritter ihre Beutel hervor und legten den geforderten Betrag in Sibilles Hand. Geschwind ließ sie die Münzen in ihre Geldkatze gleiten und die Mädchen verschwanden mit den Männern in die einfachen Kegelzelte, die etwas abseits hinter einem Gebüsch aufgeschlagen worden waren. Bald darauf war Grunzen und Stöhnen zu hören. Fronicas Wangen wurden heiß. Wie konnten die Frauen derart selbstverständlich dieser Arbeit nachgehen, ihre Körper solch scheußlichen Männern überlassen? Sibille fing ihren Blick auf und schnaubte.

»Du bist noch Jungfrau?«

Mit gerunzelter Stirn fixierte sie Fronica, die verschämt die Augen niederschlug.

»Dann pass gut auf dein Bestes auf, sonst bist du deine Unschuld schneller los, als du Amen sagen kannst.«

Als Fronica sich verzweifelt auf die Lippe biss, fügte Sibille besänftigend hinzu: »Keine Angst, du kannst in meinem Zelt schlafen, da traut sich keiner hinein, verlass dich darauf!«

Sie wies auf ihren Gürtel. Fronica sah, dass ein großes Messer daran befestigt war und fühlte sich ein klein wenig besser. Nach kurzer Zeit gesellten sich erst Ada, gleich danach Petrissa wieder zu ihnen. Sibille war gerade dabei, von der erfreulichen Zukunft zu schwärmen, die Fronica ihr vorausgesagt hatte. Dazwischen baute sie allerlei

Luftschlösser, malte die fehlenden Übergänge in leuchtenden Farben aus.

»Oh, ich will auch wissen, was das Schicksal für mich bereit hält!«, »Bitte, lies mir die Zukunft!«, »Ich möchte auch!«, riefen die Mädchen durcheinander.

»Ich zuerst, ich bin als Erste dran!«, forderte Walburga, die ältere Frau, deren forschende Blicke Fronica nicht entgangen waren.

»Mit welchem Recht drängst du dich vor? Du arbeitest am wenigsten von uns, weil deine alte runzlige Fotze keiner mehr haben will!«, schmähte Irmgard, deren engelhaftes Gesicht nicht zu ihren derben Worten passen wollte. Fronica überließ die Frauen ihrem Streit und stand auf, um eine saubere Schale zu holen und sie mit Wasser aus einem Fass zu füllen. Die Bilder trafen sie unvermittelt, kaum hatte sie sich über das Wasserfass gebeugt. Sie rang nach Luft, überwand einmal mehr das Gefühl, zu ertrinken. Im Schein des Abendrotes entfaltete sich vor ihren Augen über der Wasseroberfläche eine Reihe von Bildern. Der Turm, ringsum Wasser. Graue Mauern. Die Flügel eines gewaltigen Tores schwangen lautlos zu. Die Nonne sah sie eindringlich an, ihre Lippen formten stumme Worte. Keuchend hielt Fronica sich an dem Fass fest. Ihr schwindelte. Wenn sie es nur vermeiden könnte, diese Bilder zu sehen, zu deren Deutung sie keinen Zugang fand! Als ihr Atem sich beruhigte, füllte sie die Schale und ging damit geradewegs zu Mathilde, die den immer noch andauernden Streit mit geringschätzig verzogenem Mund verfolgte. Sie stellte die Schale vor dem Mädchen ab und versenkte sich in sich selbst, wie sie es immer tat, wenn sie für andere las.

»Du wirst krank werden, sehr bald schon. Du wirst die Krankheit überstehen und ein besseres Leben finden. In einem Haus, als Magd. Ein Mann, er geht einem Handwerk nach, es ist ein Hufschmied. Du wirst ein einfaches, aber zufriedenes Leben führen.«

Der Fluss der Bilder versiegte, Fronica schwieg. Als sie aufsah, war Mathilde geisterhaft bleich geworden.

»Ich will keine Magd sein. Und schon gar nicht krank werden! Warum sagst du diese schrecklichen Dinge?«

Fronica blickte voll Bedauern in Mathildes verärgertes Gesicht. Vielleicht hatte Medusa recht gehabt und die Leute wollten belogen werden.

»Ich suche dein Schicksal nicht aus. Ich sage nur, was ich sehe.« Und an die anderen Frauen gerichtet: »Wenn ihr die Wahrheit nicht ertragen könnt, dann solltet ihr das Wasser nicht befragen.«

Für einen Augenblick herrschte Stille, schließlich stand Walburga auf, schob Mathilde zur Seite und ließ sich vor Fronica nieder. Mit einer trotzigen Bewegung schleuderte sie ihre Haare über die Schulter.

»Ich will die Wahrheit.«

Fronica nickte stumm. Nach einer Weile sah sie auf. Auf Walburgas Gesicht zeigte sich ein verkrampftes Lächeln.

»Dein Leben verändert sich nicht. Du wirst beim Tross bleiben, ich sah fremdartige Reiter mit kegelförmigen Mützen und hohen Stiefeln.«

Es erschien Fronica barmherziger, oder sicherer, Walburga zu verschweigen, dass einer dieser Reiter ihr die Kehle durchschneiden würde.

Bis auf Irmgard mit der scharfen Zunge kam ein Mädchen nach dem anderen zu Fronica. Die einen hatten ein Lächeln auf den Lippen, andere trugen eine ernste Miene zur Schau, nachdem sie ihre Weissagungen empfangen hatten. Fronica war gerade dabei, das Wasser auszugießen, als der Ritter, der sie neben dem Wagen angesprochen hatte, schwankend herbeikam.

»Ich will die Blonde mit dem roten Kleid«, lallte er und stolperte auf Fronica zu, der beinahe das Herz stehen blieb. Sibille bedachte ihn mit einem kalten Blick.

»Sie ist unpässlich«, sagte sie. »Suche dir eine andere aus.«

»Ich will aber die Blonde!«, beharrte der Mann und ballte die Faust.

»Und ich habe gesagt, sie ist unpässlich«, entgegnete Sibille ungerührt. »Irmgard ist ebenfalls blond.«

Sie machte dem Mädchen ein Zeichen und Irmgard erhob sich widerwillig. Sibille knöpfte dem Freier das Geld ab, bevor er es sich anders überlegte. Der betrunkene Ritter schimpfte vor sich hin, folgte Irmgard dennoch ins Zelt. Fronicas Herzschlag hatte sich gerade beruhigt, als ein Schrei ertönte, gleich darauf das betrunkene Brüllen des Ritters, dann ein erstickter Laut. Unheilvolle Stille folgte. Sibille hob den Kopf, ihr Blick wurde wachsam. Sie stand auf, ihre Schritte wurden schneller, je näher sie den Zelten kam, ihre Hand fuhr zu dem Messer an ihrem Gürtel. Die Mädchen folgten ihr, Fronica schloss sich an. Der Ritter kam aus dem Zelt, im Begriff, seinen Gürtel zu schließen. Er bückte sich nach seinem Schwert, das er vor dem Eingang abgelegt hatte.

»Das dumme Stück hat es nicht gebracht. Hat es nicht geschafft, dass ich einen Ständer kriege. Gib mir mein Geld zurück!«

Sibille hatte inzwischen den Stoff zurückgeschlagen, der den Eingang verhüllte. Irmgard lag rücklings auf dem Lager aus Decken und Fellen. Der Stoff ihres Kleides war zerrissen und über ihren nackten Bauch geschoben, die Arme hatte sie von sich gestreckt. Der Kopf war merkwürdig verdreht, am Hals konnte man dunkle Male erkennen. Fronica stöhnte auf. Die Hure mit dem Gesicht eines Engels war tot.

Kapitel 16

Inseln

Die Pferde mühten sich reichlich, die schweren Karren bergauf zu ziehen. Die Gegend war hügelig, am Wegrand schäumten die Blüten der Wolfswurzel in üppigster Fülle und verströmten ihren herben Duft in der Morgensonne. Wie betäubt ging Fronica Meile für Meile hinter dem Wagen her. Sie hatte eine schlaflose Nacht verbracht, dicht an Sibille gedrängt, die mit offenem Mund, völlig weggetreten, neben ihr schnarchte. Die Marketenderin hatte jedem der verstörten Mädchen einen Becher Branntwein eingeschenkt und selbst einen guten Humpen davon heruntergestürzt. Sie hatte den Anführer des Trosses herbei geholt und den Mord an Irmgard angezeigt. Der betrunkene Ritter war lediglich verwarnt worden, sich künftig anständig aufzuführen. Der mitreisende Priester, ein Benediktinermönch, schlug gleichgültig das Kreuz über der Toten, lustlos ein Gebet murmelnd. Mehr war ein Hurenleben nicht wert. Zwei Knechte hatten ein Grab am Waldrand ausgehoben. Irmgards Körper wurde noch in der Nacht in eine Decke gewickelt und in die kalte Grube gelegt. Bevor der Tross am Morgen weiterzog, hatte Walburga ein Kreuz aus zwei Hölzern gebunden und in die Erde gesteckt. Fronica pflückte ein Sträußchen Wiesenblumen und legte es auf das Grab.

»Was hat sie davon? Du solltest an ihrer Stelle hier liegen, Hexenweib«, hatte Ada, die mit Irmgard befreundet gewesen war, gefaucht und ihr vor die Füße gespuckt. Fronica zog sich wieder in sich zurück und half zutiefst erschüttert, zusammenzupacken. Immer wieder spukten ihr die Geschehnisse der gestrigen Nacht durch den Kopf, vermischten sich mit Bildern des Turms und dem Gefühl, von Wasser umgeben zu sein. Sie erreichten die Kuppe des Hügels, die Landschaft breitete sich zu Fronicas Füßen aus und sie stand wie vom Donner gerührt. Unterhalb der Hügelkette lag ein riesiger See. Nie zuvor hatte Fronica solche Mengen an Wasser auf einem Fleck gesehen. Der See glitzerte verlockend in der Sonne, in der Ferne schliefen riesige Berggipfel unter Decken aus blendend weißem Schnee. Im See ruhten drei Inseln, eine große, eine kleine, genau zwischen den beiden ein winziger Fleck Land, kaum größer als der Markplatz in München. Als Fronica die Augen zusammenkniff, konnte sie deutlich die Umrisse eines Turmes auf der kleinen Insel erkennen, des Turmes, der sie in ihren Visionen immer wieder vor Rätsel gestellt hatte.

Seit ihrer Flucht aus Rosenhaim hatte sie den Raben nicht mehr gesehen, jetzt schallte sein heiseres Krächzen triumphierend aus der Krone einer Eiche, aus der er sich in den Himmel schwang und mit kräftigen Flügelschlägen über den See flog.

»Die Benediktinerinnenabtei Frauenwörth im Chiemsee«, sagte eine Stimme neben ihr. »Die Heilige Irmengard hat dort gewirkt und ist im Fundament der Kirche zur letzten Ruhe gebettet.«

Der Mönch war unbemerkt neben sie getreten und deutete auf die Insel mit dem Turm. Mit angewidert verzogenem Gesicht fuhr er fort:

»Auf der großen Insel steht das Kloster Herrenwörth der Augustiner. Die Benediktinerinnen, fast alle hochherrschaftliche Stiftsdamen, nehmen das Anliegen des Heiligen Benedikts, Gäste zu bewirten, gar zu wörtlich. Sie locken die Mönche auf den kleinen, verderbten Flecken dort zwischen den Inseln, um sich in Hurerei mit ihnen zu ergehen!«

Er breitete pathetisch die Arme aus, als predige er die ewige Verdammnis von einer Kanzel.

»Gott, unser Herr straft die Sünderinnen und Sünder dafür, dass sie ihr Keuschheitsgelübde gebrochen haben. Bis in alle Ewigkeit werden ihre Seelen dazu verdammt, ihre Jämmerlichkeit auf dem Grunde des Sees zu fristen.«

Er neigte seinen Mund zu Fronicas Ohr und zischte:

»Bei Sturm steigen die Verdammten auf den peitschenden Wellen an die Oberfläche, treiben ihr Unwesen und holen sich die Fischer.«

Fronica lief ein Schauer den Rücken hinab. Sie erinnerte sich an seine lieblose Segnung der toten Irmgard und unterließ es, ihm zu antworten. Er warf ihr einen garstigen Blick zu und setzte seinen Weg fort. Bei den Worten des Mönches hatte ihr Herz begonnen, schneller zu schlagen. Sie wusste, dass sie diese Insel erreichen musste, koste es, was es wolle. Wie bedachtsam das Schicksal seine Fäden webte! Sie betete, dass der Weg hügelabwärts zum Seeufer führen würde. Es musste möglich sein, zu den Inseln überzusetzen. Mit aller Macht versuchte sie, ihre Ungeduld zu bezähmen, nicht den Berg hinunterzurennen. Sie wollte keine Aufmerksamkeit auf sich lenken, weder die der Marketenderinnen, noch die der Männer des Trosses. In ihrem Kopf arbeitete es. Sollte sie sich einfach in die Büsche schlagen, als müsse sie ihre Notdurft verrichten und dann verschwinden? Nein. Sibille war gut zu ihr gewesen. Hätte die alte Marketenderin nicht ihre schützende Hand über Fronica gehalten, läge sie selbst jetzt am Waldrand in der Erde verscharrt. Sie schuldete ihr wenigstens einen Dank zum Abschied. Der Wald versperrte den Blick auf den See und es verging einige Zeit, bis der Zug auf die Uferstraße gelangte. Seevögel zogen kreischend ihre Bahnen unter dem blauen Himmel, im Schilf quakten Enten, Wellen klatschten spielerisch an die Uferböschung. Obwohl ihre Füße vom vielen Gehen schmerzten, fühlte sich Fronica beschwingt, beinahe wie trunken. Am frühen Mittag erreichten sie ein Fischerdorf. Man beschloss, das Lager aufzuschlagen. Die Pferde waren erschöpft, es war ein guter Platz, die Tiere zu tränken, die Wasservorräte aufzufüllen, Kleidung zu waschen. Fronica half, die Kochgerätschaften abzuladen und passte einen Zeitpunkt ab, um Sibille alleine zu sprechen.

»Sibille, ich muss dir etwas sagen. Ich muss meiner Wege gehen. Ich weiß nicht, wie ich dir danken soll, dass du mir zu essen gegeben und mich geschützt hast, vor diesem … Unmenschen. Die Heilige Mutter Maria möge dich und die anderen Frauen beschützen.«

Sibille blickte sie voll Bedauern an.

»Meiner Treu, das schmerzt mich, Fronica. Jetzt, wo mir nur mehr vier Mädchen geblieben sind, muss ich mich nach Ersatz umsehen. Ich hätte dich gerne bei uns behalten. Du hättest dich schon an unser Leben gewöhnt, und an die Kerle. Du wirkst unnahbar und trotzdem sinnlich, auf eine besondere Art geheimnisvoll. So eine Mischung macht die Männer verrückt, lass es dir gesagt sein. Wir hätten beide gut verdient. Willst du es dir nicht noch einmal überlegen?«

Fronica schüttelte langsam den Kopf.

»Leb wohl, Sibille. Denk an mich, wenn du in dein Haus einziehst.«

Unvermittelt zog Sibille Fronica an sich, presste sie an ihren ausladenden Busen und wiegte sie hin und her wie ein Kind.

»Gehab dich wohl, Mädchen.«

Zu gerne hätte Fronica sich und ihr Kleid gewaschen, das ihr schweißfeucht am Rücken klebte, aber dafür war jetzt keine Zeit. Sie stand kurz davor, das Rätsel um die bedrängenden Bilder zu lösen, und brannte darauf, zum Kloster überzusetzen, was immer sie dort erwarten würde. Sie entfernte sich vom Lager, ohne sich von den anderen Marketenderinnen zu verabschieden. Beherzt lief sie auf einen Fischer zu, der dabei war, seine Netze aufzuhängen.

»Kannst du mich zu den Benediktinerinnen übersetzen?«

Der Fischer unterbrach sein Tun. Der Blick, mit dem er ihr rotes Kleid und den geflickten Umhang maß, drückte sein deutliches Missfallen über ihre Erscheinung aus.

»Das kostet acht Kreuzer.«

Der Preis war unverschämt. Acht Kreuzer verdiente ein Handlanger an einem Tag! Trotzdem nickte sie. In dem Beutel an ihrem Gürtel befanden sich zwölf Kreuzer. Wenn es ebenso viel kosten würde, zum Festland zurückzukehren, würde sich eine andere Lösung finden müssen. Sie nestelte die Münzen heraus und drückte sie dem Mann in die Hand. Misstrauisch beäugte er sie.

»Heute kannst du nicht mehr zurück. Ich warte nicht auf dich. Der Sturm kommt.«

Mit einem vielsagenden Blick deutete er auf eine geschlossene Decke aus wellenförmigen Wolken, die sich am Horizont zusammenzog.

»Ich weiß nicht, wie lange ich bleiben werde«, versetzte Fronica. Der Fischer hatte sich bereits abgewandt und begonnen, seinen Kahn ins Wasser zu schieben. Er brummte Unverständliches in seinen Bart und Fronica beeilte sich, ihm zu folgen. Niemals zuvor hatte sie ein Boot bestiegen. Was, wenn der Fischer ihr das übrige Geld abnahm und sie einfach ins Wasser stieß? Fronica spürte deutlich, dass der Zeitpunkt gekommen war, sich ihrer größten Angst zu stellen, wenn sie der Ursache für die hartnäckigen Visionen auf den Grund gehen wollte. Sie sah, dass der Fischer sich bekreuzigte, schloss hoffnungsvoll daraus, dass er ein gottesfürchtiger Mann und kein Mörder war. Sie nahm ihren Mut zusammen, zog die Schuhe aus, raffte Kleid und Umhang. Das Wasser traf sie unvorbereitet kalt, leckte an ihren Knöcheln, umspülte ihre Waden. Fronica keuchte, musste mit Schwindel kämpfen, wäre beinahe gefallen. Sie schaffte es bis zum Boot, stemmte sich hoch, der Fischer gab ihr einen kräftigen Schubs und sie landete ungeschickt auf dem hölzernen Sitzbrett. Der Mann griff zu den Rudern und lenkte das Boot mit kräftigen Schlägen auf den See hinaus. Fronica nahm einen tiefen Atemzug. Es war das wohlbekannte und gleichzeitig fremdartige Gefühl, das schwankende Boot unter ihr, ringsum nichts als Wasser. Dann, mit einem Mal war ihr, als hielte jemand sie fest in den Armen, summte beruhigende Worte, sie meinte, den Duft von Rosen zu riechen. Das klatschende Geräusch, das die Ruder beim Eintauchen verursachten, versetzte sie in die Wirklichkeit zurück. Der Fischer warf sich mächtig in die Riemen, richtete immer wieder besorgte Blicke zum Horizont. Die Wolkenwand rückte rasch näher und der Wind frischte auf. Vor Fronica zeigten sich die Umrisse der Insel, da waren die Bäume, dahinter der wuchtige, achteckige Turm, genauso, wie sie es schon zu oft gesehen hatte. Der Fischer steuerte eine kleine Bucht in der Nähe des Kirchturms an. Als sich der Kiel knirschend in den Sand schob, begannen die Kirchenglocken zur Non zu läuten. Der Fischer zerrte Fronica beinahe aus dem Boot, dermaßen eilig hatte er es, zurück ans Festland zu kommen. Grußlos ruderte er davon, als seien bereits die gottlosen Seelen der Sünder auf dem Weg, ihn zu holen.

Verloren stand Fronica am Ufer. Was nun? Sie machte ein paar zaghafte Schritte in Richtung der mächtigen Klostermauern.

Die Anlage war riesig, deutlich größer als die Hofburg. Fronica folgte der Mauer, bis sie an einem Tor ankam. Sie nahm ihren Mut zusammen und betätigte die Glocke. Bald darauf wurde das Brett vor dem Gitter zurückgeschoben.

»Was ist dein Begehr?«

Die Stimme klang brüchig, als gehöre sie zu einer alten, weisen Frau. Hinter der eng vergitterten Öffnung erkannte Fronica ein runzliges Gesicht unter dem Nonnenschleier. Wenn ich das nur selbst wüsste, dachte Fronica verzweifelt. Was sollte sie der Nonne sagen, ohne dass diese ihr augenblicklich die Klappe vor der Nase zuschlug? Gerade rechtzeitig fiel ihr das Kirchenasyl ein. Immer wieder hatte ihre Mutter ihr eingebläut, sich im Falle eines Überfalls feindlicher Soldaten hinter die Stadtmauern in eine Kirche zu flüchten.

»Ich suche Schutz und Zuflucht, Ehrwürdige Schwester. Ich bitte Euch, lasst mich ein.«

»Bist du alleine?«

»Ja, Schwester, ich versichere Euch, ich bin alleine. Ein Fischer hat mich herübergebracht, aber er ist wieder zurückgerudert. Bitte lasst mich ein.«

Die Klappe schloss sich zögerlich, das Scharren eines Riegels ertönte und die kleine Pforte neben dem Tor schwang auf. Die Nonne war sehr alt und reichte Fronica kaum bis zur Schulter. Sie muss auf einen Block gestiegen sein, um hinaussehen zu können, schoss es Fronica durch den Kopf. Die kleine Nonne betrachtete Fronica missbilligend, die mit ihren Schuhen in der Hand und bloßen Füßen vor ihr stand. Mit einer Bewegung, die unendlich müde wirkte, bedeutete die Pförtnerin Fronica, ihr zu folgen.

»Ich bringe dich zunächst zur Cameraria, deine Kleidung ist mehr als unpassend. So kannst du unserer Äbtissin nicht gegenübertreten.«

Bevor Fronica etwas entgegnen konnte, ertönte eine leise, scharfe Stimme.

»Was geht hier vor, Schwester Josepha?

Wie aus dem Nichts war eine hochgewachsene Nonne erschienen. Fronicas Augen weiteten sich, ihr Herz schlug schneller. Die Nonne ihrer Visionen stand vor ihr. Die Frau war von knochiger Gestalt, das kantige Gesicht wurde durch die Strenge des Schleiers betont. Wimpern und Augenbrauen waren so hell, dass sie fast nicht zu sehen waren. Fronica konnte ihre Augen nicht von der Nonne abwenden, die auf eine seltsame Art alterslos erschien. Die Stirn wölbt sich hoch, die Nase war lang, die vollen Lippen ungewöhnlich rot, was in dem leichenblassen Gesicht beinahe obszön wirkte. Die Nonne bedachte Fronica mit einem eigenartigen Blick. Es war, als erkenne die Frau sie wieder. Sie schien geradezu entsetzt, als hätte sie den Leibhaftigen vor sich, schlug hastig das Kreuz.

Die Pförtnerschwester wies auf Fronica.

»Das Mädchen ersucht um Asyl, Schwester Philippa. Ich war im Begriff, ihr andere Kleidung aus dem Vestarium geben zu lassen.«

»Bleib an der Pforte. Ich kümmere mich darum.«

»Danke, Zirkatorin.«

Die alte Pförtnerin zog sich zurück. Die Zirkatorin starrte unverwandt auf Fronica, die sich fühlte, als würde sie unter dem Blick schrumpfen. Ihr Mund war trocken, am liebsten wäre sie weggelaufen, aber das Tor hatte sich bereits hinter ihr geschlossen. Sie seufzte ergeben. Was immer es war, sie würde es zu Ende bringen müssen.

Die Zirkatorin machte einen Schritt auf sie zu. Knochige Finger griffen nach Fronicas Arm und führten sie unerbittlich in das Klostergebäude. Der Gang lag verlassen, vermutlich waren die Nonnen beim Gottesdienst. Vor einer Tür hielt die Zirkatorin an und holte einen schweren Schlüsselbund hervor. Mit bestimmten Bewegungen zog sie den passenden Schlüssel heraus und öffnete die Kammer. Sie schob Fronica hinein, zwei ausgetretene Stufen hinab. In den Regalen, die bis unter die Decke reichten, lagen säuberlich gefaltete Kleidungsstücke. Die Zirkatorin, Schwester Philippa, wie die Pförtnerin sie genannt hatte, ließ den Blick über die Sachen gleiten, dann streckte sie den Arm aus und nahm ein einfaches, braunes Kleid aus grober Wolle aus dem Regal.

»Hier, zieh das an, ich warte draußen.«

Als die Tür hinter ihr zufiel, packte Fronica die Angst, die Nonne könne sie eingesperrt haben, andererseits war sie froh, endlich den schmutzigen roten Gauklerfetzen ausziehen zu können. Die Freude dauerte nur so lange, bis sie das kratzige Gewand auf der Haut spürte, das ihr die Nonne gegeben hatte. Seufzend faltete sie ihren Umhang zusammen und nahm ihn mit, auf keinen Fall würde sie ihn zurücklassen. Das rote Kleid ließ sie liegen. Die Gauklerhaut hatte sie abgestreift, was würde danach kommen? Sie griff nach der Türklinke, voll Sorge, sie würde die Tür verschlossen finden. Die Tür sprang auf und Fronica trat erleichtert hinaus auf den Flur. Schwester Philippa erwartete sie, steif und gerade wie ein Standbild, stand sie da. Sie setzte sich schweigend in Bewegung und Fronica folgte ihr durch die Gänge. Das

Kleid kratzte erbärmlich. Schließlich öffnete Schwester Philippa eine andere Tür.

»Warte hier.«

Fronica trat in den lichtdurchfluteten Raum, in dem mehrere Pulte standen. Auf manchen von ihnen lagen Papierbögen mit kunstvoll gemalten Buchstaben in leuchtenden Farben. Auf den Wandregalen standen Behältnisse, in denen feine Pinsel steckten, außerdem Schalen mit Pulvern in allen erdenklichen Schattierungen. Fronica hatte derartiges nie zuvor gesehen. Fasziniert betrachtete sie die winzigen Tiere, Pflanzen und Heiligenfiguren, deren Glorienscheine golden glänzten. Wie wundervoll musste es sein, solche Kunstwerke erschaffen zu können! Sie setzte sich auf einen Schemel und wartete. Gerade, als sie begann unruhig zu werden und sich zum wiederholten Male fragte, was Schwester Philippa mit ihr vorhatte, kehrte die Zirkatorin zurück.

»Wieder und wieder habe ich mich gefragt, wann deine Mutter oder du kommen würdet«, sagte Schwester Philippa mit ihrer leisen, harten Stimme.

Fronica blickte sie verwundert an.

»Warum sollte meine Mutter hierherkommen?«

Misstrauen glomm in den Augen der Nonne.

»Du bist wegen des Vermögens deiner Mutter hier, nehme ich an?«

Fronica wurde immer wunderlicher zumute. Was, um alles in der Welt redete die Nonne da?

»Offen gesprochen, Schwester Philippa, ich kann Euch nicht sagen, warum ich hier bin. Ich bin Fronica Resch. Mein Vater war Franz Resch, Floßmeister zu München, und meine Mutter ist Terese Resch. Ich habe seit Kindheit an die Gabe, Träume zu deuten und die Zukunft der Menschen im Wasser zu lesen, nur für mich selbst bleibt mir die Bedeutung der Bilder seit jeher verschlossen. Immer wieder habe ich in meinen Visionen diese Insel gesehen, den Kirchturm und – Euer Gesicht. Mein Rabe hat mich schließlich auf wundersame Weise hier her geführt, ohne dass ich die geringste Ahnung habe, was dieser Ort mit mir zu tun hat.«

Die Nonne schüttelte den Kopf, als bezweifle sie, dass Fronica die Wahrheit sagte. Sie streckte den Arm aus und öffnete langsam die Hand, in der ein Ring lag. Fronica gefror das Blut in den Adern. Wortlos zog sie die Schnur, die sie um den Hals trug, aus ihrem Ausschnitt hervor, nahm sie ab und hielt ihren Ring neben den der Nonne. Die beiden Silberringe waren genau gleich geformt. Beide Ringe konnte man einzeln tragen, sie wirkten wie ein Ornament. Schob man sie ineinander, bildeten sie eine vollkommene Blüte. Fronica schnappte nach Luft.

»Was hat das zu bedeuten? Warum besitzt ihr einen Ring, der meinen ergänzt?«

Schwester Philippa ließ sich auf einem Stuhl ihr gegenüber nieder. Ihr Blick richtete sich aus dem Fenster, auf den sturmgepeitschten See.

»Vor sechzehn Jahren klopfte eines Tages eine Frau an unser Tor. Sie war von hoher Geburt und hatte einen Säugling bei sich. Sie machte dem Kloster eine großzügige Spende und bat darum, einige Tage hier verweilen zu dürfen. Die damalige Äbtissin, Barbara von Aichberg, gestattete es ihr. Es war nicht unüblich, dass sich Edelfrauen von Zeit zu Zeit bei uns im Kloster aufhielten, zur Heiligen Irmengard um Gesundheit oder um die Geburt eines Kindes beteten. Diese Frau hatte andere Gründe. Sie wirkte verängstigt, ruhelos und wie getrieben. Ich war damals Postulantin und Mutter Barbara hatte mir die Aufgabe erteilt, mich um die Edelfrau und ihr Kind zu kümmern. Aus irgendeinem Grund fasste sie Vertrauen zu mir und am zweiten Abend ihres Aufenthaltes, als ich ihr die Mahlzeit brachte, erzählte sie mir ihre Geschichte. Sie war Witwe und lebte auf den Besitztümern ihres verstorbenen Gemahls in Freysing. Das Kind, das sie bei sich hatte«, die Stimme der Nonne senkte sich zu einem Flüstern, »war von unehelicher Geburt. Es wies die gleiche Abnormität auf, wie sein Vater. Dieser war ein hoher Kleriker und wollte um seines Ansehen willens nicht mit einem Kind in Verbindung gebracht werden, aber seine Vaterschaft war nicht zu leugnen. Der schändliche Mann ließ mehrere Mordanschläge auf die Mutter und das Kind verüben und sie sah sich gezwungen, zu fliehen. Sie bereute ihren Fehltritt zutiefst und versenkte sich immer wieder ins Gebet. An diesem Abend, als sie mir ihre Geschichte erzählte, fragte sie mich nach einem sicheren Versteck. Sie wollte einen Teil ihres Vermögens und das Dokument mit ihren letzten Willen verstecken, damit ihr Hab und Gut nicht in falsche Hände gerieten, sollte es den gedungenen Schurken gelingen, sich ihrer zu bemächtigen. Ihr Sohn aus erster Ehe war versorgt, sie hatte ihn schon vor Jahren in ein Kloster gegeben. Der Knabe sollte die geistliche Laufbahn einschlagen, wie es sein Vater, der Graf zu Engelshofen, verfügt hatte. Da niemand wusste, dass sie hier auf der Insel weilte, riet ich ihr, die Schatulle auf der Krautinsel zu vergraben und sie zu holen, wenn die Gefahr vorüber wäre. Die Edelfrau hatte den Bischof zu Freysing, Johann Tulbeck, um Hilfe gebeten und hoffte, dass er seine schützende Hand über sie und das Kind halten würde. Sie flehte mich an, ihr zu helfen und so ruderten wir heimlich in der Nacht zu der Insel und vergruben die Schatulle tief in der Erde. Ihre zarten Finger waren am Ende übersät mit Blasen, ich musste ihre Hände verbinden. Damals gab sie mir diesen Ring. Ich erinnere mich, als wäre es gestern gewesen, wie sie sagte: ‘Schwester Philippa, schwört mir bei der Heiligen Irmengard, dass ihr niemandem das Versteck verratet, der nicht im Besitz der anderen Hälfte des Ringes ist. Sollte ich nicht selbst kommen und ihn holen, bedeutet das, dass mir etwas zugestoßen ist. Mein Vater verwaltet meine Güter, ihm soll in diesem Fall mein letzter Wille zur Kenntnis gebracht werden.‘«

Die Zirkatorin blickte auf den Ring und schwieg. Fronica wurde von einer eigenartigen Unruhe erfasst.

»Was geschah dann?«

»Am Morgen reiste sie ab und ich hörte nie wieder von ihr. Niemand kam. Bis heute.«

Schwester Philippa sah sie mit leerem Blick an.

»Du kannst dir nicht vorstellen, wie oft ich damals darüber nachgedacht habe, zu der Insel zu rudern, das Geld an mich zu nehmen und zu verschwinden.«

Fronica traute ihren Ohren nicht.

»Seid ihr nicht freiwillig hier?«

Die Zirkatorin stieß ein bitteres Lachen aus.

»Mein Vater brachte mich nach dem Tod meiner Mutter hierher. Kein Mann fand Gefallen an mir und meine Anwesenheit störte ihn. Er wollte in aller Ruhe mit Mädchen huren, die jünger waren als ich damals, also steckte er mich kurzerhand ins Kloster. Das Geld hätte mir ein bescheidenes Leben ermöglicht.«

Sie sah wieder auf den Ring.

»Nacht für Nacht habe ich mit mir gerungen. Allein die Zuneigung zu deiner Mutter und das Mitleid mit ihrem Schicksal hat mich davon abgehalten, das Geld zu nehmen und in die Welt zurückzukehren. Ich legte ein Gelübde ab.«

Sie nahm den Strick, mit der ihre Kutte gegürtet war, in die Hand und zeigte Fronica die Knoten.

»Seither verließ ich diese Insel nie wieder. Inzwischen habe ich mich mit meiner Lage abgefunden und meinen Frieden …«

Fronica konnte nicht mehr an sich halten.

»Warum sprecht Ihr andauernd von meiner Mutter – ich verstehe das nicht!«

»Weil du Rautgundis zu Engelshofen wie aus dem Gesicht geschnitten bist. Du warst der Säugling, den Rautgundis damals mitbrachte, die Tochter, die sie mit Hartwig von Redern gezeugt hatte.«

Die Kirchenglocken läuteten, in Fronicas Ohren dröhnten sie im Gleichklang mit den Worten der Zirkatorin. Sie versuchte, sich mit dem Blick an der Schönheit der kunstvollen Malereien festzuklammern, vergeblich. Das Gefühl, jemand würde sie halten, als sie auf die Insel übergesetzt war, der Rosenduft, das Summen drängte in ihre Erinnerung. Sie glaubte, zu fallen. Überall Wasser, sie bekam keine Luft, sog verzweifelt Atem in die Lungen. Eisige Kälte umgab sie. Sie wollte schreien, konnte nicht. Hände griffen nach ihr, hoben sie hoch, sie keuchte und fiel in eine bodenlose Schwärze.

Sie spürte harte, kleine Schläge auf ihren Wangen, ein scharfer Geruch kroch in ihre Nase. Mühsam tauchte sie an die Oberfläche ihres Bewusstseins und zwang sich, die Augen zu öffnen. Sie spürte einen harten Untergrund, eine schmale Pritsche. Eine Kerze flackerte in dem kleinen Raum, in dem sich nur ein Tisch mit einer Waschschüssel, einem Krug und ein Schemel befanden. An der Wand hing ein einfaches Kreuz.

»Frederica, wach auf. Du musst aufwachen!«

Eine scharfe Stimme, kühle, knochige Finger klopften auf ihre Wange. Sie versuchte, die Finger abzuwehren, ihre Hände waren zu schwach. Es fühlte sich an, als wäre alle Lebenskraft aus ihrem Körper entwichen. Ein kräftiger Arm stützte ihren Rücken, sie spürte einen Löffel an den Lippen. Etwas Heißes, Würziges rann in ihre Kehle.

»Gut«, murmelte sie, »das ist gut.«

Langsam klärten sich ihre Sinne. Schwester Philippa beugte sich über sie, wie sie es in ihrer Vision gesehen hatte.

»Du warst beinahe zwei Tage ohne Bewusstsein. Die Infirmaria befürchtete bereits das Schlimmste.«

Man hatte sie von dem rauen Gewand befreit, das weiße Hemd war aus grobem Leinen, trotzdem deutlich angenehmer auf der Haut.

»Mehr«, bat Fronica, »bitte mehr Suppe.«

Mit jedem Löffel mehr kehrten ihre Lebensgeister zurück. Ihr Verstand versuchte, die Dinge zusammenzubringen. Wie war sie zu den Reschs gekommen? War sie entführt worden? Hatte ihre Mutter, nein, nicht ihre Mutter, sondern Terese Resch, sie aus Furcht vor Entdeckung eines Verbrechens gezwungen, die Augenbinde ihr gesamtes bisheriges Leben zu tragen? Nein, das war unmöglich! Ihre Mutter und ihr Vater – durfte sie sie trotzdem als solche bezeichnen? – waren redliche Menschen, von denen sie nichts als Güte erfahren hatte. Was war mit ihrer leiblichen Mutter geschehen? Wo war der grausame Mann, ihr leiblicher Vater, der versuchte hatte, sie beide aus dem Weg zu räumen? War er auf ihre Spur gekommen und verantwortlich für den Überfall auf sie?

Fronica war auf die Insel gekommen, um Antworten auf viele Fragen zu finden, und war lediglich auf noch mehr Fragen und verwirrende Geheimnisse gestoßen. Ein Gedanke schoss ihr durch den Kopf: Wenn ihre Mutter Rautgundis zu Engelshofen war, wäre sie, Fronica oder Frederica, wie die Zirkatorin sie genannt hatte, ebenfalls von Adel. Wo sollte sie jetzt leben? Einfach zu Terese Resch zurückkehren, sie mit ihrem Wissen konfrontieren und herausfinden, welche Rolle die Flößer in dieser schrecklichen Geschichte spielten? Zu Gräfin Sidonie marschieren und ihr erzählen, sie wäre ebenfalls von edlem Blut? Was war mit Gabriel?

Stöhnend presste sie ihre Hände an die Schläfen.

»Ich muss nach dem letzten Willen meiner Mutter suchen.« Das Wort `Mutter´ kam ihr schwer von den Lippen, »helft Ihr mir, Schwester Philippa?«

»Ich habe es mir so oft ausgemalt, dass ich gar nicht anders kann«, entgegnete die Nonne ohne zu zögern.

»Heute Nacht ist Vollmond. Wir warten wenigstens bis morgen. Wir haben nur die Zeit zwischen der Komplet und der Matutin, dann schlafen alle. Du musst essen und dich ausruhen, um zu Kräften zu kommen. Wir werden tief graben müssen.«

Am nächsten Morgen fühlte sich Fronica stark genug für das nächtliche Unternehmen. Sie stand auf und bat darum, zur Kirche gehen zu dürfen. Die Zirkatorin begleitete sie durch den Kreuzgang der altehrwürdigen Klosteranlage. Äbtissin Magdalena war darüber in Kenntnis gesetzt worden, dass Frederica zu Engelshofen auf den Spuren ihrer Mutter wandelte, beim Besuch des Klosters erkrankt war, und bat, bis zu ihrer Genesung bleiben zu dürfen. Sie betraten die Kirche durch den Haupteingang. Der Türzieher des uralten Portals hatte die Form eines Löwenkopfes, blankgewetzt von unzähligen Händen, die diese Kirchenpforte geöffnet hatten, um Einkehr bei Gott zu suchen. Die Zirkatorin wies mahnend nach oben.

»Schau, auf dem Tympanon ist eine Darstellung des Lebensbaumes. Jeder von uns ist ein Teil davon und kann sich seiner Aufgabe nicht entziehen.«

Sie schritten über eine ausgetretene Steinstufe, Fronica benetzte sich mit Weihwasser aus einer steinernen Schale an einer der Säulen. Die Basilika bestand aus drei Schiffen. Fresken mit Heiligendarstellungen schmückten die Wände. Die Schönheit des Münsters war atemberaubend, stand jedoch zurück hinter der Atmosphäre, die in diesem

Gotteshaus herrschte. Die inbrünstigen Gebete, die hier seit Jahrhunderten gesprochen wurden, machten die Gegenwart Gottes beinahe greifbar. Durch die bunten Glasfenster fiel das Licht in gebündelten Strahlen auf die Leuchter des Hauptaltares und ließ sie funkeln. An einer Seite der Kirche standen Gerüste, man arbeitete an dem Gewölbe. Wie ein Netz spannte sich die Decke über den Innenraum. Die Zirkatorin führte sie zu einem Seitenaltar, der prachtvoll mit Blumen geschmückt war. Ein Gemälde der Heiligen Irmengard, die über der Insel in den Himmel aufstieg, beherrschte den Altar.

»Die Gebeine der Heiligen Irmengard ruhen in einer Grabkammer in den Fundamenten des Münsters. Sie stellen die Stütze unserer Kirche dar«, erklang die leise, scharfe Stimme Philippas. Fronica kniete nieder und betete, wie sie nie zuvor gebetet hatte. Sie bat die Heilige Irmengard, ihre Namensschwester, die Hure Irmgard, deren Leben durch die Willkür eines Mannes ausgelöscht worden war, in ihre Arme zu schließen und sie sanft zu wiegen auf ewig. Sie betete darum, die Wahrheit über ihre Herkunft und die Geschehnisse der Vergangenheit zu erfahren. Sie flehte um liebevolle Aufnahme in den Himmel für ihren Vater, Franz Resch, und dass ihre Mutter, Terese, ihr Schicksal annehmen könne. Sie erbat Hilfe und Rettung für Riccia, das unglückliche Gauklermädchen. Ihre größte Bitte sandte sie mit bebendem Herzen zuletzt. Fronica wollte Gabriel wiedersehen, an seiner Seite leben und glücklich werden und sie bat inständig darum, er möge sie nicht vergessen haben. Die Glocken, die zur Sext läuteten, weckten sie aus ihrer Versenkung. Neben ihr lag Schwester Philippa der Länge nach ausgestreckt auf dem Boden. Ihre Arme waren ausgebreitet, die Stirn lag auf den kalten, roten Steinplatten. Benommen rappelte sich die Nonne auf. Blut rann über ihre Stirn. Sie musste ihren Kopf gegen den Stein geschlagen haben.

»Schwester Philippa«, begann Fronica erschrocken, aber die Zirkatorin wehrte sie mit einer harschen Geste ab und sie wagte nicht, weiterzusprechen. Die Nonnen betraten die Kirche und Fronica zog sich zurück in ihre Kammer, die, wie Schwester Philippa ihr erzählt hatte, die selbe war, in der ihre Mutter damals mit ihr genächtigt hatte.

Langsam strich sie mit der Hand über das Holz des Tisches. Ob Rautgundis zu Engelshofen ihn ebenfalls berührt hatte? Ihre Füße waren auf dem gleichen Stein gestanden wie Fronica jetzt. Sie tastete nach dem Geist ihrer Mutter, dem Wesen der schönen, unglücklichen Frau, die sie niemals kennengelernt hatte.

Sie hasteten dicht an der Mauer entlang. Schwester Philippa legte warnend den Finger an die Lippen, als Fronica niesen musste. Als Zirkatorin war Schwester Philippa im Besitz sämtlicher Schlüssel, kannte jeden Winkel und jedes Schlupfloch der weitläufigen Klosteranlage. Sie, deren Amt es war, streng auf die Einhaltung der Gebote und der Disziplin zu achten, in dem sie beständig durch das Kloster wandelte und ihre Mitschwestern überwachte, brach für Fronica das höchste Gebot. Sie verließ unerlaubt die Insel. Mühsam schoben sie das klostereigene Boot ins Wasser. Schwester Philippa übernahm die Ruder, Fronica hielt die Laterne mit dem flackernden Talglicht. Dichte Wolken bedeckten den Himmel, nur an einer Stelle klaffte eine längliche Öffnung, die Ränder hell erleuchtet von dem noch beinahe vollen Mond. Als Fronica das nächste Mal nach oben sah, war der Himmel klar und der Mond starrte auf sie herunter wie ein großes, böses Auge. Hoffentlich sieht niemand im Kloster aus einem Fenster, dachte sie beklommen.

»Wenn du eine Glocke hörst, die seltsam tönt, halte dir die Ohren zu und sprich ein Gebet. Es ist die Glocke der versunkenen Stadt.«

»Von welcher Stadt sprecht Ihr?«

Schwester Philippa atmete schwer, während sie sich in die Ruder legte. Der Mond verwandelte den See in flüssiges Silber.

»Vor vielen Jahren, man weiß nicht mehr, wie viele, waren alle Inseln im Chiemsee durch Land miteinander verbunden. Wo jetzt Wasser ist, gediehen üppige Wiesen und Äcker. Die Bewohner der Stadt ließen ihre Rinder darauf weiden und wurden mit dem Fleisch reich. Durch den übermäßigen Reichtum vergaßen sie Gott und versäumten es, die Messe zu besuchen. Stattdessen zechten sie und frönten der Unzucht. Gott strafte sie dafür mit einer Regenflut, heftiger als jede zuvor. Sieben Tage und sieben Nächte ließ der Allmächtige es regnen und die gottlose

Stadt versank mitsamt ihren Weiden und dem Vieh im Wasser. Dort, wo die Klöster der Mönche und der Klosterfrauen standen, blieb das Land verschont. Seit jener Zeit gibt es die Inseln, wie du sie heute siehst. Manchmal hört man die Glocke der versunkenen Kirche. Sie läutete auch in der Nacht, als ich mit deiner Mutter übersetzte.«

Kalte Schauer überliefen Fronica. Eine weitere gespenstische Geschichte über diesen See! Der Fischer hatte die Nonnen und Mönche der Unzucht bezichtigt, die Nonne erzählte Ähnliches von den Weltlichen. Ängstlich lauschte Fronica in die Nacht, aber außer dem leisen Platschen der Ruder blieb es still. Es dauerte nicht lange, bis das Boot knirschend auf das Ufer der Krautinsel rutschte. Die Zirkatorin nahm ihr das Licht ab, Fronica trug die Schaufeln. Dicht bemoostes Totholz lag an dem schmalen, überwucherten Pfad, wie abgetrennte, riesige Gliedmaßen erschien es Fronica. Die Nonne ging zielsicher auf eine Weide zu, die sich am anderen Ende der Insel befand. Sie stellte das Talglicht auf den Boden.

»Hier!«, sagte sie und stieß den Spaten in die Erde. Fronica begann ebenfalls zu graben, schon bald begannen ihre Handflächen zu schmerzen. Trotz der kühlen Nachtluft stand ihr der Schweiß auf der Stirn. Sie stieß auf etwas Hartes und erstarrte. Fieberhaft begann sie zu graben, kniete nieder und scharrte mit der Hand die Erde zur Seite. Sie legte einen hellen, runden Gegenstand frei und hielt ihn in den flackernden Schein des Lichtes. Kleine, leere Augenhöhlen starrten sie vorwurfsvoll an. Sie hatte den Schädel eines Säuglings ausgegraben.

Kapitel 17

Frederica zu Engelshofen

Werkmeister Sebold lief bereits zum dritten Mal um den Tisch, auf dem Gabriel die fertigen Stücke ausgebreitet hatte. Sebold murmelte vor sich hin, rieb sich den Bart, zupfte an seinen eisengrauen Augenbrauen.

»Da ist ein Schnitzer! Ist dir das Spitzeisen abgerutscht?«, knurrte er und deutete mit dem Zeigefinger auf eine Stelle der prachtvollen Kreuzblume.

Gabriel sah genau hin, konnte keinerlei Makel entdecken. Er rieb mit dem Handballen darüber.

»Nur etwas Sand, Meister.«

»Eine außergewöhnliche Arbeit, würde ich meinen!«

Die spröde Stimme gehört Joerg von Halspach. Für einen Augenblick entließ die stumpfe Traurigkeit Gabriel aus ihren Fängen und gestattete ihm ein Lächeln. Er verneigte sich.

»Danke, Meister Joerg.«

Der Baumeister studierte die Stücke mit aufmerksam gerunzelter Stirn. Seinen schmalen, an den äußeren Winkeln nach unten gezogenen Augen entging keine Einzelheit. Auf der kantigen Mütze lag Steinstaub, am schwarzen Umhang waren Mörtelspuren zu sehen.

»Gratuliere. Das sind einwandfreie Stücke und dieser Kirche mehr als würdig.«

Gabriel bemerkte die Gewittermiene Sebolds, der Lob grundsätzlich für überflüssig erachtete.

»Wie lautet dein Name?«

»Gabriel Neuhauser, Meister Joerg.«

»Bei wem hast du gelernt, Gabriel Neuhauser?«

»Bei meinem Vater, er ist Steinmetzmeister in Regensburg.«

Joerg von Halspach schürzte die Lippen, nickte mehrmals anerkennend und wandte sich dann an den Werkmeister.

»Ihr könnt stolz sein auf Euren Steinmetz, Meister Sebold.«

Der stieß einen Grunzlaut aus.

»Gabriel Neuhauser, mein Plan sieht für die Hauptschlusssteine im Chor Bildnisse des Schmerzensmanns und der Gottesmutter vor. Komm bei Gelegenheit zu mir, ich möchte dir die Entwürfe zeigen.

Du kannst dir überlegen, ob du dir die Ausführung der Schlusssteine zutrauen würdest.«

Halspach nickte Gabriel zu.

»Auf ein Wort, Meister.«

Er nahm Sebold beim Arm und führte ihn weg. Man munkelte, Joerg von Halspach habe Sorgen mit der Statik der Kirche. Es hieß, er könne vor Angst nachts nicht schlafen, weil er nicht wusste, ob er den riesigen Pfeilern trauen könne. Böse Zungen verbreiteten, er sei kurz davor, ein Bündnis mit dem Teufel einzugehen, seine Seele zu verkaufen, um die Sicherheit der Kirche zu garantieren. Gabriel hielt das für blanken Unsinn. Er konnte sich den biederen Baumeister beileibe nicht im vertraulichen Gespräch mit dem Gehörnten vorstellen. Zufrieden ließ er den Blick über seine Arbeit schweifen. Die Mühe hatte sich gelohnt. Wenn der Baumeister ihm anbot, die Schlusssteine zu fertigen, konnte Meister Sebold nichts dagegen sagen. Gabriel stellte sich vor, wie Gesichter des Handwerkertrupps die Gewölbekonsolen, Heiligenbüsten und Wappen der Herrscher die Schlusssteine zieren würden. Gleichzeitig beschloss er, seinen ganzen Mut zusammen zu nehmen und Joerg von Halspach seine Madonna zu zeigen. Er hatte es sich zur Gewohnheit gemacht, die Figur jeden Abend hervorzuholen, bevor er nach Hause ging. Sein Brustkorb schien zu eng für den großen Schmerz, den er über den Verlust seiner Liebe in sich trug, und der Anblick der Madonna milderte ihn, wenigstens für eine kurze Zeit. All seine Sehnsucht und seine Liebe hatte er in diesen Stein gemeißelt. Es gab für ihn kein anderes Leben mehr, als im Morgengrauen aufzustehen, zur Bauhütte zu gehen und zu arbeiten, bis die Sonne unterging. An diesem Sonntag streifte er nach der Messe ziellos in den verwinkelten Gassen der Stadt umher. Er überquerte die Brücken der Stadtbäche, in denen Abfälle schwammen, schlenderte über verschiedene Märkte. Ein Schwein quiekte schrill, als ihm ein kritischer Käufer zur Speckprobe in die Schwarte griff. Gabriel sah lustlos auf die flachen Körbe, in denen Früchte, Käse und Wildbret feilgeboten wurden, ging an den Fischhändlern vorbei, die geräucherten und frischen Fisch anpriesen. Abgesehen von der Arbeit wusste er nichts mit seinem Leben anzufangen. Heute hatte er den Meister gebeten, seine fertigen Stücke zu begutachten, denn er war bereit für die nächste Aufgabe. Fast war er Meister Sebold dankbar, denn seine Fähigkeiten hatten sich durch die akribische Arbeit wirklich verbessert. Dass Joerg von Halspach sich zu ihnen gesellt hatte, war ein glücklicher Umstand gewesen. Gabriel schlenderte die Kaufingerstraße entlang. Auf dem Marktplatz hantierte ein Zahnbrecher umgeben von Schaulustigen, die vom Jammern des Kunden angelockt wurden. Daneben wurde Geschirr verkauft, ein Tandler bot Taschen, Bänder und Borten an. Vor den dunklen Arkaden drängten sich die Leute um einen Dominikanermönch. Gabriel, dankbar für jede Ablenkung, schob sich nach vorne. Der Mönch war auf ein Fass gestiegen. Seine Augen glühten fanatisch unter der Kapuze. Die schwarze Kutte wurde von einem einfachen Strick zusammengehalten, seinen Rosenkranz zierte ein Doppelkreuz, das in einem Totenschädel endete. Der Wanderprediger hatte sich in einen Rausch geredet. Er gestikulierte heftig, Speichelfontänen trafen die Zuhörer, die ihm am nächsten standen. Gabriel wischte sich angeekelt über die Wange und trat einen Schritt zurück.

»Verderbtheit und Sünde regieren diese Stadt! Weh über euch, wenn ihr nicht Buße tut und Gott, unseren Herrn, anfleht, euch auf den rechten Pfad zurückzuführen! Weh über euch, wenn ihr nicht Würfel, Spielbretter und Karten verbrennt! Weh über euch und eure Stadt, wenn ihr nicht Zierrat und Tand dem Feuer anheim gebt! Der giftige Odem der Pest wird aufsteigen aus den Tiefen der Hölle und euch dahinraffen, jeden einzelnen, der sich nicht zur Demut und Unterwerfung gegenüber des Herrn bekennt!«

Pathetisch riss er an seinem Gewand, hob flehend die Arme gen Himmel und rollte die Augen, als sehe er die Münchner bereits im Fegefeuer brennen.

»Völlerei und Hurerei haben sich in dieser Stadt eingenistet«, anklagend wies er mit seinem Zeigefinger auf eine hagere Bürgersfrau, die vor ihm stand. Betreten sah sie zu Boden. Eine junge Frau, gekleidet wie eine Dirne, drängte sich durch die Menge und warf sich vor dem Dominikaner zu Boden.

»Vater, ich entsage der Sünde! Ich bereue meine Vergehen! Vater, sprich mich los von meinen Sünden, ich flehe Euch an!«, kreischte sie. Theatralisch griff sie in den Straßendreck und streute ihn über ihren Kopf.

»Asche auf mein Haupt, Schande über mich arme Sünderin! Erlegt mir Buße auf, Vater, erlöst mich!«

Sie zerrte an ihrer Bluse, ihre Brüste kamen zum Vorschein. Die umstehenden Männer reckten die Hälse, um besser sehen zu können.

»Erbarmen!«, winselte die Hure und wälzte sich auf dem Pflaster. »Ich will nicht im Höllenfeuer brennen. Vergebung!«

Salbungsvoll breitete der Mönch die Arme aus.

»Ego te absolvo. Ego te absolvo a peccatis tuis«, donnerte er über den Marktplatz und die Gestrauchelte kroch zitternd und schluchzend zu ihm, faltete mit gesenktem Kopf die Hände. Gerührt seufzte die Menge auf und spendete großzügig in den Klingelbeutel, mit dem der Dominikaner nach erteilter Absolution umherging. Gabriel setzte seinen Weg fort mit dem Gefühl, Zeuge eines Schmierentheaters geworden zu sein. Seine Wahrnehmung festigte sich, als er sah, wie der Dominikaner von einem Vertreter der Stadt das übliche Gastgeschenk angeboten bekam. Offenbar war der Mönch der Ansicht, die Sünde der Völlerei betreffe ihn nicht persönlich, denn er riss Fisch, Fleisch und Wein gierig an sich und stopfte alles in seinen Beutel. Wahrscheinlich hatte er das Mädchen dafür bezahlt, die Komödie aufzuführen, dachte Gabriel mit Verachtung im Herzen. Was war los mit den Mönchen? Gab es nur noch Diener des Herrn, die logen, betrogen und sogar mordeten? Hugibert und seine Mordgesellen hatte er nicht mehr zu Gesicht bekommen, trotzdem war er stets wachsam. Gabriel lenkte seine Schritte zur Stadtmauer. Er hatte plötzlich das Bedürfnis, zum Flößerhaus zu gehen, nachzusehen, wie es der Reschin ging, mit der vergeblichen Hoffnung, Fronica sei zurückgekehrt.

Das Haus lag still. Unkraut überwucherte die Beete, in denen Kohl, Bohnen und Rüben wachsen sollten. Gabriel fand Terese Reschin auf einer Bank hinter dem Haus, dumpf in die Ferne starrend.

»Meisterin, Gott zum Gruße. Wie geht es dir?«

Sie wandte sich um und Gabriel erschrak zutiefst über die geisterhafte Bleiche, die sich über das Gesicht der Frau zog und die Schatten unter den Augen deutlich hervorhob.

»Die Zunftbrüder und ihre Frauen kümmern sich um mich«, sagte sie mit brüchiger Stimme, »aber mein Kind, was ist nur mit meinem Kind geschehen?«

Mit einer plötzlichen Bewegung packte sie Gabriel am Hemd. Ihre Augen flackerten.

»Ist das die Strafe Gottes, weil wir sie zu uns genommen haben? Weil wir ihr nicht die Wahrheit sagten, über ihre Herkunft?«

Gabriel legte ihr die Hand auf die Schulter.

»Reschin, das glaube ich nicht. Dein Mann hat versucht, die Mutter zu retten. Der Vater von Fronica war ein schlechter Mann, wie ich inzwischen erfahren habe. Hättest du damals Nachforschungen angestellt und sie ihm womöglich zugeführt, er hätte sie töten lassen.«

Terese Resch zuckte zurück. Scheu sah sie Gabriel an.

»Also haben wir nichts Schlechtes getan? Und«, sie stockte, »die Augenbinde? Fronica hat sie gehasst. Ich hatte immer Angst, dass man nach Fronica sucht und sie erkennen wird. Und so verging ein Jahr nach dem anderen. Wir hatten immer vor, ihr eines Tages zu sagen, wie es damals war. Aber dann …« Sie brach ab und sah zu Boden, die Finger ineinander verflochten.

Gabriel rang mit sich.

»Fronicas richtiger Name ist Gräfin Frederica zu Engelshofen«, sagte er leise und wartete besorgt die Wirkung seiner Worte auf die Witwe Reschin ab. Sie verzog schmerzlich das Gesicht, bedeckte ihre Augen mit der Hand.

»Wo ist Fronica?«

Gabriel breitete die Arme aus und ließ sie wieder fallen.

»Ich habe keine Ahnung«, sagte er. »Ihr Halbbruder hat sie verfolgt und ließ sie einsperren. Jemand anders hat sie zuerst befreit, dann aber an fahrendes Volk verschachert.«

Es war entsetzlich, diese Wahrheit auszusprechen. Die Reschin sah aus, als hauche sie jeden Augenblick ihr Leben aus. Tränen zeichneten silbrige Spuren auf ihre Wangen.

»Ich bin sicher«, er musste sich selbst in dem Glauben bestärken, es war das Einzige, was ihn jeden Tag von Neuem aufstehen ließ, »dass Fronica zurückkommen wird, sobald sie kann. Sie ist stark.«

»So ist sie mir auf ewig verloren«, murmelte Terese Reschin, als hätte sie den letzten Satz nicht gehört.

Teilnahmsvoll tätschelte Gabriel die magere Hand, die schlaff in der seinen lag. Schweigend saßen er eine Weile bei ihr, jeder seinem Leid und seinen Gedanken nachhängend.

»Lambert ist fortgegangen«, sagte die Reschin plötzlich.

Gabriel horchte auf.

»Wann war er hier?«

»Ich weiß nicht, wie lang es her ist. Ich lebe nicht mehr in der Zeit. Eines Morgens stand er auf einmal da. Der Ärmste sah abgerissen aus, halb verhungert. Lambert sagte nur, er müsse weggehen. Nach dem Tod seines Meisters sei nichts mehr, wie es war. Er hat seine wenigen Habseligkeiten aus der Kammer geholt. Nach Müttenwaldt wollte er. Ich habe ihm ein Empfehlungsschreiben an meinen Bruder verfasst. Er wird ihm Arbeit geben. Das war ich ihm schuldig.«

Nach dieser langen Rede versank sie erneut in bedrückendes Schweigen. Gabriel grübelte über ihre Worte nach. Hatte Lambert Wissen aus Freysing mitgebracht, das ihm weiterhelfen würde, den Schatz zu finden? Vielleicht hatte er des Rätsels Lösung längst gefunden und lebte in Saus und Braus in Müttenwaldt oder einem anderen Ort. Gabriel spürte in sich hinein. Es war ihm gleichgültig. Jeden Schatz der Welt würde er dagegen eintauschen, Fronica wieder in den Armen zu halten. Er stand auf.

»Gott behüte dich, Meisterin.«

Unendlich müde blickte sie zu ihm auf und nickte stumm.

Fronica lehnte sich aus der Fensteröffnung des Wagens und sog den betörenden Duft der Frühlingsblumen ein, die die Landschaft in einen bunt gesprenkelten Teppich verwandelten. Die Luft war Balsam für ihre aufgewühlte Seele, half ihr, die grauenvollen Bilder zu vergessen, die sich ihr auf der kleinen Insel im See dargeboten hatten. Immer wieder musste sie ihre Hand an ihrer Kleidung abwischen, um das Gefühl des kalten, feuchten Schädels zu vertreiben, den sie in jener Nacht aus der Erde geborgen hatte.

In namenlosem Entsetzen hatten sie das Talglicht über die Grube gehalten. Unzählige Knochen lagen vor ihnen in der Erde. Die Knochen und Knöchelchen waren so klein und zart wie kostbar geschnitzter Zierrat aus Elfenbein. Ein schreckliches Stöhnen drang an ihr Ohr. Die Zirkatorin war auf die Knie gesunken, bekreuzigte sich und murmelte ein nicht enden wollendes Gebet. Fronica hatte wie angewurzelt dagestanden, den kleinen, runden Schädel in der Hand. Irgendwann hatte sie ihn sanft neben dem Talglicht abgelegt, die Schaufel, die sie achtlos fallen gelassen hatte, aufgenommen und verbissen weitergegraben. Sie hatte die Erlebnisse der letzten Wochen nicht auf sich genommen, um jetzt aufzugeben. In den Bildern, die sich ihr gezeigt hatten, lag etwas Eisernes unter dem Knochenhaufen. Sie suchten an der richtigen Stelle. Die Haut an ihren Händen war klebrig, Fronica verbot es sich, die Schmerzen zu spüren. Ihre Schaufel scharrte über einen Gegenstand, sie hielt inne. Die Nonne kniete immer noch, Gebete sprechend, ihr Oberkörper schwankte vor und zurück, als wäre sie in einen Zustand der Entrückung gefallen. Fronica hatte sich neben die Grube gekniet und mit den Händen weitergegraben, bemüht, die Knochen nicht zu berühren. Es dauerte lange, bis sie die kleine Kiste freigelegt hatte.

Der Kastenwagen rumpelte in ein Loch und Fronica kam zurück in die Gegenwart. Sie holte tief Luft. Wie unwirklich weit weg das alles schien. Die Salben der Infirmaria halfen gut, trotzdem musste sie ihre Hände immer noch mit Verbänden schützen. Sie holte das Dokument hervor, den letzten Willen ihrer Mutter, Gräfin Rautgundis zu Engelshofen, in dem diese wünschte, dass ihre einzige Tochter, Frederica zu Engelshofen, trotz ihrer Unehelichkeit das Wappen derer zu Engelshofen weiterhin führen und Alleinerbin von Rautgundis' gesamtem Besitz sein sollte, der Ländereien, Lehen und die Einkünfte aus den

Liegenschaften des Grafen Martin zu Engelshofen umfasste. In der kleinen Kiste hatten sich außerdem vier Beutel mit jeweils einer beträchtlichen Summe in Goldmünzen befunden. Sie war unermesslich reich.

»Frederica zu Engelshofen.«

Sie musste den Namen immer wieder aussprechen, sich daran gewöhnen, als würde sie ein neues Gewand tragen. Ihre leibliche Mutter hatte für sie gesorgt, zu einer Zeit, als sie gedacht hatte, dass Frederica überleben würde. Der Satz ihres Vaters, den er auf dem Totenbett zu ihr gesprochen hatte, kam ihr ins Gedächtnis.

»Ich habe dich geliebt wie meine Tochter.«

Endlich ergab alles einen Sinn. Der Ring, den Terese Reschin ihr an ihrem vierzehnten Geburtstag mit der Mahnung gegeben hatte, ihn immer in Ehren zu halten. Die mangelnde Ähnlichkeit zu Vater und Mutter, die Augenbinde und die ständigen Ängste der Terese Reschin um sie. Frederica überkam ein Gefühl der Beklommenheit, wenn sie an ihren leiblichen Vater dachte. Würde er immer noch nach ihrem Leben trachten? Sie musste herausfinden, was es mit Hartwig von Redern auf sich hatte und was Terese Reschin von all dem wusste. Und da war ihr Halbbruder, Hugibert zu Engelshofen.

Ihre Gedanken wanderten zu Schwester Philippa. Wie sie am Ufer gestanden und ihr nachgesehen hatte, die Knoten ihres Gürtels unablässig durch die Finger ziehend, als müsse sie sich an ihren Eid erinnern, als Frederica die Klosterinsel verließ. Über die Säuglingsknochen, die bleichen Zeugnisse der Unzucht und der Gottlosigkeit von Nonnen und Mönchen der Vergangenheit hatten sie kein Wort gesprochen. Fronica hatte liebevoll den kleinen Schädel in die Erde gebettet, alles wieder zugeschaufelt und ein Gebet gesprochen. Sie hatte der Zirkatorin angeboten, mit ihr zu kommen, für sie zu sorgen, aus Dankbarkeit für ihre Loyalität.

»Es ist nicht meine Bestimmung. Ich würde mich nicht mehr zurechtfinden da draußen in der Welt«, hatte Philippa gesagt, unendliche Traurigkeit in den Augen. Sie hatten Abschied genommen. Ein Müller, der dem Kloster Mehl lieferte, hatte sie in seinem Boot übergesetzt und mit seinem Karren zu einem Wirtshaus in Gstadt gebracht. Dort hatte sie einen Wagen gemietet. Nicht mehr lange und sie würden München erreichen. Mit Geld schien das Leben unendlich einfach. Sie trug das alte, aber vornehme Gewand einer Edelfrau, die sich ins Kloster Frauenwörth zurückgezogen hatte und dort gestorben war, über dem Kleid den reichlich mitgenommenen Umhang, den Sidonie ihr vor scheinbar ewiger Zeit geschenkt hatte. Der Gedanke an Riccia und deren Schicksal schnürte ihr die Kehle zusammen. Sie verdrängte die Sorgen, als der Wagen durch das Rote Tor rollte. Zunächst würde sie Sidonie aufsuchen und sie um Rat bitten. Die Gräfin von Riedenburg würde wissen, wie Frederica mit ihrer neuen Lebenslage umzugehen hatte. Als Fronica, Flößertochter und Seherin, hatte sie München verlassen, als die vermögende Gräfin Frederica zu Engelshofen kehrte sie zurück. Ihr Rabe hatte sie wie selbstverständlich in einem Baum vor dem Gasthaus in Gstadt erwartet. Krächzend war er auf ihre Schulter geflattert, hatte sie mit schief gelegtem Kopf betrachtet, als wolle er sagen: »Siehst du, ich wusste, dass alles gut wird.«

Den gesamten Weg nach München flog er neben dem Wagen, bevor sie das Stadttor passierten, hatte er abgedreht und sich einem Schwarm junger Raben angeschlossen. Es war das letzte Mal, dass er sich ihr zeigte.

Ihre Stimme hatte einen neuen Klang, als sie den Wachen der Hofburg befahl, sie zu Sidonie von Riedenburg zu bringen. Es war ungewohnt, wie die Bediensteten vor ihr den Kopf neigten, ohne Aufforderung die Kiste für sie trugen, die das Vermögen ihrer Mutter enthielt, die Türen für sie aufhielten.

Sidonie war gerade dabei, mit zwei ihrer Hofdamen eine Mahlzeit einzunehmen. Das Gebäckstück, das sie soeben zum Mund führen wollte, fiel zu Boden, als sie Fredericas ansichtig wurde.

»Bei der Heiligen Mutter Maria, du?«

Mit ein paar scharfen Worten scheuchte sie die überraschten Edelfrauen hinaus und bedeutete Frederica mit einer wortlosen Geste, sich zu Tisch zu setzen.

»Wo in aller Heiligen Namen bist du gewesen? Über drei Wochen warst du verschwunden. Alle meine Nachforschungen verliefen im Nichts!«

Fredericas Blick schweifte über den Tisch, auf dem Quittenzelten mit Rosenhonig, Weinbeermus, Mandelkrapfen und harte Eier mit Veilchen und Vergissmeinnicht bestreut, appetitlich angerichtet waren. Hungrig lud sie sich einige der Köstlichkeiten auf den Teller, ließ sich von einem Pagen gewürzte Eiermilch einschenken. Zwischen den Bissen erzählte sie Sidonie von ihren Erlebnissen der letzten Wochen, von dem Augenblick an, als nach dem Fest der Aufruhr im Hof losgebrochen war und sie niedergeschlagen wurde, bis sie auf dem Wagen der Gaukler zu sich kam, sowie die schicksalhafte Geschichte ihrer Mutter. Sidonie sah sie nachdenklich an.

»Ich kann die Lücken in deiner Geschichte füllen.«

Sidonie schilderte, wie der Falkner zu ihr gekommen war, eine gute Woche nach ihrem Verschwinden, und ihr von Fronicas wahrer Herkunft, dem schändlichen Verhalten des Hugibert zu Engelshofen, seiner Beteiligung am Komplott zu Christophs Befreiung und der Verbindung mit der Bruderschaft der Elenden Kerze berichtet hatte. Sidonie hatte Hans Wertmann schwere Vorwürfe gemacht, dass er nicht eher gekommen war. Zornesröte schoss der Gräfin ins Gesicht, als sie Frederica erzählte, dass der Falkner selbst ihr oder dem Herzog den Anschlag zugetraut hatte.

»Hast du ihn aus deinen Diensten entlassen?«

Das freundschaftliche `Du´ gegenüber Sidonie fühlte sich noch fremd an.

Sidonie lachte auf.

»Selbstverständlich nicht! Er ist der beste Falkner, den ich kenne. Niemand kann so gut Jagdfalken abrichten wie er. Es wäre töricht von mir, ihn gehen zu lassen. Er stand übrigens einst in den Diensten deines Großvaters …

Abgesehen davon, hat er mir einen großen Dienst erwiesen. Selbstverständlich habe ich Albrecht sofort darüber in Kenntnis gesetzt, welche Laus er sich mit deinem Halbbruder in den Pelz gesetzt hat.

Der Herzog schäumte und verwies den Prälat augenblicklich vom Hof. Zuerst wollte er ihn einkerkern. Ich habe Albrecht davon überzeugt, dass es sinnvoller ist, wenn ein Schurke dem Herzog einen Gefallen schuldet. Albrecht drohte Hugibert, dem Erzbischof von seinen Machenschaften zu berichten. Aus seiner Laufbahn als Domprobst wird vorerst wohl nichts werden.«

Sie lächelte zufrieden.

»Du siehst, deinen Rat, mich für Politik zu interessieren, befolge ich nach besten Kräften.«

Sidonie stopfte sich genießerisch ein Ei in den Mund. Mit den Fingerspitzen klaubte sie eine kleben gebliebene Vergissmeinnichtblüte aus dem Mundwinkel. Frederica sah bewundernd auf die bezaubernde Aufmachung der jungen Gräfin. Das Haarnetz mit Goldfäden und Perlen hielt ihre dicke, blonde Mähne im Zaum und wetteiferte mit dem altrosa Brokatkleid darum, dem Teint Sidonies zu schmeicheln. Unter dem Kleid schauten sahneweiße bauschige Ärmel hervor, die in spinnwebfeinen Spitzen endeten, die über ihre Handgelenke rieselten. Hellbraune Kalbslederschuhe mit langen Spitzen vollendeten ihre Ausstattung. Wie schaffte Sidonie es nur, sich derart geschmackvoll und aufwändig zu kleiden?

Frederica dachte über die Worte der Gräfin nach. Von ihrem machtbesessenen Halbbruder hatte sie also nichts mehr zu befürchten. Sie seufzte erleichtert auf.

»Ich möchte mich bei dem Falkner bedanken. Er hat versucht, mir zu helfen.«

Sidonie verzog den Mundwinkel.

»Ich mache mir nichts aus übermäßiger Dankbarkeit gegenüber meinen Bediensteten, aber tu, was du nicht lassen kannst. Wenn wir gerade davon sprechen – wirst du trotzdem weiterhin zu meiner Verfügung stehen? Der Herzog, du weißt schon …«

Frederica sah Sidonie offen an.

»Ich bin gekommen, weil ich deinen Rat ebenso notwendig brauche, wie du den meinen. Warum sollte ich dir nicht helfen, ich bin immer noch der gleiche Mensch, selbst wenn ich zukünftig einen Titel trage, ein Wappen führen werde und ein Vermögen besitze. Noch habe ich keine Ahnung, wie es mit mir weitergehen soll. Meine leibliche Mutter hat mir unter anderem Ländereien vermacht. Ich muss nach Freysing und herausfinden, ob mein Großvater noch am Leben ist oder wer an seiner Stelle die Güter verwaltet.

»Wie ich mich freue, das zu hören!«

Sidonie sprang auf und klatschte in die Hände.

»Ich helfe dir gerne bei deinen Vorhaben, wenn du möchtest. Aber zunächst einmal benötige ich mehr von dem Liebestrank, er ist wunderbar, aber neigt sich dem Ende zu und bevor ich nicht sicher bin, guter Hoffnung zu sein, will ich den Herzog so oft wie möglich in meinem Bett haben. Außerdem geht die Tinktur für meine Haare zur Neige.

Sie musterte Frederica eingehend.

»Du benötigst eine neue Ausstattung. Diese Fetzen«, sie wies pikiert auf Fredericas Gewand, »kannst du auf keinen Fall tragen. Ich schicke augenblicklich nach dem Hofschneider, er soll Stoffe herbringen. Dazu selbstverständlich Kämme, Puder, Hauben, Barette und Haarnetze.« Sidonie hielt in ihrer Aufzählung inne, ihr Gesicht leuchtete auf. »Schmuck!«

»Halt ein, Sidonie, ist das alles wirklich nötig?«

Frederica fühlte sich völlig überfordert.

»Wohin soll ich denn mit all diesen Dingen, bis ich ein Heim habe, bis ich weiß, wo ich bleiben werde?«

Sidonie hob die Augenbrauen.

»Langweile mich nicht! Du wirst dich mit den Gepflogenheiten einer Gräfin vertraut machen müssen, dazu gehört eine entsprechende Ausstattung. Wo du bleiben wirst, wird sich finden. Wir werden uns nach einem standesgemäßen Gemahl für dich umsehen. Lass mich überlegen, wer dafür in Frage käme.« Nachdenklich tippte sie mit dem Zeigefinger an ihre volle Unterlippe.

»Graf von Lendersheim – hmmm, nein, der ist schon zu betagt. Außerdem hat er eine überaus hässliche Warze an der Nase. Dafür ist er unglaublich vermögend. Aber vielleicht der junge Hundt zu Hürnheim, nein schweig, ich weiß, der Name ist schrecklich, aber er ist ein gestandenes Mannsbild, das kann ich dir sagen! Oder warte, da wäre noch der Graf von Dieburg, der …«

»Sidonie, halt ein, ich will keinen davon heiraten!«

»Willst du nicht?«

Sidonie sah drein, als halte sie Fronica für vollkommen von Sinnen.

»Ich will keinen anderen als Gabriel, meinen Steinmetz!«

Frederica war nun ebenfalls aufgesprungen.

»Ich muss ihn sehen, ich muss ihm alles erzählen, ich …«

»Mach dich nicht lächerlich, eine Gräfin kann keinen Steinmetz heiraten!«, schnitt Sidonie ihr das Wort ab. »Du bist es deiner Mutter und dem Adel schuldig, einen Mann von Stand zu ehelichen. Mach nicht so ein Gesicht. Ich habe einen wundervollen Plan«, fügte sie schnell hinzu.

»Albrecht muss für einige Zeit nach Regensburg und wird bis zum Hoftag dort bleiben. Meine Pläne sehen vor, morgen nach Innsbruck aufzubrechen. Ich habe eine Einladung auf Burg Ambras. Eine entfernte Verwandte ist die Vertraute von Elionore von Schottland, die wiederum mit Herzog Siegmund, dem Münzreichen, vermählt ist, wie sie ihn nennen. Du begleitest mich. Ich leihe dir das Notwendigste, dann haben wir Zeit, in Ruhe Pläne für deine Zukunft zu schmieden und dich in die Gepflogenheiten unseres Standes einzuführen. Aber du musst heute noch die Tinkturen herschaffen. Falls es Albrecht einfällt, seine Pläne zu ändern und mich auf Ambras zu besuchen, will ich vorbereitet sein!«

Frederica hätte Sidonie am liebsten den Mund zugehalten, um den Wortschwall zu unterbrechen. Gleichzeitig kroch bleischwere Traurigkeit in ihr hoch. Erst jetzt wurde ihr bewusst, dass Sidonie recht hatte. Sie war nicht länger ein einfaches Mädchen, das sich glücklich schätzen konnte, einen Handwerker oder einen Flößer zum Gemahl zu bekommen. Tatsächlich war sie es ihren Vorfahren schuldig, einen Mann von Stand zu ehelichen. Ihr Herz fühlte sich an, als wäre es in zwei Teile gebrochen. Wieder einmal wies das Schicksal sie in ihre Schranken, verwehrte ihr eigene Entscheidungen. Mit einem Geschmack von Bitterkeit im Mund erhob sie sich.

»Ich mache mich gleich auf den Weg. Trotzdem werde ich es nicht schaffen, vor Torschluss zurück zu sein. Ich übernachte im Gries und komme morgen gleich bei Sonnenaufgang zurück.«

Nachdem Sidonie versprochen hatte, Fredericas kleine Truhe sicher für sie zu verwahren, machte sie sich auf den Weg.

Es war ein schwerer Gang zum Flößerhaus. Mit jedem Schritt wurde ihr unwohler zumute. Sie gab sich einen Ruck und öffnete die Tür.

»Mutter?«

Wie ein Geist erschien Terese Reschin vor ihr. Sie hob die Hände vor ihr Gesicht, als könne sie den Anblick von Frederica nicht ertragen. Dann sank sie auf die Knie.

»Vergebt mir!«

Frederica stürzte zu ihr hin.

»Mutter, steh auf, was soll das! Warum sollte ich dir vergeben müssen? Vater hat mir das Leben gerettet, ihr habt mich aufgezogen, mir Liebe gegeben!«

Sie zog ihre Mutter in die Küche, drückte sie sanft auf einen Stuhl und nahm die eiskalten Hände in die ihren.

»Ich werde für eine Weile verreisen. Sidonie von Riedenburg will mir helfen, alles zu ordnen. Ich habe Geld und Ländereien. Wenn ich weiß, wie es weitergehen soll, hole ich dich zu mir.«

Terese Reschin hob müde den Blick.

»Dazu bin ich nicht geboren. Ich war die Tochter einer Flößerfamilie und habe einen Flößer geheiratet. Jetzt bin ich eine Witwe. Ich werde nach Müttenwaldt gehen, zu meiner Familie.«

Sie umarmte Frederica heftig.

»Ich wollte immer nur das Beste für dich, das musst du mir glauben. Ich war so glücklich, wie nie zuvor in meinem Leben, als dein Vater dich mitgebracht hat. Es ist, als wäre es gestern gewesen.«

Eine Weile saßen sie in stummer Umarmung. Manchmal summte die Mutter und wiegte sie, als wäre sie ein Säugling. Fredericas Kindheit zog an ihr vorbei, während sie in den Armen von Terese Reschin lag.

Bevor sie diesen Abschnitt ihres Lebens zu Ende brachte, wollte sie ihre Verpflichtung Sidonies gegenüber erfüllen.

Frederica fuhr mit dem Handrücken über ihre Wangen, um die Nässe wegzuwischen, die die Tränen hinterlassen hatten. Bald würde die Sonne untergehen. Als sie sich dem Wald näherte, zogen rote Wolken über sie hinweg, verloren sich in drohendem Schwarzviolett, dahinter lag schweflig gelb der Himmel. Wind kam auf. Es war genau die richtige Zeit, um Zauberkräuter zu pflücken, die Zeit, zu der die Fledermäuse mit schrillem Pfeifen begannen auszuschwärmen, bevor die Sonne in der Nacht verlosch. Frederica wunderte sich nicht besonders, dass die Tinkturen bereits fertig gebraut bereitstanden, als sie bei der Hütte anlangte. Die alte Kräuterfrau empfing sie mit ihrem verschmitzten Lächeln, in den Augen das Wissen um alles Vergangene und das, was kommen würde. Mit schwielenharter Hand tätschelte sie ihr die Wange.

»Ist noch nicht zu Ende, alles braucht seine Zeit«, flüsterte sie mit ihrer brüchigen Stimme und brachte Fredericas Augen damit erneut zum Überlaufen. Sie stockte den Lohn, den Sidonie ihr für die Tinkturen mitgegeben hatte, von ihrem eigenen Geld auf und so drückte sie Anna eine erkleckliche Summe in die Hand, was die Alte mit einem zufriedenen Brabbeln zur Kenntnis nahm. Frederica eilte zum Flößerhaus zurück, schlief ein letztes Mal tief und fest in ihrer alten Kammer. Im Morgengrauen versprach sie ihrer Mutter, sie zu besuchen, schon bald. Dann ging sie davon, ohne noch einmal einen Blick zurückzuwerfen.

In der Hofburg herrschte heller Aufruhr, als Frederica am frühen Morgen durch das Tor schritt. Eine Gruppe Bediensteter stand vor den Arkaden und redete wild durcheinander. Eine ältliche Magd kreischte auf und fiel in Ohnmacht, worauf noch mehr Unruhe entstand. Schließlich schritt die ranghöchste Wache ein und bahnte sich eine Schneise durch die Leute. Frederica, die ebenfalls näher gekommen war, fuhr entsetzt zurück. An einem Haken der gusseisernen Leuchter hing der Mönch Bodomar. Der Strick, der eigentlich seine Kutte zusammenhalten sollte, war um seinen Hals geschlungen. Das Gesicht Bodomars war dunkel angelaufen, die Augen quollen unnatürlich hervor. Unter ihm hatte sich eine Pfütze mit Exkrementen gebildet. Frederica wandte angeekelt den

Blick von der heraushängenden Zunge des Mönches ab. Er sah aus, als wäre er im Angesicht des Todes dem Leibhaftigen begegnet. Was hatte den Mönch dazu bewogen, die Sünde der Selbsttötung zu begehen?

Am Kastanienbaum lehnte der Falkner, die Arme vor der Brust verschränkt, und beobachtete die Szene. Ein zufriedenes Lächeln spielte um seine Mundwinkel.

»Da hat es nicht den Falschen erwischt«, meinte er beiläufig, während er sich vor Frederica verneigte. »Seine Schuld war wohl zu erdrückend. Schade, dass er nichts besitzt, sonst hätte ich ihn schon heruntergeschnitten – wer die Leiche hat, bekommt das Haus des Selbstmörders …«

Frederica ging auf ihn zu.

»Ich bin Euch zu Dank verpflichtet, Hans Wertmann.« Sie neigte ihrerseits den Kopf, »Ihr wart um mich bemüht. Sidonie erzählte mir, dass Ihr meine Mutter und meinen Großvater gekannt habt. Ich hoffe, Ihr findet eines Tages die Zeit, mir von ihnen zu erzählen. Ich weiß nichts über sie. Würdet Ihr mir den Gefallen tun?«

Die Augen des Falkners flackerten, als er sie ansah.

»Gräfin zu Engelshofen, ich bin Euch jederzeit zu Diensten.«

Frederica zog einen Beutel hervor.

»Ich habe in der Tat noch eine Bitte an Euch. Ich kenne niemanden am Hof, dem ich vertrauen kann, außer der Gräfin von Riedenburg, natürlich.«

Sie hielt ihm den Beutel hin.

»Könnt Ihr in vier Wochen – keinen Tag früher, hört Ihr? – zur Baustelle der Liebfrauenkirche gehen und Gabriel Neuhauser aufsuchen. Er ist Steinmetz. Gebt ihm dies von mir. Sagt ihm, er solle damit seinen Traum verwirklichen.«

In vier Wochen wäre vielleicht genug Zeit vergangen, dass er über sie hinweg war. Ihre Kehle wurde eng. Sollte sie zur Kirche gehen, ihn ein letztes Mal sehen, einen letzten Kuss stehlen? Nein, der Schmerz wäre zu groß. Vielleicht hatte er sie längst vergessen, hatte sich mit einem Mädchen getröstet. Wie flüssiges Feuer brannten die Tränen hinter ihren Lidern.

»Dies ist für Eure Bemühungen«, Frederica wollte dem Falkner drei Goldmünzen in die Hand drücken.

»Ich nehme von Euch keine Bezahlung an«, knurrte er.

Zögernd steckte Frederica die Münzen weg. Sie musste ihn fragen.

»Kennt Ihr meinen Vater, Hartwig von Redern?«

Sein Mund verhärtete sich unmerklich.

»Ihr könnt beruhigt sein, Hartwig von Redern ist seit Langem tot.«

Fredericas Augen weiteten sich. Bevor sie etwas sagen konnte, fuhr der Falkner fort.

»Ich hatte nichts mit ihm zu schaffen, aber er war eine bekannte Persönlichkeit in Freysing. Euer Halbbruder übrigens, der für den Überfall auf Euch verantwortlich war, ist geflohen, hörte ich. Irgendein Gefühl sagt mir, Ihr habt nichts mehr von ihm zu befürchten«, fügte er grimmig hinzu.

Frederica hob erstaunt die Augenbrauen. Sie fühlte kein Bedauern.

»Das sind gute Neuigkeiten!«

Sie beugte sich näher zu ihm.

»Ich glaubte, der Hofnarr hätte mich niedergeschlagen. Ich sah ihn an jenem Abend im Hof. Einmal stellte er mir nach«, ihr Gesicht verzog sich angewidert, als sie an die gierig tastenden Finger dachte, »und ich wies ihn ab. Anscheinend habe ich ihn zu Unrecht verdächtigt.«

Mit einem Gruß wandte sie sich ab und lief auf das Gebäude zu. Währenddessen fragte sie sich, wie Wertmann sich so sicher sein konnte, dass Hugibert sie in Ruhe lassen würde.

Sie bemerkte nicht, dass er ihr nachsah und einen Schwur murmelte.

»Ich werde bis an mein Ende über Euch wachen, besser als ich es bei Eurer Mutter getan habe.«

Kapitel 18

Burg Ambras

Verrenke dir nicht den Hals, jetzt beginnt ein neues Leben!«, lachte Sidonie, aber Frederica konnte den Blick nicht abwenden von der Silhouette Münchens, deren Kirchtürme sich majestätisch vom blauen Maihimmel abhoben. Sie wurden langsam kleiner, verschwanden in der Ferne. Jeder Tritt der glänzend gestriegelten Zugpferde brachte sie weiter weg von ihrem alten Leben. Und von ihrer Liebe. Der Gewitterregen, der gestern niedergegangen war, hatte alles blitzblank gewaschen, wie um den ersten Maitag zu ehren.

Frederica hielt ihr Gesicht in die wärmenden Sonnenstrahlen, fragte sich, was als nächstes auf sie zukommen würde. Der Wagenlenker schwang die Peitsche und die Pferde fielen in Trab. Auf der Straße lief ein Mönch mit einem Pilgerstab, als sei der Teufel hinter ihm her. Als er das Trappeln der Hufe vernahm, trat er einen Schritt zur Seite, ohne stehen zu bleiben, und zog seine Kapuze über den Kopf. Frederica stutzte, als sie an ihm vorbeifuhren. Es war der bucklige Mönch, den sie in Begleitung ihres Halbbruders in jener Nacht gesehen hatte, als das Gebrüll der Löwen sie in den Hof gelockt hatte. Anscheinend war er dabei, sich abzusetzen. Sie überlegte einen Augenblick lang, ob sie Sidonie auf den Flüchtenden aufmerksam machen sollte, unterließ es dann. Es würde unnützen Aufruhr geben, die Bewaffneten, die die Kutsche begleiteten, müssten ihn mit sich führen oder umkehren. Sie erinnerte sich an das Versprechen des Falkners, Hugibert stelle keine Gefahr mehr für sie dar, warum sollte ihr der armselige Mönch etwas antun wollen? Sie lehnte sich zurück und ordnete die Falten ihres Gewands. Sidonie hatte ihr fürs Erste einige Kleidungsstücke geliehen. Das veilchenfarbene Überkleid mit einer angesetzten kurzen Schleppe zeigte ein eingewebtes Rosenmuster, das cremefarbene Hemd aus Batist hatte einen Stehkragen, die Vorderseite war in unzählige Fältchen gelegt, die Ärmel endeten in zarten Rüschen. Darüber trug sie eine kurze, gefütterte Schaube. Ihre Haare hatte die Kammerzofe streng aus dem Gesicht gekämmt und in zahlreiche Zöpfe geflochten, die sie dann in Schnecken über den Ohren feststeckte. Sidonie stieß entzückte Schreie aus, als Frederica vor sie trat. Sie hatte ihr ein Gefrens in zartem Violett aufgenötigt, eine Fransenborte, die an einem Kopfreif befestigt war.

Der einzige Schmuck, den Frederica trug, war der Ring ihrer Mutter. Sobald sie auf Ambras angekommen waren, wollte Sidonie sich um eine vernünftige Ausstattung für Frederica kümmern, allein die Aussicht darauf schien Sidonie einen Höllenspaß zu bereiten.

Als sie bei einem Wirtshaus in Tölz Halt machten, um die Pferde zu tränken und eine Mahlzeit zu sich zu nehmen, dachte Frederica an den jungen Flößer, dem sie versprochen worden war, und musste beinahe lächeln. Wenn er sie jetzt sehen könnte, wie sie in der Gaststube saß, der Wirt vor ihr dienerte und die Wachen darauf achteten, dass niemand den hochherrschaftlichen Damen zu nahe kam!

Sie setzten die Reise fort und Sidonie plauderte die ganze Fahrt über ununterbrochen, strich immer wieder über ihren Leib und sprach über ihre Hoffnung, endlich schwanger mit dem Sohn des Herzogs zu werden.

»Ernestine von Werdenfels ist eine entfernte Kusine meiner Mutter«, plapperte sie, während draußen Wiesen und Wälder im Frühlingskleid vorbeizogen. Sanfte, weiße Wölkchen stromerten über den Himmel und die Lerchen stiegen jubilierend aus den Feldern auf.

»Sie ist seit Längerem eine enge Vertraute Elionors von Österreich. Elionor ist die Tochter von König Jakob von Schottland, stell dir vor! Ihr Gemahl Sigismund und sie selbst haben vor Jahren als Heiratsvermittler zwischen Sigmund, den älteren Bruder Albrechts, und einer französischen Edelfrau gewirkt, aber aus der Ehe ist nichts geworden. Elionor spricht sogar Französisch, denk nur!«, schwärmte Sidonie.

Frederica konnte den endlosen Ausführungen der jungen Gräfin von Riedenburg nicht folgen. Die komplizierten Verflechtungen, Verwandtschaftsgrade und Verfeindungen unter den Königshäusern Europas waren ihr völlig fremd und abgesehen davon einerlei. Sie nickte höflich, fragte ab und zu halbherzig nach und war mit ihren Gedanken einzig und allein bei Gabriel, seinen Lippen, dem Strahlen seiner Augen, wenn er sie sah, seinen kraftvollen Händen.

Bevor es dämmerte, kehrten sie in einen einfachen Gasthof ein, in dem sie sich mit Sidonie eine karge Kammer teilte. Frederica war überrascht, dass die verwöhnte Sidonie wie selbstverständlich und ohne

Murren die Unbequemlichkeiten des Reisens hinnahm, die einfache Abendmahlzeit in der verräucherten Wirtsstube mit großem Appetit vertilgte und auf der mit Stroh gefüllten Matratze augenblicklich einschlief, während Frederica wach lag und ihren von der holprigen Fahrt schmerzenden Körper von einer Seite auf die andere wälzte. Ihr dämmert langsam, dass die hochwohlgeborenen Damen einiges einstecken mussten und nur diejenigen, die robust und unerschrocken waren wie Sidonie, gut über die Runden kamen.

Bei Sonnenaufgang fuhren sie weiter und Frederica war zum wiederholten Male eingedöst, als Sidonie sie an der Schulter rüttelte.

»Wach auf, Schlafmütze, wir sind da!«

Sidonie sprang aus dem Wagen und breitete glückselig die Arme aus.

»Ist das nicht wundervoll?!«

Frederica, die schlaftrunken im großzügigen Vorhof der Burg stand, musste ihr recht geben. Das eindrucksvolle Gebäude bestand aus einem viergeschossigen Bergfried und dem Palas als Nordflügel. Dahinter erhob sich das Gebirge, die mächtigen Gipfel bedeckt mit Schnee, der derartig hell in der Sonne erstrahlte, das Frederica blinzeln musste. Frische Gebirgsluft wehte über die weitläufige Anlage. Edelleute flanierten über den Platz, lachend und scherzend, als gäbe es in ihrer Welt keine Sorgen, keinen Schmerz und keine unerfüllbaren Sehnsüchte. Lakaien geleiteten sie in ihre Gemächer, brachten die Truhen mit ihren Habseligkeiten hinauf. Frederica staunte ob der verschwenderischen Pracht, die diese Burg aufbot, und Sidonie war hellauf begeistert.

»Herzog Sigismund wird anscheinend nicht umsonst `der Münzreiche´ genannt«, bemerkte sie kichernd.

Die beiden Frauen teilten sich ein Gemach. Staunend betrachteten sie den aufwändig gestalteten Waschtisch, die mit Holz getäfelte Kassettendecke, die Butzenscheiben, die ihnen den Blick über einen wild schäumenden Bach tief in der Schlucht und den angrenzenden Tannenwald gestatteten. Nachdem sie sich ein wenig frisch gemacht hatten, warf Sidonie sich in einen gepolsterten Stuhl.

»Wie ich mich auf die rauschenden Feste freue, für die der Herzog berühmt ist! Man sagt, er liebe Elionor über alles, aber er sei im

Allgemeinen ein Frauenfreund. Will man den Gerüchten glauben, hat er von Hofjungfern und Mägden Dutzende unehelicher Kinder!«

So wie ich eines bin, dachte Frederica mit einem Anflug von Scham. Die Tür öffnete sich und Ernestine von Werdenfels trat ein. Sie war eine rundliche Frau von etwa vierzig Jahren und strahlte die gleiche Lebenslust aus wie Sidonie, wenngleich etwas abgemildert durch ihr fortgeschrittenes Alter. Sie umarmte Sidonie und Frederica herzlich.

»Kommt, ich zeige euch die Burg, damit ihr euch zurechtfindet. Herzog Sigismund und Elionor werde ich euch vor dem Abendmahl vorstellen. Elionor ruht sich aus, ist erst gestern von einer Wallfahrt aus Münster im Vintschgau zurückgekehrt!«

Ernestine führte sie die mit Teppich belegten Treppen hinab.

»Du, davon muss ich Albrecht erzählen, das wäre was für die Hofburg, wo die Böden immer eiskalt sind!«, bemerkte Sidonie.

Sie streiften durch verschiedene Räume, gemütlich ausgestattet mit Kachelöfen, kostbar geschnitztem Mobiliar und eindrucksvollen Gemälden. Sie blieben vor einem überlebensgroßen Bildnis einer Frau stehen.

»Das ist Elionor«, sagte Ernestine.

Das Gemälde zeigte eine stämmige Frau, die nicht unbedingt hübsch zu nennen war, aber eine faszinierende Ausstrahlung hatte. Sie trug einen weißen Kopfputz, darauf ruhte eine Krone. Ihr rundes Gesicht strahlte eine sanfte Güte gepaart mit absoluter Bestimmtheit aus. Unten im Bild war das Siegel Elinors von Schottland zu sehen, ein Allianzwappen, auf der einen Seite der schottische Löwe, auf der anderen der Tiroler Adler.

»Elionor stiftet viel, sie ist tugendreich und mildtätig«, schwärmte Ernestine. »Das Volk liebt sie, denn sie sorgt für Waisen und setzt sich mit all ihrer Kraft für ihre Untertanen ein. Stellt euch vor, während der Fastenzeit hat sie sogar die Begnadigung bereits Verurteilter erreicht!«

Ernestine erzählte ihnen, dass auf Burg Ambras etwa fünfzig Bedienstete für das Wohl des Herzogs und der Herzogin sorgten. Es gab Knechte, Köche und ihre Gehilfen, Kastner, Marstaller, Kämmerer, Stallknechte, Türhüter, Wagenknechte, einen Waidmann, einen

Barbier und ein Hofschneider, der für sie wichtigste Mann auf Ambras, wie Sidonie bemerkte. Ein Hofmeister, ein Kaplan und ein Silberkämmerer gehörten ebenfalls zur Belegschaft der Burg. Sidonie bat darum, die Pferde sehen zu dürfen, und Ernestine führte sie zu den Stallungen. Etwa drei Dutzend Pferde standen in den peinlich sauberen Ställen. Ein grauer Zelter schaute über die Absperrung und stupste Frederica mit seiner samtigen Schnauze an. Ängstlich wich sie zurück.

»Fürchtest du dich vor Pferden?«

Sidonie streckte den Arm aus und kraulte das graue Pferd unter dem Kinn. Genüsslich reckte das Tier den Hals, betrachtete sie aus seinen lang bewimperten Augen und schnaubte.

»Tante Ernestine, glaubst du, es ist möglich, dass wir uns Pferde ausleihen können? Frederica muss reiten lernen.«

Frederica glaubte, nicht richtig zu hören. Es erschien ihr genauso absurd und unnötig auf einem Pferd zu sitzen, als hätte Sidonie sie dazu aufgefordert, sich im Schwertkampf zu üben.

»Warum?«

»Es gehört zum guten Ton. Du musst in der Lage sein, an Jagdausflügen teilzunehmen oder zu Pferd zu reisen. Außerdem kräftigt es deinen Körper, vor allem deine Schenkel – und das ist gut für die Liebe.«

Den letzten Teil des Satzes hatte sie geflüstert, dass nur Frederica es hören konnte. Sie kicherte mutwillig.

»Ich werde Elionor danach fragen«, versprach Ernestine. »Ich glaube kaum, dass sie euch diese Bitte abschlägt, sie ist eine ausgezeichnete Jägerin und Fischerin.«

Sie verließen die Stallungen. Vor ihnen erstreckte sich ein Turnierplatz, daneben, abgetrennt von einer dichten Hecke, lag ein bezaubernd angelegter Garten. Hinter dem Garten führte eine schmale Holzbrücke über den Gebirgsbach.

»Komm, wir schauen, was dort drüben ist!«

Sidonie war bereits auf der Brücke.

»Geht ohne mich, Mädchen, mir wird in großer Höhe schwindelig!«, wehrte Ernestine ab. »Ich hole euch vor dem Abendmahl in eurem Gemach ab.«

Frederica setzte zögernd den Fuß auf den Steg. Sidonie war schon in der Mitte der Brücke und sah in die Tiefe.

»Komm, es ist herrlich, wie der Bach da unten sprudelt!«

Frederica vermied es, in die Tiefe zu sehen. Erst als sie in der Mitte angelangt war, wagte sie einen Blick ins Wasser. Weißschaumig schoss der Bach über kantige Steinblöcke ins Tal hinab. Keuchend krallte sie die Hände ins Geländer. Sie meinte Waldnymphen und Wassergeister in den gischtgekrönten Wellen tanzen zu sehen, dann kamen die Bilder.

»Der Traum!«, murmelte Frederica, nach Luft schnappend.

Sie beschloss, zunächst für sich zu behalten, was sie gesehen hatte. Sidonie hatte die Brücke überquert und winkte ihr von der anderen Seite.

»Der Wald ist herrlich, ich muss morgen früh unbedingt ausreiten gehen! Zu schade, dass du nicht mitkommen kannst.«

Sie schlenderten ein Weilchen umher, dann bedeckte sich der Himmel und sie zogen sich in ihr Gemach zurück, um sich für den Abend anzukleiden.

»Wir müssen uns auf das Feinste herausputzen, die Tiroler sollen sehen, dass der bayrische Adel ihrem Prunk in nichts nachsteht!«

Sidonie teilte großzügig die Dienste ihrer Kammerfrau Magdalena mit Frederica, die ihr mit stoischer Höflichkeit begegnete.

»Dieses hier müsste dir vorzüglich zu Gesicht stehen!«

Sidonie hielt Frederica ein sonnenfarbenes Gewand hin und Frederica ließ sich von Magdalena hineinhelfen. Ein weit geschwungener Aufschlag in tannengrün säumte den tiefen Ausschnitt, das Unterkleid leuchtete in sattem weinrot. Ein breiter perlenbestickter Gürtel in der gleichen Farbe betonte Fredericas schmale Taille. Der Saum des Übergewands war breit gefasst mit ebenfalls tannengrüner Borte, in die glitzernde Schmetterlinge eingestickt waren. Ein Hennin aus Goldbrokat mit hauchzartem, kurzem Schleier, der über das Gesicht fiel, verlieh ihr ein geheimnisvolles Aussehen. Sidonie bot wie gewohnt einen zauberhaften Anblick. Das nachtblaue Kleid war an Saum und Ärmelaufschlägen breit abgesetzt mit goldener Borte, auf der bunte Glassteine blitzten. Das weiße Untergewand war mit winzigen, goldenen Sternen übersät. Sidonie trug eine Schmetterlingshaube, an der ein Aquamarin befestigt war. Er lag in der Mitte ihrer Stirn und ließ ihre Augen funkeln. Gerade als Frederica in die passenden goldgelben Kalbslederschuhe mit langen Spitzen schlüpfte, kam Ernestine, um sie abzuholen. Entzückt schlug sie die Hände zusammen.

»Mädchen, ihr seid eine Augenweide! Die Hofdamen werden grün vor Neid werden! Ich bin stolz, euch Elionor und dem Herzog vorzustellen!«

Sie befanden sich auf der Mitte der Treppe, als fröhlicher Lärm erscholl und ein kräftiger Mann mit schulterlangen, welligen Haaren, die er aus der hohen Stirn zurückgekämmt trug, juchzend vor Vergnügen den Flur entlang gerannt kam. Er wurde verfolgt von zwei blutjungen Edelfrauen mit wehenden Schleiern. Die Mädchen kreischten übermütig, türenknallend verschwanden die drei. Ernestine seufzte.

»Das war Herzog Sigismund von Tirol. Sein größtes Vergnügen besteht darin, sich von den Hofdamen fangen zu lassen. Ihr könnt euch denken, dass Elionor nicht sonderlich erbaut ist von dieser Angewohnheit. Ebenso wenig davon, wenn er mit größter Begeisterung an den Ritterspielen und Turnieren teilnimmt und der Herzogin regelmäßig der Schrecken in die Glieder fährt.«

Frederica musste ob dieser Unbeschwertheit des Herzogs lächeln und Sidonie neben ihr platzte beinahe vor Gelächter.

»Ich jage den Herzog mit dem größten Vergnügen durch die Gänge seiner Burg, wenn ich ihm damit eine Freude bereiten kann! Frederica, du lenkst solange die Herzogin ab, ich will sie nicht kränken.«

Ernestine schüttelte den Kopf.

»Immer noch der gleiche Wildfang wie eh und je! Mache mir keine Schande, Sidonie von Riedenburg!«

Frederica fragte sich, ob Ernestine von Werdenfels wusste, in welchem Verhältnis ihre Großnichte zum Herzog von Bayern stand. Sie betraten bereits den Saal und es blieb keine Zeit für weitere Überlegungen. Elionor von Schottland stand vor der festlich gedeckten Tafel und prüfte mit kritischer Miene die Gedecke. Sie war in edlen, dunkelgrauen Samt gekleidet, das Gewand geschmackvoll abgesetzt mit schwarzsilbernen Bordüren, auf dem Kopf eine Haube, ebenfalls aus Samt, deren Abschlussbänder reich mit Perlen geschmückt war. Die Herzogin blickte ihnen freundlich entgegen. Ernestine, die mehr Freundin als Hofdame zu sein schien, deutete eine leichte Verbeugung an, Frederica und Sidonie sanken in einen tiefen Knicks.

»Elionor, darf ich Euch meine Großnichte Gräfin Sidonie von Riedenburg und ihre Vertraute Frederica zu Engelshofen vorstellen?«

»Welch wunderschöne junge Frauen, die ihr als Zier an unseren Hof bringt, Ernestine!«

Der Akzent der Herzogin klang schleppend und fremdartig, ihre Stimme milde.

»Ihr werdet heute als Ehrengäste zu meiner Linken sitzen.«

Sie deutete auf die Längsseite der Tafel, in deren Mitte stets die wichtigste Person saß, wie Frederica inzwischen gelernt hatte.

»In der Regel halte ich es so, dass wir Frauen gemeinsam essen und die Männer an der Tafel des Herzogs speisen. Heute machen wir eine Ausnahme.«

Elionor sprach ein paar freundliche Worte, betonte, dass sie sich wie zu Hause fühlen sollten, und lud sie zu Sidonies größter Freude ein, an einem Jagdausflug teilzunehmen, der von einigen Edelleuten am morgigen Tag geplant war. Langsam füllte sich der Saal mit Edelknaben, Hofdamen und schließlich eilte der Herzog herein, die grau gesträhnte Mähne wirr um den Kopf unter einer Kappe mit Goldbrokatfäden. Sein gekröstes Hemd schimmerte in tadellosem Weiß, er trug eine schwere goldene Kette und ein Wams aus dunkelbraunem Brokat. Die vollen, geschwungenen Lippen verrieten den sinnlichen Genießer. Er schien erhitzt, aber bester Dinge. Frederica und Sidonie wurden ihm vorgestellt, bei ihrem Anblick leuchteten die Augen Herzog Sigismunds auf. Elionor fing seinen Blick ein, lächelte ihm zu und strich ihm liebevoll das zerzauste Haar aus dem Gesicht. In ihren Augen lag der Ausdruck einer Frau, die alle Schwächen ihres Mannes kannte, ihn aber dennoch, oder trotzdem von Herzen liebte. Das herzogliche Paar schien grundverschieden, aber vielleicht lag eben darin das Geheimnis ihrer stummen Übereinkunft. Der Herzog umarmte seine Gemahlin, drückte ihr einen Kuss auf die Wange und schmetterte:

»Meine Liebste, welch wundervoll barmherzige Taten habt Ihr heute wieder vollbracht?«

»Ich habe Almosen an den Kirchenchor und die Priester verteilt, wenn es dir gefallen mag, mein Gebieter«, antwortete Elionor und Frederica merkte allein am Klang der Worte, wer tatsächlich der Gebieter im Hause war. Man setzte sich an den Tisch, der mit weißem Leinen bedeckt war, das am Boden mit einer Fransenkante abschloss. Die Teller bestanden aus schimmerndem Zinn, lange, spitze Messer lagen neben Löffeln für Suppe und Mus. Der Kaplan erhob sich und gemeinsam wurde ein Tischgebet gesprochen. Eine Armee von Bediensteten begann, die Speisen aufzutragen. Frederica hätte es nicht gewundert, wenn sich der Tisch biegen würde, so viele Köstlichkeiten wurden darauf abgeladen. Es gab Geflügelkeulen, schweinerne Bratwürste, knusprige Brote und Wecken. Gebratene Haselhühner lagen neben Pasteten mit Lammfleisch, gebratene Enten neben Kalbsnierenbraten. In anderen Schüsseln wurden Bohnen, Hühnerbrühe, Spinat und Zwiebeln angeboten, sie sah Schweinskopfsulz, gebratene Schnepfen, Kramatsvögel, Fasan, Hirschragout und Ochsenzungen. Dazwischen leuchteten kandiertes Naschwerk, goldfarbene Früchte mit einer narbigen Schale, die man Orangen nannte, Birnen, Anis im Zuckermantel, außerdem blau und rotweiß gestreifte Zuckerstangen, von denen Frederica sich fragte, wie um alles in der Welt der Zuckerbäcker diese herstellte. Sie beschloss, bei Gelegenheit in der Küche danach zu fragen. Die Gäste tranken Feldkirchner Wein und bayrisches Bier, von dem Albrecht Sidonie als Gastgeschenk für den Tiroler Herzog einige Fässer mitgesandt hatte. Der Reichtum wurde großzügig zur Schau gestellt, allein an der Menge der Gewürze, die der Koch verwendet hatte, wie Salz, Pfeffer, Kümmel, Safran und Muskat erahnte man das Vermögen des Hauses. Bald hörte man das Klappern von Essgeschirr, das Klirren von Gläsern und die fröhliche Unterhaltung der Speisenden. Hofmeisterin, Kammerjungfrauen, Zofen und Edelmänner wurden in der Reihenfolge ihres Ranges von Mundschenk, Vorschneider und Pagen bedient.

Frederica saß zwischen Sidonie und einem Mann, der sich als Hofmaler Jobst Weninger vorstellte. Er trug seine Haare lang und lockig, darauf lässig ein Barett aus schwarzem Samt. Weninger lenkte Fredericas Aufmerksamkeit auf die Wandmalereien, die vorwiegend Jagdszenen darstellten, und die herrlichen Einlegearbeiten der Holzdecke und der hohen Türflügel. Er geizte nicht mit Schmeicheleien, was Fredericas Schönheit und Anmut, insbesondere ihre außergewöhnlichen Augen betraf. Schließlich schlug er ihr in überschwänglicher Begeisterung vor, Frederica und Sidonie gemeinsam auf einem Gemälde zu verewigen. Frederica wusste nicht, wie sie sich verhalten sollte.

»Das ist sicherlich furchtbar teuer?«, fragte sie zögerlich.

Jobst Weninger warf den Kopf in den Nacken und lachte herzlich, wobei er eine Reihe ungewöhnlich weißer Zähne entblößte.

»Eine Schönheit, die gut wirtschaften kann! Edle Dame, das braucht nicht Eure Sorge zu sein. Mein Auskommen wird vom Herzog und der Herzogin sichergestellt, beide sind große Liebhaber und Förderer der Kunst. Wenn Ihr mir ein paar Gulden oben drauf zahlt, ist das Bild Euer, vorausgesetzt, Ihr bleibt lange genug, bis es fertig gestellt ist. Die Muse küsst einen nicht jeden Tag, müsst Ihr wissen.«

Frederica wurde einer Antwort enthoben, denn ein Ritter brachte einen Trinkspruch auf den Herzog und die Herzogin aus und die Gesellschaft stand auf und hob die Gläser. Der Abend verlief angenehm, Frederica war satt und müde, als sie sich spät in der Nacht in ihr Gemach zurückzogen. Die dumpfe Traurigkeit, die sich auf ihr Herz und ihre Seele gelegt hatte, seit Sidonie sie auf den unüberbrückbaren Standesunterschied zwischen ihr und Gabriel hingewiesen hatte, war durch die heiter gelassene Atmosphäre am Hof des Tiroler Herzogs etwas in den Hintergrund getreten. Nachts schlief sie tief und traumlos, bis die klagenden Schreie der Pfauen im Garten sie weckten und sie an ihr Leid erinnerten.

In den ersten Tagen nach ihrer Ankunft hatte Sidonie sogleich den Hofschneider zu sich gebeten. Einige Tage später war der Schneider, ein kleiner, spindeldürrer Mann, mit einem hervorragenden Blick für die Qualität von Stoffen und Schnitten, erneut erschienen. Mehrere

Diener schleppten Ballen von Webwaren herbei. Es gab eierschalenfarbene Spitze, nachtschwarzen Samt, schillernden Brokat in den Farben des Frühlings, Seide, rot wie die Sünde, blütenblattzarten Battist, der sich anfühlte wie die Ahnung eines Sommerwindes, Borten, Gürtel und Spangen. Sidonie sprach mit dem Hofschneider über Tagesgewänder, Festkleider und Gewänder zum Ausreiten. Frederica wurde vermessen, probierte Kleidungsstücke an, passender Zierrat, Kämme, Schleier, Beutel und Tücher wurden ihr zur Auswahl vorgelegt. Nach einigen Tagen hatte sie es gründlich satt, wie eine Puppe dazustehen und sich an- und ausziehen zu lassen, aber sie verfügte über eine ansehnliche Grundausstattung. Der Frühling brach nach einem langen sanften Regen mit aller Macht hervor, Bäume und Büsche bogen sich unter saftigem Grün und üppigen Blütendolden. Den Menschen stieg die blütenduftgeschwängerte Luft zu Kopf und die jungen Männer umschwärmten Frederica und Sidonie auf Schritt und Tritt. Frederica ließ sich die Anbetung gefallen, blieb aber stets auf Distanz, was die Edelmänner noch mehr anspornte, sich in Huldigungen, Schmeicheleien und Gaben zu übertreffen, um ihre Aufmerksamkeit zu erregen oder einfach, um ein Lächeln auf ihr ernstes Gesicht zu zaubern. In schmerzvollen Lektionen auf dem Turnierplatz hatte sie recht und schlecht gelernt, sich auf dem Pferd zu halten. Der Damensattel war furchtbar unbequem und sie klammerte sich verkrampft am Sattelhorn fest. Auf beiden Seiten des Pferdes gingen jungen Männer, mit erhobenen Armen, bereit, sie sofort aufzufangen, sollte sie stürzen. Als sie zum ersten Mal mit einer Gruppe junger Leute ausritt, genoss sie es zu ihrer eigenen Überraschung, sich über die grünen Wiesen tragen lassen, die dumpfen Laute der Hufe auf dem weichen, moosigen Boden im Wald, wo sie der würzige Duft von Harz und Pilzen umfing. Die Begeisterung Sidonies für die Beizjagd, bei der Kraniche, Reiher, Lerchen, Tauben und Enten von abgerichteten Falken erlegt wurde, teilte sie trotzdem nicht und verweigerte entschieden die Teilnahme.

Sobald sie keine Beschäftigung hatte, verfiel sie in dumpfes Brüten. Stundenlang starrte sie aus dem Fenster über die Schlucht, in die Gipfel der Tannen, beobachtete die Raubvögel, die in den grauen Wolken kreisten, um dann blitzartig auf ihre Beute hinab zu stürzen und ihr Herz lag schwer wie ein Eisenklumpen in ihrer Brust.

Die Wochen plätscherten dahin in einer Abfolge von Zerstreuungen. Am heutigen Mittag wurde ein Turnier zu Ehren Herzog Sigismunds veranstaltet, der in Bälde zum Hoftag Kaiser Friedrichs III. nach Regensburg abreisen würde. Der Turnierplatz war festlich mit dem Laub junger Birken, mit Bändern und Schleifen geschmückt. Der Doppeladler der Habsburger, deren Geschlecht Sigismund entstammte, und das Wappen von Tirol, ein silberner Schild hinter dem roten Adler, der mit einer goldenen Krone und goldenen Flügelspangen mit Kleeblattenden versehen war, wehte auf den Fahnen über der Tribüne, auf der die Zuschauer Platz genommen hatten. Herzog Sigismund ließ es sich selbstverständlich nicht nehmen, selbst am Wettkampf teilzunehmen.

»Elionor hat alles versucht, aber er ließ sich nicht davon abhalten«, seufzte Ernestine, die zwischen Frederica und Sidonie saß und sich Luft zufächelte. »Sie ist außer sich vor Sorge, dass ihm etwas zustößt, selbst wenn sie es gut zu verbergen versteht.«

Fanfaren wurden geblasen und die teilnehmenden Ritter, zwölf an der Zahl, stellten sich dem Herold und den Zuschauern vor, in dem einer nach dem anderen einritt. Der Herold rief die Namen und Titel aus und prüfte das Wappen. Als erster zog Herzog Sigismund in die Arena ein. Nachdem alle Teilnehmer des Wettkampfes versammelt waren, verlas der Herold mit schallender Stimme die Turnierregeln. Der temperamentvolle Graf Arnold von Heydorf hatte Frederica schon vor einigen Tagen gebeten, dass er beim Turnier in ihren Farben reiten dürfe. Er hatte damit gedroht, sich vor ihren Augen von der Brücke zu stürzen, sollte sie es ihm verwehren, und obwohl Frederica diese Äußerung nicht ernst genommen hatte, gab sie nach. Er war mit seiner Bitte drei anderen Rittern zuvor gekommen, die alle ihr zu Ehren am Turnier teilnehmen wollten. Das Spiel begann mit dem Turnei. Die Ritter hatten sich nach Auslosung in zwei gleichgroße Gruppen aufgeteilt und standen sich gegenüber, die eine Hälfte trug zur Kennzeichnung rote Bänder, die andere blaue.

»Es geht um die Beherrschung der reiterlichen Geschicklichkeit«, erklärte Sidonie. »Sie müssen versuchen, ihre Gegner vom Pferd zu stoßen. Die Gruppe, die am Ende noch die meisten Männer im Sattel hat, gewinnt und nimmt den Preis von Elionor entgegen.«

Wieder ertönten Fanfarenstöße.

»Hurta! Drauf!«, brüllten die Recken und rannten unter Führung eines gewählten Hauptmanns aufeinander ein. Die Kämpfer versuchten, durch rasante Drehungen und Wendungen mit dem Pferd die Gegner aus dem Sattel zu stoßen. Dabei wurden Schilder, Waffen oder die Hände eingesetzt.

»Sie werden sich totschlagen«, schrie Frederica entsetzt auf, die noch nie einem Turnier beigewohnt hatte. Die anderen Hofdamen kicherten.

»Die Waffen sind nicht scharf, mein Lämmchen! Sie benutzen stumpfe Schwerter und schau hin, die Lanzen sind mit Kronen bestückt!«, beruhigte sie Ernestine von Werdenfels.

Frederica atmete auf, trotzdem erschrak sie jedes Mal, wenn die Recken unter Kampfgebrüll aufeinander eindroschen, dass es schepperte und krachte. Von den zwölf Reitern saßen noch fünf im Sattel. Zwei der Gestrauchelten mussten, von ihren Knappen und weiteren Helfern gestützt, vom Platz geführt werden, ein älterer Kämpe konnte nicht mehr aufstehen und wurde auf einer Trage weggebracht. Sein Pferd war verletzt worden und wieherte erbärmlich vor Schmerzen. Es dauerte eine Weile, bis feststand, dass nichts anderes übrig blieb, als ihm die Halsschlagader zu durchtrennen, um es von den Qualen zu erlösen. Der Kadaver wurde von einem Ochsen vom Platz geschleift und Sand über die Blutlache gestreut, bevor das Spiel weiterging. Als die Fanfaren das Ende des Wettkampfes ankündigten, hatte die blaue Gruppe unter der Führung Herzog Sigismunds gewonnen. Der sprengte unter Triumphgeheul zur Tribüne und forderte einen Kuss von Elionor ein, die sich erleichtert lachend zu ihm beugte und das Liebespfand gewährte. Aus ihren Händen nahmen die Sieger das Preisgeld entgegen und trabten mit stolzgeschwellter Brust vom Turnierplatz. In der Pause wurden Fruchtsorbets und gekühlter Met gereicht, die Damen schwärmten von den Kampfkünsten der Ritter oder machten sich über diejenigen lustig, für die der Wettbewerb nicht gut ausgegangen war. Der Herold kehrte in die Arena zurück und kündigte den Tjost an.

»Schau, wie stattlich dein Ritter ist«, bemerkte Sidonie, die die letzten Tage auffällig ruhig gewesen war. Ritter von Heydorf trug blitzendes Gestechzeug, sein Knappe folgte ihm mit dem Helm. Das Ross des Ritters war mit einer schwarzsilbernen Decke ausgestattet, die einen roten Löwen mit Engelsflügeln zeigte. Offenbar hatte er sich bei Sidonie nach dem Wappen der zu Engelshofen erkundigt. Er ritt seine Runde, blieb dann vor den Damen stehen.

»Du musst ihm dein Tüchlein reichen!«, zischte Sidonie und pufffte Frederica mit dem Ellenbogen in die Seite. Eilig erhob sich Frederica und zog das rote Tuch aus dem Ärmel. Mit stolzgeschwellter Brust nahm es Arnold von Heydorf entgegen, drückte es an für alle sichtbar an die Lippen, um es sich anschließend um den Hals zu winden. Der Knappe reichte ihm Helmhaube und Helm. Der schwarzgekräuselte Federbusch des Helmes wehte hinter dem Ritter her, als er das mächtige Ross auf den Platz lenkte, während sein Gegner, Heinrich von Brandis, in die Arena einzog. Er nahm ein Tuch aus den Händen seiner auserwählten Jungfer entgegen und ritt auf die für ihn vorgesehene Position. Beide Ritter klappten die Visiere herunter. Die Stechlanzen wurden gereicht, Trommelwirbel ertönten. Eine eigenartige Aufregung ergriff Frederica. Auf das Zeichen des Herolds trieben die Recken ihre Pferde an, galoppierten mit donnernden Hufen aufeinander zu, die Reitbahnen nur von einem Holzbalken getrennt. Frederica hielt den Atem an. Sie hegte keine tiefen Gefühle für Ritter von Heydorf, trotzdem wollte sie nicht, dass ihm etwas zustieß.

»Warum tun sie das?«, fragte sie Sidonie mit zitternder Stimme. Es erschien ihr wie Hohn, dass diese Männer leichtfertig ihre Gesundheit aufs Spiel setzen, wo ihr Vater jeden Tag auf dem Fluss um sein Leben hatte kämpfen müssen, damit er seine Familie ernähren konnte.

»Um ihre Kräfte zu messen und ihre Mannhaftigkeit zu beweisen! Keine Frau will einen Schwächling an ihrer Seite. Du vielleicht?«, versetzte Sidonie und reckte den Hals nach den aufeinander zustürmenden Rittern. Es krachte, Holz splitterte und Arnold von Heydorf hatte seinen Gegner mit Wucht vom Pferd gestoßen. Die Zuschauer jubelten, Fanfaren schmetterten und Ritter von Heydorf reckte stolz die Faust gen Himmel.

»Du musst ihm zuwinken«, belehrte Sidonie Frederica, die gehorsam tat, wie ihr geheißen. Vier weitere Gegner würde ihr Ritter bezwingen müssen, um den Siegerkranz dieses Wettkampfes für sich zu beanspruchen. Unter großem Jubel besiegte Arnold von Heydorf, der wie beflügelt vom Zuspruch Fredericas schien, drei weitere Ritter, dann trat ihm, als letzter Gegner, Herzog Sigismund entgegen. Der erfahrene Recke brachte den jungen Ritter beim ersten Lauf gehörig ins Wanken, im letzten Augenblick fing er sich. Beide Kämpfer nahmen erneut Aufstellung. Die Zuschauer hielten den Atem an. Diese Runde würde über den Sieg entscheiden. Beide Kämpfer preschten aufeinander zu, die Hufe der mächtigen Rösser donnerten über den Sand, Staubwolken wirbelten auf. Frederica riss die Augen auf. Arnold von Heydorf schien zu zögern, kurz bevor die Recken aufeinander trafen, senkte er unmerklich seine Lanze, sodass der Herzog ihn mit einem heftigen Stoß in die Brust aus dem Sattel hob. Die Zuschauer brachen in Jubelgeschrei aus, der Herzog nahm den Helm ab und ritt, übers ganze Gesicht strahlend, die Ehrenrunde. In der Mitte der Tribüne hielt er vor Elionor an, die ihm den Siegerkranz umlegte. Frederica bekam den leisen Wortwechsel zwischen dem Herzogspaar mit.

»Das Siegergeld und das Ross gebühren dem jungen von Heydorf«, raunte Sigismund Elionor mit einem breiten Grinsen zu. »Er hat mich absichtlich gewinnen lassen, der kluge Hund!«

Elionor von Schottland nickte und lächelte verschmitzt. Arnold von Heydorf hinkte vom Platz. Alle Wettkämpfer, die noch in der Lage waren, ihr Pferd zu besteigen, ritten eine weitere Runde, dann war das Turnier zu Ende. Pferdeburschen und Knappen eilten herbei, um die Pferde zu versorgen und ihre Herren von den Harnischen zu befreien.

»Jetzt ziehen sich die Männer in die Badestuben zurück. Da würde ich bei dem einen oder anderen gerne einmal einen Blick in den Zuber werfen«, wisperte Sidonie und erhob sich. Frederica warf ihr einen entsetzten Blick zu, sah, dass die junge Gräfin wankte und fing sie auf, bevor sie zu Boden sank.

»Um Himmels Willen«, schrie Ernestine auf, »was ist dir, mein Kind?«

Frederica tunkte rasch ein herbeigebrachtes Tuch in Wasser und tupfte Sidonie, die totenbleich in ihren Armen lag, die Stirn und Schläfen ab. Sidonies Lider begannen zu flattern, sie begann zu würgen. Frederica half ihr sich aufzusetzen und wischte ihr den Mund ab.

»Du trägst den Sohn des Herzogs in dir. Ich habe es im Wasser gesehen«, murmelte sie in das Ohr der jungen Gräfin.

Es war, als hätte sie ihr einen Zaubertrank verabreicht, der Tote zum Leben erweckt. Augenblicklich erschien ein rosiger Schimmer auf Sidonies Wangen und sie rappelte sich auf.

»Stimmt das wirklich?«, fragte sie mit leuchtenden Augen immer wieder. »Ist das wahr?«

Stürmisch umarmte sie Frederica.

»Ich muss mich etwas ausruhen, die Aufregung und die Wärme haben mich erschöpft«, beruhigte Sidonie ihre Großtante, die wie ein aufgeregter Spatz um sie herumflatterte.

Frederica begleitete sie in ihr gemeinsames Gemach.

»Was wirst du jetzt tun?«

»Albrecht wird bald nach München zurückkehren. Ich will dort sein, wenn er ankommt, um ihm die freudige Nachricht mitzuteilen.«

Sie legte die Hand auf ihren Leib, stellte sich in Positur und hauchte:

»Ich, mein Herzog, schenke Euch einen Sohn, der Eure Linie und Eure Herrschaft stärken wird!«

Frederica musste lächeln. Sie hoffte für Sidonie, dass der Herzog die Nachricht aufnehmen würde, wie Sidonie es sich wünschte, vor allem, dass er das Kind anerkennen würde. Sidonie streckte sich auf dem Bett aus.

»Du musst unbedingt hier bleiben! Ritter von Heydorf ist nicht nur ein wackerer Kämpfer, er ist gut aussehend und vermögend obendrein! Seine Linie ist alt und hoch angesehen, ich habe mich erkundigt. Er wird dir mit Sicherheit bald einen Antrag machen, so wie er dich heute angehimmelt hat. Mit ihm machst du einen Glücksgriff! Liebend gerne hätte ich dich an meiner Seite, aber in München sitzt du ohnehin nur herum, verzehrst dich nach deinem Steinmetz und begehst womöglich eine Dummheit.«

Sidonie hatte Recht. Frederica hatte sich an die heitere Atmosphäre auf Burg Ambras gewöhnt, genoss die Stunden im Kreis der Hofjungfrauen und vor allem die Gespräche mit Elionor von Schottland, eine außergewöhnlich kluge und besonnene Frau, die in der Abwesenheit ihres Gatten das Land regierte, über ein großes politisches Wissen verfügte, jagte und fischte und unermüdlich darin war, Wohltaten zu verbringen. An manchen Tagen dachte Frederica kaum an Gabriel oder ihre Mutter. Sie ließ sich von dem gleichmäßigen, sicheren Leben am Hof Elionors einlullen. Warum sollte sie den Sommer nicht hier verbringen, sehen, was die Zeit für sie bereithielt. Vielleicht könnte sie sich an Arnold von Heydorf gewöhnen, lernen, ihn zu mögen, trotzdem er ihr zu sehr vom Kämpfen und Jagen schwärmte, er zu überschwänglich, zu schnell begeistert war und seine Begeisterung vermutlich ebenso schnell wieder abflaute. Dass er den Herzog gewinnen ließ, war ein kluger Schachzug gewesen. Vielleicht tat sie ihm Unrecht. Sie nahm sich vor, ihm heute Abend einige Tänze zu gewähren, die sie inzwischen allesamt bestens beherrschte.

Kapitel 19

Die Rettung

Das Festmahl übertraf alles, was Frederica bisher erlebt hatte. Riesige Platten mit Wildbret und Geflügel wurden hereingeschleppt. Die in Gewürzen gedünsteten Champignons schmolzen auf der Zunge, die frischen Erbsen mit Speck schmeckten noch besser als sie dufteten. Ein Gericht hatte es ihr besonders angetan, weiße Ravioli hieß es. Frederica dachte an die einfachen Eintöpfe, die ihre Mutter gekocht hatte, und ein Anflug von Scham über ihr faules, verschwenderisches Leben regte sich in ihr. Dann umschmeichelte der Duft der Ravioli ihre Nase und verdrängte die schmerzliche Erinnerung. Frederica konnte gar nicht genug bekommen von den winzigen Teigtaschen gefüllt mit Trüffel, übergossen mit einer cremigen Sauce. Der italienische Küchenmeister Elionors hatte sich selbst übertroffen. Das Zitronenhuhn mit Mandeln mundete ihr vorzüglich.

Sidonie aß ebenfalls mit großem Appetit.

»Ab jetzt esse ich für zwei, mein Sohn soll schließlich groß und stark werden«, flüsterte sie Frederica verschwörerisch zwinkernd zu.

Seit Frederica eines Tages in der rußgeschwärzten Küche erschienen war, um den Meister für seine Speisen zu loben und ihn nach dem Geheimnis der gestreiften Zuckerstangen zu befragen, war sie sein erklärter Liebling. Er hatte ihr sogar einen wahren Schatz gezeigt, ein Kästchen mit vielen Schubfächern, in dem er die teuren Gewürze aufbewahrte. Der kleine, dicke Mann, dessen Augen stets von Rauch und Ruß gerötet waren, hatte gestrahlt wie seine auf Hochglanz polierten Kupferkessel. Seitdem verwöhnte er sie immer wieder mit Leckerbissen, vor allem mit Zimtkirschcreme, für die Frederica besonders schwärmte. An diesem Abend wurden außerdem kandierte Birnen mit Zuckermandeln serviert. Pagen reichten den Gästen Wasserschalen, um ihre Hände zu säubern. Noch während die Tischgesellschaft die süßen Speisen genoss und immer wieder Trinksprüche auf den Mut und die Geschicklichkeit Herzog Sigismunds ausgebracht wurden, verstummten die Harfe und Lauten, welche die Speisenden unterhalten hatten. Trommelklänge ertönten. Fredericas Löffel blieb auf dem halben Weg zum Mund stehen.

»Was ist mit dir? Hast du zu viel gegessen? Du bist kreideweiß«, stellte Sidonie fest und stopfte sich mehr Kirschcreme in den Mund. Sie hob die Augenbrauen.

»Oder bist du etwa auch …?«

Frederica war nicht in der Lage zu antworten. Mit starrem Blick verfolgte sie den Einzug der Gaukler, die als Krönung des Festes und Überraschung für die Tischgesellschaft auftraten. Es war Vito, der die Trommel schlug, hinter ihm Mauro, der unter schrillen Schreien blitzschnell von den Händen auf die Füße sprang, Saltos schlug, gefolgt von einem Hünen von Mann mit ölig glänzenden Muskeln und Fackeln in den Händen, Doffo. Frederica saß wie gelähmt, verfolgte mit starrem Blick die Darbietungen, die sie auswendig kannte. Ihr war sofort aufgefallen, dass Medusa fehlte und ihre Beklommenheit nahm zu. Sie konnte den Blick nicht von Riccia abwenden, deren Augen wie tot waren, trotz des strahlenden Lächelns, das ihr Mund zeigte. Das Mädchen schien fast durchsichtig, so blass war die Haut, so schmal ihr Körper. Frederica bezwang sich, nicht aufzuspringen und zu ihr zu laufen. Auf keinen Fall durften die Gaukler sie erkennen. Sie legte den Löffel weg und zog langsam den Schleier vor ihr Gesicht. Ihr Verstand arbeitete fieberhaft. Es war ein Wink des Schicksals. Sie musste Riccia retten, sonst würde das Mädchen nicht mehr lange am Leben bleiben, das wusste sie mit Bestimmtheit. Frederica stand auf und verließ unauffällig den Raum, während Antonio und Lupino ihre Kunststücke darboten. Sie blickte vom Fenster aus in den Hof. Die Wagen der Gaukler standen bei den Stallungen. Dort würden sie nächtigen, wie sie es stets hielten, wenn sie auf einer Burg auftraten – eine Nacht in Sicherheit und ein voller Bauch. Ein Plan reifte in ihr und sie eilte die Treppen hinab.

Als Frederica den Festsaal wieder betrat, standen die Gaukler in Abschlusspose und nahmen ihren Applaus entgegen. Geschwind schlüpfte Frederica auf ihren Platz. Nur wenige Augenblicke länger und sie wäre ihnen draußen auf dem Flur in die Arme gelaufen. Lupino hätte sofort ihre Witterung aufgenommen. Ihr Blick glitt über das Gesicht

Antonios. Hinter der Maske des Lächelns wirkte er angespannt. Mauros Augen spiegelten nichts als Härte wieder. Selbst Doffo wirkte ungewohnt kraftlos, einzig Vito schien unbekümmert wie immer. Er musterte frech die anwesenden Frauen, prüfte, welche bereit wäre, von ihm für einen erklecklichen Lohn in ihrem Bett beglückt zu werden. Unter Trommelwirbeln verließen die Gaukler den Saal. Der harte Rhythmus wurde abgelöst von sanften Harfentönen, die zum Schreittanz einluden. Augenblicklich stand Ritter von Heydorf vor Frederica. Froh über die Ablenkung, zwang sie ein Lächeln auf ihr Gesicht und reichte ihm die Hand. Das Fest dauerte bis spät in die Nacht und Frederica fürchtete bereits um ihr Vorhaben. Endlich begaben sich alle zu Bett, bis auf ein paar Trunkenbolde, die grölend im Pallas weiterzechten. Frederica wartete angespannt, bis Sidonie, die keinen Tanz ausgelassen hatte, in tiefen Schlummer gefallen war. Mehrmals musste Frederica sich kräftig in den Arm kneifen. Sie war todmüde und hatte Angst, einzuschlafen. Angespannt lauschend, stand sie leise auf, huschte über die knarrenden Dielen, hinaus auf den Flur, die Treppe hinab. Ihr Herz pochte heftig, während sie mit angehaltenem Atem an dem Seiteneingang wartete, zu dem sie den Pferdeknecht bestellt hatte. Über den Gipfeln erschien bereits ein schwaches, rosa Leuchten und Frederica glaubte bereits alles verloren, als sie ein Geräusch vernahm.

»Herrin?«

Ein Stein fiel ihr vom Herzen.

»Endlich, wo bleibst du denn so lange?«, zischte sie erleichtert, »wo ist sie?«

Als Antwort schob der Stallbursche das am ganzen Leibe zitternde Mädchen vor sie. Riccia blieb stocksteif stehen, während Frederica dem Burschen die andere Hälfte des versprochenen Lohnes aushändigte.

»Kein Wort, zu niemandem, hast du verstanden! Sonst sorge ich dafür, dass du deine Arbeit verlierst«, flüsterte sie. Wie geläufig mir die Machtspiele der Herrschaften schon sind, dachte sie beschämt über ihr hässliches Verhalten. Sie packte Riccias Hand und zog sie ins Haus. Willenlos stolperte das Mädchen hinter ihr her. Frederica brachte sie zuerst in die Küche. Sie hatte den Küchenmeister gebeten, ihr ein Tablett mit Speisen zu richten.

»Nach dem Tanz sind die Gräfin Riedenburg und ich immer mächtig hungrig!«, hatte sie ihn mit strahlendem Lächeln becirct.

Frederica stützte das Tablett auf ihre Hüfte und hastete den Flur entlang, schob Riccia in eine kleine Stube, die selten genutzt wurde. Sie ging zum Fenster.

»Riccia, sieh mich an, ich bin es, Fronica. Erkennst du mich nicht?«

Riccias Augen flackerten ungläubig. Rasch legte Frederica den Finger an die Lippen.

»Du bist in Sicherheit. Ich verstecke dich, bis sie fort sind.«

Riccia sank ihr in die Arme und weinte, wie Frederica niemand je zuvor hatte weinen sehen. Nachdem die Tränen versiegt waren, fütterte Frederica das Mädchen mit kleinen Bissen, streichelte ihren Arm und gab beruhigende Laute von sich, als wolle sie ein verstörtes Kind trösten.

Als Riccia sich sattgegessen hatte, nahm sie das völlig erschöpfte Mädchen mit in ihr Gemach. Sie bedeutete Riccia, sich in das Himmelbett zu legen. Das Mädchen rollte sich zusammen und es dauerte keinen Wimpernschlag, bis sie eingeschlafen war. Frederica deckte sie liebevoll zu und fühlte sich nach langer Zeit endlich ein bisschen glücklich. Alles weitere würde sich finden.

Am Morgen betete die Hofgesellschaft eine Frühmesse für die erfolgreiche Mission des Herzogs in Regensburg und seine Heimkehr bei bester Gesundheit, trotzdem alle erschöpft von dem aufregenden Turniertag und dem rauschenden Fest waren. Die Kapelle war einer von Fredericas Lieblingsplätzen auf Burg Ambras. Der Raum bot Platz für etwa dreißig Personen. Vor zwei Fenstern in einem Spitzbogen prangte der Altar, durch die kunstvollen Glasmalereien fiel gedämpftes Licht in den Raum. Während Frederica mit halbem Ohr der Predigt lauschte, befühlte sie mit den Fingerspitzen andächtig die Kirchenbänke aus glänzend poliertem Holz, die mit Intarsien versehen waren. Blumen, Ranken, Leuchter aus schwarz gebeiztem Holz, verziert mit Elfenbein, die dicke Bienenwachskerzen trugen, schimmernde Kelche und Aufsätze schmückten den Altar. Nach dem sie den Segen empfangen hatten, wurden die letzten Reisevorbereitungen getroffen. Sidonie hatte sich am Abend entschlossen, mit dem Tross des Herzogs bis München zu reisen.

»Die Sehnsucht nach meinem geliebten Bayern ist gerade sehr groß«, erklärte sie Ernestine, »ich will die Gelegenheit nutzen.«

Ihren Wagen überließ sie Frederica.

»Ich werde dir schreiben!«, versprach sie.

Über das rothaarige Gauklermädchen, das trotz des Trubels um sie herum wie betäubt in dem gemeinsamen Himmelbett schlief, verlor sie kein Wort, sie war zu beschäftigt mit ihrer Schwangerschaft und der Abreise. Elionor, die es liebte, Geschenke zu machen, überreichte Sidonie zum Abschied eine Kette mit einem roten Schmuckstein in einer kunstvoll gefertigten Fassung. Kaum war der Tross aus dem Burghof gerollt, näherte sich Frederica den Stallungen. Wohlweislich hatte sie einen Hennin mit dichtem Schleier gewählt. Gespannt beobachtete sie, wie Antonio auf den Stallburschen zuging. Bestimmt fragte er, wo das Mädchen sei, das der Bursche am gestrigen Abend für eine Goldmünze zu einem der Ritter gebracht hatte. Frederica hoffte von ganzem Herzen, dass der Kerl sich gemerkt hatte, was sie ihm eingeschärft hatte. Mit angehaltenem Atem sah sie, wie der Stallbursche gestikulierte, den Kopf schüttelte, mit den Schultern zuckte. Nachdem er das Mädchen zu dem Edelmann gebracht hatte, der für sie bezahlte, sei er schlafengegangen. Spät in der Nacht sei er von Geräuschen aufgewacht. Als er ihnen nachging, habe er das Mädchen auf der Brücke stehen sehen, dachte sich nichts dabei und legte sich wieder hin. Antonio drang noch eine Weile auf den Burschen ein, dann pfiff er nach Lupino, der wie ein Blitz herbeischoss. Antonio ließ ihn an einem Tuch schnuppern, gab dem Tier einen Befehl und Lupino rannte los. Frederica beeilte sich, die Treppen hinaufzusteigen, um von oben zu verfolgen, was im Garten vor sich ging. Lupino lief, die Nase auf den Boden gerichtet, durch den Garten. Die Pfauen stoben kreischend auf, der Wolfshund trabte auf die Brücke, ohne die aufgeregten Vögel zu beachten. In der

Mitte blieb er stehen, legte den Kopf schräg, schnüffelte und winselte. Frederica lächelte triumphierend. Ihre Ahnung hatte sich bestätigt und ihr Herz hüpfte vor Glück, weil sie klug genug gewesen war, dem Burschen zu sagen, er solle Riccia, nachdem er sie auf die Brücke geführt hatte, zum Haus tragen. Aufgeregt lief Lupino hin und her, dann rannte er zurück zu Antonio, der einen Fluch ausspuckte. Wenig später ratterten die beiden Karren eilig aus dem Tor. Vermutlich wollte Antonio versuchen, die vermeintlich Flüchtende einzuholen. Mit einem zufriedenen Lächeln wandte sich Frederica ab und eilte leichtfüßig die Treppe zu ihrem Gemach hinauf. Vorsichtig öffnete sie die Tür. Riccias rote Locken verschwanden blitzschnell unter der Decke, aber als Frederica beruhigend auf sie einredete, spähte sie hervor und setzte sich auf, als sie Frederica erkannte.

»Grazie. Danke!«, sagte sie mit sanfter Stimme. Frederica schickte nach heißem Wasser und holte eines ihrer Kleider hervor. Wie damals im See wusch sie Riccia mit vorsichtigen Bewegungen, als würde sie einen zerbrechlichen Gegenstand säubern. Der ausgezehrte Körper war mit blauen Flecken übersät, am Handgelenk fand sie eine lange, erst vor Kurzem verheilte Wunde entlang der bläulich pochenden Ader. Erschrocken sah sie dem Mädchen ins Gesicht, Riccia senkte beschämt den Kopf. Nachdem Frederica das verfilzte Haar in mühevoller Arbeit gekämmt und gewaschen hatte, half sie Riccia, das Kleid überzuziehen und bändigte die Mähne mit einem grüngoldenen Haarnetz, das die Feuerfarbe von Riccias Locken betonte.

»Du bist wunderschön!«, rief sie entzückt aus. Trotz der abgrundtiefen Traurigkeit in den Augen Riccias, konnte man ahnen, welche Schönheit sich entfalten würde, wenn das Mädchen ausreichend mit Ruhe, dem Gefühl von Sicherheit und vor allem mit gutem Essen versorgt würde. Frederica nahm Riccia bei der Hand und führte sie geradewegs zu Elinor, die in ihrem Kabinett saß und sich mit der Hofmeisterin beriet. Mit wenigen Worten schilderte sie das Elend des Mädchens, wobei sie wohlweislich verschwieg, woher sie die Einzelheiten kannte. Elionor hörte mit unbeweglicher Miene zu. Mit bebendem Herzen stand Frederica vor ihr und hoffte auf das mildtätige Wesen der Herzogin.

»Selbstverständlich bleibt das Mädchen hier. Ab sofort steht sie unter meinem persönlichen Schutz. Sie wird eine Grunderziehung mit den Jungfern erhalten, dann mag sie als Kammerfrau bleiben, wenn sie das wünscht.«

Riccia ging zu der Herzogin und sank vor ihr in die Knie. Mit einer anrührenden Geste griff sie nach der Hand Elionors und küsste sie, wie die einer Heiligen.

Frederica schloss sich gemeinsam mit Riccia dem streng geregelten Tagesablauf der Hofjungfrauen an, um die bleierne Traurigkeit, die heftiger denn je in ihr emporkroch, in Schach zu halten. Morgens besuchten sie gemeinsam die Messe in der Kapelle. Nach dem Gottesdienst saßen die Jungfrauen im Frauengemach beieinander, die Laute und die Harfe wurden gezupft und Messgewänder, Tischwäsche und Bettzeug bestickt. Selbst Elionor arbeitete an einer kirschroten Kasel und bestickte die in Form eines Kreuzes über die gesamte Vorderseite aufgenähte Borte mit der kunstvollen Darstellung der Kreuzigung Christi. Die jungen Damen übten sich im Lesen und Schreiben, Frederica schloss sich dem Unterricht an und entdeckte das Wunder, Buchstaben zu entziffern und zu Worten zusammenzufügen. Mit der Zeit las sie immer flüssiger und lieh sich Bücher aus Elionors umfangreicher Bibliothek aus. Die Sonne stand wie eine Kugel aus Glut am Himmel. Die Frauen saßen im Schatten der Bäume im Garten und vertrieben sich die Zeit mit Plaudern und Handarbeiten, als einige Reiter in den Hof sprengten. Kurze Zeit darauf erschien Obrist Oswald von Wolkenstein mit ernster Miene und verneigte sich vor Elionor.

»Euer Durchlaucht, ich habe eine Botschaft von Graf Leonhard von Götz erhalten mit der Weisung, sie Euch unverzüglich auszuhändigen!«

Er zog ein zusammengerolltes Dokument hervor. Elionor von Schottland nahm es entgegen, brach das Siegel und las mit gerunzelter Stirn. Sie ließ das Blatt in den Schoß sinken und sah auf.

»Die Türken sind in Krain eingefallen. Graf von Götz schickt uns eine Warnung!«

Die Mädchen kreischten auf, die schmächtige Teresa von Firmian fiel mit einem kleinen Seufzer in Ohnmacht.

»Ruhig, meine Damen! Die Türken stehen an der Grenze Karinthias, nicht vor unseren Toren«, bemerkte Elionor ungnädig. Sie hatte wenig übrig für Hysterie. Die Herzogin zog sich zur Beratung mit dem Obristen, dem Landkomtur und anderen Herren zurück, während die Edelfräulein aufgeregt schnatternd davonstoben. Frederica blieb alleine zurück. Sollten die Türken kommen, was scherte es sie.

Gabriel war völlig versunken in seine Arbeit. Beflügelt vom Lob Joerg von Halspachs für den Schlussstein, den er am vorherigen Tag vollendet und dem Baumeister gezeigt hatte, begann er gleich am Morgen mit dem nächsten Stück. Dieses Mal sollte eine Heiligendarstellung den Stein zieren. Den Entwurf dazu hatte er gestern Nacht im blakenden Licht einer Unschlittkerze in seiner Kammer angefertigt. Gabriel arbeitete ununterbrochen bis Mittag und sah erst auf, als ein Schatten auf das Werkstück fiel. Vor ihm stand Hans Wertmann, der Falkner.

»Gott zum Gruß, Steinmetz. Frederica zu Engelshofen schickt mich«, versetzte der Mann ohne lange Vorrede.

Gabriel ließ vor Überraschung sein Spitzeisen fallen. Langsam erhob er sich.

»Beim Heiligen Johannes! Wo ist sie? Und warum schickt sie Euch? Braucht sie Hilfe?«

Der Falkner zog einen Beutel heraus und hielt ihn Gabriel hin.

»Sie ist abgereist. Genau vier Wochen ist es her.«

Gabriel traute seinen Ohren nicht. Er verstand kein Wort. Sollte sich Frederica die ganze Zeit in München aufgehalten haben und war nicht zu ihm gekommen? Das war nicht möglich!

»Abgereist? Wohin? Warum kommt Ihr erst jetzt?

»Sie hat mir ausdrücklich befohlen, dich keinen Tag früher aufzusuchen.«

Gabriel hatte das Gefühl, ins Bodenlose zu fallen. Die Worte fehlten ihm.

»Sie gab mir diesen Beutel für dich.«

Gabriel riss den Beutel an sich, nestelte die Schnur mit fahrigen Bewegungen auf und sah hinein, in der Hoffnung eine Botschaft, einen Hinweis, irgendeine Erklärung zu finden. Das Behältnis enthielt eine Menge Goldstücke, sonst nichts.

»Was soll das?«, ratlos drehte er den Lederbeutel in den Fingern.

Der Falkner zuckte die Achseln.

»Sie hat mir aufgetragen, dir das zu geben. Deinen Traum sollst du dir verwirklichen, hat sie gesagt.«

Gabriel stand wie vom Donner gerührt. Die Worte des Falkners dröhnten in seinen Ohren.

»Wo ist sie? Ihr müsst es mir sagen!«

Gabriel drückte Wertmann den Beutel mit Goldstücken in die Hand.

»Nehmt das und sagt mir, wo sie ist!«

Er hatte bereits begonnen, sein Werkzeug zusammenzusuchen und einzupacken

»Nimm meinen Rat«, der Ältere sah ihn mahnend an.

»Behalte das Gold und mach dich nicht unglücklich!«

»Falkner, unglücklich bin ich bereits. Ohne Frederica werde ich im Leben kein Glück und keine Ruhe mehr finden. Ich muss zu ihr. Erst wenn sie mir in die Augen sieht und sagt, dass ich mich packen soll, lasse ich von ihr!«

Entschlossen schnürte Gabriel seinen Beutel zu und warf ihn über die Schulter.

»Wo finde ich Sie?«

Das war vor zwei Wochen geschehen. Inzwischen hatte er mehr als einmal bereut, nicht wenigstens eine der Münzen aus Fronicas Beutel angenommen zu haben. Seit einer Woche saß er in Tölz fest, am heutigen Abend würde er seinen Lohn bekommen und am nächsten Morgen weiterziehen. Bevor er kopflos von der Baustelle gestürmt war, hatte er die Madonna aus ihrem Versteck geholt und sie in Joerg von Halspachs Bauhütte getragen. Eine Entschuldigung, ein Dank, ein vages Versprechen. Dann war er gegangen. Tag und Nacht drehten sich die Gedanken in seinem Kopf wie die Räder der Mühlen entlang der Isar. Als der Falkner schließlich damit herausgerückt hatte, dass Frederica gemeinsam mit Gräfin von Riedenburg an den Hof nach Innsbruck aufgebrochen war, gab es kein Halten mehr. Gabriel wäre bereit gewesen, Gewalt anzuwenden, hätte der Mann geschwiegen. Was war geschehen, dass sie ihn nicht sehen wollte, ihn mit Gold abspeiste? Er wollte es herausfinden und hatte gleichzeitig unendliche Angst davor. Von Tölz zog er weiter, bis er krank wurde, wahrscheinlich von verdorbenem Wasser. Zuerst schmerzte sein Magen und er musste sich mehrmals erbrechen, dann rührten sich seine Gedärme, er konnte nicht einmal mehr Wasser bei sich behalten. Kraftlos und fiebernd schleppte er sich weiter, bis er ein Kloster erreichte. Er klopfte an die Pforte und bat um Einlass. Die Benediktinermönche nahmen ihn großmütig auf und brachten ihn in ihrem Infirmarium unter. Dort pflegten sie ihn mit bitteren Tinkturen, Leibwickeln und Aufgüssen gesund. Dankbar bot er den Mönchen an, eine Marienfigur für ihre Kirche zu erschaffen. Sobald er wieder bei Kräften war, suchte er nach einem geeigneten Stein in den Resten des Baumaterials, das er in einer Ecke gefunden hatte. Schließlich zog er einen zwei Spannen hohen Kalkstein heraus. Als er begann, ihn zu bearbeiten, fielen ihm viele winzige Muscheln auf, die im Stein eingeschlossen waren. Gabriel meißelte vorsichtig, ohne sie zu beschädigen und ließ die bloßen Füße der Madonna auf ihnen stehen. Selbstverständlich trug auch diese Figur Fredericas Gesichtszüge. Die Mönche waren begeistert und bedauerten es sehr, als Gabriel sie verließ, sobald die Madonna fertig war. Sie versorgten ihn mit Brot und Käse und der Kellermeister steckte ihm einen Lederbeutel voll Wein zu. Er wanderte weiter, die Sehnsucht trieb ihn voran.

Inzwischen hielt der Sommer Einzug, tagsüber brannte die Sonne heiß vom Himmel, abends musste Gabriel oft vor Gewittern Zuflucht suchen. Er passierte zwei herrliche Seen und kam schließlich in Müttenwaldt an, wo er einige Tage blieb und als Tagelöhner arbeitete. Als er wieder etwas Geld in der Tasche hatte, schloss Gabriel sich Händlern an, die nach Meran wollten. Er war heilfroh, alleine hätte er ungern das bedrohlich aussehende Gebirge überquert. An einem strahlend schönen Heuertmorgen erreichte Gabriel endlich Innsbruck.

Er fragte sich durch und ging schnurstracks zur Hofburg der Habsburger. Gabriel plante, sich als Knecht zu verdingen, anders würde er keinen Zugang zur Burg bekommen. Er lungerte in der Nähe der Tore herum, bis ein Bauer mit einem Karren voller Obst und Gemüse angefahren kam. Gabriel fasste sich ein Herz und sprach ihn an.

»Brauchst du Hilfe beim Abladen, guter Mann? Ich bin mit einem Kreuzer Lohn zufrieden.«

Der Mann beäugte ihn misstrauisch, schließlich willigte er ein.

»Wenn du gut arbeitest, kannst jeden Tag helfen. Mein Sohn hat einen Unfall gehabt und meine Frau ist schon wieder schwanger. Hilfe kann ich wohl gebrauchen.«

Erleichtert sprang Gabriel auf den Karren. Sein Herz pochte laut wie eine Trommel, als die Wachen die Tore öffneten und sie in den Burghof einfuhren. Gabriel legte sich mächtig ins Zeug. Als sie fertig waren, zahlte der Bauer den vereinbarten Kreuzer.

»Du kannst zupacken, das gefällt mir. Ich biete dir einen Platz zum Schlafen und Kost, wenn du mir beim Heuen hilfst.«

Er deutete zum Himmel.

»Es wird ein Gewitter geben und ich muss das Heu einbringen, sonst ist alles verdorben. Was sagst du?«, er streckte ihm die Hand entgegen.

Gabriel zögerte. Am liebsten hätte er die Burg gestürmt und jeden Raum nach Frederica durchsucht, oder sich mitten auf den Hof gestellt und aus Leibeskräften ihren Namen gebrüllt, aber die Vernunft siegte. Er schlug ein.

Das Gewitter blieb aus, trotzdem war am Abend das Heu in ordentlichen Bündeln in die Scheune geschafft. Er bekam eine einfache, aber schmackhafte Mahlzeit von Maria, einer stillen Frau, deren hochschwangerer Leib aussah, als würde er jeden Augenblick bersten. Am nächsten Tag wurde im Morgengrauen der Karren mit Eiern und einem Fass Kraut beladen. Unterwegs kamen noch einige Säcke Mehl dazu, die der Bauer beim Müller abholte. Gabriel war froh, dass sein Arbeitgeber nicht zu den Redseligen gehörte und saß schweigend neben ihm auf dem Wagen. Sein Fuß schmerzte, der Zugochse war ihm auf die Zehen getreten, als er ihn angeschirrt hatte.

»Ich will in der Küche nach einem Becher Wasser fragen«, rief Gabriel dem Bauern zu, der mit der Wirtschafterin über den Preis des Krauts feilschte. Drinnen wandte er sich an eine pummelige Magd, deren Augen aufleuchteten, als sie ihn zu Gesicht bekam.

»Ist hier eine vornehme Dame abgestiegen, Frederica zu Engelshofen ist ihr Name?«

Die Magd verzog spöttisch den Mund.

»Glaubst du, die Herrschaften stellen sich bei mir in der Küche mit Namen vor? Abgesehen davon steigt hier gerade niemand ab, Herzog und Herzogin weilen von Frühling bis Herbst auf Burg Ambras draußen vor der Stadt. Die ganze Hofgesellschaft, der halbe Hausrat, Hunde und Pferde sind dort. Willst du dein Wasser oder nicht?«

Gabriel fühlte sich, als müsse sich der Boden unter ihm auftun und ihn verschlingen. Fassungslos nickte er, leerte den Becher und reichte ihn der Magd mit einem gemurmelten Dank. Zwei Tage hatte er vergeudet! Er verabschiedete sich eilig von dem Bauern, der seinen Fortgang bedauerte, nahm seinen Lohn entgegen und fragte ihn nach dem Weg. Der Bauer zeigte auf den Berg.

»Dort droben liegt Ambras. Eine gute Stunde Weg wird es sein.«

Mit jedem Schritt bergauf schmerzte Gabriels Fuß mehr und er verfluchte den dämlichen Ochsen und seine eigene Ungeschicklichkeit. Seine Bewegungen wurden immer zögerlicher, nicht nur der Schmerzen wegen, sein Mut sank. Vor ihm lag die Befestigungsmauer, soeben wurde das Tor geöffnet, einige Reiter preschten an ihm vorbei, der Staub ließ ihn husten.

»Braucht ihr einen Steinmetz? Ich bin auf der Wanderschaft und suche Arbeit. Ich kann ausbessern und verzieren«, brachte er mühsam nach Luft ringend hervor.

»Da musst du beim Hofmeister nachfragen«, entgegnete der Wachhabende gutmütig, lässig auf seine Hellebarde gestützt. Er deutete mit dem Kinn auf das Wirtschaftsgebäude.

»Da drin müsstest du ihn finden.«

Gabriel schleppte sich in den Hof. Inzwischen konnte er kaum noch auftreten. Er gab sich Mühe, sein Hinken zu verbergen. Langsam ging er über den Innenhof, der verlassen in der Mittagssonne lag, als er, einer unbestimmten Ahnung folgend, in den Garten zu seiner Rechten abbog. Gabriel hörte Stimmen, leises Lachen. Er erkannte sie augenblicklich, trotz ihrer Verwandlung. Die Haltung ihres Kopfes, der schmale Nacken, darüber eine elegante Flechtfrisur und ein hellgrüner Kopfputz, von dem verspielt ein Schleier herabwallte. Sie saß auf einer steinernen Bank unter einer Linde, neben ihr ein junger Mann, ebenso edel gekleidet. Voll Glut blickte er sie an, verstieg sich sogar, ihre Hand zu halten. Frederica entzog sie ihm nicht.

»Jungfer Frederica, ich bitte Euch, hört mir zu«, hörte Gabriel ihn sagen und sie antwortete etwas darauf, was er nicht verstand.

»Seid nicht besorgt um Euren Ruf, edle Jungfer, genau darum möchte ich mit Euch sprechen! Es kann Euch nicht verborgen geblieben sein, dass mein Herz für Euch brennt. Ihr habt mir gestattet, dass ich beim Turnier für Euch reite, das hat meine Hoffnung genährt, dass – ich Euch ebenfalls nicht gleichgültig bin.«

Die Stimme des jungen Edelmanns mit der schwerfälligen Sprechweise der Gebirgsleute schallte selbstgefällig durch den Garten. Was redete dieser Kerl? Gabriel war wie von Sinnen. Er hielt es nicht länger aus.

»Fronica!«

Sie fuhr herum. Erhob sich langsam, die Augen aufgerissen. Ihre Lippen formten tonlos seinen Namen. Der Edelmann folgte verwirrt ihrer Blickrichtung und entdeckte Gabriel. Augenblicklich sprang er auf und stellte sich vor Frederica.

»Was willst du, Bursche? Geh an deine Arbeit und halte keine Maulaffen feil! Du hast meine Dame erschreckt! Pack dich augenblicklich oder mein Schwert durchbohrt deinen Wanst!«

Gabriel wich im gleichen Augenblick zurück, als Frederica weglief wie ein aufgeschrecktes Reh, durch den Garten, die Treppen hinauf, schon war sie im Gebäude verschwunden. Gabriel taumelte, drehte sich um und hinkte davon, so schnell er konnte. Genauso hoffnungslos und am Boden zerstört musste Lambert sich gefühlt haben, als er ihn mit Fronica, damals war sie noch Fronica, nach der Beerdigung ihres Vaters beobachtet hatte. Alles war umsonst gewesen. Er hatte sie verloren.

Frederica rannte die Treppe zum ersten Geschoss hinauf, blieb keuchend am Fenster stehen. Unten im Hof beobachtete sie mit angehaltenem Atem, wie Gabriel über den Platz hinkte. Zuerst hatte sie ihn für ein Trugbild, eine unerwartete Vision gehalten, bis sie verstand, dass er leibhaftig anwesend war. Sie hatte ihn kaum erkannt, der zottige Bart, der ungläubige Blick, wild, wie ein todeswundes Tier. Welch Bild sich ihm geboten haben musste. Ihre Hand in der des Grafen von Heydorf, lachend, plaudernd. Ihr Herz flatterte in der Brust wie ein gefangener Vogel, sie wollte weinen, aber ihre Augen blieben trocken, weit aufgerissen in stummem Entsetzen, genauso erstarrt wie sie selbst. Unfähig, sich zu bewegen stand sie da, sah zu, wie der Torwächter Gabriel die Pforte öffnete, die Tür sich hinter ihm schloss. Frederica schleppte sich in ihr Gemach und warf sich aufs Bett. Am nächsten Tag konnte sie nicht aufstehen, ihr Kopf schmerzte zum Zerspringen, ihr Körper glühte im Fieber. Ihre Zofe brachte ihr Hühnerbrühe und Kräuteraufgüsse, aber sie drehte nur den Kopf zur Wand und war nicht in der Lage, etwas zu sich zu nehmen. Frederica lag den siebten Tag im Dämmerzustand in ihrem Bett, als sich die Tür öffnete und energische Schritte näher kamen.

»Riccia hat mir gesagt, Ihr seid krank! Kindchen, Ihr müsst wenigstens etwas trinken, sonst sterbt Ihr mir womöglich unter den Händen weg und das würde die reizende Gräfin zu Riedenburg mir niemals verzeihen!«, ertönte die Stimme Herzogin Elionors. Frederica versuchte, sich aufzurichten, aber sie war zu kraftlos.

»Stütze sie mit Kissen und gib mir das«, befahl Elionor von Schottland der Zofe und nahm ihr die Schüssel ab. Liebevoll begann sie, Frederica löffelweise mit Brühe zu füttern.

»Bereite ihr ein Bad.«

Kurze Zeit später fand sich Frederica in einem Zuber wieder. Das heiße Wasser, in das die Zofe auf Anweisung Elionors ein Kräutersäckchen gehängt hatte, weckte sanft ihre Lebensgeister. Als die Zofe begann, ihr das Haar zu waschen, kam Frederica die Szene mit Sidonie in den Sinn. Damals, in ihrem anderen Leben. Sie hatte sich beklagt, keine eigenen Entscheidungen treffen zu können, merkwürdig, sogar lächerlich erschien ihr das heute. Alles hatte sich verändert und trotzdem fühlte sie sich unfreier als zuvor in ihrem Leben als Flößertochter. Wieder und wieder sah sie Gabriels Augen vor sich, den unbändigen Schmerz darin, jedes Mal schnitt es tiefer in ihr Herz. Die Zofe kleidete sie in ein frisches Nachthemd, brachte sie wieder zu Bett. Frederica dämmerte weg, bis Elionor erneut vor ihrem Bett stand und sie ermutigte aufzustehen.

»Seht hinaus, es ist wundervolles Wetter, wie gemacht für einen Spaziergang im Garten.«

Elionor öffnete resolut die Fensterflügel. Sommerdüfte schwebten ins Zimmer, umschmeichelten Fredericas Sinne. Sie schlug die Decke zurück.

»Ja, Durchlaucht«, antwortete sie gehorsam und stellte die Füße auf die sonnenwarmen Holzdielen. Wenig später wandelte sie mit der Herzogin, fürsorglich von ihr untergehakt, im Garten. Wehmütig sah sie den weißen Pfauen zu. Das Männchen tanzte seinen Balztanz, während die Henne völlig unbeeindruckt nach Würmern pickte. Der Pfau schüttelte sein Gefieder und präsentierte sein prächtiges Federkleid in einem perfekten Rad. Die Henne stakste davon.

»Wollt Ihr mir nicht sagen, was Euch derart bedrückt, dass Ihr niederliegt wie auf den Tod und das Bett nicht mehr verlassen könnt?«

Elionor klopfte ihr aufmunternd auf die Hand.

»Die kleine Riccia war außer sich vor Sorge. Sie würde für Euch durchs Feuer gehen. Sie verehrt Euch wie eine Heilige«, bemerkte die Herzogin mit einem leisen Lächeln. Die Art, wie sie die Augenbraue hochzog, verriet Frederica, dass die kluge Frau sich ihren Teil dachte. Sie spazierten um den Teich, auf dem goldgelbe Teichrosen schwammen. Frederica fühlte sich, als gehöre sie nicht in diese Welt voll sommerlich träger Geräusche und Düfte. Auf den tellerförmigen Blättern der Wasserpflanzen saßen Insekten mit schillernden Flügeln und sonnten sich. Die Bilder kamen völlig unerwartet. Frederica hatte schon sehr lange keine Visionen mehr gehabt und war nicht traurig darüber gewesen. Jetzt sah sie Elionor als junge Frau, weinend über einen aufgebahrten Säugling gebeugt, der Herzog stand hinter ihr, seine Hand lag auf ihrer Schulter. Frederica konnte den Aufschrei nicht unterdrücken.

»Was habt Ihr?«

Elionor betrachtete sie mit besorgter Miene.

»Das Kind, Euer Kind ist gestorben!«, platzte Frederica heraus und bereute es im gleichen Augenblick. Elionore erbleichte. Unsäglicher Schmerz zeichnete ihr Gesicht und ließ sie mit einem Male um Jahre älter aussehen.

»Wolfgang«, flüsterte sie und blickte Frederica mit großen Augen an, »mein einziges Kind. Es starb, keine neun Monate ist es alt geworden. Ich glaubte, ich müsse ihm folgen, so überwältigend war mein Kummer.«

Sie ließ sich auf eine der sonnendurchwärmten Steinbänke sinken, als hätte sie mit einem Mal jegliche Kraft verlassen. Frederica setzte sich neben sie, hielt hilflos Elionors Hand. Es war das erste Mal, dass die tatkräftige, besonnene Herzogin Schwäche zeigte. Eine Träne rann aus Elionors Augenwinkel.

»Er ist mein einziges Kind geblieben.«

Sie stieß ein bitteres Lachen aus.

»An meinem Gemahl kann es nicht liegen. Ich glaube, der Kummer hat meinen Schoß unfruchtbar gemacht«, flüsterte sie.

»Trotzdem hat Sigismund mich nicht verstoßen. Sein Herz ist aus Gold.«

Sie saßen schweigend, lauschten dem Zwitschern der Vögel, dem sanften Rauschen der Zweige und der Stille der vergangenen Zeit. Nach einer Weile richtete sich Elionor auf und straffte ihre Schultern. Sie bedachte Frederica mit einem langen Blick, der bis tief in ihre Seele drang.

»Wenn einen das Leben niederwirft, hat man die Pflicht aufzustehen und weiterzugehen.«

Jetzt war sie wieder ganz Herrscherin. Sie beugte sich nahe zu Frederica.

»Frederica, was immer Euch widerfahren ist, das gilt auch für Euch. Ihr seid zu jung, um aufzugeben. Nehmt Euer Leben in die Hand und formt es nach Euren Wünschen und Euren Träumen!«

Hatte nicht Sidonie ähnliche Worte zu ihr gesprochen? Plötzlich merkte Frederica, wie sehr sie sich wünschte, jemandem ihre ganze unselige, verworrene Geschichte anzuvertrauen. Sie umklammerte die Hand der Herzogin von Schottland wie einen rettenden Anker und begann, erst stockend und unsicher, dann immer flüssiger zu berichten, was sie die letzten Monate durchlebt hatte. Als sie erzählte, wie Gabriel vor einigen Tagen unvermittelt im Garten stand, als sie mit dem Ritter von Heydorf getändelt hatte, stürzten ihr die Tränen in Sturzbächen über die Wangen.

»Gabriel hat mir Worte geflüstert, die einzig für mein Herz bestimmt waren.« Sie weinte haltlos. »Ich habe ihn verraten, unsere Liebe habe ich verraten.«

Das Kleid Elionors war bereits von Fredericas Tränen durchnässt.

»Ich weiß selbst nicht mehr, wer ich bin, was ich soll und was ich will«, endete Frederica mit einem abgrundtiefen Seufzer, als alle Tränen geweint waren. Die Sonne versank bereits hinter den dunklen Wipfeln der Tannen und verzierte die Wolken mit rotgoldenen Rändern. Elionor beobachtete mit wehmütiger Miene den Sonnenuntergang. Schließlich drehte sie sich zu Frederica und legte ihr die Hände auf die Schultern.

»Als Herzogin müsste ich Euch raten, den Konventionen zu folgen, Eure Familie in Ehren zu halten und einen Mann von Stand zu ehelichen. Aber als liebende Frau sage ich Euch, wenn Eure Liebe zu diesem jungen Steinmetz so groß ist, dass Ihr ihn nicht vergessen könnt, dann müsst Ihr alles daran setzen, ihn zu finden und mit ihm zusammenleben. Die Entscheidung, welchen Weg Ihr geht, kann ich Euch nicht abnehmen, mein Kind.«

Kapitel 20

Die Entscheidung

Im goldschimmernden Licht des Mittags lag die Ahnung des nahenden Herbstes. Frederica starrte mit leeren Augen aus dem Fenster des Wagens, blind für die Schönheit der wilden Berglandschaft. Zahlreiche Händler aus Venetien gingen, ritten und fuhren in Richtung Markt Müttenwaldt, Kraxentrager aus Tirol schleppten Brot, Geflügel und Eier den steilen, gewundenen Weg hinauf. Gesindel schimpften die Ritter diese Leute und scheuchten sie mit derben Worten von der Straße. Wilderer und Schmuggler seien darunter, hatte Ernestine, die es hasste, zu reisen, schaudernd gesagt und Frederica mit angstvollen Blicken bedacht. Mit jedem Hufschlag der Pferde klammerte Frederica sich stärker an die Hoffnung, dass sie die Bilder richtig deutete, die sich ihr gezeigt hatten. Elionor war es gewesen, die auf Fredericas Beschreibung hin vermutete, dass es sich um die Stadt Müttenwaldt handeln könnte. Hinter dem Wagen ritten zwei Bewaffnete. Die Herzogin hatte jegliche Widerworte Fredericas im Keim erstickt und darauf bestanden, ihr die Männer als Geleitschutz mitzugeben. Für Arnold von Heydorf hatte Frederica einen Brief zurückgelassen, in dem sie versuchte, ihm zu erklären, dass ihr Herz einem anderen gehörte und sie es bedauerte, wenn sie ihm, Arnold, Leid zugefügt hätte. Beim Abschied hatte sich Riccia verzweifelt an Frederica geklammert, bis Ernestine von Werdenfels sie sanft wegzog. Frederica hatte der Untröstlichen versprochen zu schreiben, sobald sie wusste, wie ihr Leben weitergehen würde. Riccia war nicht wiederzuerkennen. Ihre kupferfarbenen Locken glänzten, die weiße Haut schimmerte sahnig, ihre Augen leuchteten. Sie war äußerst gelehrig, las bereits fließend, schrieb in feinster Handschrift, als hätte sie nie etwas anderes getan, und schuf bezaubernde Bilder auf ihrem Stickrahmen. Über die Vergangenheit sprach sie niemals. Frederica wusste, dass Riccia für sie durchs Feuer gehen würde. Ihre Finger tasteten nach der feinen Kette, die ihr Elionor von Schottland zum Abschied geschenkt hatte. Daran hing ein wundervoll ziseliertes Kreuz, in der Mitte glühte ein Granat, umgeben von winzigen Diamanten.

»Möge es dich auf ewig beschützen und dir den rechten Weg weisen«, hatte Elionor gesagt und sie zum Abschied fest in die Arme geschlossen.

»Sobald Sigismund zurückgekehrt ist, werden wir nach Meran reisen, um dem kalten Winter auf Ambras zu entfliehen. Riccia wird uns begleiten. Ernestine von Werdenfels wird sich ihrer annehmen.«

Ernestine, sichtlich erfreut, jemanden bemuttern zu können, nickte eifrig und so konnte Frederica guten Gewissens abreisen. Wieder einmal war sie auf sich selbst gestellt, fuhr in eine ungewisse Zukunft. Frederica hatte keinerlei Vorstellung davon, was als nächstes geschehen würde. Sidonie kam ihr in den Sinn. Die Gräfin zu Riedenburg hatte ihr geschrieben, dass Herzog Albrecht sich zwar erfreut über die Schwangerschaft gezeigt habe, aber bislang keine Anstalten machte, ihre Verbindung zu festigen oder ein Versprechen abzugeben, den unehelichen Sohn anzuerkennen. Sidonies Brief hatte den üblichen unbeschwerten Ton gehabt, zwischen den Zeilen der etwas ungelenken Handschrift las Frederica jedoch Besorgnis. Als sie Müttenwaldt erreichten, dessen Wappen vor rotem Hintergrund ein weißes Gebirge zeigte, dazwischen drei Laubbäume und ein mit einer roten Krone geschmücktes Mohrenhaupt, war Frederica überrascht. Aus den Erzählungen ihrer Mutter hatte sie geschlossen, der Ort, der schon früh das Rottrecht erhalten hatte, wäre größer. Der Rottort schien hauptsächlich aus Zoll- und Lagerhäusern zu bestehen, mächtige Gewölbe, die, längs der Isar gelegen, die Unmengen an Waren aufnahmen, die sogar aus dem Morgenland kamen, Stallungen und Häuser mit eindrucksvollen Torbögen. Die aus Italien und der Levante kommenden Waren wie Seide, Wolle, Leinen, Früchte, Gewürze, Öle und Weine stapelten sich in den Ballenhäusern, darüber hinaus Bücher, Metalle und Metallgeräte. Sie fuhren an Bortenwirkereien, Weinhäusern und Beutelstrickereien vorbei. In Frederica erwachte die Hoffnung, dass es vielleicht einfacher war, als sie gedacht hatte, Gabriel zu finden, sollte er sich tatsächlich hier aufhalten. Sie hielten am Marktplatz vor einer Wirtschaft. Elionor hatte den Rittern eingeschärft, Frederica zur besten Herberge am Ort zu bringen. Mit steifen Gliedern stieg sie aus dem Kastenwagen und gab dem Fuhrmann Geld, damit er die Pferde versorgen und unterstellen konnte. Die Ritter, die sie begleiteten, saßen ab. Sie würden am nächsten Morgen nach Ambras zurückkehren. Der rundliche Wirt mit einer Schürze vor dem Leib kam aus der Herberge geeilt, rieb sich die Hände, als er des Reisewagens und der vornehmen Dame mit Eskorte ansichtig wurde. Er dienerte Frederica in die Gaststube.

»Die besten Gemächer für die Herrschaften«, versprach er und schielte nach dem Beutel, den sie am Gürtel trug.

»Wie lange darf ich die Dame als meinen Gast beherbergen?«

»Ein, zwei Nächte, genau kann ich es nicht sagen.«

Nachdem Frederica sich erfrischt hatte, drängte es sie hinaus. Sie erkundigte sich beim Wirt, was im Ort gebaut wurde, ob es Aufträge für Steinmetze gäbe. Der Mann kratzte sich am Kopf.

»Ein Handelsherr lässt ein Haus in der Nähe der Marktkasse bauen, sonst weiß ich von nichts«, überlegte er laut.

Die Stadt stand ganz im Zeichen des Handels und der Handwerke, die man dazu benötigte. Schäffler, Hufschmiede, Kistler, Sattler und Wagner reihten sich mit ihren Werkstätten entlang der Straße. Zöllner, Floßleute, Träger und Händler gingen ihren Geschäften nach. Trotz der vielen Menschen war die Stadt sauber und ansehnlich. Frederica musste mehrmals nach dem Weg zum Haus des Handelsherren fragen, bis sie schließlich vor der Baustelle stand. Holzgerüste zogen sich an den Mauern aus kantig gehauenen Steinen empor, Maurer und Handlanger verrichteten unter dem Gebrüll eines Aufsehers ihre Arbeiten.

»Verzeiht, Gevatter«, wandte sich Frederica an einen gutgekleideten Mann, der mit einem Wagenlenker sprach, »beschäftigt ihr Steinmetze?«

Der Angesprochene musterte sie verständnislos.

»Ich suche Gabriel Neuhauser, einen Steinmetz«, beeilte sie sich zu erklären.

Der Mann schüttelte den Kopf.

»Ich kenne keinen Arbeiter mit diesem Namen, aber Ihr könnt den Hüttenmeister dort drüben fragen«, er wies mit dem Daumen hinter sich.

Fredericas Herz sank, als sie an dem angegebenen Ort keine Spur von Gabriel fand. Ziellos lief sie auf der Hauptstraße entlang. Die Glocken läuteten zur Abendmesse und Frederica fühlte sich wie magisch angezogen von der Kirche. Ihr Bedürfnis, eine höhere Macht um Hilfe anzuflehen, war überwältigend. Sie betrat die Kirche, sog den beruhigenden Duft nach Weihrauch ein und ließ sich auf einer Bank vor dem Altar nieder. Frederica betete inbrünstig. Sie betete darum, Gabriel zu finden, darum, dass er ihr vergeben möge, dass sie endlich wieder ihren Platz finden würde in dem Leben, das sich anfühlte, als wäre sie herausgefallen, wie ein Bild aus seinem Rahmen. Als Frederica beim Läuten der Glocken die Kirche verließ, fühlte sie sich gestärkt. Im Schatten der Kirchenmauern boten Händler ihre Waren feil. Frederica streifte mit der Hand über Borten und Stoffe eines Tuchhändlers, die Qualität war gut, inzwischen war ihr Blick dank Sidonie dafür geschult. Sie ging zu einem dunkelhäutigen Händler, der augenrollend mit breitem Grinsen in fremden Worten zu ihr sprach, drehte einen hübsch geschnitzten Kamm in den Händen, ein kleines Döschen aus Perlmutt, ohne die Dinge wirklich zu sehen. Ein Stück weiter hatte ein Bader einen Stand an seinem Karren aufgebaut. Einige Leute standen davor und warteten, bis sie an der Reihe waren. Gerade zog der Bader, ein vierschrötiger Kerl mit Händen, groß wie Schraubstöcke, den Vorhang beiseite, der seinen Patienten Schutz vor neugierigen Blicken bot. Frederica nahm aus dem Augenwinkel einen dick verbundenen Fuß wahr, einen dunklen Haarschopf.

»Gabriel!«

Sie wirbelte herum, rannte zu ihm, stieß ohne Rücksicht die Leute zur Seite und fiel ihm um den Hals. Halb lachend, halb weinend hing sie an ihm, stammelte sinnlose Worte. Die Leute schoben sich neugierig heran, hofften auf ein Schauspiel, das sie von ihren Krankheiten und Sorgen ablenken mochte, Frederica bemerkte es nicht. Für sie zählte einzig und allein, dass ihre Gebete erhört worden waren und sie ihren Liebsten gefunden hatte. Jetzt würde alles gut werden. Gabriel stand stocksteif da, sein Blick wirkte verschleiert. Nach schier endlos scheinender Zeit befreite er sich sacht aus ihrer Umklammerung.

»Fronica!« Rasch verbesserte er sich und deutete eine Verbeugung an. »Gräfin zu Engelshofen.«

Ungläubig sah Frederica ihn an.

»Nein, nenn mich nicht so, für dich werde ich immer Fronica bleiben!«

Sie ergriff seine Hand und zog ihn mit sich, weg von den neugierigen Augen, die sensationslüstern die vornehm gekleidete Frau angafften, die sich einem zerlumpten Habenichts an den Hals warf. Sie konnten nur langsam gehen, Frederica sah, wie Gabriels Gesicht sich vor Schmerzen verkrampfte. Sie stützte ihn, bis sie das Gasthaus Zum Goldenen Mohren erreichten, in dem sie abgestiegen war. Frederica führte Gabriel zu einem Tisch etwas abseits und rief den Wirt herbei.

»Bring Wein und eine anständige Mahlzeit und bereitet eine zusätzliche Kammer.«

Der Klang ihrer Stimme ließ keinen Raum für Fragen oder prüfende Blicke auf den zweifelhaften Gast, den sie an ihren Tisch geladen hatte, die Münze tat das Übrige. Es dauerte nur Augenblicke, bis die Dienstmagd einen Krug Wein und Becher vor sie hinstellte. Frederica schickte sie mit einer ungeduldigen Handbewegung fort und schenkte selbst ein. Ihr Blick wanderte über das ausgezehrte Gesicht Gabriels. Sie legte ihre Hände um seine, sah ihm tief in die Augen.

Sie wusste nicht, was sie ihm sagen sollte. Über vier Monate waren vergangen, seit sie sich nach der Beerdigung ihres Vaters in den Armen gehalten hatten. Damals hatte sie sich mindestens genauso ratlos und verzweifelt gefühlt wie heute.

»Ich habe viel durchgemacht, Gabriel, und ich weiß jetzt, dass ich dich liebe und den Rest meines Lebens an deiner Seite verbringen will.«

»Du hast mir Geld geschickt und bist gegangen, ohne mit mir zu sprechen.« Gabriels Stimme klang tonlos.

»Ich war völlig durcheinander von den Ereignissen.«

Das Mädchen brachte eine Schüssel mit geschmortem Hähnchen und Mangold, stellte frisches Brot dazu. Frederica begann Gabriel zu erzählen, was sie erlebt hatte. Vom Auftritt der Gaukler an der Hofburg, das Durcheinander, verursacht durch die fehlgeschlagene Befreiung Herzog Christophs, wie sie niedergeschlagen und eingesperrt wurde. Das böse Erwachen auf dem Karren der Gaukler, ihre Flucht aus Rosenhaim, die Visionen von Frauenwörth und wie sie das Schicksal mit

Hilfe der Marketenderinnen auf die Fraueninsel geführt hatte. Gabriel, dessen Blick zunächst verschlossen und unbeteiligt geblieben war, lauschte mit zunehmender Anteilnahme. Als Frederica von den Gefahren und Bedrohungen sprach, denen sie ausgesetzt war, bis zu dem Augenblick, als sie auf die Säuglingsgebeine stieß, nahm seine Betroffenheit zu.

»Ich war wie von Sinnen. Ich musste ständig über das Schicksal der armen Riccia nachdenken, ich hatte das Gefühl, sie im Stich gelassen zu haben. Philippa, die Nonne, habe ich zurückgelassen, und meine Mutter. Plötzlich war ich vermögend. Es schien, als stünde mir die Welt offen, aber zu welchem Preis? Sidonie mahnte mich, dass ich es meiner adligen Familie schuldig sei, standesgemäß zu leben und nahm mich mit auf Burg Ambras. Im Nachhinein gesehen, Glück im Unglück! Sonst hätte ich niemals die Bekanntschaft Elionors von Schottland gemacht, eine wahrlich beeindruckende Frau.«

Frederica merkte, wie hungrig sie war. Sie legte Gabriel von dem geschmorten Hähnchen auf den Teller, gab ein Stück Brot dazu und schob es ihm hin, dann bediente sie sich. Während sie aß, erzählte Gabriel von seiner Zeit in München, nach ihrem Verschwinden, wie der Falkner zu ihm gekommen war und er sich entschlossen hatte, sich auf die Suche nach Frederica zu machen.

»Das Geld habe ich nicht genommen. Ich weiß, vermutlich war es dumm von mir«, setzte er auf Fredericas entsetzten Blick hinzu, »aber ich kam mir abgespeist vor. Ich kann kein Geld von einer Frau, von meiner Liebsten annehmen. Ich bin ein Mann und müsste für dich sorgen.«

Frederica traten Tränen in die Augen. Wie würden sie ihrer unterschiedlichen Herkunft in einer gemeinsamen Zukunft Rechnung tragen können? Sie schluckte den Schmerz. Gabriel sah sie an, die Traurigkeit in seinen Augen zerriss Frederica beinahe das Herz.

»Als ich dich in dem wunderschönen Garten sah, mit diesem Edelmann«, er schluckte, als steckte ihm die Erinnerung in der Kehle fest, »war ich wie vor den Kopf geschlagen. Ich habe wieder und wieder von dem Augenblick geträumt, dich in die Arme zu schließen, endlich wieder bei dir zu sein. Allein das hat mir den Mut und die Kraft gegeben, mich auf den Weg zu machen und meine Arbeit an der Kirche aufzugeben. Joerg von Halspach wollte mich fördern, er war überzeugt von meinem Können.«

Er hielt inne, starrte vor sich auf den Tisch, als spüre er der verpassten Gelegenheit nach.

»Dann habe ich dich tatsächlich gefunden. Wie eine Königin hast du ausgesehen, und er wie ein König. Im gleichen Augenblick wurde mir klar, dass es vorbei ist. Eine Gräfin und ein Steinmetz, wer hätte so etwas jemals gehört? Du musst deinem Leben nachgehen und ich meinem. Es gibt keine Gemeinsamkeit zwischen uns und keine Zukunft.«

Er zog seine Schüssel zu sich und betrachtete lustlos das Essen.

»Nein! So ist es nicht! Wenn Elionor von Schottland sagt, es ist möglich, dann verhält es sich genauso«, sagte Frederica mit fester Stimme.

»Es liegt einzig und allein an uns, was wir daraus machen.«

Sie griff nach seinen Händen und hielt sie fest.

»Gabriel, liebst du mich, liebst du mich genug?«

Die Angst vor seiner Antwort ließ ihren Herzschlag in den Ohren dröhnen. Er sah auf ihre Hände, die fest ineinander verflochten auf dem Tisch lagen. Die Zeit dehnte sich ins Unendliche.

»Ich liebe dich mehr als alles andere auf der Welt, ich liebe dich, wie ich niemals geliebt habe und niemals mehr lieben werde.«

Frederica fühlte, wie ein leichtes, wirbelndes Gefühl in ihr emporstieg.

»Trotzdem ist meine Angst zu groß, dich zu verlieren. Ich glaube nicht, dass ich mit dieser Angst leben kann. Ich muss dich aus meinem Herzen reißen, mit Stumpf und Stiel, eine andere Möglichkeit sehe ich nicht.«

Er stand auf und ging davon, ohne sich noch einmal umzusehen. Etwas in Frederica gab nach. Seine Worte hallten in ihrem Kopf wider, sie versuchte, den Sinn zu verstehen. Ihr Lächeln zerbrach.

Am nächsten Morgen wusste sie nicht, wie sie in ihre Kammer gelangt war. Sie lag vollständig angekleidet auf der Bettstatt. Seine Worte klangen in ihren Ohren, wieder und wieder.

»Ich muss dich aus meinem Herzen reißen.«

Ein jäher Klagelaut ertönte, ein hohes, unerträgliches Wimmern. Entsetzt bemerkte Frederica, dass dieser Laut aus ihrer Kehle kam und sie war nicht fähig, damit aufzuhören.

Irgendwann erhob sie sich, mühsam, wie eine alte Frau. Jeder einzelne Muskel schmerzte. Ihre Augen fühlten sich an, als hätte sie Sand unter den Lidern. Frederica trank ein paar Schlucke aus dem Wasserkrug. Das Wasser rann zäh durch ihre Kehle und sie rang nach Luft. Sie musste hinaus, weg von diesem Ort, an dem Gabriel sie vom Leben abgeschnitten hatte, wie eine Knospe, die kurz vor dem Erblühen gepflückt wurde. Steifbeinig ging sie die schmale Treppe hinunter, durch die Wirtstube, ohne auf die Blicke der Gäste zu achten, die sich auf ihr zerknittertes Gewand, die aufgelösten Haare, das verstörte Gesicht hefteten. Frederica tappte die Straße entlang, ohne zu sehen, wohin sie ging. Die Luft war drückend schwül. Schließlich stand sie an der Floßlände. Die Isar floss ruhig in ihrem Bett, das Wasser glitzerte in der heißen Mittagssonne, am Horizont türmten sich dunkle Gewitterwolken. An der Marktkasse beim Ländstadel drängten sich Händler und Rottfuhrunternehmer, die die Waren für den Landweg übernahmen. Wagen wurden beladen, Städtenamen wie Frankfurt, Ulm, Augsburg wurden gerufen. Teilnahmslos stand Frederica inmitten des Trubels. Mengen an Holz lagerten am Flussufer. Brennholz, Werkholz, Holzkohle und Stadelholz warteten darauf, verladen oder zu Flößen verbaut zu werden. Sie beobachtete teilnahmslos die Flößer, durchweg raue starke Männer, die ihre Arbeit mit Leib und Seele verrichteten, wie es ihr Vater getan hatte. Die Erinnerung ließ ihr Herz sich zusammenziehen. Lange Zeit stand sie da. Sie würde zu Philippa auf die Naueninsel gehen, das Kloster bot Schutz und Trost, dort konnte sie die Zeit verbringen, die für sie abgemessen war, weit weg vom Leben. In der Ferne krachte ein Donnerschlag.

»Fronica?«

Die Stimme kam ihr bekannt vor. Langsam sah sie auf. Vor ihr stand Lambert. Sie musterte seine hagere Gestalt, das struppige Haar, die aufblitzenden Augen.

»Was tust du hier?«

Sie hob hilflos die Schultern, ließ sie fallen, stand mit hängendem Kopf vor ihm, unfähig zu sprechen. Er fasste sie an der Hand und führte sie zu einem Stapel Baumstämme. Sie setzte sich, er rutschte dicht neben sie.

»Gabriel hat mich verlassen«, war alles, was sie herausbrachte.

Lambert zuckte zurück, dann hellte sich sein Gesicht auf. Er nahm ihre Hand und umschloss sie mit seinen.

»Fronica, oder soll ich dich Frederica nennen? Das ist genau richtig so. Bei mir ist dein Platz. Ich bin bald mein eigener Herr, ich werde einen Floßbetrieb aufbauen, wie ihn noch keiner gesehen hat. Wie dein Vater, aber deutlich größer wird der meine sein. Von Müttenwaldt bis Wien werde ich flößen, du wirst sehen, ich kann dir ein gutes Leben bieten, schon bald.«

Frederica sah ihn verständnislos an. Seine Augen hatten einen seltsamen Glanz angenommen. Er sprach wie im Fieber.

»Ich habe dich schon immer geliebt, seit ich als Knecht zu euch gekommen bin. Dann kam dieser Steinmetz«, er spuckte das Wort aus, »und hat alles zwischen uns zerstört. Ich habe versucht, den Schatz zu finden, von dem er sprach. Es ist mir nicht gelungen, aber ich schaffe es auch so, das verspreche ich dir, Fronica! Deine Mutter war gut zu mir, sie hat mich hier her geschickt.«

»Lambert«, ihr dämmerte, dass dies ein schrecklicher Irrtum war, eine neue Verstrickung. Sie versuchte ihn zu unterbrechen, er schüttelte nur den Kopf und legte schnell den Finger auf ihre Lippen.

»Zweifle nicht an mir! Ich bin stark. Ich dachte, ich muss sterben, als ich sah, wie ihr euch geküsst habt, selbst das habe ich überlebt. Mein ganzes Erspartes habe ich deshalb verhurt, danach habe ich versucht, dich mir aus dem Herzen zu saufen, vergeblich. Und nun stehst du vor mir, das ist ein Zeichen Fronica, ein Zeichen!«

»Lambert halt ein! Du redest irre.«

Er verstummte, starrte sie an, als sähe er sie das erste Mal, verstand. Die Muskeln seiner Kiefer mahlten, der Mund wurde zu einem schmalen Strich.

»Du willst sagen, ich bin nicht gut genug für dich? Ich verstehe. Eine Dame von Stand gibt sich nicht mit dem hergelaufenen Bastard eines Tagelöhners ab. Ist es das? Für den Steinmetz hast du die Beine breit gemacht, aber ich soll wieder einmal leer ausgehen«, presste er heraus.

»Lambert, warte. Ich habe das Vermögen meiner leiblichen Mutter gefunden. Ich gebe dir etwas davon, dann kannst du …«

»Schweig! Was fällt dir ein? Du willst mich mit Geld abspeisen? Das reicht mir nicht. Ich will dich oder nichts!«

Er sprang auf und riss Frederica mit sich. An der Lände schaukelten mehrere Flöße im Wasser, bereit, ihre Ladung aufzunehmen. Unvermittelt rannte Lambert los, zerrte Frederica hinter sich her. Ehe Frederica begriff, was er vorhatte, zog er sie ins Wasser. Sie begann sich zu wehren, riss sich los und versuchte, zum Ufer zurück zu waten. Sie verhedderte sich in ihrem Kleid, rutschte auf den Kieseln aus und fiel hin. Lambert war mit zwei Sätzen bei ihr. Er hob sie auf, trug sie wie einen Sack zum nächstgelegenen Floß. Er warf Frederica auf das schwankende Gebilde aus Stämmen, sprang hinterher, löste blitzschnell die Vertäuung und stieß ab. Die Männer am Ufer waren aufmerksam geworden, schrien und begannen, dem Floß zu folgen, aber Lambert steuerte geschickt in die Fahrrinne. Das Gefährt drehte sich träge und nahm Fahrt auf. Frederica bemühte sich, auf die Füße zu kommen, musste hilflos zusehen, wie sie sich immer weiter vom Ufer entfernten. Die Wolkengebirge näherten sich, zogen schnell und tief über sie hinweg, in der Ferne zackte ein Blitz über den bleigrauen Himmel. Die Vögel waren verstummt, außer Lamberts Keuchen und dem Klatschen der windgepeitschten Wellen war nichts zu hören. In Frederica breitete sich mit einem Mal eine eigenartige Ruhe aus. Es war vorbei. Ihr Schicksal war besiegelt, erfüllte sich, wie es bereits vor siebzehn Jahren hätte geschehen sollen. Frederica betete stumm, schloss die Augen, spürte noch einmal Gabriels Lippen auf ihrem Mund. Beim nächsten Donnerschlag sprang sie. Das Wasser schlug über ihr zusammen wie ein Vorhang, zunächst spürte sie die Kälte nicht. Sie sank, tiefer und tiefer, ihre Haare umgaben sie wie silbrige Wasserpflanzen. Die Gesichter ihrer Flößereltern erschienen ihr, sie glitt vorbei an Sidonie, Riccia, Medusa, Sibille, Philippa, schließlich an Gabriel. Sie gab sich der Tiefe hin, betrachtete die quirligen Blasen, die perlend nach oben stiegen, lächelte. Ob jemand ein Marterl aufstellen würde, mit einem Bildnis des Geschehens? Ein Schatten fiel von oben auf sie, Lamberts Gesicht erschien unmittelbar vor ihr, gespenstisch weiß. Er griff nach ihrem Arm, wollte sie nach oben ziehen. Nein, nicht nach oben, im Gegenteil, er hielt sie fest, legte seine Arme um sie, zog sie tiefer in das bodenlose Dunkel hinab.

Es war nicht richtig, nicht mit ihm. Ihre Lungen drohten zu bersten, sie wehrte sich, versuchte, sich aus der Umklammerung zu lösen, aber seine tödliche Umarmung war zu fest. Gabriel, dachte sie, dann nichts mehr.

Gabriel war wie betäubt. Seit er vom Tisch aufgestanden war und die Herberge verlassen hatte, fühlte er nichts mehr, weder den Schmerz in seinem Fuß, noch sein wundes Herz. Sein einziger Wunsch war, nach Hause zurückzukehren, nach München, zu seiner Arbeit. Wenn er der Wirklichkeit ins Auge blickte, konnte er nicht darauf hoffen, dass Meister Sebold ihn ein drittes Mal zurückkehren ließ. Ob Joerg von Halspach Fürsprache für ihn einlegen würde? Gabriel verbrachte die laue Heuertnacht in einem Holzstadel am Flussufer. Am Morgen sprach er mit einigen Flößern, bot sich als Floßknecht an, verbarg erneut seine Verletzung. Er war kurz davor, mit einem Münchner Flößer handelseinig zu werden, dessen Floßknecht nicht zur Arbeit erschienen war.

»Ich bin schon für Franz Resch aus München gefahren«, versuchte Gabriel den Mann zu überzeugen, der sich zweifelnd am Kopf kratzte, als aufgeregte Schreie ertönten.

»Susskofer, da macht sich einer mit deinem Floß davon! Beim Heiligen Nepomuk, komm zurück, du Sauhund!«

Der Flößer, ein Mann mit einem grundehrlichen Gesicht, gegerbt von Wind und Wetter, fuhr herum und rannte ohne zu zögern ins

Wasser. Gabriel wandte sich ebenfalls um. Er traute seinen Augen nicht. Dort auf dem Floß stand Frederica, die silberblonden Haare flatterten wie eine Fahne im Wind, hinter ihr türmten sich blauschwarze Wolken am Sturmhimmel. Fassungslos erkannte Gabriel Lambert am Steuer des Floßes, der mit verbissener Miene auf die Flussmitte zuhielt. Später konnte er sich nicht mehr erinnern, woher er gewusst hatte, dass sie springen würde. Als sie in den gischtgekrönten Wellenkämmen versank, war er bereits losgelaufen. Mit großen Sätzen sprang er ins Wasser, vorbei an den anderen, die das Floß retten wollten. Verzweifelt hielt er nach ihr Ausschau, das Grün des Kleides war längst von der Isar verschlungen worden. In langen Zügen stieß er in die Tiefe, sah, wie Lambert Frederica umklammerte, sie hinab zog in ein nasses Grab. Gabriels Lungen schmerzten, trotzdem kämpfte er sich tiefer nach unten. Er erreichte sie, versuchte, Lamberts Hände von Frederica zu lösen, die wie tot in seinen Armen hing. Lambert gab nicht nach, das Gesicht zu einer höhnischen Grimasse verzerrt. Gabriels Faust traf Lambert im Gesicht, sein Körper wurde schlaff. Schwarze Kreise drehten sich vor Gabriels Augen, er suchte Frederica, fast wäre sie in der Dunkelheit verschwunden. Im letzten Augenblick bekam er sie zu fassen, strebte mit ihr nach oben, dorthin wo es heller wurde. Nach Luft ringend kam er an die Oberfläche. Jemand wollte ihm Fredericas Körper abnehmen, er weigerte sich wortlos, sie loszulassen, erreichte endlich das Ufer. Sanft legte er sie nieder, berührte ihr Gesicht, flüsterte immer wieder ihren Namen, bis ihn jemand grob zur Seite stieß und begann, in kurzen Abständen auf den zarten Brustkorb zu drücken. Beängstigend lange, zu lange blieb Frederica stumm und blass, dann, es war wie ein Wunder, begann sie zu würgen und spie eine Unmenge an Flusswasser aus.

»Heiliger Nikolaus, dank sei dir«, murmelten die Männer, die um sie herumstanden, und bekreuzigten sich.

Gabriel fühlte sich unendlich schwach, seine Brust schmerzte schlimmer als sein Fuß, es war ihm gleichgültig. Jemand brachte eine Trage herbei und Frederica wurde darauf gelegt. Zwei Burschen trugen sie durch den jetzt gleichmäßig herabrauschenden Regen zur Herberge,

Gabriel folgte ihnen mühsam. Mit letzter Kraft brachte er Frederica die steilen Stufen der Herberge hinauf in ihre Kammer. Er befreite sie behutsam von den nassen Kleidern und deckte sie zu. Nachdem er sie versorgt hatte, streckte Gabriel sich auf dem Boden aus und blieb liegen wie ein gefällter Baum. Erst als er hörte, wie Frederica mit den Zähnen klapperte, stand er wieder auf. Gabriel schälte sich aus seinen nassen Sachen, legte sich neben sie, schloss sie fest in die Arme und wärmte sie mit seinem Körper. Draußen dämmerte es bereits, das Gewitter hatte sich verzogen und das Licht malte einen bläulichen Schimmer auf die Wände, als sie sich in seinen Armen regte. Trotz der Erschöpfung reagierte sein Körper auf ihre Bewegung. Er konnte nicht anders, er küsste sie zart auf den Mund und sie erwiderte seinen Kuss mit leidenschaftlicher Hingabe. Gabriel begann erst zaghaft, dann beherzter, ihre Haut zu streicheln und ihren Körper zu erforschen. Entzückt spürte er, dass sie ebenfalls begann, ihn zu liebkosen. Sein hartes Glied bebte unter ihren Berührungen, er stöhnte und streichelte ihr Geschlecht. Frederica drängte sich ihm entgegen, ihr Duft machte ihn halb wahnsinnig vor Lust. Er bezwang seine Begierde, saugte an ihren Brustwarzen und rieb sie, bis sie aufstöhnte und ihn zwischen ihre Schenkel dirigierte. Sie stieß einen leisen, rauen Schrei aus, als er in sie hineinglitt und er hielt inne. Ihre Augen waren weit geöffnet, Schmerz zuckte über ihr Gesicht, aber sie bewegte sich sanft und nach einer Weile veränderte sich ihr Ausdruck. Ihre lilienweißen Wangen bekamen einen rosigen Schimmer. Ihre Lippen öffneten sich, sie küsste ihn wild und zog ihn tiefer in sich hinein, nahm ihn mit in ihrem Rhythmus, bis sie beide aufstöhnten. Keuchend rollte er sich zur Seite, küsste sie wieder und wieder und sog begierig wie ein Verdurstender den Geruch ihrer Haut ein. Er konnte nicht aufhören, mit den Händen über den mädchenhaften Körper zu streichen. Ihre Taille ließ sich beinahe mit beiden Händen umspannen. Mit dem Zeigefinger fuhr er die Spirale des Nabels nach, umfasste ihre vollkommen gerundeten Brüste und spürte, wie sie unter seinen Berührungen erschauerte. Die Zeit verging schneller als der Flügelschlag eines Schmetterlings. Sie hatten noch kein Wort gesprochen. Gabriel wurde nicht satt, seine Hände durch die seidige

Flut ihrer Haare gleiten zu lassen, über ihre Haut, die sich glatt wie polierter Marmor anfühlte, ihre Nähe zu atmen. Fredericas Hände erforschten seinen Körper, tasteten, strichen. Erneut spürte er seine Lust aufflackern. Als sie sein Glied fest mit den Fingern umschloss, konnte er sich nicht länger beherrschen, er senkte sich auf sie, stieß sie hart und schnell und dieses Mal sah sie ihn mit halb geöffneten Lidern dabei an.

»Verzeihst du mir?«, murmelte er, als sie sich danach schläfrig in den Armen lagen, »verzeih mir, bitte. Es ist mir unmöglich, dich aus meinem Herzen zu verbannen. Meine Dummheit hätte beinahe dein Leben gekostet.«

Jäh richtete sie sich auf.

»Lambert, was ist mit ihm?«

»Ich weiß es nicht. Ich hatte genug damit zu tun, unsere Haut zu retten, aber ich glaube, dass er ertrunken ist. Und ehrlich gesagt«, Gabriel runzelte die Stirn, »tut es mir nicht besonders leid. Er hat mir den Tod geschworen und versucht, dich umzubringen.«

Frederica schauderte.

»Auf dem Floß – mit einem Mal hatte ich das Gefühl, alles ist vorbei, ich sah keinen Ausweg mehr. Jetzt weiß ich, wie sich meine Mutter gefühlt haben muss. Gabriel«, sie sah ihn angstvoll an, »ich habe beinahe eine schreckliche Sünde begangen!«

Er schloss sie in die Arme und hielt sie. Sie seufzte.

»Was soll aus uns werden? Wie geht …«

Gabriel verschloss ihren Mund mit einem Kuss.

»Ich gehe jetzt erst einmal zum Wirt und besorge uns etwas zu essen und zu trinken. Ich habe einen Bärenhunger.«

Er löste sich sanft von ihr und schwang die Beine aus dem Bett. Kurze Zeit darauf kehrte er zurück, beladen mit einem Tablett mit Tellern von knusprigem Huhn, geschmorten Zwiebeln und frischem Brot, dazu Becher und einen Krug Wein. Gabriel stellte alles auf dem Tisch ab und zündete die Kerzen an. Frederica stand auf und schlang die Bettdecke um sich. Sie aßen mit Appetit, erzählten sich gegenseitig die Geschichten, die sie erlebt hatten. Draußen am Himmel schwamm der Mond milchig durch die Wolken.

»Riccia hat mir erzählt, wie Medusa gestorben ist. Es war nur wenige Tage, bevor sie nach Ambras gekommen sind. Eines Abends, als Medusa Gilgama aus ihrer Kiste genommen hatte, hat die Schlange sie erdrückt. Die Männer waren unterwegs, um Holz zu schlagen. Riccia musste hilflos zuschauen, wie Medusa erwürgt wurde. Als Antonio zurückkam, hat er die Schlange aufgeschlitzt, aber für Medusa war es zu spät. Sie haben sie zusammen mit Gilgama begraben, wie Medusa es sich gewünscht hat. Ein grauenvoller Tod, nicht wahr?«

Nachdenklich zerkrümelte sie Brot zwischen den Fingern.

»Medusa wusste, dass es eines Tages geschehen würde. Sie hätte es verhindern können. Ich frage mich, warum sie es nicht getan hat.«

»Ist nicht jeder Tod schrecklich? Nachdem, was wir erlebt haben, glaube ich fest daran, dass man seinem Schicksal kein Schnippchen schlagen kann«, antwortete Gabriel. Er stand unvermittelt auf, ging um den Tisch herum und kniete vor ihr nieder.

»Frederica, Liebste, ich wünschte, ich könnte dich bitten, meine Frau zu werden, denn ich will nichts mehr, als mein Leben mit dir zu verbringen, jeden Morgen neben dir aufwachen und jeden Abend bei dir einschlafen.«

Er schlang die Arme um ihre Hüften und barg seinen Kopf an ihrer Brust. Im gleichen Augenblick wusste Frederica, was sie zu tun hatte, klar und deutlich sah sie ihren Weg vor sich. Sie konnte sehr wohl selbst über ihr Leben bestimmen, nicht im Großen, im Kleinen aber, in ihrem Alltag, konnte sie entscheiden, jeden Tag aufs Neue. Sie umarmte Gabriel innig.

»Und so wird es sein. Wenn ich darauf verzichte, meinen Titel zu führen, kann der Magistrat uns eine Heirat nicht verwehren. Die Ländereien werde ich nicht behalten können, aber lieber bin ich an deiner Seite glücklich, als ein prunkvolles Dasein ohne dich zu führen. Ich habe das Leben der hohen Herrschaften gekostet, glaube mir, diese Menschen sind keinen Deut zufriedener!«

Gabriels Blick war aufgewühlt, als er zu ihr hochsah.

»Frederica, tu das nicht! Eines Tages wirst du es bereuen. Ich kann nicht verantworten, dass …«

»Schscht!«, Frederica legte ihm nachdrücklich ihren Zeigefinger auf die Lippen. »Ich will es genau so! Wir werden mit Sicherheit nicht verhungern. Ein Steinmetz verdient nicht schlecht, habe ich mir sagen lassen, vor allem, wenn er sein Handwerk so gut beherrscht, wie du es tust. Und jetzt mache mir einen Antrag, auf der Stelle!«

Gabriel blickte sie lange an, und wie damals, bei ihrer ersten Begegnung an der Hütte der alten Anna, versank sie im silbrigen Grau seiner Augen. »Frederica zu Engelshofen, willst du mich heiraten?«

Kapitel 21

Der Feuervogel

Frederica verschloss sorgfältig die Tür hinter sich. Welch erhebendes Gefühl, ein eigenes Haus zu besitzen, behaglich eingerichtet, jedes einzelne Stück liebevoll ausgesucht. Frederica liebte ihr Haus in der Engen Gasse, nahe bei der Liebfrauenkirche, und sie war Sidonie dankbar, dass sie ihr geholfen hatte, es zu finden und auszustatten, eine Magd und eine Köchin einzustellen, die verschwiegen und ihr treu ergeben waren. Das Temperament Sidonies war trotz der fortgeschrittenen Schwangerschaft stürmisch wie eh und je und sie war Frederica in den letzten Wochen auch in anderen Belangen eine große Unterstützung gewesen. Frederica spürte einen Anflug von Traurigkeit.

Als sie mit Sidonie nach Freysing gereist war, musste sie im Stadtschreiberhaus erfahren, dass ihr Großvater nur ein Jahr zuvor hochbetagt verstorben war. Frederica hatte ohne zu Zögern den Titel der Gräfin abgelegt. Die von Teugens, die Familie ihrer Mutter, war mit dem Tod von Fredericas Großvater und ihrem Verzicht erloschen. Besitz und Ländereien würden somit an den bayrischen Herrscher fallen. Bislang war das Lehen noch nicht weitergegeben worden, ein Verwalter hatte sich zwischenzeitlich darum gekümmert.

Es war Frederica ein Rätsel, wie Sidonie es angestellt hatte, den Herzog dazu zu bringen, sich ihrer Erbangelegenheiten anzunehmen. Albrecht hatte großzügig auf einen Teil der Ländereien verzichtet und Frederica zu einer vermögenden Frau gemacht.

Ihr Halbbruder war mysteriöser Weise auf seiner Flucht in einem Waldstück vor Freysing von einem Pfeil getroffen worden, der seinen Hals durchbohrt hatte. Ein Schweinehirt hatte die von Tieren angenagte Leiche gefunden. Der Mörder konnte nicht dingfest gemacht werden. Frederica empfand keine Trauer über den Verlust ihres Halbbruders, der ihren Tod gewollt hatte, um sich zu bereichern. Da sie die einzige Verwandte Hugiberts war, erbte sie auch das Haus in Freysing, in dem ihr Halbbruder gelebt hatte. Das Münzvermögen, das man dort fand, spendete sie umgehend, da sie vermutete, dass das Geld nicht rechtmäßig erworben worden war. Frederica hatte beschlossen, sich Elionors Wohltätigkeit zum Vorbild zu nehmen und sich für gute Zwecke einzusetzen.

Das Bildnis ihrer Mutter schmückte jetzt den Eingangsbereich ihres Hauses. Ihre Angelegenheiten waren geregelt.

Frederica atmete genießerisch die warme Herbstluft ein und machte sich auf den Weg zur Hofburg, um mit Sidonie ihr Hochzeitsfest zu planen. Die Gräfin hatte sich nicht davon abbringen lassen, Fredericas und Gabriels Hochzeit auszurichten, die am kommenden Sonnabend stattfinden sollte. Gabriel bestand darauf, bis dahin in seiner Kammer wohnen zu bleiben. Seit sie aus Müttenwaldt abgereist waren, hatten sie das Bett nicht mehr geteilt. Frederica vermisste seine körperliche Nähe mehr, als sie sich eingestehen wollte. Sie musste lächeln, als sie sich erinnerte, wie entsetzt sie über Sidonies Lüsternheit gewesen war, jetzt konnte sie selbst nicht ein wohliges Seufzen verhindern, wenn sie an die beiden Nächte in der Müttenwaldter Herberge mit Gabriel dachte. Es war keinen Deut schmutzig oder schändlich gewesen, im Gegenteil, es hatte sich wie Zauberei zwischen ihnen angefühlt. Mit einem fröhlichen Gruß schritt sie an den Torwachen vorbei. Sidonie stand im Hof und warf einem der weißen Pfauen, die sie angeschafft hatte, um es Elionor gleichzutun, Brotkrumen hin.

»Es war der erste Traum, den du mir gedeutet hast, weißt du noch? Mir träumte damals, ich gäbe einem Pfauen Körner, er wurde zu einem Feuervogel und warf mir einen Granatapfel zu. Ich musste einfach ausprobieren, ob er beginnt, zu brennen«, versetzte Sidonie träumerisch, als Frederica zu ihr trat, um sie zu begrüßen. Frederica war im Begriff ihr zu antworten, als ein schriller Schmerzensschrei durch den Burghof hallte. Gisbert, der Hofnarr taumelte unter den Arkaden hervor, die Hände auf den Leib gepresst. Als er Frederica sah, schwankte er mit ausgestrecktem Zeigefinger auf sie zu.

»Verfluchtes Zauberweib, nimm den Schmerz aus meinem Leib, den du mir angehext hast!«

Die spindeldürren Beine des Narren knickten ein, wimmernd kauerte er vor ihr. Ein grässliches Stöhnen entrang sich seiner Kehle, dann brach er zusammen. Aus seinem Mund floss ein Strom schwarzrotes Blut, die Augen verdrehten sich, als er seinen letzten Atemzug tat. Frederica wich entsetzt zurück, selbst Sidonie war blass geworden.

»Deine Prophezeiung hat sich tatsächlich erfüllt. Tod und Zerstörung hast du gesehen«, brachte Sidonie schließlich hervor.

»Es ist mir unheimlich. Alle, die mir Böses wollten, sind tot«, flüsterte Frederica mit rauer Stimme, »der Mönch, Hugibert, am Ende auch der Narr.«

Sidonie hatte sich bereits wieder gefasst. Sie zitierte einen Knecht herbei.

»Schafft ihn weg und säubert das Pflaster, ich habe keine Lust, mir die Schuhe zu verderben.«

Sie machte einen Bogen um die Blutlache und hakte sich bei Frederica unter.

»Lass uns nach oben gehen und über das Festessen und die Gastgeschenke sprechen. Wird der Baumeister ebenfalls erscheinen?«

»Gabriel hat ihn und seine Gemahlin Margret eingeladen, aber er scheint ein eher zurückgezogener Mensch zu sein. Am meisten bedaure ich, dass Elionor und Riccia nicht dabei sein können.«

Elionor hatte ihr einen freundlichen Brief geschickt und ihr zur baldigen Vermählung gratuliert. Frederica hatte bestürzt erfahren, dass die Herzogin von Schottland und Österreich, die derzeit in Meran weilte, an einem hartnäckigen Lungenleiden erkrankt war und sich einer weiten Reise nicht gewachsen fühlte. Riccia, die sich anscheinend rührend um ihre Gönnerin bemühte, wollte sie nicht verlassen, hatte Frederica aber ebenfalls die besten Glückwünsche geschickt.

»Ich bin unendlich froh, dass ich wenigstens Riccia vor den Gauklern retten konnte«, sagte Frederica, während sie die Treppe hinaufschritten. »Ich wünsche mir, dass sie sich eines Tages entschließt, bei uns in München zu leben.«

Sidonie, die ihren gewölbten Leib mit sichtlichem Stolz vor sich hertrug, warf ihr einen belustigten Blick zu.

»Wer hätte das gedacht, dass das brave Flößermädchen derartig verwegen handeln könnte!«

Ein schrecklicher Gedanke durchzuckte Frederica.

»Versprich mir, dass auf unserem Fest keine Gaukler auftreten werden!«

»Keine Sorge. Ich habe nur harmlose Musiker und Minnesänger bestellt«, lachte Sidonie und öffnete die Tür zu ihrem Gemach. »Und wie es aussieht, wird nicht einmal ein Hofnarr sein Unwesen treiben.«

Unvermittelt, wie es ihre Art war, wechselte sie das Thema.

»Was ist eigentlich aus deiner Mutter geworden?«

»Sie ist nach Müttenwaldt gezogen, zu ihren Verwandten. Nach Vaters Tod konnte sie nicht mehr in unserem Haus bleiben. Aber sie hat versprochen, zur Hochzeit zu kommen.«

Sidonie ließ sich auf einen Stuhl sinken und rieb seufzend ihre Füße. Ein Schatten legte sich über ihr Gesicht.

»Willst du mir das Wasser lesen, ich möchte wissen, wann Albrecht endlich um meine Hand anhalten wird.«

Frederica wurde bang zumute. Seit ihrer Rückkehr nach München hatte sie sich davor gedrückt, Sidonie reinen Wein einzuschenken. Mit ihrem Sprung in die Fluten der Isar war ihre hellseherische Gabe wie von Zauberhand verschwunden. Es hatte eine Zeitlang gedauert, bis Frederica verwundert festgestellt hatte, dass sie von ungewollten Visionen verschont blieb. Schließlich hatte sie sich in ihrer Stube vor eine Schale gesetzt, sich von dem kreiselnden Wasserstrudel anziehen lassen, aber nichts geschah. Nach einigen vergeblichen Versuchen stellte sie die Schale zur Seite. Zuerst hatte sie darüber nachgedacht, ob sie Anna aufsuchen sollte, stellte aber fest, dass sie eher erleichtert war, die Gabe los zu sein.

Mutter wird sich freuen, hatte sie mit einem leisen Lächeln gedacht.

»Ich besitze die Gabe nicht mehr«, sagte sie schnell und schaute Sidonie zerknirscht an.

»Das ist nicht dein Ernst!«

Sidonies Wangen hatte jegliche Farbe verloren und Frederica fragte sich voll Sorge, ob sie Sidonie lieber hätte etwas vormachen sollen, um die Gesundheit der werdenden Mutter und des Kindes nicht in Gefahr zu bringen.

»Wie soll ich denn jetzt zurechtkommen?«

Frederica griff nach ihrer Hand.

»So, wie du es gemacht hast, bevor du von mir gehört hast. Mit deinem Verstand und deinem Liebreiz!«, sagte sie eindringlich.

Sidonie blickte sie zweifelnd an.

»Meinst du, das reicht aus?«

Frederica nickte schnell, bevor sich ihre Zweifel in ihrem Gesicht widerspiegelten. Den Rest des Tages verbrachten sie mit der Planung des Festes, das Frederica sich möglichst wenig prunkvoll wünschte, um Gabriel nicht zu beschämen. Mit einem Mal übermannte sie die Sehnsucht nach ihm. Sein Tagwerk würde bald beendet sein, sie wollte ihn abholen, vielleicht könnten sie gemeinsam essen.

»Du denkst ständig an ihn, ist es nicht so?«

Sidonie betrachtete sie mit einem spöttischen Lächeln.

»Gib zu, ich hatte Recht damit, dass es kaum besseres gibt, als bei einem Mann zu liegen. Abgesehen von einem scharfen Ritt auf einem schnellen Pferd und die Beiz mit einem guten Falken.« Sidonie verzog kummervoll das Gesicht. »Ich kann es immer noch nicht fassen, dass du auf deinen Titel verzichtet hast! Ich würde dafür morden, eine höhere Stellung einzunehmen.«

Für einen Augenblick sah sie so traurig aus, dass es Frederica tief berührte.

»Doch selbst dann wäre eine Heirat mit Albrecht ein vergeblicher Traum. Ich müsste einem Herrscherhaus entspringen, um seine Frau werden zu können.«

Mit dem Versprechen, die geknickte Sidonie am übernächsten Tag zum Gesellenrennen und Schützenfest zu begleiten, verabschiedete sie sich hastig von ihr und eilte zur Marienkirche, ging geradewegs zu der Bauhütte, in der Gabriel arbeitete. Auf dem Heimweg von Müttenwaldt hatte er sie zum Kloster Benediktbeuren geführt und ihr die Marienfigur gezeigt, die er geschaffen hatte. Andächtig hatte sie die Figur betrachtet, merkwürdig berührt davon, ihr Abbild in Gestalt der Mutter Gottes zu sehen.

Frederica stand am Eingang und beobachtete Gabriel dabei, wie er einen Stein bearbeitete. Frederica bewunderte die Kunstfertigkeit und die Hingabe zutiefst, mit der er seiner Arbeit nachging. Als er sie bemerkte, leuchtete sein Gesicht auf. Sie ging zu ihm und er schloss sie in die Arme. Sie sog seinen Duft ein und lehnte sich glückselig an ihn.

»Ich vermisse dich«, murmelte sie an seiner Brust, »komm mit nach Hause, nur heute.«

Sie hob das Gesicht, um ihn heftig auf den Mund zu küssen und er erwiderte ihren Kuss mit Leidenschaft, als das Signal ertönte, das das Ende des Arbeitstages verkündete. Gabriel säuberte seine Werkzeuge nicht mit der Gewissenhaftigkeit, die er sonst an den Tag legte, räumte eilig zusammen und sie verließen gemeinsam die Baustelle. Als sie in ihrem gemütlichen Esszimmer beim Nachtmahl saßen, erzählte Gabriel Frederica von seinem Traum, nach Chartres zu reisen.

»Sobald du deine Arbeit an der Kirche beendet und dein Meisterstück abgelegt hast, reisen wir dorthin!«, sagte sie entschlossen. Nach dem Mahl zog Frederica Gabriel ohne Umschweife in ihr Schlafgemach. Anfänglich sträubte er sich, aber als sie sich lachend auf seinen Schoss fallen ließ und ihre Hände unter sein Hemd fuhren, konnte er sich nicht länger beherrschen, obwohl er sich geschworen hatte, erst nach der Hochzeit wieder das Bett mit ihr zu teilen. Danach lagen sie Seite an Seite und malten sich die Einzelheiten ihrer Reise aus.

»Nie hätte ich gedacht, dass das Leben so schön sein kann!«, sagte Frederica mit einem glücklichen Seufzer. Sie drehte sich um und löschte die Kerze. Ein dünner Rauchfaden schlängelte sich empor und verlor sich im Nichts.

ENDE

Dramatis personae

Gräfin Rautgundis zu Engelhofen, verwitwet, 28 Jahre, verliebt sich in den falschen Mann.

Barbera, Kammerfrau und Vertraute von Rautgundis, bewahrt ihr Geheimnis.

Fronica Resch, Tochter des Flößermeisters, 17 Jahre, ein zurückgezogen lebendes, wunderliches Mädchen mit einer besonderen Gabe.

Gabriel Neuhauser, Steinmetzgeselle, 20 Jahre, voll Idealismus, hat er nur das Portal der Frauenkirche im Sinn. Er verliebt sich in Fronica und wächst über sich hinaus, um seine Liebe zu retten.

Lambert Holzer, Flößerknecht, 18 Jahre, heimlich in Fronica verliebt, hat er das Ziel, so reich wie möglich zu werden, um sie zu heiraten.

Anna, eine alte Weise, lebt in einer Hütte im Wald und heilt die Menschen mit Kräutern und uraltem Wissen.

Franz Resch, Floßmeister, 46 Jahre, ein rechtschaffener Mann, der mehr weiß, als er zugibt.

Terese Reschin, Frau von Franz Resch, 44 Jahre, seine Frau, gefangen in ihren Ängsten.

Meister Sebold, Meister der Steinarbeiterbauhütte, 48 Jahre, seine Untergebenen sind Tag für Tag aufs Neue seinen granitgrauen Stimmungen ausgesetzt.

Sidonie, Gräfin von Riedenburg, 19 Jahre, will Herzog Albrecht IV. unbedingt an sich binden und schreckt selbst vor Magie nicht zurück.

Herzog Albrecht IV, 24 Jahre, ein kluger und ehrgeiziger Politiker, der mit seinen Brüdern um die Alleinherrschaft ringt.

Prälat Hugibert zu Engelshofen, 30 Jahre, ein Kirchenmann, der um jeden Preis Karriere machen will.

Bruder Bodomar, Geburtsdatum unbekannt, Vorsteher der Bruderschaft der Elenden Kerze, Stammgast im Weiberhaus am Fausttürmchen.

Bruder Jakobus, Geburtsdatum unbekannt, Mitglied der Bruderschaft der Elenden Kerze, gierig und unlauter, aber mit schlechtem Gewissen.

Hans Wertmann, Falkner, 50 Jahre, ist unerbittlich gegen Bösewichte und hat trotzdem ein gutes Herz.

Medusa, Riccia, Antonio, Vito, Mauro, Doffo, Gilgama und Lupino, Gaukler und ihre Tiere – jeder von ihnen hat eine anrührende Geschichte.

Sibille, Mathilde, Walburga, Irmgard, Ada, Petrissa, Marketenderinnen, die ihr Glück in der Welt suchen.

Glossar

Battist – leichter, baumwollartiger Stoff
Baumöl – Olivenöl
Blendmaßwerk – Dekorationen als Blende auf einer Wandfläche
Böckler – Gruppe Adliger im Bayrischen Wald mit Bock auf der Fahne
Cameraria – Zuständige Schwester für die Kleidung im Kloster
Ferg – vorderer Steuermann auf dem Floß
Floßhacke – Universalwerkzeug der Flößer, ein auf eine Stange aufgesetztes Eisenzeug mit Spitze und Widerhaken.
Fuchs – Stauung des Holzes und des Triftwassers durch einen querliegenden Stamm
Galmei – Zinkerz
Ganterplatz – Floßeinbindeplatz
Gefrens – Kopfputz aus einem Kopfreif mit Fransenborte
Gestechzeug – schwere Turnierrüstung
Grieshaken – gebogener Eisendorn an der Spitze einer Stange
Hänggebühr – an der Lände zu entrichtende Gebühr für ein Floß, das zum Ausladen der Waren festgemacht wurde
Haftlgeld – Bezahlung eines Handwerkers
Hennin – Haube in Kegelform mit einem Schleier an der Spitze
Herbsting – alter Bezeichnung für September
Heuert – alte Bezeichnung für Juli
Infirmaria – Klosterschwester, die sich um die Kranken kümmert
Kasel – liturgisches Obergewand
Klafferbrunnen – Fernwasserleitung
Klosterformat – bestimmte Abmessungen der Ziegel
Krabbe – faltig verbogene Blätter aus Stein als Schmuckelemente an Gebäuden
Krammatsvogel – Drosselart

Kreuzblume – blumenähnliches Ornament an gotischen oder neugotischen Bauten

Ländaufseher – beaufsichtigen das Länden der Flöße sowie das Ausladen und Aufstellen der Waren am Lagerplatz

Lände – Landeplatz der Flöße

Laubhauer – Steinmetz, spezialisiert auf die Herstellung verzierender Blattwerke an Kapitellen und Fassaden

Lenzing – alte Bezeichnung für März

Marterl – Heiligenbild im freien Gelände, hier mit der Darstellung von Floßunfällen

Morganatische Ehe – Ehe, bei der ein Ehepartner, meist die Frau, von niedererem Stand ist

Münchner Golschen – blau-weiß oder rot-weiß gewürfelte Leinwand

Nagelfluh – durch Kalk zusammen zementiertes Geröll, das in Flüssen abgerundet wurde

Nagelprobe – Trinkritual

Oblast – Ladung auf dem Floß

Petri Stuhlfeier Liturgischer Kalender – 22. Februar – die Schifffahrt begann

Postulantin – probeweise Aufgenommene im Kloster

Quatembergeld – kirchliche Bußtage, für die es zusätzliche Bezahlung gab

Rott-Recht – regelte den damaligen Verkehr mit Italien auf der einstigen Römerstraße und auf Flößen die Isar abwärts

Schamkapsel – aufwändig gestalteter Hosenlatz des 15. und 16. Jahrhunderts

Schaube – weiter Überrock

Schecke – enge, geknöpfte Jacke

Schuh – altes Maß, ein Schuh hatte 29 cm

Styrer – Steuermann am hinteren Ruder des Floßes

Supraporte (lat. supra »das darüber/oberhalb Befindliche, das Obere«, porta »Tor, Tür«; auch it. Sopraporte oder frz. Dessus-de-porte)

Tjost – Einzelkampf mit Lanze und/oder Schwert beim Turnier
Tölzer Prügel – Scherzname für Menschen aus Tölz
Totenbernhard – Einen Werkstein, der beim Arbeiten missglückt, nennen Steinmetzen wie im Mittelalter einen Bernhard oder Totenbernhard, der im Mittelalter mit einer Beerdigungsprozession ritualisiert auf dem Kirchhof begraben wurde.
Triften – offene Flößerei nicht gebundener Baumstämme
Turnei – Wettkampfform bei Ritterturnieren
Vestarium – Kleiderkammer
Widemond – alter Name für Mai
Wiede – ursprünglich in der Flößerei das Bindematerial zur Verbindung der Stämme in einem Floß aus jungem Holz
Wiedenbohrer – Bohrer, mit dem die Löcher in den Floßholzstamm zur Einbringung der Wiede gebohrt werden
Üre – Weinmaß, etwa 75 Liter
Zerwirkgewölbe – Dort wurde Wildbret zerlegt. Das Zerwirkgewölbe in München-Altstadt ist das zweitälteste Bauwerk der Stadt und wurde Ende des 13. Jh. erbaut.
Zirkatorin – Zuständig für die Disziplin im Kloster, sie geht ständig umher, daher der Name.

Anmerkungen der Autorin

Seit 2014 ist die Flößerei als immaterielles Kulturerbe mit dem Logo »Immaterielles Kulturerbe. Wissen. Können. Weitergeben« in die Liste der Deutschen UNESCO-Kommission e.V. aufgenommen. Als Mitglied im Flößerkulturverein habe ich mir dies zum Anlass genommen und die Flößer zum Leitmotiv dieses Buches gemacht. Flößer haben es möglich gemacht, dass gebaut wurde, dass Waren von weither transportiert wurden. Die Isar war eine wichtige Lebensader. Wie in jedem meiner historischen Romane verwende ich geschichtliche Ereignisse, Orte und Persönlichkeiten und ergänze diese mit fiktiven Personen und Geschehnissen.

Der Wittelsbacher Herzog Albrecht IV. von Bayern heiratete am 3. Januar 1487 die Erzherzogin Kunigunde von Österreich (1465–1520), Tochter des Kaisers Friedrich III. Aus der Ehe entsprangen acht Kinder, der ersten Tochter wird der Name »Sidonie« gegeben. Die lebenslustige, machthungrige Sidonie von Riedenburg ist meiner Fantasie entsprungen. Herzog Christoph, genannt der Starke, wurde erst am 9. Oktober 1472 auf Drängen des Kaisers freigelassen, nachdem er geschworen hatte, sich nicht zu rächen.

Die Liebfrauenkirche in München wurde von Stadtmaurer Joerg von Halspach zwischen März 1468 und Oktober 1488 gebaut, nachdem die alte Kirche, die 1240 von den Wittelsbachern am Rande ihrer damaligen Residenz errichtet wurde, zu klein geworden war. 147 schwer beladene Bauholzflöße benötigte Zimmermeister Heinrich allein für den mächtigen Dachstuhl der Marienkirche, insgesamt etwa 630 Festmeter Rundholz. Joerg von Halspach starb am Montag nach dem Michaelitag, im Oktober 1488, und fand seine letzte Ruhestätte in der Liebfrauenkirche. Er hatte den ersten und den letzten Stein gelegt. Im April 1494 wurde der Dom geweiht, im Mai 1494 die Reliquien des heiligen Arsatius in die Kirche gebracht, im Januar 1490 die Präsenzerin, eine der größten Glocken, aufgezogen. Die welschen

Hauben, wie die Zwiebeltürme, die Wahrzeichen Münchens, genannt werden, wurden erst 1525 aufgesetzt. Bis dahin standen zur Sicherheit der Stadtbewohner seit 1492 Geschütze auf den Türmen.

Müttenwaldt, heute Mittenwald im oberen Isartal an der alten Heer- und Handelsstraße zwischen Karwendel- und Wettersteingebirge gelegen, wurde im Jahre 1080 erstmals urkundlich erwähnt und erscheint bereits 1305 als Markt. 1407 verlieh Bischof Berthold von Wachingen in seiner Eigenschaft als Landesherr des Werdenfelser Gebietes dem Markt ein Wappen, das heute noch geführt wird. Früher war die Krone des Mohrenhauptes rot, heute ist sie golden. Durch den 30-jährigen Krieg verarmte Mittenwald.

1471 hatte München etwa 13.000 Einwohner.

DANKE!

Mein inniger Dank geht an meinen Mann, der mich wie immer unterstützt hat, sei es mit Diagrammen, die verworrene Abläufe ordnen, mit Espresso oder seiner unbestechlichen Logik, die mir oft abgeht. Ich danke Helga Lauterbach, Autorin und Vorsitzende des Flößer-Kulturvereins München-Thalkirchen e. V. für ihre Bereitschaft, das Vorwort zu schreiben und dass sie ihr unglaublich reiches Wissen über die Flößertradition mit mir geteilt hat. Ich danke mit ganz viel Herz der Autorin, Stadtführerin, Fotografin, dem Allroundtalent Gaby Kilian, der ich dieses Buch gewidmet habe. Danke Gaby für zahlreiche erlebnisreiche Rechercheveisen, für das exakte Abklopfen auf Richtigkeit der historischen Einzelheiten und deine Freundschaft! Ein Riesendank an meine Lektorin Juliane Stadler für den Feinschliff und die wunderbaren Anregungen, durch die der Text gereift ist. Besonderer Dank geht an meine Verlegerin Jana Hoffhenke, ich freue mich auf viele weitere spannende Projekte mit dir und dem Burgenwelt Verlag! Ich danke außerdem ganz herzlich Helmut W. Kinner von der Historischen Gesellschaft Mittenwald, der spontan und bereitwillig mit Auskünften ausgeholfen hat.

Ein warmherziger Dank geht an meine Leserinnen und Leser und meinen Gästen bei Lesungen, für die ich meine Bücher schließlich schreibe – ohne euch wäre ich keine Autorin und viele Geschichten blieben unerzählt!

Eine große Umarmung allen,
Yngra Wieland

Paula Kalhaty

DIE SAFRANFÄLSCHERIN

Historischer Roman

Preis 13,90 €
Taschenbuch, 338 Seiten
Burgenwelt Verlag
ISBN 978-3-943531-68-8

Das kostbarste Gewürz der Welt und eine Liebe, die Fälschung in Wahrheit verwandelt

Linz im Jahr 1431 – Nach dem Tod ihrer Eltern warten auf die Baderstochter Els nur Zwangsehe und bittere Armut. Verzweifelt schließt sie sich dem Safranfälscher Gerd an, um ihrem schlimmen Schicksal zu entgehen – auch wenn ihr als Fälscherin die Hinrichtung droht.

In Freistadt wollen sie und Gerd mit dem gefälschten »roten Gold« ihr Glück machen. Doch auf dem Weg dorthin lauern Henker, Räuber und hussitische Ketzer. Außerdem ist den Fälschern ein geheimnisvoller und mächtiger Feind auf den Fersen. Doch damit nicht genug: Im Angesicht von Gefahr, Abenteuern und der Hoffnung auf ein besseres Leben fällt es Els immer schwerer, in ihrer Beziehung zu Gerd zwischen Wahrheit und Lüge zu unterscheiden …

Paula Kalhatys historischer Roman »Die Safranfälscherin« ist eine berauschende Reise voller Geheimnisse, Intrigen, Gefahren und Liebe.

Auch als Ebook erhältlich!

Yngra Wieland

DER TANZ DER SCHÄFFLERIN

Historischer Roman

Preis 13,90 €

Taschenbuch, 338 Seiten

Burgenwelt Verlag

ISBN 978-3-943531-44-2

München im Jahre 1634 – Jakoba, die Tochter des Schäfflermeisters Wilhelm Neuburg, hat nur einen sehnlichen Wunsch: Sie will einmal den traditionellen Tanz der Fassmacher mittanzen. Doch dies ist ausschließlich den Gesellen der Zunft erlaubt. Als in München erneut die Pest ausbricht, überredet Jakoba ihren Vater dazu, den Schäfflertanz wieder aufleben zu lassen, um den Menschen Mut zu machen, wie es schon ihre Ahnen taten. Unerlaubt beobachtet sie, wie die Gesellen proben, übt im Geheimen die Schritte und Abfolgen. Doch sie wird verraten und für ihr lästerliches Verhalten der Hexerei bezichtigt. Jakoba bleibt nur die Flucht. Unterwegs lernt sie den Schäfflergesellen Sylvester kennen, der mit seinen eigenen Dämonen zu kämpfen hat. Gemeinsam beschließen sie, Jakobas Traum vom Tanz der Schäffler wahr werden zu lassen. Koste es, was es wolle …

Yngra Wieland

DAS SCHICKSAL DER SCHÄFFLERIN

Historischer Roman

Preis 13,90 €

Taschenbuch, 362 Seiten

Burgenwelt Verlag

ISBN 978-3-943531-62-6

München im Jahre 1636 – Als an der Rossschwemme die Leiche eine jungen Pagen gefunden wird, sind die Münchener Bürger in Aufruhr. Bald darauf taucht ein weiterer toter Junge auf und die Suche nach dem Mörder wandelt sich zur Hexenjagd, denn ein Schuldiger muss her!

Die Schäfflertochter Jakoba Gassnerin, inzwischen verheiratet und Mutter einer süßen Tochter, kämpft derweilen mit ihren eigenen Sorgen. Ihre mütterliche Freundin Lene wird von der Vergangenheit eingeholt und muss sich aufgrund verleumderischer Beschuldigungen einer alten Feindin verstecken, um einer Anklage wegen Hexerei zu entgehen …

Annette Imort

Die packende historische Trilogie um Schicksal, Kampf und Abenteuer der Fränkin Thurudhild

Hasgers Hunde I – III

Hasgers Hunde I – Der Weg nach Treveris
Taschenbuch, 184 Seiten, 12,90 €, ISBN 978-3-943531-50-3
Ebook/Kindle, 3,99 €, ISBN 978-3-943531-51-0
Ebook/EPUB, 3,99 €, ISBN 978-3-943531-52-7

Hasgers Hunde II – Die Söldner von Treveris
Taschenbuch, 184 Seiten, 12,90 €, ISBN 978-3-943531-53-4
Ebook/Kindle, 3,99 €, ISBN 978-3-943531-54-1
Ebook/EPUB, 3,99 €, ISBN 978-3-943531-55-8

Hasgers Hunde III – Die Kriegerin
Taschenbuch, 250 Seiten, 12,90 €, ISBN 978-3-943531-56-5
Ebook/Kindle, 3,99 €, ISBN 978-3-943531-57-2
Ebook/EPUB, 3,99 €, ISBN 978-3-943531-58-9

https://burgenweltverlag.de